TIM BOLTZ
Sieben beste Tage

TIM BOLTZ

Sieben beste Tage

Roman

Piper München Zürich

Mehr über unsere Autoren und Bücher:
www.piper.de

ISBN 978-3-492-06008-0
© 2015 Piper Verlag GmbH, München
Satz: Satz für Satz. Barbara Reischmann, Leutkirch
Gesetzt aus der Janson Text
Papier: Munken Print von Arctic Paper Munkedals AB, Schweden
Druck und Bindung: CPI books GmbH, Leck
Printed in Germany

Oh l'amour,
Mon amour,
What's a boy in love
Supposed to do?

Erasure, »Oh, L'Amour«

VORWORT

Liebe Leserinnen und Leser,
anstelle einer großen Danksagung am Ende des Buches möchte
ich mich gerne vorab bei den Sängern und Musikern der Achtzigerjahre bedanken. Sie haben nicht nur mein musikalisches
Leben mitgeprägt, sondern eine ganze Generation beeinflusst,
manche bösen Zungen würden vielleicht sogar behaupten,
versaut. Und da ich bei den Recherchen zu diesem Roman auf
ein paar alte Mixtapes (die älteren unter meinen Lesern werden sich erinnern, was das ist) gestoßen bin, die mich von da an
zur Inspiration beim täglichen Schreiben begleiteten, möchte
ich Ihnen diese Lieder natürlich nicht vorenthalten. Sie finden
daher am Ende jeden Kapitels eine kleine Kassette mit einem
dazupassenden Titelvorschlag am unteren Rand. Die Liste setzt
sich zusammen aus einer Auswahl der meistgespielten Songs,
die im Jahr 1988 überall im Radio rauf und runter liefen. Für
diejenigen, die selbst alles aktiv miterlebten, ein schaurig-schö-
nes Déjà-vu, für alle anderen ein erstaunlicher Einblick in das
Lebensgefühl der späten Achtzigerjahre.
Bereit? – Okay. Dann rühren Sie sich doch noch in aller
Ruhe einen schönen Quench an, schieben Sie sich einen
Hubba-Bubba-Apfel oder Bazooka in den Mund und genießen
Sie einfach die Geschichte und den passenden Soundtrack zu
SIEBEN BESTE TAGE …

Ihr
Tim Boltz

KAPITEL 1
Freitag, 10.06.1988

Die Erkenntnis trifft mich unvorbereitet und mit der brachialen Wucht einer russischen Planierraupe:

Ich habe meine verdammten Chilischoten vergessen!

Nun ist guter Rat teuer. Und dieser lautet, mir schleunigst eine *Ersatzdroge* zu suchen. Denn nur mit feuriger Unterstützung kann ich meinen heutigen Job erledigen.

Für die nächsten zehn Minuten wühle ich mich daher auf der Suche nach etwas Scharfem, das mir aus der Bredouille helfen könnte, wie ein rolliger Waschbär durch die Küchenschränke. Doch alles, was ich in der fremden Küche finde, ist das Süßigkeitenfach, welches mich mit einer Familienpackung Leckmuscheln und einer Tüte Campino-Bonbons begrüßt. Beides zwar lecker, jedoch auf der Schärfeskala eher niederrangige Exponate.

»Mensch, habt ihr wirklich nix Schärferes im Haus?«, wende ich mich an Martin, der mich zwar sichtlich verblüfft aus großen Augen anstarrt, ansonsten jedoch schweigend meinem Treiben folgt, während ich mich weiter ereifere. »Arsch! Du könntest mir ruhig etwas behilflicher sein.«

Genervt wende ich mich wieder ab und widme mich ausgiebig den Schubfächern und Hängeschränken der Küchenzeile. Im letzten entdecke ich zwischen einer Flasche Maggi und fünfhundert Gramm Frittierfett immerhin eine Ration mildscharfen Tabasco.

Ein Lichtblick.

Kein großer Lichtblick.

Aber immerhin einer mit etwas Schärfe.

Sofort setze ich die Flasche an und exe den Inhalt komplett weg. Martin schaut mich derweil noch immer ebenso verwundert wie stumm an, während ich mir Tabascoreste aus den Mundwinkeln wische.

»Du denkst bestimmt, ich wäre verrückt, und willst nun wissen, warum ich das hier gerade kurz vor meinem Auftritt mache? Okay, ich erkläre es dir in ganz einfachen Worten: Ich bin von Beruf Kunstschwitzer. Ja, du hast richtig gehört, *Kunstschwitzer*. Deswegen bin ich heute hier. Um Motive und Geburtstagsgrüße in T-Shirts zu schwitzen.« Ich stelle das Tabascofläschchen auf dem Tisch zwischen uns ab und deute mit dem Zeigefinger darauf. »Aber so billigen Tabasco nehme ich normalerweise nicht als Schwitzhilfe. Ich bevorzuge da meine eigenen Spezialchilischoten.« Martin schweigt weiter eisern, was mich etwas verunsichert. »Okay, verstehe, du willst es genau wissen. Also pass auf, ich fertige vor meinen Auftritten mit einer Schere eine Schablone des Motivs an, welches ich später schwitzen will, und klebe sie mir im Anschluss auf den Rücken. Es ist also eine Mischung aus Schablone und Schweiß, daher nenne ich sie auch *Schwablone*.« Immer noch keine Reaktion von Martin. Dieser Kerl macht mich wahnsinnig. Ein echtes Pokerface. »Jetzt bist du platt, was? Aber genau so mache ich das. Dann sprühe ich mir mit Deo die vorgefertigten Freiräume so stark ein, dass ich an diesen Stellen definitiv in den nächsten vierundzwanzig Stunden keinen einzigen Tropfen Schweiß produzieren werde. Zum Schluss nehme ich die Schwablone wieder ab und esse kurz vor meinem Auftritt vier besonders scharfe Chilischoten. Dann beginnt der übliche Ablauf. Meine Ohren beginnen zu pfeifen, mein Puls beschleunigt sich, und der Schweiß fließt mir wie blöd aus den unbearbeiteten Poren. Und schon zeichnen sich die Konturen der Schwablone wie ein Negativ in mein T-Shirt ab. Genial, oder? Bleibt aber unter uns, klar?

Keiner der Kunden ahnt, wie ich das zustande bekomme. Viele wollen dann gleich die erste Strophe von »Let It Be« oder die Freiheitsstatue geschwitzt bekommen. Dabei sollten die Leute erst mal selbst versuchen, was Kleines zu schwitzen: Malta unter den Achseln oder einen Smiley am Steiß. Kannst es ja selbst mal probieren. Du wirst merken, die Finessen der Konturen sind eine echte Herausforderung. An besonders guten Tagen schaffe ich es sogar, die Mona Lisa inklusive Lächeln aus der Hüfte zu transpirieren.«

Doch heute ist kein guter Tag.

Im Gegenteil.

Die Küchentür fliegt auf, und Frau Mühlenhaupt kommt aufgeregt hereingestürmt.

»So, hier bin ich wieder. Entschuldigen Sie, dass Sie warten mussten.«

»Kein Problem«, antworte ich mit gespielter Leichtigkeit.

»Und vielen Dank, dass Sie auf meinen Sohn aufgepasst haben.« Martins Mutter kommt mit ausgebreiteten Händen auf den Kleinen zugestakst, putzt ihm mit dem Biene-Maja-Lätzchen etwas Sabber vom Mund und befreit ihn aus seinem Kindersitz. Dachte ich zunächst noch, dass die dunkelrot gefärbten Wangen des Muttertiers eventuell auf Bluthochdruck zurückzuführen seien, stellt sich nun bei näherer Betrachtung heraus, dass sie anscheinend lediglich eine ausgeprägte Vorliebe für Schminktische besitzt. Sie ist so dermaßen zugespachtelt, dass man meinen könnte, sie käme gerade von einer Karnevalssitzung. An irgendwen erinnert sie mich, ich komme jedoch nicht darauf, an wen.

»Gern geschehen, Frau Mühlenhaupt.« Der kleine Hosenscheißer grinst feist und sabbert dabei Biene Maja eine Portion Kinderrotze auf die kleinen Flügelchen. Obwohl die Wirkung des Tabascos noch auf sich warten lässt, versuche ich dennoch meinen Auftrag bestmöglich umzusetzen. »Soll ich jetzt mit meiner kleinen Show loslegen?«

Der wandelnde Schminktisch nickt eifrig und deutet irgendwo nach draußen ins Grüne.

»Ja, ja, machen Sie das, fangen Sie ruhig schon mal an. Ich
komme gleich nach. Meine Große wartet mit den anderen
Kindern bereits im Garten auf Sie.«

»Super«, antworte ich, während meine innere Stimme fragt:
Warum zur Hölle tust du dir das an? Die Untergattung *Kinder* ist
nicht gerade meine favorisierte Zuschauergruppe. Doch alles
Zaudern hilft nicht. Ich brauch die Kohle, sonst kann ich diesen Monat die Miete nicht zahlen. Also gehe ich in Richtung
des Gartens, den die verschminkte Mutter mit weißen Deck-
chen über dem Rattanmobiliar mit so perfektem Kaffeehaus-
ambiente ausgestattet hat, dass nur noch eine genervte Bedie-
nung im Kostüm fehlt, die durch die Reihen streift und dabei
verkündet, dass es draußen nur Kännchen gibt.

Vorbei an einer monströsen Mohrenkopfwurfmaschine, die
wie eine Dauerflak Dickmanns durch das spießige Gartenidyll
katapultiert, trete ich schließlich vor die Gruppe von zwanzig
Kindern. Dieser 10. Juni 1988 wird wohl als mein neuer per-
sönlicher Tiefpunkt in die Geschichte eingehen. Und ich weiß,
wovon ich spreche. Ich bin ein verdammter Experte in Sachen persönliche Tiefpunkte. Als erwachsener Mann auf der
Geburtstagsfeier eines zehnjährigen Mädchens meine Kunst
zum Besten zu geben ist jedoch eine nicht zu verachtende
Höchstleistung im negativen Sinn. Marscha heißt die Grund-
schülerin, die mit dem Bewegungsdrang eines Kapuzineräff-
chens gesegnet scheint. Ständig steht sie auf, setzt sich wieder
hin, steht auf, setzt sich wieder hin und turnt dazwischen
durch die Reihen der anderen Kinder, um frisch gepopeltes
Nasengold in die Runde zu schnipsen oder Mohrenköpfe zu
zermatschen. Mit ihrem rosa Kleidchen und dem dämlich
breiten Rundumgrinsen sieht sie zudem wie eines dieser haa-
rigen Monchhichis aus, die man jetzt überall in deutschen
Kinderzimmern sieht. Immerhin hat sie es jedoch zustande

gebracht, all ihre lärmenden Freundinnen um sich im Gras zu versammeln.

Mir wird schmerzlich klar, dass ich eine verdammte Nutte bin. Eine Schwitznutte. Für zwanzig Minuten Schweiß gibt's fünfzig D-Mark bar auf die Kralle. Leicht verdientes Geld, dachte ich, doch ich muss feststellen, dass die Monchhichis tatsächlich nicht mein Zielpublikum sind. Marschas Mutti hatte mich wohl in dem Glauben gebucht, dass ich als Kinderunterhalter witzige Hunde aus Luftballonwürsten drehen würde oder zumindest eine aufblasbare Hüpfburg mit im Gepäck hätte. Habe ich aber nicht. Denn ich bin Berthold Körner, ein anspruchsvoller Aktionskünstler, und nicht Koko der Clown, verdammt noch mal!

Es ist brütend heiß, und eigentlich müsste mir der Schweiß schon von ganz allein aus den Poren fließen. Nichtsdestotrotz will ich meinen Job sauber durchziehen, und so versuche ich, Marscha den simplen Zweizeiler auf den Rücken zu transpirieren, den ich mit meiner Schwablone vorbereitet habe:

Happy Birthday
Marscha

Nichts Großes.
    Unprätentiös.
    Kindgerecht.
    Pädagogisch wertvoll.
    Ich positioniere mich vor der Kinderschar und bitte mit ausgebreiteten Armen um Ruhe.

»Also, aufgepasst, Kinder, es geht los. Bitte absolute Ruhe, der Onkel muss sich jetzt konzentrieren.«

Ich drehe den Monchhichis den Rücken zu und beginne mit einer Art Presswehenatmung den Schweiß langsam in Wallung zu bringen. Doch anstelle des normalerweise nun einsetzenden Schweißes stößt mir nur der geexte Tabasco in unregelmäßigen Abständen unangenehm auf. Mein Magen signalisiert mir unmissverständlich Übelkeit. Aber wie soll man sich als Künstler auch auf seine Arbeit konzentrieren, wenn einen zwanzig mohrenkopfverschmierte Kinderfratzen anstarren, als hätte man gerade Nils Holgersson samt seinem fettbäuchigen Hamster Krümel umgebracht? Popel-Marscha starrt ungläubig auf die vereinzelten Schweißtröpfchen, die ich immer noch krampfhaft versuche aus meinen Poren zu drücken. Allmählich sollten die Buchstaben zu erkennen sein. Beim Blick über die Schulter sehe ich, wie die Tochter des Hauses den Kopf etwas zur Seite neigt. Sie liest den Text und beginnt zu schreien, während die anderen Kinder laut zu lachen anfangen. Marscha deutet mit ihren klebrigen Griffeln wütend auf mich und verfällt in einen hysterischen Heulkrampf. An ihrem Zeigefinger hängt noch ein halber Dickmann und platscht von dort in das frisch gemähte Gras.

»Mama, Mama, Maaaamaaaa«, kommt es in schrillen Tönen aus dem Kinderhals. Sogleich steuert das Mutterschiff mit hochroten Segelohren in den Garten.

»Was ist denn los, Schätzchen? Was weinst du denn?«

Die anderen Kinder deuten noch immer kichernd auf meinen Rücken, während ich mich um die eigene Achse drehe, um herauszufinden, was da gerade so lustig ist. Frau Mühlenhaupt blickt ebenfalls auf meinen Rücken. Dann baut sie sich vor mir auf und stemmt wütend ihre Hände in die Hüften.

»Finden Sie das vielleicht witzig?«

Ich habe keine Ahnung, was diese Frage soll. Natürlich sollte es witzig sein. Dafür werde ich schließlich bezahlt. Und was soll bitte an einem geschwitzten *Happy Birthday Marscha* nicht witzig sein? Also zucke ich nur ungläubig die Schultern.

»Ja, klar. Sie nicht?«

Doch der wandelnde Schminktisch findet es alles andere als lustig und dreht mich wutentbrannt so vor die Terrassentür, dass ich meinen Geburtstagsgruß am eigenen Rücken in der Spiegelung entziffern kann. Oder zumindest den Teil, den ich produziert habe.

Happy Birthday
arsch

»Oh, das, das … da sind mir wohl zwei Buchstaben abhandengekommen«, beginne ich zu stottern, als neben mir erneut das Geburtstagskind aufschreit und mir mit voller Wucht auf den Fuß tritt, während ihre Freundinnen sich immer noch schlapplachen. »Aua!«

»Selber Arsch!« Prinzesschen verschränkt die Arme und nimmt die gleiche Motzpose wie ihre Mutter ein. »Mama, ich will, dass mir der Mann sofort ein Einhorn macht.«

Erzürnt blickt mir Frau Mühlenhaupt tief in die Augen, während sich ihr Mund zu einem verkrampften Lächeln verzieht. Schlagartig wird mir in diesem Moment klar, an wen sie mich erinnert. Sie ist das weibliche Gesichtsdouble von Ronald McDonald.

»Hören Sie, ich schaue mir das Ganze keine Sekunde länger an. Sie schwitzen meiner Tochter jetzt sofort ein Einhorn.«

Ich hebe entschuldigend die Hände. Die rechten Worte wollen mir beim Anblick der roten Schlauchbootlippen jedoch nicht einfallen, stattdessen verspüre ich den instinktiven Wunsch, mir einen Sechserpack Chicken McNuggets zu bestellen. Ich wäge meine Möglichkeiten ab. Eine neue Schwablone anzufertigen würde zu lange dauern, Chilischoten habe ich auch keine dabei, und zu allem Überfluss ist mir von dem Tabasco kotzübel. Es spricht also momentan nicht gerade viel für ein Einhorn.

»Hören Sie, das geht nicht«, beginne ich meine Begründung. »Es gibt zwei Dinge, die ich aus Prinzip ablehne zu schwitzen: Fabelwesen und Hakenkreuze. Und ein Einhorn ist nun mal zumindest eines davon. Tut mir leid.«

Doch Ronaldine McDonald gibt sich mit meiner Antwort offenbar nicht zufrieden.

»Dann machen Sie ihr halt ein normales Pferd. Oder eine Kuh, meinetwegen auch ein Kamel. Irgendwas mit Hufen, das ein klein wenig nach einem Einhorn ausschaut. Das wird doch wohl nicht zu viel verlangt sein!«

Okay, ich gebe ja gerne zu, dass mein kleiner Geburtstagsgruß nicht ganz gelungen ist. Aber diesem kleinen Popelbastard ein Trampeltier schwitzen? Das geht dann doch gegen meine Berufsehre. Und für heute bin ich wie gesagt sowieso leer geschwitzt. Also schüttele ich ein weiteres Mal entschuldigend den Kopf.

»Nein, das, äh, kann ich nicht, Frau McDonald.«

»Wie bitte?«

»… äh, Frau Mühlenhaupt.«

Selten war ich näher an der Wahrheit über meine Kunst als mit dieser Aussage. Doch Frau Mühlenhaupt deutet nur mit strengem Blick auf die noch immer Tränen lachende Kinderschar um uns herum, die sich kaum mehr einzukriegen scheint.

»Aber Ihre Agentur hat mir gesagt, dass Sie für so was hier geeignet wären.«

Ich schaue mich um. Ein Kindergeburtstag für Zehnjährige. Als ich mich bei der Agentur angemeldet habe, hatte ich zwar versichert, dass ich auch für Aufführungen vor kleinen Gruppen zur Verfügung stünde, doch das bezog sich eher auf die Anzahl der Zuschauer und nicht auf deren Körpergröße. Dennoch versuche ich diplomatisch zu antworten.

»Mag sein, dass Sie da vielleicht andere Vorstellungen hatten. Aber das, was ich mache, ist kein Wunschkonzert, das ist Kunst. Sie können einem Busfahrer ja auch nicht sagen, dass er Sie heute doch mal direkt vor die Haustür fahren könnte, nur weil er gerade ein Lenkrad in der Hand hält. Er hat einen Auftrag, genau wie ich. Das ist sozusagen mein Bus, meine Fahrroute, und da ist die Haltestelle *Einhorn* nun mal nicht vorgesehen.«

Sollte doch nachvollziehbar sein, dass Kunst eine Gabe ist, der man genug Raum zur Entfaltung geben muss und die man nicht erzwingen kann. Und tatsächlich: Mutter Monchhichi nickt mir mit einem verzerrten Lächeln zu.

»Verstehe ... Warten Sie doch einen Moment, ja?«

»Ich wusste, dass Sie Verständnis für die Kunst haben, Frau Mühlenhaupt.«

Keine fünf Minuten später stehe ich mit meinem kleinen Koffer vor dem Reihenhaus der Familie Mühlenhaupt, und Mutti Monchhichi wirft mir meine Jacke hinterher.

»Verschwinden Sie! Sie sind kein Künstler, Sie sind ein Spinner. Sonst nichts.«

Ich ducke mich vor meiner anfliegenden Jacke und verteidige mich und meine Kunst. »Blödsinn! Sie verstehen nur nichts von Kunst. Meine Kunst ist eben für Menschen mit Intellekt.«

»Dass ich nicht lache! Wissen Sie, für wen Ihre Kunst einzig und allein ist?«, lacht Frau Mühlenhaupt hämisch auf. »Fürn Arsch.«

Autsch! Damit hat sie einen wunden Punkt getroffen und lockt mich auf das niedrige Gesprächsniveau.

»Ach wirklich? Dann müsste es Ihnen doch eigentlich gefallen. Ihr Gesicht sieht nämlich aus wie der farbige Arsch eines Pavians. Außerdem bekomme ich noch meine Gage!«

»Ihre Gage? Einen Moment ...« Sie verschwindet wieder im Haus. Als ihr hochroter Kopf wenige Augenblicke später wieder im Türrahmen auftaucht, ahne ich, dass ich keine Gagenzahlung zu erwarten habe. Anstatt meines Geldes hält sie eine Schachtel Dickmanns in ihren Händen und beginnt damit, den ersten Schaumkuss gezielt in meine Richtung zu schleudern.

»He, was soll das denn jetzt?«

»Sie wollten doch Ihre Gage. Hier haben Sie sie! Und ich lege sogar noch ein ordentliches Trinkgeld obendrauf.« Im Dauerfeuer prasseln die Schaumküsse auf mich nieder. »Verschwinden Sie, Sie Schwindler!«

Ich weiß, dass man sich gegen Widerstände durchsetzen muss, wenn man Großes erreichen will. Und ein schlauer Mann sagte mal: »Wer ein Lachs sein will, muss gegen den Strom schwimmen.«

Doch dass dieser Strom dermaßen gegen meine Schwimmrichtung arbeitet, ist mir bislang verborgen geblieben. Ich sammle die Schokoküsse auf und kotze zwei Meter weiter den kompletten Inhalt der Tabascoflasche in die Platanen des mühlenhauptschen Vorgartens. Erstaunlich, ich könnte wetten, dass ich mit dem Strahl im Seitenprofil einen ganz kurzen Moment lang wie ein Einhorn aussehe.

* Songvorschlag
»What Have I Done to Deserve This?«
Pet Shop Boys & Dusty Springfield

KAPITEL 2

Trautes Heim, scheiß allein!

Zu Hause angekommen, kicke ich die Schuhe genervt in die Ecke. Heute ist einer der Tage, an denen ich lieber allein wohnen würde. Doch ich lebe hier zusammen mit meinem Bruder Tobias und meinem kiffenden Kumpel Ferdinand Krüger, den jedoch alle wegen des Films *Nightmare on Elmstreet* nur Freddie nennen. Im vierten Stock eines Mehrfamilienhauses mit schlecht isolierten Fenstern und einem klapprigen Aufzug. Da mein Bruder im Rollstuhl sitzt, war der für ihn allerdings ein überzeugendes Argument für den Einzug.

Die Wohnung selbst ist nicht direkt hässlich, doch geht es bei uns sauberkeitstechnisch oftmals zu wie im Tourbus der Doors. Nur mit weniger Heroin auf dem Frühstückstisch. Dass unsere Behausung etwas gewöhnungsbedürftig daherkommt, liegt aber nicht nur an uns, sondern auch an der Tatsache, dass einige Räume nur als Schlafplatz nutzbar sind, da sie sich mit einer lichten Deckenhöhe von gerade einmal einem Meter fünfzig kaum höher darstellen als ein handelsüblicher Hamsterkäfig. Dafür bezahlen wir nur einen Mindestmietzins, und wenn ich schlafe, tue ich dies meist liegend, sodass mich die Raumhöhe nicht wirklich stört. Dennoch könnte das erklären, warum der Architekt in den Sechzigerjahren angeblich zu einer Haftstrafe verurteilt worden war.

Es gibt allerdings ein paar andere Details, die mich dann doch etwas stören. Zum Beispiel wurde die Wohnung in den frühen Siebzigerjahren mit strukturierten Landhausdielen in

Bucheoptik ausgelegt. Das klingt nicht schlimm, ist es eigentlich auch nicht. Doch die Trittschalldämmung ist darunter in den letzten zwanzig Jahren auf die Stärke eines Löschblatts zusammengepresst worden und fördert die nachbarschaftlichen Beziehungen nun auf sehr unkonventionelle Weise. So weiß ich, dass das junge Pärchen unter uns gerne lautstark Lieder ihrer Lieblingsstars mitsingt. Sie bevorzugt Kylie Minogues »I Should Be So Lucky«, wohingegen er ein Verfechter der Neuen Deutschen Welle ist. Besonders bei Joachim Witts »Goldenem Reiter« ringt er seinen Stimmbändern regelmäßig das Äußerste ab. Außerdem ist der weibliche Teil des Paares besonders empfänglich für Cunnilingus und Rollenspiele, in denen *Sie* dominant sein darf und *Er* in die Rolle eines Austauschstudenten aus Paris schlüpfen muss, der ständig »Oh là là, isch bin verruckt nach disch« ruft.

Ansonsten ist unser Haus ein Haus wie so viele in Deutschland. Laut Hausordnung ist zwischen elf Uhr vormittags und siebzehn Uhr nachmittags Klavierspielen für zwei Stunden erlaubt, Fußballspielen auf dem gepflasterten Innenhof hingegen nicht. Ich zähle keines von beidem zu meinen Hobbys. Eigentlich habe ich gar keine Hobbys. Früher habe ich viel gearbeitet. Ich war Zerspanungsmechaniker und zerspante Metall für die verarbeitende Fahrzeugindustrie. Mein Chef meinte vor vier Jahren, ich solle mich spezialisieren und mich zum Feinmechaniker weiterbilden lassen, da meine Monofachkenntnisse keine Zukunft hätten. Ich antwortete lediglich, dass ich es mir überlegen würde, und zerspante weiter an fünf Tagen in der Woche Motorenteile und Turbinen. Er behielt recht, und ich bin seit zwei Jahren arbeitslos. Wobei das so gar nicht stimmt. Ich habe ja einen Job, der meine körperlichen und künstlerischen Fähigkeiten sogar perfekt kombiniert: Ich bin Kunstschwitzer!

Doch nach dem Fiasko bei Monchhichi Marscha und ihrer verschminkten Mutter Ronaldine McDonald liege ich nun erst mal mit einem Sechserpack Bier in meinem Lieblings-T-Shirt und Sporthose vor dem Fernseher im Wohnzimmer und warte darauf, dass es endlich losgeht. Heute ist nämlich ein verdammt wichtiger Tag. Es ist nicht mehr lange bis zum Anpfiff des Eröffnungsspiels der Fußballeuropameisterschaft, und Deutschland trifft dabei in Düsseldorf auf Italien. Doch bis die Vorberichte beginnen, muss ich mich wohl noch von der geballten Seichtheit des deutschen Fernsehprogramms berieseln lassen. Nur bedingt interessiert verfolge ich eine Dokumentation über eine Auswandererfamilie im Dritten Programm. Dabei filmt das Kamerateam des Hessischen Rundfunks die sechsundzwanzigjährige vollschlanke Petra Heysel und ihren zweiten Ehemann Maik Heysel, einen zweiundfünfzigjährigen Estrichleger aus der Pfalz, bei ihrem Neuanfang in Griechenland. Sechs ihrer neun Kinder begleiten sie bei diesem Auswanderungsabenteuer. Der Rest der Horde bleibt bei Petras Exmann Hans-Peter in Landau. Dass Petra, die menschliche Legebatterie, trotz umfangreicher Ich-schenke-gerne-Leben-Beteuerungen nicht glücklich aussieht, weckt den WWF-Sympathisanten in mir. Nach all den Geburten und angesichts der fortdauernden Aufzucht ihrer Brut wirkt Petra psychisch leicht ausgezehrt. Die Erfolgsprognose der Auswanderung betrachte ich entsprechend kritisch. Zehn Minuten später ist der Versuch, zumindest die erste Sturmreihe der Heysel-Kinder in Athen einzuschulen, gescheitert. Petra beschwert sich darüber, dass diese ignoranten Griechen kein einziges Wort Deutsch verstehen und man in diesem Land darüber hinaus sowieso nichts lesen könne.

Kleiner Tipp unter Freunden, Petra: Vermutlich hätte ein ALDI-Reiseführer für neunundneunzig Pfennig schon genügt, um zu erfahren, dass man in Griechenland ein etwas anderes Alphabet benutzt und Deutsch nicht in jedem Land auf diesem Planeten Amtssprache ist.

Ich trinke einen großen Schluck Bier und empfinde zu meinem eigenen Erstaunen langsam eine perverse Schadenfreude an der Sendung. Auch der wortkarge und auf mich leicht autistisch wirkende Maik Heysel scheint nicht gerade die hellste Kerze auf der Torte zu sein, und so nimmt das Schicksal des Pfälzer Himmelfahrtskommandos seinen Lauf. Lord Dümmlich gibt dem Kamerateam bereitwillig Auskunft über sein bemitleidenswertes Seelenleben. In seinem neuen Job als Aufzugmonteur findet er laut eigener Aussage nämlich nun doch nicht so wirklich seine Bestimmung. Tja, Maik, könnte es vielleicht daran liegen, dass du kein einziges Wort der Kollegen verstehst und zudem überrascht feststellen musstest, dass man recht wenig Estrich in griechischen Aufzügen verbaut?

Ich muss zugeben, dass mich das Scheitern der Heysels irgendwie entspannt. Es gibt mir das Gefühl, dass mein Leben trotz der heutigen Pleite eigentlich ziemlich super verläuft und ich ein absoluter Gewinnertyp bin. Weder muss ich Aufzüge in Griechenland reparieren noch mit Petra und ihrer Horde eine Einschulung in Athen planen.

Ich führe eigentlich ein Traumleben.

Vielleicht sollte man sogar mal eine komplette Sendereihe über gescheiterte Auswanderer machen.

Ha, ja, das wär's doch!

Nur: Wer außer mir schaut sich so einen Hirnfurz noch an? So bescheuert ist unsere Gesellschaft anscheinend doch noch nicht.

Das Geräusch eines Schlüssels in der Wohnungstür reißt mich aus meiner Gedankenwelt. Ein Blick auf die Uhr verrät mir, dass es mein älterer Zwillingsbruder Tobi sein muss. Tobi ist zwei Minuten älter als ich und erhielt als Siegermedaille für den Erstgeborenen eine Wirbelsäulenschädigung inklusive Lähmung der Beine gratis dazu. Er bekam einen Rollstuhl, ich den kleineren Penis. Jeder soll für sich entscheiden, wer besser weggekommen ist.

Die Tür knallt lautstark ins Schloss, und ein verschwitzter

Tobi rollt genau zwischen mich und den Fernseher. Mit verschränkten Armen und einer mit Fell bespannten Trommel um den Hals schaut er mich vorwurfsvoll an.

»Wo warst du?«

Verständnislos mustere ich ihn und schüttele den Kopf.

»Wie, wo war ich? Wo soll ich denn gewesen sein?«

»Du wolltest mich abholen! Wir hatten ausgemacht, dass du mich um halb fünf vor der Caritas-Werkstatt abholst.«

Im ersten Moment will ich anhand einer schlüssigen Argumentationskette darlegen, dass das ja überhaupt nicht sein kann, bis mir einfällt, dass es sehr wohl sein kann. Sogar ganz sicher so ist, doch im Mohrenkopfhagel von Marschas Mutter von mir ganz einfach vergessen wurde.

»Scheiße, Tobi, tut mir leid. Das habe ich echt ähhh … verschwitzt.«

»Selber scheiße, Berti. Ich musste bei der Hitze im voll besetzten Behindertenbus zurück fahren. Du weißt, dass ich das nicht mag.«

»Ja, ich weiß.«

Seit ein Zivildienstleistender vor einigen Jahren den Motor des orangefarbenen VW-Busses ausreizen wollte und dabei die Karre in einer abschüssigen Kurve aufs Dach legte, ist Tobis Lust auf Fahrten mit Caritas-Bussen signifikant gesunken. Zumal im Bus immer Wichs-Kläuschen vor ihm sitzt, und dieser macht seinem Spitznamen auch stets alle Ehre. Klaus hat nämlich nicht nur das Downsyndrom und eine übermäßige Libido, sondern darüber hinaus auch ein erstaunlich lockeres Handgelenk.

»Ich sagte ja, tut mir leid. Ich hatte so einen beschissenen Auftritt heute, und da habe ich es glatt vergessen. Komm, setz dich, nimm dir ein Bier und einen Schokokuss und beruhig dich. Die Vorberichte zum Eröffnungsspiel gehen gleich los. Du hast da übrigens 'ne Trommel um den Hals.«

»Weiß ich selber. Die hat mir Wichs-Kläuschen geschenkt,

weil er mich so mag. Sie haben in seiner Gruppe heute afrikanische Trommeln gebaut.« Tobi rollt aus dem Bild und legt die Trommel zur Seite. »Ich mag Trommeln. Da kann man so schön draufhauen. Schade, dass du keine Trommel bist, Berti.«

»Mensch, jetzt beruhig dich«, stöhne ich auf. »Wie oft soll ich mich denn noch entschuldigen?«

Tobi schnaubt noch ein paarmal böse, dann rollt er neben mich und öffnet sich ein Bier.

»Nur weil du keinen richtigen Beruf hast, musste ich fast 'ne halbe Stunde neben Wichs-Kläuschen im Bus sitzen. Und er war heute so richtig gut drauf, wenn du verstehst, was ich meine.« Mein Bruder ahmt die unmissverständliche repetierende Handbewegung nach. Dann greift er sich einen der Schokoküsse, legt ihn aber nach näherer Betrachtung wieder zurück. »Da ist Gras dran, Berti.«

»Ich weiß.«

»Du weißt aber, dass das da normalerweise nicht drangehört?«

»Ja, auch das weiß ich. Bin ja schließlich nicht bescheuert.«

»Und warum hängt dann Gras dran? Ist es jetzt schon so weit, dass du in Mülleimern nach Essen wühlen musst?«

»Nein, ist es nicht. Du musst ihn ja auch nicht essen, wenn du nicht willst. Aber tu mir jetzt bitte den Gefallen und quatsch mich nicht voll, okay? Das war heute wirklich kein guter Tag.«

Ich spüre, wie mein Bruder mich erneut mustert. Weil er der Ältere ist, macht er sich Sorgen um mich. Das war schon immer so und wird wohl auch so bleiben.

»Ich weiß, ich bin dein älterer Bruder, aber ich kann mich nicht mein ganzes Leben lang um dich kümmern, Berti. Irgendwann musst du mal auf eigenen Beinen stehen.«

Ich gebe zu, dass es einem erwachsenen Mann schon ein wenig blöd vorkommt, wenn der eigene Bruder ihm das sagt. Zumal die Redewendung *auf eigenen Beinen stehen* per se seltsam klingt, wenn sie von einem Rollstuhlfahrer kommt. Aber das Schlimmste daran ist die Tatsache, dass er damit vollkommen recht hat. Er ist wirklich derjenige von uns, der ein geregeltes Leben führt und wenigstens etwas Geld verdient.

Er hat einen Job in der Caritas-Werkstatt.

Ich nicht.

Er hat seit vier Jahren eine feste Beziehung mit Anne, einer Brünetten aus seiner Arbeitsgruppe, die ebenfalls im Rollstuhl sitzt.

Ich habe weder eine Arbeitsgruppe noch eine Brünette.

Bevor ich ihm antworten kann, geht neben uns eine Zimmertür auf, und mein zweiter Mitbewohner, Freddie, kommt aus einer der Einen-Meter-fünfzig-Schlafhöhlen übers Laminat gekrochen. Er streicht sich über seinen Schnauzbart, den er seit zwei Monaten züchtet, und schaut uns aus verschlafenen Augen an.

»Sagt mal, was ist das denn für ein Krach hier mitten in der Nacht?«

»Ach, nichts. Tobi meint nur, dass er sich nicht ewig um mich kümmern kann.«

Freddie streckt sich auf allen vieren wie eine Katze und gähnt dabei ausgiebig. »Recht hat er. Aber muss diese Diskussion unbedingt nachts stattfinden?«

»Es ist kurz vor sechs Uhr abends, Freddie. Wieder etwas schlechtes Kraut geraucht?«

»Was?« Freddie schaut auf seine Swatch-Armbanduhr. »Verdammt, dieser Schichtdienst in der Klinik bringt mich völlig durcheinander.«

Freddie bessert sich sein Gehalt momentan als Nachtwächter in einer noblen Klinik um die Ecke auf. Auch er bringt also Geld für die Miete rein. Bevor er mir ebenfalls Vorhaltungen macht, winke ich ihn zu uns.

»Setz dich, Fußball geht gleich los.«

»Scheiße, Berti. Ich rackere mich nächtelang ab, um unsere

Rechnungen zu bezahlen, und du schaust Fußball. Vielleicht hast du es ja vergessen, aber wir haben mittlerweile über dreitausend Mark Schulden. Tobi, tritt deinem Bruder ruhig mal kräftig in den Arsch!«

»Würde ich ja gerne, aber mit dem Treten klappt's gerade nicht so richtig.« Tobi klopft sich auf seine tauben Beine. »Verdient hätte er es allerdings.«

Ich fühle mich auf eine seltsame Art von einem Behinderten und einem verschlafenen Freak in die Enge getrieben. »Ist das hier 'ne Verschwörung, oder was?«

»Ach, dann hast du die Stromrechnung also schon bezahlt?«, stichelt mein Bruder weiter.

»N-n-nein«, stottere ich den Versuch einer Antwort und füge immerhin noch ein »Mache ich aber morgen« an. Freddie steht endlich vom Boden auf, kommt zu uns herüber und macht sich ebenfalls ein Bier auf.

»Gestern kam schon die zweite Mahnung. Wir müssen das jetzt echt zahlen, Leute, sonst drehen die uns den Strom ab, und dann sind wir so was von aufgeschmissen.« Freddie hat einen Hang zur Theatralik.

»Jaja, ich mache das gleich morgen als Erstes.« Ich versuche die Flucht nach vorn anzutreten und stelle eine Gegenfrage. »Hast du denn diesen Auftrag bekommen?«

Freddie ist seit letztem Jahr nämlich eigentlich selbstständig in der – wie er es nennt – Flugbranche tätig. Was sich jedoch nach Airbus und großer weiter Welt anhört, stellt sich bei genauer Betrachtung als Hobbyflieger auf dem Regionalflughafen Egelsbach heraus. Er fliegt mit seinem Motorsegler über Frankfurt und Käffer im Rheingau und zieht dabei Werbebanner von Winzern, Elektrofachmärkten oder neureichen Yuppies hinter sich her, die ihrer Angebeteten auf diese Weise einen Antrag machen wollen. Oder er wirft tausend rote Rosen über einer Hochzeitsgesellschaft ab. Wenn er nicht gerade, wie zuletzt geschehen, den Wind falsch berechnet und die ganze Botanik dem verdutzten Nachbarn in den Garten feuert.

»Nein. Der Auftraggeber hat sich für eine klassische Aktion mit Flugblättern entschieden. Diese Art der Werbung erschien ihnen sicherer, hieß es.«

»Ach, die kennen dich wohl?«, gebe ich giftig zurück.

»Witzig, Berti. Sehr witzig. Du solltest mit deinen Scherzen auf Tournee gehen, weißt du das?« Freddie stößt mit uns an und streckt seine Hand zu den beschädigten Dickmanns, die ich auf dem Esszimmertisch platziert habe. »Darf ich?«

»Greif zu. War ein Geschenk.«

Er fingert sich einen der am wenigsten zermatschten Mohrenköpfe heraus und beißt hinein. Sofort verzieht er sein Gesicht und befördert kurz darauf einen grünen Halm aus seinem Mund. »Da hängt ja Gras dran.«

»Ja, ich weiß. Ist 'ne lange Geschichte.«

»Ich frage besser nicht, oder?«

Tobi und ich antworten zeitgleich. »Nein.«

Freddie zuckt die Schultern, lehnt sich zurück und beißt erneut in den Schaumkuss, während die ersten Interviews mit den Nationalspielern über den Bildschirm flackern.

»Wie läuft's denn mit deinen Auftritten?«

Ich nehme einen großen Schluck Bier. Es ist Zeit für eine überzeugend klingende Lüge. »Super. Ich hatte erst heute eine interessante Buchung, und ein Typ von der BILD-Zeitung will die Tage ein Interview mit mir machen.«

Zumindest der zweite Teil stimmt tatsächlich. Den Kontakt zu dem Reporter habe ich über einen Bekannten bekommen, bei dem ich noch etwas guthatte. Doch auch das wird mir von Freddie sogleich madiggemacht.

»Das passt wenigstens mal. Die BILD hat dein Niveau und trifft auch dein Zielpublikum.«

»Ach, komm schon. So etwas haben die bestimmt noch nicht gesehen. Vielleicht gibt's dadurch ein paar Aufträge mehr.«

»Ja, klar. Die Welt wartet auf einen Kunstschwitzer.«
Freddie lacht hämisch auf und klatscht sich mit meinem Bruder ab.

Ich drehe mich brüskiert zu Tobi. »Du unterstützt ihn auch noch? Du bist mein Bruder, du solltest zu mir halten!« Doch die beiden kichern unbeirrt wie zwei Grundschüler weiter und prosten sich zu. »Lacht nicht so blöd. Das ist Kunst.«

Freddie verschluckt sich beinahe. »Berti, mal ganz ehrlich … Du beißt in Chilis, schwitzt in vorgefertigte Schablonen und erzählst Leuten, dass das eine Gabe sei. Für mich ist das eher so was wie … wie nennt man das noch gleich? Ach ja, Betrug.«

Entrüstet stelle ich mein Bier vor mir ab. Es geht um meine Berufsehre. »Jetzt mach aber mal einen Punkt. Das … das ist ja schon fast Blasphemie!«

»Blasphemie? Bist du jetzt Gott oder was?«

Ich lehne mich wieder zurück. »Ein wenig.«

»Der Schweißdrüsengott … hahaha. Prost, Berti.«

Mürrisch hebe ich mein Bier, jedoch ohne die Ungläubigen dabei auch nur eines einzigen Blickes zu würdigen.

»Prost.«

»Jedenfalls brauchen wir dringend Kohle.« Freddie schenkt einem fulminanten Rülpser unterhalb des tiefen C die Freiheit. »Sonst werden wir aus der Wohnung geschmissen. Dann war's das mit unserer WG.«

»Du hast ja recht. Aber ich habe auch noch meinen lukrativen zweiten Nebenjob«, verteidige ich mich weiter.

»Du meinst den bei der Gräfin?«

Ich nicke, und Freddie vergräbt sein schnauzbärtiges Gesicht in seinen Händen.

»Ach, Berti, das ist doch nicht dein Ernst, oder?«

»Doch, ist es, und jetzt lasst uns in Ruhe Fußball schauen. Es geht nämlich los. Bin gespannt, ob der Beckenbauer den Völler spielen lässt.«

Freddie lehnt sich wieder zurück und nimmt einen kräftigen Schluck Bier. »Das ist wohl besser, als jetzt auch noch über deinen zweiten bescheuerten Job zu diskutieren.«

Songvorschlag
»I Should Be So Lucky«
Kylie Minogue

KAPITEL 3
Samstag, 11.06.1988

Bessina von Nimmroth ist nicht tot.

Jedenfalls nicht so richtig.

Sie ist eher so etwas wie ein paranormales Phänomen.

Ein Wesen aus einer anderen Welt.

So wie E.T. Nur dass sie nicht ständig nach Hause telefo-nieren will. Dafür hat sie aber sauber geschnittene Krallen und einen exzellenten Stammbaum. Bessy, wie sie von ihrem Frau-chen genannt wird, ist die Pudeldame von Sophia Gräfin von Berentzen-Schaumburg. Die Greisin trägt nicht nur die iden-tisch hässliche Pudelfrisur wie Bessy, sondern ist ebenso wie die Hundedame adligen Geschlechts und bewohnt die oberste Etage einer herrschaftlichen Villa in einem Nobelviertel Frankfurts.

Meine Familie, die Körners, bewohnt seit zwei Generatio-nen eine Dreizimmerwohnung ein paar Straßen entfernt in einem Viertel, in dem von jeher die Angestellten der Reichen wohnen und die Wege zu ALDI und Currywurstbuden deut-lich kürzer sind als die zu Feinkost Werner und den Dreisterne-restaurants mit mindestens zwei *Accents* im Namen. Und da meine Mutter früher der alten Berentzen die herrschaftlichen, aber verstaubten Fenster putzte, fiel mir als Teenager irgend-wann das zweifelhafte Vergnügen zu, Bessy Gassi zu führen. Für fünf Mark hob ich als Schüler Pudelkacke auf, um sie in einer Plastiktüte zu verstauen und sie dem Köter eine Drei-viertelstunde lang hinterhertragen zu dürfen. Das Ganze vier-mal die Woche, was mir immerhin zwanzig Mark einbrachte und mein dürftiges Taschengeld nahezu verdoppelte.

Das ist nun schon einige Jahre her, doch da mein vorbestimmter Weg zu meinem Berufswunsch Astronaut nicht ganz so zielgerichtet verlief, wie ich es geplant hatte, und auch die Zweitoption als Mittelstürmer bei Eintracht Frankfurt unterdessen ins Stocken geriet, führe ich Bessy auch heute noch um den Block. Es hat sich also nicht viel verändert ... wenn man mal von der Tatsache absieht, dass der Hund vor drei Jahren verstorben und somit seiner körperlichen Hülle entwichen ist.

Wie ich Bessy dann immer noch Gassi führen kann? Nun ja, da wären wir wieder bei dem paranormalen Phänomen. Die Gräfin ist mittlerweile weit über neunzig und etwas ... nennen wir es wunderlich. Darüber hinaus hat ihre Demenz sie schlichtweg vergessen lassen, dass der Hund tot ist, und ich unterstütze die Gräfin, indem ich ebenfalls so tue, als sei alles in bester Ordnung. Damit fährt sie gut, und ihr Leben behält den gewohnten Alltagsrhythmus. Meine Tätigkeit könnte man also auch als eine Art aristokratischen Sozialdienstes verstehen.

Okay, ich gebe zu, dass ich dies nicht ganz uneigennützig mache. Einmal habe ich sogar überlegt, ob ich meine Tätigkeit noch gewinnbringender gestalten könnte, indem ich vorgebe, dass Bessy einen Wurf Welpen geboren habe. Diese müsste ich natürlich ebenfalls Gassi führen, was logischerweise mehr Arbeit machen und dementsprechend auch mehr kosten würde. Mein Gewissen und mein Bruder haben mir diesen Karrieresprung allerdings untersagt, und so führe ich weiterhin viermal wöchentlich lediglich *einen* imaginären Hund eine Dreiviertelstunde lang um den Block.

Heute ist es wieder so weit. Der offizielle Gassiplan und mein leerer Geldbeutel verdeutlichen mir, dass Bessy dringend eine Runde drehen muss. Keine zwanzig Minuten später stehe ich vor dem herrschaftlichen Anwesen der Gräfin, das die Familie Berentzen-Schaumburg früher allein bewohnte.

Heute beherbergen die altehrwürdigen Mauern drei Parteien: Im Parterre wohnt ein Ehepaar, welches ungefähr in meinem Alter sein dürfte ... plus/minus fünfzehn Jahre. Wer will das schon so genau sagen? Diese Erfolgsmenschen sind aufgrund der gerade aufkommenden Fettabsaugungen und Sackfaltenstraffungen altersmäßig genauso schlecht einzuschätzen wie Peter, Bob und Justus von den *Drei ???*. Er ist jedenfalls Bankkaufmann in höherer Position, sie Porsche-Testfahrerin. Zumindest sehe ich sie ständig in diesem Auto durch die Gegend fahren und monströse Blumenkübel rankarren, aus denen Giraffen trinken könnten und die der Gatte allabendlich in den noch monströseren Garten schleppen darf. Vielleicht ist sie aber auch einfach beinamputiert und kann sich daher gar nicht anders als in diesem Fahrzeug bewegen. Die beiden führen jedenfalls eine sterile Beziehung zwischen Zinsderivaten und Terrakottapflanzkübeln auf Giraffenhalshöhe. Kinder haben sie keine. Das einzig Fruchtbare in dieser Beziehung dürfte wohl der mit Humus angereicherte Mutterboden der protzigen Buchsbaumallee in ihrem Garten sein. Eine gefühlte Milliarde dieser Gewächse ziert nämlich die Terrassenlandschaft des Yuppiepaars.

Im ersten Stock wohnt Herr Barnikov. Ich nenne ihn immer nur ehrfürchtig den »Reaktor«, weil er immer so schön über beide Ohren strahlt. Der Reaktor ist ein stets hervorragend gekleideter Rentner, der früher einmal eines der besten Orchester des Landes am Flügel unterstützte und sein sinnlos gewordenes Leben nun damit garniert, zweimal täglich die Nachbarschaft mit einem Klavierkonzert zu beglücken. Jeden Morgen pünktlich um halb elf und ebenso pünktlich nochmals am Abend um zwanzig Uhr. Aber man lässt ihn. Würde man ihm die schwarzen und weißen Tasten nehmen, nähme man ihm wohl zugleich den letzten Rest Lebensfreude, und sein Strahlen würde in einem fulminanten Super-GAU ersterben.

Im oberen Stockwerk thront schließlich die Eigentümerin des Hauses, Sophia Gräfin von Berentzen-Schaumburg, über allen. Eigentlich lautet ihr vollständiger Name sogar Gräfin von Berentzen-Schaumburg zu Pommern-Wittgenstein. Doch das passte nicht aufs Klingelschild, und so steht lediglich S. Berentzen darauf.

Es ist exakt zehn Uhr. Frau Gräfin schätzt Pünktlichkeit. Ich klingele, und Sekunden später meldet sich die vertraute Stimme mit einem oblatendünnen und lang gezogenen »Jaaaaa?«.

»Ich bin es, Frau Berentzen. Berthold Körner.«

»Ach, der Berti. Komm rauf.«

Eigentlich mag ich es nicht, Berti genannt zu werden. Ich bin schließlich ein erwachsener Mann und keine Figur aus der Sesamstraße. Aber gut, was tut man nicht alles für ein paar Mark Hundeprostitution. Der Türsummer ertönt, und ich drücke die Tür auf. Den nachträglich eingebauten Aufzug ignoriere ich wie immer und rede mir ein, dass das Treppensteigen meine Form von Fitnesstraining wäre. Im Erdgeschoss passiere ich sogleich eine originalverpackte Dekompostierkralle. Im ersten Stock herrscht angenehm musikalische Stille, und im zweiten Stock erwartet mich Frau Berentzen-Schaumburg im Türrahmen stehend und bittet mich herein. Sofort wabert mir aus dem Wohnungsinneren die einzigartige Melange aus Hundefutter und Frau Berentzen-Schaumburgs Lieblingsduft Echt Kölnisch Wasser in die Nase.

»Wie schön, Berti. Bessy ist schon ganz aufgeregt. Sie hat dich schon erwartet. Schau nur, wie sie sich freut.«

»Äh, ja«, stottere ich und bücke mich wie üblich zu dem verwaisten Hundekissen im Korb neben der Wohnungstür. Ich tätschele ins Leere und beginne mit meinem imaginären Begrüßungsritual. »Hallo Bessy. Bist eine Feine … jaaa, eine ganz Feine.«

»Siehst du, Berti, ich hab's dir gesagt. Sie hat dich wirklich ins Herz geschlossen.«

»Ja«, lächle ich, »ich freue mich auch immer wieder.«

»Sie scheint aber ein wenig zu kränkeln. Ihre Schnauze ist momentan etwas kalt.«

Mit dieser Erkenntnis liegt die Gräfin näher an der Wahrheit, als sie ahnt. Bessy verstarb einst ausgerechnet auf einem meiner Spaziergänge. Ich brachte es damals nicht übers Herz, den toten Hund seinem Frauchen zurückzubringen, und so habe ich Bessy einfach mit nach Hause in die WG genommen. Zugegeben, ich habe auch mein Taschengeld verebben sehen. Immerhin habe ich der Gräfin schließlich doch noch von Bessys Ableben berichtet, doch bereits am nächsten Tag rief sie mich wieder an und fragte, wo ich denn bliebe. Bessy warte schon ganz ungeduldig auf mich. So nahm mein Nebenerwerb seinen schicksalhaften Lauf ... Jedenfalls hat Bessy seither einen Stammplatz in meiner eigens für sie angeschafften Tiefkühltruhe, wo sie bei exakt achtzehn Grad minus auf ihre Wiederauferstehung wartet.

»Ach, tatsächlich, eine kalte Nase?«, antworte ich der Gräfin.

Frau Berentzen schaut ernsthaft besorgt. »Ja. Haben Sie eine Idee, was man bei einer beginnenden Erkältung machen kann?«

»Na ja, ich esse immer irgendetwas Warmes, eine Hühnerbrühe oder so. Schön heiß. Dann leg ich mich hin, und am nächsten Tag geht's mir schon wieder besser.«

»Gute Idee, etwas Warmes ...« Die Augen der Gräfin hellen sich schlagartig auf. »Na, dann werde ich das mal anrichten. Und ihr geht lieber gleich los, sonst wird es dunkel.«

Dunkel? Ich schaue auf die Uhr. Zehn Uhr morgens.

Ich nicke dennoch zustimmend.

»Und vergiss die Leine und die Plastiktütchen für das Kacka nicht. Du weißt, ich mag das nicht, wenn überall die Hinterlassenschaft meines Hundes auf den Wegen herumliegt und die Leute reintreten.«

»Natürlich nicht.«

Die Gräfin reicht mir eine Rolle mit Gefrierbeuteln, in die ich Bessys Fäkalien stets abzufüllen habe. Das ist auch so ein Spleen von ihr. Niemanden sonst interessieren die Hinterlassenschaften seines Hundes, aber Bessys Kacke wird stets ordnungsgemäß auf dem eigenen Komposthaufen hinter dem Haus der Gräfin entsorgt. Eine Art Fäkal-Staatsakt. Ich nehme die Leine sowie ein paar der Beutel und begebe mich mit der imaginären Pudeldame nach unten. Die Sache mit den Plastikbeuteln hat mich anfänglich vor ein echtes Problem gestellt, da so ein toter Hund natürlich auch kein Kacka mehr macht. Andererseits konnte ich ja auch nicht ständig mit leeren Beuteln zurückkommen. Die Gräfin hätte sofort den Tierarzt verständigt und sich um die Verstopfung ihrer Hündin gesorgt. Am Ende hätte der Arzt Frau Berentzen-Schaumburg ins Heim eingewiesen und mir mein Einkommen zerstört. Also musste eine Lösung her. Zu Beginn versuchte ich es mit Choco Crossies und zermanschten Duplos als Kotattrappe. Mit der Zeit perfektionierte ich meine Kunstkacke, und nach ein paar Wochen hatte ich mein Meisterstück gemacht: Zwei angeschmolzene Raider-Riegel mit ein wenig Vollkornmüsli ähneln dem Fäkalauswurf eines ausgewachsenen Pudels auf verblüffende Art und Weise. Man musste schon daran riechen, um den Unterschied herauszufinden. Jedoch stellte sich diese Attrappe zwar als verblüffend echt, aber auch als viel zu kostspielig heraus. Irgendwann kam mir die Idee, einfach die Unachtsamkeit der anderen Hundebesitzer zu nutzen, und ich sammelte von da an deren Exkremente auf. Also, nicht deren eigenen Kot, sondern natürlich den ihrer Hunde. Ab und an fragte ich auch einen Hundebesitzer, ob ich vielleicht den Kot seines Fifis haben dürfte. Meist erntete ich zwar zunächst verständnisloses Kopfschütteln, aber hin und wieder auch ein, zwei brauchbare Köttelchen. Mittlerweile habe ich meine Rundgänge nach denen der Besitzerin eines Collierüden ausgerichtet, die zu identischen Zeiten ihren Hund zur Darmentleerung ausführt.

Wir haben ein stillschweigendes Abkommen getroffen. Ihr Border Collie ist sozusagen der Kotlieferant meines Vertrauens. Damit verhelfe ich der Umwelt zu mehr Sauberkeit, bewahre Frau Berentzen vor dem Heim und sichere meinen Job. Allen ist also geholfen.

Nachdem ich bei über dreißig Grad auch heute wieder Colliekacke aufgesammelt habe, mache ich wie immer an dem kleinen Café neben dem Park halt und bestelle mir einen Kaffee und eine Brezel vom Vortag für eine Mark fünfzig. Der Besitzer, Francesco, kennt mich schon ewig und sieht aus wie der Zwillingsbruder von Sean Connery: Ende fünfzig, die oberen drei Knöpfe des Hemds so weit geöffnet, dass das dunkle Brusthaar wild und kraus sprießen kann, und das schüttere Resthaar stets so frisiert, als hätte er es sich morgens vor dem Spiegel mit einer Luftpumpe gekämmt. Allerdings fährt Francesco anders als James Bond keinen Aston Martin, sondern lediglich ein altes Mofa.

Er winkt mir zu, während er zwei Touristinnen in ihren sommerlichen Blumenkleidern abkassiert. »Ciao Berti. Habe Gluck gehabt gestern. Italia waren molto besser als deutsche Manneschaft. Baresi, Bergomi … normalerweise vier, funf nulle fur Italia.«

Ach ja, das Eins-zu-eins im gestrigen Eröffnungsspiel der Europameisterschaft gegen Italien. Hätte ich mir ja denken können, dass mir Francesco erst einmal einen kurzen Abriss des Spiels um die Ohren schmieren würde. Zugegeben, Italien war besser, und nur dank Andi Brehme haben wir das Unentschieden halten können. Dieser Brehme ist schon ein guter Kicker. Aus dem wird noch mal ein Großer, da bin ich mir ganz sicher.

»Jaja, ist recht.« Ich winke ab und nehme an einem der kleinen Tische Platz.

»Wie immer, Berti? Un caffè e un Brezel, bene?«

»Wie immer.«

Francesco bringt mir beides mitsamt der Tageszeitung, und ich lasse mir die Sonne ins Gesicht scheinen, die bereits kräftig vom Himmel strahlt. Francescos Café ist so was wie mein Büro, denn hier bekomme ich die neuesten Informationen darüber, was so alles in der Stadt passiert und bei welchen Firmen eventuell eine Jubiläumsfeier ansteht, auf der ich auftreten kann. Die Miete von einer Mark fünfzig ist da eine kluge Investition.

»Isse sonst nix passiert, Berti«, berichtet mir Francesco in seinem Italodeutsch und fuchtelt dabei wild mit den Händen in der Luft umher, als ob sich zwei Bienenvölker in seiner Plusterfrisur eingenistet hätten. »Ganze Frankefurte isse langeweilig. Musse du mache Geschäfte, Berti. Gibt e viele Geld zu verdiene in Frankefurte.«

Die Fuchtelei nervt mich. Also schaue ich Francesco vorwurfsvoll an und sage ihm genau das.

»Hör auf mit dem Klischeescheiß, Francesco, wir sind wieder allein. Die beiden Touris sind längst weg.« Ich schaue mich sicherheitshalber noch einmal um, doch weit und breit sind keine Touristen oder sonstige potenzielle Gäste zu erkennen. »Du kannst wieder normal mit mir sprechen.«

»Sorry.« Francesco schüttelt den Kopf und steckt sich erst mal zur Entspannung eine Zigarette an. Danach atmet er tief durch und fährt er in perfektem Deutsch fort – schließlich ist er hier in Frankfurt geboren und aufgewachsen: »Gerade war noch eine Busgruppe aus Karlsruhe da. Die wollten natürlich das ganze italienische Programm. Espresso, italienisches Eis und den Prototyp des Italieners. Verstehst schon …«

»Du glaubst also immer noch, dass dieses Scusi-signorina-Geschwafel deinen Umsatz steigert?«

Er schaut mich aus großen Augen an, als ob ich behauptet hätte, dass die Welt nun doch eine Scheibe sei. »Natürlich. Die Gäste fahren da voll drauf ab. Wenn ich zum Chinesen gehe, will ich ja auch keine Grüne Soße essen und Frankfurter Gebabbel hören. Da will ich den devoten Asiaten vor mir, der kein R aussprechen kann, sich aber dafür beim Abräumen dreimal verbeugt.« Francesco lacht über seinen eigenen Witz, nimmt einen weiteren Zug an seiner Zigarette und lässt eine mächtige Rauchsäule aus seinen Lungen entweichen.

»Du spinnst doch«, entgegne ich ihm.

»Das musst gerade du sagen.«

»Was soll das heißen?«

»Du verarschst die Leute doch noch mehr als ich. Schau dich doch an, trägst die Hundeleine der Gräfin spazieren, und der Hund ist schon längst verwest.«

»Ist er nicht.«

»Natürlich ist er das! Er ist seit Jahren tot.«

»Trotzdem ist er nicht verwest. Da bin ich mir … äh, recht sicher.« Ich erspare mir die Erklärung, dass Bessy in meiner Tiefkühltruhe wohnt, und entgegne stattdessen ein halbwegs ernst gemeintes »Im Herzen der Gräfin lebt der Hund noch«.

»Das liegt nur daran, dass die Alte nicht mehr richtig tickt.« Francesco tippt sich mit seinem Zeigefinger an die Stirn. »Gib's doch zu, du wartest nur darauf, dass sie demnächst das Zeitliche segnet und du etwas von der fetten Erbschaft abbekommst.«

»Quatsch.«

»Wahrscheinlich ist das sogar die ganze Zeit dein Plan gewesen. Erst hast du ihren Köter umgebracht, und als Nächstes ist die Gräfin dran. Du wärst bei uns in Sizilien eine große Nummer, Don Berti. Du bist echt ein ganz abgebrühter Hund.« Francesco lacht extralaut, damit mir sein Wortwitz auch ja nicht entgeht. »Verstehst du? Abgebrühter Hund?«

»Ja, ich hab's beim ersten Mal schon verstanden, Francesco. Ein Brüller.« Ich wechsle schnell das Thema. »Was machen die Kinder?«

»Alles wie immer. Kleines Kind wickeln, großes in den Kindergarten bringen, kleines Kind wieder wickeln, großes Kind aus dem Kindergarten abholen und diskutieren, warum man bei Regen kein Eis bekommt, kleines Kind ein weiteres Mal wickeln, großem Kind erklären, dass man nicht immer Nutella aufs Brot bekommt, kleines Kind vor dem Schlafengehen wickeln, großem Kind erklären, warum man Nutella nicht auf die Zahnbürste macht.«

»Klingt irgendwie nicht so erfüllend.«

»Doch, ist es. Okay, es ist jetzt nicht das ganz große Los, aber es ist tausendmal sinnvoller als der Scheiß mit deinen Schwitzereien. Machst du das immer noch?«

Was haben denn diese Woche alle gegen meine Hyperhidrosekunst? Ich verdiene damit schließlich meinen Lebensunterhalt und schade niemanden mit meiner kleinen Schwindelei.

»Natürlich mache ich das. Das ist Kunst, und du hast keine Ahnung.«

»Nein, das sind Schweißflecken, und du hast sie nicht mehr alle.«

»Leck mich.«

»Du mich auch. Willst du Milch zum Kaffee?«

»Ja.«

So sind Francesco und ich miteinander. Ehrlich und geradeheraus. Wir verstehen uns. Vielleicht sind wir sogar so etwas wie Brüder im Geiste. Wir machen beide den schönen Schein zu schönen Scheinen. Der eine versucht mit gebrochenem Italodeutsch seinen Umsatz zu optimieren, und der andere führt den Geist eines Hunds spazieren und sammelt Fremdkacke von Border Collies auf.

Songvorschlag
»Faith«
George Michael

KAPITEL 4

Mission completed.

Mit reichlich Colliefremdkacke im Gepäck biege ich nach einer guten Stunde Gassigehen mit der imaginären Bessy wieder in die Straße der Gräfin ein und erkenne schon von Weitem ein beachtliches Aufgebot an Krankenwagen und Polizeifahrzeugen vor der Villa. Hat da etwa ein frustrierter Jugendlicher den Familienporsche der Buchsbaumyuppies flambiert? Oder sind Herrn Barnikov die Tasten entlaufen, und er hat die Polizei gerufen? Unweigerlich muss ich schmunzeln, als ich mit der Hundeleine in der Hand über das rot-weiße Absperrband steige. Das ist das Signal für einen Feuerwehrmann, sofort auf mich zuzustürmen und Einhalt gebietend die Hände zu heben.

»He, stopp da! Sehen Sie nicht, dass das extra dahängt? Bitte treten Sie wieder hinter die Absperrung zurück!«

»Aber ich muss zu Frau Berentzen-Schaumburg. Ich muss ihr … was zurückgeben«, versuche ich mich zu erklären. Die Wahrheit, dass ich ihren toten Hund ausführe, spare ich mir lieber und liefere dem Feuerwehrmann stattdessen einen unumstößlichen Grund. »Ich bin ein guter Freund.«

Sofort entspannen sich seine Gesichtszüge, und er winkt mich nun sogar näher zu sich heran. »Ach so, na, das ist was anderes. Gott sei Dank. Kommen Sie hier herüber. Sie kennen die alte Dame also gut?«

»Gut? Na ja, ich kenne sie seit vielen Jahren. Also würde ich mal sagen, ja. Warum?«

»Weil die Polizei keine Verwandten ausfindig machen konnte. Wissen Sie vielleicht, ob Frau Berentzen-Schaumburg irgendwelche Verwandten hat?«

Ich überlege und glaube mich daran erinnern zu können, dass sie mal etwas zu diesem Thema gesagt hat. Dass sie keinerlei Verwandte mehr habe und mit ihr die Sippe der Berentzen-Schaumburgs irgendwann aussterben würde. Aber bei einer dementen Greisin ist das natürlich kein unumstößlicher Beweis dafür, dass dem auch wirklich so ist. Ich zucke daher lieber vielsagend die Schultern. »Soweit ich weiß, gibt es niemanden. Aber hundertprozentig sicher bin ich mir da nicht.«

»Und sie wohnt hier ganz allein?«

Ich nicke. »Ja. Ganz allein.«

»Nun gut, dann muss die Polizei nicht weiterrecherchieren, wen sie benachrichtigen und über den Vorfall informieren sollen.«

»Vorfall? Benachrichtigen?« Die Worte sacken nur langsam. Doch dann baut sich ein plausibler Grund für das ganze Theater hier in meinem Hirn auf. »Oh Gott, nein. Ist sie etwa ...?«

»Gestorben?«, vervollständigt der Feuerwehrmann meine Frage und zieht eine Augenbraue nach oben. »Nein, aber sie hat sich eine Rauchvergiftung zugezogen.«

»Eine Rauchvergiftung? Die Gräfin? Wie ist das denn passiert?«

»Die ganzen Jahre der Einsamkeit haben sie wohl sonderbar werden lassen. Sie hat sich eine Dose Hundefutter warm machen wollen. Stellen Sie sich das nur vor, wir lassen unsere Rentner so weit verkommen, dass sie sich nur noch von Hundefutter ernähren können.«

»Ist ja ein Ding«, lüge ich und muss an meinen Rat mit der heißen Hühnersuppe gegen Bessys Erkältung denken.

»Na, jedenfalls hat sie vergessen, den Herd auszumachen, und so beinahe das ganze Haus abgefackelt. Die Kollegen vom

Rettungsdienst müssen sie erst mal mit in die Klinik nehmen. Sie will aber nicht und ruft die ganze Zeit nach irgendeiner Bessy. Vielleicht eine Freundin oder so ... sagt Ihnen der Name etwas?«

»Bessy?« Die Erklärung würde unschöne Fragen aufwerfen. Schnell verstaue ich die Hundeleine unauffällig in meiner Gesäßtasche. »Nein, noch nie gehört.«

»Gut. Also, passen Sie auf, wir mussten das Schloss aufbrechen. Morgen kommt ein Schlüsseldienst und repariert das Ganze. Da es anscheinend keinerlei Verwandte gibt, sind Sie derzeit wohl ihr nächster Bekannter. Könnten Sie sich bitte darum kümmern?«

»Kümmern? Um was? Um die Wohnung?«

Der Mann nickt. »Damit morgen jemand da ist und über Nacht niemand die Bude ausräumt.«

»Ach so. Verstehe. Ja, klar. Kein Problem.«

»Sehr gut. Ein Kollege von der Polizei wird sicher noch Ihre Personalien aufnehmen wollen, damit alles seine Richtigkeit und die Versicherung einen Ansprechpartner hat.«

»Okay.«

»Bessy!« Die zittrige Stimme der Gräfin hallt in diesem Moment durch die Straße. Ich sehe Frau Berentzen-Schaumburg auf einer Liege, wie sie gerade in den Rettungswagen gehoben werden soll. »Bessy! Lassen Sie mich runter, ich will nicht in den blöden Krankenwagen, ich will zu Bessy.«

Der Feuerwehrmann verabschiedet sich, dafür kommt die Porsche-Testfahrerin ganz ohne fahrbaren Untersatz aus der Parterrewohnung und bleibt verwundert neben dem Krankenwagen stehen. Ich bin verblüfft und um eine Erkenntnis reicher. Die Yuppiefrau besitzt definitiv Beine und kann sie sogar einsetzen. Außerdem trägt sie ein Nena-T-Shirt, was sie direkt noch unsympathischer macht.

»Frau Berentzen, Mensch, was haben Sie denn da angestellt?«

Die alte Dame jammert vor sich hin und hält ihre Mieterin am Unterarm. »Ach, wissen Sie, ich wollte meinem Hund nur etwas Warmes machen. Weil Bessy doch so erkältet ist.«

»Ihrem Hund?« Die junge Frau kennt Frau Berentzen erst seit Kurzem und hat natürlich noch nie etwas von einem Hund mitbekommen. »Ich wusste gar nicht, dass Sie einen Hund haben.«

Na, das fehlt mir noch, dass die Porschefrau mein Geheimnis aufdeckt. Ich nehme sie schnell zur Seite und führe sie einen Schritt vom Krankenwagen weg, sodass die Gräfin uns nicht hören kann.

»Hallo Frau …«

»Schenkel … Sabine Schenkel.«

»Also gut, Frau Schenkel. Mein Name ist Berthold Körner, ich bin ein Freund von Frau Berentzen. Vielleicht kann ich Ihnen das alles erklären.«

»Freund? Wie soll ich das verstehen? Sie ist doch viel älter als Sie.« Frau Schenkel mustert mich mit kritischem Blick von Kopf bis Fuß. »Moment mal, ich kenne Sie doch. Ich habe Sie schon öfter hier bei uns im Haus gesehen, nicht wahr?«

»So ist es.«

»Mein Mann und ich haben uns, ehrlich gesagt, schon öfter gefragt, wer Sie sind und warum Sie die Gräfin so oft besuchen.«

»Sie wohnen noch nicht lange im Haus, richtig? Ich kann Ihnen das alles erklären. Ich führe den Hund von Frau Berentzen aus. Bin so was wie der offizielle Hundesitter der Gräfin.«

»Hundesitter? Sie hat also tatsächlich einen Hund? Ich habe den noch nie gesehen oder gehört.«

Ich muss improvisieren, diese Frau Schenkel liest wohl zu viele Krimis oder denkt, dass ich der junge Liebhaber der Gräfin bin. »Tja, es handelt sich dabei um ein ganz kleines Exemplar. Geradezu winzig. Man sieht ihn kaum … ist eine Spezialrasse aus China.«

»China?« Die Porschefrau schaut mich aus großen Augen an. Ich muss hier wohl noch einen draufsetzen. Doch wenn ich etwas kann, dann ist es, Leuten etwas vorzugaukeln. Und schon prasseln die Wortketten aus meinem Mund, als wäre es die pure Wahrheit.

»Ganz genau. Weil die Bevölkerungsdichte in China so hoch ist, hat man sich für die Züchtung von Minihunden entschieden.«

»Ach? Na ja, von diesen Chinesen hört man ja die verrücktesten Sachen. Dort darf man ja auch nur ein Kind haben, nicht wahr?«

Ich nicke. »Richtig, daher gibt es nun neben der Ein-Kind-Ehe nun auch die Ein-Hund-Ehe. Die besagt, dass jedes chinesische Ehepaar nur einen Hund haben darf. Und auch nur einen ganz kleinen, der nicht so viel Sauerstoff verbraucht. Die Besitzer können den Hund dann entweder essen oder mit ihm wohnen.«

»Tatsächlich?«

»Absolut.« Jetzt kenne ich kein Halten mehr. Porsche-Sabine ist ein williges Opfer. Je abstruser und ausufernder die Erklärungen sind, umso eher glauben einem solche Leute. »Die Hunde wurden extra so klein gezüchtet, damit sie auch bei diesen Käfigmenschen in Hongkong wohnen können. Deswegen heißen sie auch ... Cage Dogs. Da haben Sie doch sicherlich schon mal von gehört, oder?«

»Cage Dogs?«, wiederholt Frau Schenkel und schaut mich nachdenklich an. Habe ich es doch übertrieben? Jetzt entscheidet sich meine Zukunft als Hundeausführer. Zeigt sie mir den Vogel, oder schluckt sie diese Lüge? »Jetzt wo Sie es sagen«, fährt sie fort, und ich atme beruhigt aus. »Ja, ich glaube, ich habe davon schon mal gelesen. Wissen Sie, ich lese sehr viel. Hauptsächlich Krimis, aber natürlich auch die Tageszeitung. Und ich glaube ... ja, doch, die Käfighunde, ich bin mir ganz sicher. Da habe ich mal was gelesen.«

»Sehen Sie.«

»Aber ich habe den Cage Dog von Frau Berentzen auch noch nie bellen hören.«

Porsche-Sabine gibt aber auch keine Ruhe und zupft sich fragend am Nena-Shirt. Dieses durchtriebene Stück.

»Natürlich nicht«, entgegne ich ganz selbstverständlich. »Das Bellen wurde dieser Rasse ja auch ... weggezüchtet. Damit sie die anderen Käfigmenschen nicht stören. Was wäre das wohl für eine Lautstärke bei Tausenden dieser Hunde so eng nebeneinander, nicht wahr?«

»Interessant. Vielleicht wäre das ja auch ein Hund für meinen Mann und mich.«

»Bestimmt sogar. Ich gebe Ihnen die Tage mal die Adresse von Züchtern hier in der Nähe. So, und nun muss ich wieder zu Frau Berentzen rüber.«

»Natürlich, gehen Sie erst mal zu Ihrer ... äh, Bekannten.« Obwohl sie anscheinend noch immer denkt, dass ich eine erotische Beziehung zur Gräfin pflege, nickt Frau Schenkel mit offenem Mund und ist von den asiatischen Zuchterfolgen meines Hirns sichtlich angetan. »Diese Chinesen ...«

Dieses Problem dürfte ich fürs Erste unter Kontrolle haben. Ich wende mich um, trete zu Frau Berentzen an die Trage und nehme ihre Hand. Sie schaut mich aus traurigen Augen an, während ich versuche, sie zu beruhigen.

»Frau Berentzen. Ich bin es, Berti. Sie haben eine kleine Rauchvergiftung. Nichts Schlimmes. Sie müssen nur mit den Herren ins Krankenhaus, und dann sind Sie in null Komma nichts wieder draußen.«

»Ach, Berti, meinst du wirklich?«

»Na klar. Ganz sicher.«

»Aber was wird aus Bessy?«

»Bessy? Na, ich kümmere mich natürlich um sie. Sie wissen doch, dass sie mich mag.«

Die alte Frau legt ihre Stirn in Falten, dann nickt sie, und ihre Gesichtszüge entspannen sich etwas. »Ja, Bessy mag dich. Gut, dann kümmere dich um sie, bis ich wieder zu Hause bin.«

Ohne zu fragen, drückt mir einer der Polizisten den Hausschlüssel von Frau Berentzen in die Hand. »Sind Sie der Bekannte, der auf die Wohnung aufpasst?«

»Ja«, bestätige ich.

»Es sollte nichts weiter zerstört worden sein, aber lüften Sie noch ein wenig. Der Schlüsseldienst kommt morgen im Laufe des Tages. Und geben Sie uns Ihre Nummer, damit wir Sie verständigen können, wenn die Frau wieder nach Hause kann.«

Meine Personalien werden aufgenommen, ich diktiere dem Polizisten meine Telefonnummer, und binnen weniger Minuten ist die ganze Hektik vorüber. Alles löst sich auf und geht seiner Wege. Die Absperrungen werden abgebaut, Einsatzfahrzeuge fahren davon, und auch Porsche-Sabine ist längst wieder im Haus verschwunden, um ihrem Buchsbaumlover einen Hundewunsch zu unterbreiten. Ich stehe allein auf der Straße. Dann drehe ich mich um und gehe durch das Treppenhaus hinauf in den zweiten Stock. Mit der Leine in der Hand stehe ich in der riesigen Wohnung der alten Dame. Die Luft ist schneidend. Es wabert noch immer eine Mischung aus Verbranntem und 4711 Echt Kölnisch Wasser in der Luft. Ich fühle mich verloren und wünschte mir, dass zumindest Bessy hier wäre.

Songvorschlag
»Don't Worry Be Happy«
Bobby McFerrin

KAPITEL 5
Sonntag, 12.06.1988

»Und die Bullen haben dir einfach so die Schlüssel von ihrer Wohnung gegeben?«, fragt Freddie, ohne dabei seinen Blick von dem dämlichen Zauberwürfel zu nehmen, den er mit leicht autistischem Gesichtsausdruck durch seine Finger gleiten lässt. Tobi, Freddie und ich sitzen am Frühstückstisch und verleiben uns die letzten Reserven unseres Kühlschranks ein. Zwei BiFi Rolls, ein Stück Käse, dessen Haltbarkeitsdatum im Grenzbereich liegen dürfte, einige Beutel Capri-Sonne und ein halb leeres Glas Nutella. Gerade habe ich den beiden von den Ereignissen des vergangenen Tages berichtet. Nach einer unruhigen Nacht in der Wohnung der Gräfin hatte mich der Schlüsseldienst schließlich frühmorgens geweckt und das Schloss der Wohnungstür ausgewechselt. Nun liegt der brandneue Wohnungsschlüssel der Gräfin vor uns auf dem Frühstückstisch unserer WG.

»Ja, haben sie.«

»Und diese Nachbarin hat dir allen Ernstes diesen Schwachsinn mit den Käfighunden abgenommen?«, fragt mein Bruder sichtlich amüsiert, woraufhin ich ungläubig die Schultern zucke.

»Anscheinend, ja. Ich hatte echt Angst. Ich dachte schon, dass durch die Porsche-Tussi die Sache mit Bessy auffliegt und ich meinen Job bei der Gräfin los bin. Mir ist auf die Schnelle nichts Besseres eingefallen, als von diesen ominösen Cage Dogs zu erzählen.«

Freddie dreht derweil knarzend eine orangefarbene Zauberwürfelreihe viermal nach links und zweimal nach unten. »Bessy ist übrigens ein gutes Stichwort. Über Bessy müssen wir nämlich dringend mal reden. Sie nimmt echt zu viel Platz in der Kühltruhe weg. Wir bekommen ja nicht einmal mehr ein paar Tiefkühlpizzen rein ... angenommen, wir hätten Geld, um welche zu kaufen. Können wir nicht wenigstens einen Teil von ihr entsorgen?«

Wieder reiben die einzelnen Quader des Zauberwürfels nervig knirschend aneinander. Freddie ist vollkommen im Bann dieses Spielzeugs mit Suchtpotenzial.

»Sag mal, spinnst du?«, echauffiere ich mich. »Ich zersäge doch keinen Hund! Und leg jetzt endlich mal diesen beschissenen Würfel weg. Dieses Geräusch macht mich wahnsinnig.«

»Aber ich habe schon eine komplette Seite. Hier, schau mal.« Mein Mitbewohner hält mir die nun vollständig orangefarbene Fläche des Würfels entgegen, und ich heuchle Interesse.

»Oh, cool. Zeig mal.« Ich nehme den Würfel in die Hand, nicke anerkennend und werfe ihn im Anschluss in hohem Bogen hinter mich, wo er scheppernd zu Boden fällt und in viele bunte Einzelteile zerfällt. Freddie schlägt die Hände über dem Kopf zusammen.

»Sag mal, spinnst du? Dafür habe ich die halbe Woche gebraucht!«

»Ich habe dich gewarnt. Außerdem ist dieser Würfel schon total out. Konzentrier dich lieber auf unser Gespräch. Die Gräfin ist ins Krankenhaus gekommen, und ich habe jetzt ihre blöde Bude an der Backe. Wahrscheinlich muss ich die jetzt auch noch putzen und die Blumen gießen, bis sie wieder aus dem Krankenhaus rauskommt.«

Freddie sammelt die Überreste des Zauberwürfels vom Boden auf und begutachtet die einzelnen Stücke. Wie es aussieht, kann man wohl alles wieder zusammensetzen. Zumindest beruhigt er sich sehr schnell und zuckt beiläufig mit den Schultern. »Ist doch super.«

»Was ist super?«, frage ich nach.

»Na, die Sache mit der Wohnung. Das ist doch die Lösung für dich und dein Interview mit dem Typen von der Zeitung.«

Ich verstehe nur Bahnhof und zieh meine Stirn kraus. »Was hat denn jetzt mein Zeitungsinterview mit der Wohnung der Gräfin zu tun?«

»Ziemlich viel.« Er beugt sich verschwörerisch über den Tisch. »Es ist doch irgendwie immer alles eine Frage des Marketings. Wenn man es richtig anstellt, kann man den Leuten alles verkaufen ... sogar deinen Kunstschwitzerkram.«

»Hyperhidrosekunst.«

»Meinetwegen auch das.«

Ich lege das Brotmesser zur Seite, breite die Arme aus und nicke Freddie zu. »Na gut, du Genie, sprich weiter.«

Tobi kichert und schiebt sich das Ende einer BiFi in den Mund.

»Macht euch nur lustig, eines Tages werdet ihr mir dafür dankbar sein.« Freddie schüttelt kurz verächtlich den Kopf, dann fokussiert er mich und beginnt seine These zu erläutern. »Man muss den Lesern der Zeitung eine Geschichte an die Hand geben. Du musst ihnen schon zu Beginn des Gesprächs klarmachen, dass du der größte Star aller Zeiten bist und eine Aura des Unfassbaren um dich trägst.«

»Wir sprechen von der BILD-Zeitung, Freddie, nicht vom National Geographic. Das Einzige, was du den Lesern mitgeben musst, damit sie das Interview lesen, sind ein paar Titten.«

»Da hat Berti recht«, pflichtet mir Tobi bei. »Ich schaue mir auch immer als Erstes die Titten an.«

Freddie hebt mahnend den Zeigefinger. »Mit Verlaub, Tobi, du entsprichst nicht dem durchschnittlichen BILD-Leser.«

»Das ist diskriminierend, Freddie.«

»Nein, das ist die Wahrheit. Und damit meine ich nicht deine Behinderung, sondern dass du deutlich cleverer als der durchschnittliche BILD-Leser bist.« Dann widmet Freddie sich wieder seiner These und schaut mir dabei tief in die Augen, als wolle er jeden Moment einen Ritualmord an einem lebenden Huhn vornehmen. »Also, wo waren wir stehen geblieben?«

»Bei den Titten«, antwortet mein Bruder.

»Tobi!«, kommt es unisono von Freddie und mir zurück.

»Tschuldigung.«

Freddie setzt erneut den Voodooblick auf und führt seine Erklärung weiter aus. »Du musst dich auf jeden Fall als etwas Besseres verkaufen als das mickrige Etwas, das du in Wahrheit bist.«

»Vielen Dank auch, du weißt echt, wie man jemanden aufbaut. Das muss man schon sagen.«

»So meine ich das nicht. Du musst dich eben faszinierender machen, mystischer, wie dieser Zauberer im Fernsehen, der neulich die Freiheitsstatue verschwinden ließ. Wie hieß der doch gleich?«

»David Copperfield?«

Freddie klatscht zustimmend in die Hände. »Genau der. Denkst du, dass dieser Hokuspokus drum herum auch nur irgendeinen Sinn hatte oder er das Ding wirklich weggezaubert hat?«

»Natürlich nicht.«

»Siehst du!? Es geht einzig und allein um die Show und darum, sie für die Zuschauer spannend zu machen. Nichts anderes. Man verkauft heute zuallererst das Geschenkpapier, der Inhalt ist dann gar nicht mehr so wichtig.«

Ich bin von seiner These noch nicht vollständig überzeugt. Dennoch muss ich zugeben, dass mich das Ganze neugierig macht. »Aber ich fand diesen Copperfield nicht besonders spannend.«

»Und wenn schon. Dafür hat er ständig tolle Frauen. Angeblich hat er sogar was mit Claudia Schiffer am Laufen.«

»Nein! Wirklich?«

Freddie nickt. »Vielleicht nur Gerüchte, aber es könnte sein.«

»Okay. Punkt für dich. Erzähl weiter.«

»Du musst diesen Typen von der Zeitung nicht erst davon überzeugen, dass du gut bist. Er muss es im ersten Moment spüren, den Erfolg riechen und sehen, bevor du auch nur das erste Wörtchen über deine Kunst verloren hast.«

Hm, so ganz uninteressant klingt das Ganze tatsächlich nicht. Ich taste mich näher heran. »Und wie soll das funktionieren? Wie riecht Erfolg?«

»Jedenfalls nicht nach deinem Schweiß. Du musst ihm eine Phantasie dazu in den Kopf pflanzen. Und genau da kommt die Villa der Gräfin ins Spiel.«

»Warum? Da riecht es im Moment nur nach verbranntem Hundefutter und Echt Kölnisch Wasser.«

»Das meine ich nicht.«

»Sondern?«

»Na, wenn der Reporter in die Wohnung kommt, wird er sofort merken müssen, dass du ein erfolgreicher Dingsbums ... äh, Schwitzmagier bist.«

»Hyperhidroseartist.«

»Genau.«

»Aber was soll ich ihm erzählen?«

Freddie zuckt die Schultern. »Egal. Du bist doch der Schwindler von uns. Denk dir irgendeine starke Geschichte aus, wo du diesen Kram gelernt hast, irgendwas Exotisches wie Tahiti oder Neu-Delhi.«

»Warum?«

»Weil niemand einem behinderten Spinner beim Schwitzen zusehen will. Entschuldige, Tobi.«

»Kein Problem.« Tobi winkt ab und saugt einen Schluck Capri-Sonne durch den Strohhalm.

Ich muss zugeben, dass ich langsam großen Gefallen an der Scharade finde. »Hm ...«

»Aber ein Hypermimosekünstler ...«

»Hyperhidrose!«, verbessere ich.

»Nennen wir es Transpirationskünstler.« Freddie sammelt sich einen Moment. »… Jedenfalls so ein Typ aus einem fernen Land wie Myanmar oder Indien mit einer packenden Lebensgeschichte, das ist es.«

»Aber ich sehe nicht aus wie ein Inder.«

»Das ist egal. Vielleicht bist du der Sohn eines europäischen Tuchhändlers, der dort aufgewachsen ist.«

Ich muss unwillkürlich an meinen Vater denken, der vierzig Jahre bei der Stadt Frankfurt angestellt war und hinter einem Schreibtisch saß. Ressortleiter Straßenbau. Dennoch gefällt mir die Idee, und ich verstehe langsam, worauf Freddie hinauswill. »Vielleicht hast du tatsächlich recht.«

»Nicht vielleicht, Berti, ganz bestimmt. Ich kenne mich mit so was aus.«

»Du?«, fragen Tobi und ich gleichzeitig.

Freddie scheint verblüfft, dass wir seine Kompetenz im Showgeschäft anzweifeln. »Ja! Klar.«

»Entschuldige, Freddie, aber du ziehst mit einem Motorsegler Werbebanner für Baumärkte durch die Luft und verdienst dabei so wenig, dass du bis sechs Uhr morgens noch als Nachtwächter in der Klinik arbeiten musst.«

»Leck mich, Berti.«

»Okay, weiter.«

Freddie schmollt noch einen Moment und fährt dann fort: »Du kannst den Kerl von der Zeitung jedenfalls nicht hier in unserer Bude empfangen. Sieh dich um! Es ist unaufgeräumt, die Decken sind teilweise selbst für Pygmäen zu niedrig, und in unserem Eisschrank liegt ein toter Hund. Nicht das ideale Terrain für deinen Bluff eines erfolgreichen Künstlers. Du musst ihm direkt beim ersten Eindruck vermitteln, dass du ein Star bist, der es eigentlich gar nicht nötig hat, mit der Presse zu sprechen. Du bist schon ohne die BILD-Zeitung erfolgreich und millionenschwer.«

»Verstehe. Die Villa der Gräfin.«

Freddie lehnt sich zufrieden zurück. »Jetzt hast du es. Die Villa ist perfekt geeignet. Feudal, dennoch mit einem gewissen klassischen Understatement.«

Ich spitze die Lippen und lasse mir die Sache durch den Kopf gehen. Verdammt, diesmal könnte er wirklich recht haben. »Okay, ich mache es. Ich rufe den Reporter gleich an und bestelle ihn für morgen zum Haus der Gräfin.«

Mit einem Frühstücksbier stoßen wir auf unsere Idee an und lassen dem Ganzen noch drei weitere folgen. Mit jedem Bier finden wir die Idee noch großartiger und sind schließlich beim vierten davon überzeugt, dass einer Weltkarriere als Hyperhidroseartist nichts im Wege steht.

* *Songvorschlag*
»*Gimme Hope Jo'anna*«
Eddy Grant

KAPITEL 6
Montag, 13.06.1988

Morgenstund hat Gold im Mund.

Manchmal aber auch nur eine Alkoholfahne. Gerade so, als hätte sich über Nacht ein toter Biber in meinem Hals eingenistet. Den gesamten Restsonntag hatten wir mit Fußball und einigen weiteren Flaschen Bier unsere phänomenale Idee gefeiert. Irgendwann sind wir alle drei angeschädelt ins Bett gefallen. Dennoch habe ich mich an den neuen Plan gehalten und bin früh am Morgen in die Wohnung der Gräfin gegangen, um vorab meinen Namen auf das Klingelschild und den Briefkasten zu kleben. Alles muss auf den Punkt stimmen, darum habe ich im Anschluss noch Tageszeitungen und ein SPIEGEL-Magazin auf dem Wohnzimmertisch drapiert, um intellektuell einen soliden Einstieg zu haben.

Es ist kurz vor zwölf. Und das nicht nur im übertragenen Sinne. Der Zeitungsreporter kann jeden Moment vor der Tür stehen. Ich schaue an mir herab und komme mir nun doch etwas blöd vor. Freddie war der Meinung, dass Strickweste und Brille für meine Maskerade als intellektueller Künstler unerlässlich wären. Also habe ich mir beides auch noch unterwegs in einem Secondhandladen besorgt. Doch nicht nur ist mir die Weste eine Nummer zu groß, die Brillengläser haben auch eine deutlich zu heftige Dioptrienzahl, und mir beginnen bereits nach zwei Minuten Teilzeitblindheit die Augen zu tränen. Ich reibe mir gerade über die schmerzenden Lider, als es an der Tür klingelt.

Diiing-dong.

Let the games begin!

Schon eile ich zum Sprechfunk, rücke mir die Brille auf der Nase zurecht, atme noch einmal tief durch und nehme den Hörer der Gegensprechanlage ab.

»Ja, hallo?«

»Björn Wortmann von der BILD-Zeitung. Wir haben einen Termin wegen des Interviews.«

»Richtig. Kommen Sie rauf.«

Der Türsummer ertönt, und ich höre, wie Herr Wortmann ins Treppenhaus tritt. Sofort beschleunigt sich mein Puls. Das könnte mein Sprungbrett sein. Wenn ich hier und heute überzeuge, könnte es der Beginn einer echten Karriere sein. Nie wieder Marschas und Mohrenkopfwurfmaschinen.

Ich darf es nur nicht verbocken!

Freddies Worte blinken wie Leuchtbuchstaben vor meinem inneren Auge: *Du musst gleich zu Beginn klarmachen, dass du die Zügel in der Hand hältst. Mach dich spannend.*

Herr Wortmann erscheint vor der Tür, und ich schrecke erstaunt zurück. Sind letzte Nacht Außerirdische auf der Erde gelandet und haben von Herrn Wortmanns Körper Besitz ergriffen? Er streckt mir ein dürres Pfötchen mit langgliedrigen Fingern entgegen und leuchtet mich aus zwei großen kugelrunden Augen an. Das gesamte Gesicht des Reporters ist eine genetische Ohrfeige, mit der man im Mittelalter ein First-Class-Ticket zum nächsten Scheiterhaufen gewonnen hätte. Nichts will dort zusammenpassen. Die Nase nicht zum Mund, der Mund nicht zu den Augen und die Augen nicht zum restlichen Gesicht. Herr Wortmann wirkt irgendwie extraterrestrisch auf mich. Aber immerhin lächelt er mir aus diesem einzigartigen Patchworkgesicht freundlich entgegen.

»Herr Körner?«

»... von Körner«, verbessere ich ihn, um gleich die Grenzen abzustecken, und schüttele ihm die Alienhand, während ich weiter erkläre, wie sich das mit meiner Blaublütigkeit verhält.

»Bertold von Körner. Ich lasse den Titel meist weg. Aber, kommen Sie doch bitte erst mal herein.«

Herr Wortmann tritt ein und bleibt bereits nach wenigen Schritten wieder stehen. Langsam nickend sieht er sich in der großzügigen Wohnung der Gräfin um und scheint beeindruckt.

Bingo!

Freddie hatte recht. Ablenkung und Show hinterlassen tatsächlich den gewünschten Eindruck.

»Respekt, Herr von Körner. Sie haben da eine ganz zauberhafte Wohnung. All diese Kostbarkeiten ... phantastisch.«

»Nun ja, jeder tut, was er kann, nicht wahr? Ich habe eben viel von meinen ... äh, Reisen mitgebracht.« Ich drehe mich um und laufe dank meiner durch die Brillengläser stark eingeschränkten Sicht sogleich laut scheppernd gegen den Schirmständer. »Äh ... wie diesen Schirmständer hier.«

Herr Wortmann dreht sich zu mir und mustert das angebliche Reisemitbringsel.

»Ein schönes Stück. Woher stammt es?«

Wie ich die Gräfin kenne, stammt das Teil wahrscheinlich vom Flohmarkt. Ich taste den Ständer und suche in meinem Kopf nach einem möglichst interessant klingenden Herkunftsort. »Der Schirmständer? Der stammt aus ... Botswana.«

»Botswana?« Herr Wortmann schaut sich das gute Stück nun noch genauer an. »Das liegt doch in einer eher trockenen Region Afrikas. Regnet es denn dort überhaupt so viel, dass man Schirmständer benötigt?«

»Und wie. Gerade in der botswanischen Regenzeit fallen pro Quadratmeter mehrere Kubikmeter Regen. Das ist ein geografisches Phänomen.«

»Aha.« Herrn Wortmanns Liebe für afrikanische Schirmständer scheint entfacht. Er zückt seinerseits eine Brille und nickt kurz darauf verblüfft. »Ich hätte mir botswanische Kunst ganz anders vorgestellt, wenn man bedenkt, dass hier als Motiv

Seeleute beim Walfang abgebildet sind. Hat Botswana denn eine Küste?«

Bis vor zwei Sekunden wusste ich nicht einmal, dass auf diesem verdammten Schirmständer überhaupt irgendwas drauf ist. Keine Ahnung, wo die Gräfin das Teil herhat. Und ich habe erst recht keine Ahnung, ob Botswana über einen Meereszugang verfügt.

»N-n-nein«, stottere ich und schiebe meine fadenscheinige Erklärung sofort hinterher. Wenigstens auf meine Qualitäten als Schwindler ist Verlass. »Die Abbildung zeigt die Jagd auf einen Binnenwal. Sie müssen wissen, dass es nur in Botswana diese Unterart der Kleinstwale gibt.«

»Binnenkleinstwale? Tatsächlich?« Mein Gegenüber scheint von der Erklärung ebenso überrascht wie ich. Ich kann es ihm nicht verübeln. Auch mir war die Existenz dieser Art bislang unbekannt. Er schaut mich aus seinen großen, weit aufgerissenen Fruchtfliegenaugen an. »Das klingt spannend. Wie nennt sich diese Unterart denn?«

»Das ist der ... Gemeine ... Botswanische ... Binnenwal?«

Meine Antwort klingt vielmehr nach einer Gegenfrage als nach einer Antwort. Herr Wortmann lässt die Worte sacken und scheint ernsthaft zu überlegen.

»Noch nie gehört, wahrscheinlich ist die Art mittlerweile ausgestorben.«

»Jaja, das ist sie.« Ausgestorben klingt super. Das könnte meine Rettung sein. »Das macht dieses Artefakt auch so wertvoll und einzigartig. Daher habe ich es auch hier stehen.«

Ich nehme den Ständer aus den Händen des Reporters und stelle ihn zurück neben die Wohnungstür. Doch Herr Wortmann versucht immer noch, das Antiquitätenpuzzle zu einem schlüssigen Bild zusammenzusetzen.

»Und dann nutzen Sie diese einzigartige Antiquität als Schirmständer neben der Tür?«

Eine berechtigte Frage, auf die ich jedoch zum Glück ebenfalls eine passende Antwort finde. »Ich mache mir nun mal nicht sehr viel aus materiellen Dingen. Es ist die Erinnerung, die für mich zählt. Wie ich damals in aller Herrgottsfrühe mit dem kleinen einheimischen Anthony im Einbaum auf den See hinausgefahren bin. Und wie wir dann nach einem stundenlangen Kampf den Wal an Bord gezogen haben.«

»Ich denke, die Tiere sind ausgestorben?«

Verdammt.

Da war ich etwas zu forsch.

Sowohl mit meiner Aussage als auch mit dem Einbaum rudere ich sogleich kräftig zurück. »Äh, ja. Nach diesem Morgen waren sie es«, entgegne ich geistesgegenwärtig. »Er war der Letzte seiner Art. Daher habe ich auch vom Stammesältesten diesen Schirmständer als Erinnerung bekommen.« Herr Wortmann schweigt. Verständlich. Dafür, dass man eine komplette Walpopulation ausgerottet hat, bekommt man von Einheimischen selten Applaus und noch seltener Schirmständer überreicht. Zumindest ist für einen Moment Gesprächspause. Ich nutze die Gunst der Stunde und geleite Herrn Wortmann in die Wohnung. »Kommen Sie, lassen Sie uns doch ins Wohnzimmer gehen. Dort ist es gemütlicher.«

Er folgt mir. Doch schon an der nächsten visuellen Hürde bleibt er wieder voller Bewunderung stehen. Die mächtige Plattensammlung der Gräfin.

»Darf ich?«

»Aber ja doch. Bitte, gerne.«

Mit leuchtenden Augen blättert der Journalist die Sammlung durch und schüttelt immer wieder voller Erstaunen mit dem Kopf. Ich beginne zu schwitzen. Von klassischer Musik habe ich noch weniger Ahnung als vom botswanischen Binnenwal. Mein Musikgeschmack umfasst eher aktuelle Sachen. So wie Rick Astley oder die Pet Shop Boys.

»Sie sind ein Fan von Offenbach?«, reißt mich Herr Wortmann aus meinen Gedanken und zurück ins Wohnzimmer der

Gräfin. Warum er von klassischer Musik so schnell auf Fußball umschwenkt, ist mir zwar ein Rätsel, jedoch deutlich lieber, da ich davon mehr Ahnung habe.

»Nein, nein«, schüttele ich vehement den Kopf. »Ich bin gebürtig aus Frankfurt und eingefleischter Fan der Eintracht. Obwohl sie jetzt den Lajos Détári verkauft haben. Das fand ich nicht gut. Mit den Offenbacher Kickers habe ich aber jedenfalls nix am Hut.«

Herr Wortmann folgt zwar meinem Redeschwall, schaut mich dabei jedoch irritiert an und deutet immer wieder auf die Schallplatte in seiner Hand.

»Ich meinte den Komponisten. Jacques Offenbach. Sie haben hier eine ganze Reihe seiner Werke.«

Oh. Das läuft bislang alles nicht so ganz nach Plan. Erst rotte ich das letzte Exemplar der botswanischen Binnenwalpopulation aus, und nun kenne ich nicht mal diesen Typen namens Offenbach. Okay, denk nach, Berti!

»Ach so, ja, ja, der Offenbach … tolle Musik. Wirklich. Ich bin ein großer Fan. Aber Sie sollten ihn erst mal live hören, da ist er noch besser.«

»Live?«

»Ja«, antworte ich, doch wird mir in diesem Moment klar, dass das ein Fehler gewesen sein könnte. Vielleicht ist dieser Offenbach aktuell gar nicht auf Tour, sondern produziert nur noch Studioalben. Ich versuche meine eigene Aussage schnell etwas abzumildern. »Ich war mal in der Alten Oper auf einem Konzert. Ist aber schon ein paar Jahre her. Sie verstehen?«

Herr Wortmann versteht nicht. Zumindest signalisieren seine Augen Unverständnis. Doch dann löst sich der angespannte Gesichtsausdruck, und er lächelt.

»Ach so, Sie meinen, ein Orchester spielte Offenbach, verstehe. Entschuldigen Sie.« Herr Wortmann beginnt nun seinerseits laut zu lachen und stellt die Platte wieder zurück zu den anderen. »Für einen Moment dachte ich schon, Sie meinten Offenbach persönlich. Wo er doch bereits mehr als hundert Jahre tot ist! Wie töricht von mir.«

»Ach, und Sie dachten …« Ich stimme in sein Gelächter ein und bin froh, aus der Nummer heil herausgekommen zu sein. Diese verdammten Offenbacher aber auch immer. Ich entscheide mich für einen radikalen Themenwechsel. »Vielleicht was zu trinken?«

»Oh ja, bitte. Ein Wasser wäre nett.«

»Gerne.«

Ich verschwinde hinter der offenen Küchenzeile und wische mein vor Angstschweiß triefendes Gesicht mit einem Geschirrtuch ab. Die Offenbach-Nummer war knapp. Doch schon erwartet mich die nächste Herausforderung. In der verdammten Bude scheint es keinen einzigen Tropfen Mineralwasser zu geben. Was trinkt die Gräfin denn? Irgendwas muss sie doch trinken? Schneidet sie ihre Pflanzen an, oder fächelt sie sich den Morgentau in den Mund?

»Still oder Mineralwasser?«, rufe ich zögerlich und hoffe auf ein wenig Glück.

»Still, wenn es keine Umstände macht.«

Gott sei Dank. Leitungswasser sollte in rauen Mengen in den Rohren des Hauses vorhanden sein.

»Nei-ein«, singe ich zurück, »macht keine Umstände.«

Hinter der dritten Hängeschranktür finde ich die Gläser und lasse etwas Leitungswasser in eines davon laufen. Sieht allerdings erbärmlich aus. Irgendwie sollte ich das Ganze noch ein wenig aufhübschen und der Wohnung entsprechend großkotziger gestalten. Pfeilschnell reiße ich ein wenig Minzegestrüpp von dem Minikräutergarten auf der Fensterbank ab und drapiere es stilvoll im Glas. Mit gespielter Leichtigkeit trete ich vor den Reporter.

»So, Ihr Wasser.«

»Ich danke Ihnen.« Der Reporter nimmt einen großen

Schluck und stellt das Glas vor sich auf dem Tisch ab. »Hmm, schön, sogar mit Verzierung.«

»Ja, so trinkt man das in ... Ägypten.«

»Ägypten?«

Es ist Zeit für den zweiten Schritt meiner großen Illusionsshow. Was dieser Copperfield kann, kann ein Körner schon lange.

»Ja, dort habe ich einige Zeit gelebt. In Ägypten habe ich auch die jahrtausendealte Kunst der Hyperhidrose, der Mentaltranspiration, erlernt.«

»Womit wir genau beim Thema wären.« Herr Wortmann greift in seine Tasche und legt ein Diktiergerät auf den Tisch. »Macht Ihnen doch nichts aus, oder?«

»Äh, nein, natürlich nicht.«

Das ist eine weitere Lüge. Elektrische Geräte machen mir Angst. Vor allen Dingen, wenn sie meine Lügen aufnehmen und für alle Ewigkeiten festhalten.

»Also, wie war das damals in Ägypten?«

»Wo?«

»In Ägypten. Sie sagten, dass Sie dort diese alte Kunst erlernt hätten.«

»Ach ja, richtig. Ägypten. Na ja, ich verbrachte dort einige Zeit in einem Kloster und lernte diese spezielle Meditationskunst von einem Großmeister.«

Kloster? Meditation? Großmeister? Manchmal habe ich Angst vor mir selbst. Wie zur Hölle fallen mir immer diese unglaublich bescheuerten Dinge ein? Aber immerhin erzielen sie die gewünschte Wirkung.

»Das klingt spannend. Ein Großmeister des Schwitzens. War es denn ein großes Kloster?«

»Nein. Es war ein kleines Kloster. Ein sehr kleines Kloster. Geradezu winzig. Die meisten im Dorf wussten gar nicht, dass es uns gab. Wir waren dort lediglich mit einer Handvoll Schülern in einem kleinen Raum. Sie kamen aus dem ganzen Land, und ich mittendrin ... als einziger Europäer.«

Herr Wortmann nimmt erneut einen Schluck. Das Minzwasser scheint ihm zu schmecken.

»Entschuldigen Sie meine laienhafte Zwischenfrage, aber riecht es nicht sehr streng, wenn man in einem kleinen Raum mit so vielen Leuten schwitzt?«

»Eine berechtigte Frage«, antworte ich und muss zugeben, dass dies in der Tat eine ziemlich gute Frage ist. Ich bemühe mich auch hier um eine schlüssige Erklärung. »Wir Mentaltranspiranten schwitzen ... geruchlos.«

»Geruchlos«, wiederholt Herr Wortmann anerkennend und nickt zufrieden. Ich laufe allmählich zur Hochform auf. »Fahren Sie fort, Herr von Körner.«

»Nun, als wir nach sechs Wochen intensiver Meditation zum ersten Mal den Großmeister trafen, weihte er uns in die Künste der Mentaltranspiration ein. Sie müssen wissen, dass er der größte aller Meister war.«

»Das klingt wahnsinnig spannend, Herr von Körner. Welche Bilder lehrte er Sie?«

»Wir fingen ganz klein an, transpirierten zunächst einen Kolibri ...«

»Zauberhaft.«

»... dann einen Kranich ...«

»Unfassbar.«

»... und zu guter Letzt sogar ein Einhorn.«

Ich muss unweigerlich an Marscha und ihre Mutter denken. Waren diese Monchhichis also doch für etwas gut. Herr Wortmann nickt fleißig weiter, nimmt einen letzten Schluck Wasser und lehnt sich zurück. Er scheint irgendwie verzaubert von meinen Ausführungen.

»Wenn ich mich so in Ihrer Wohnung umschaue ... All die Antiquitäten und Kostbarkeiten – Ihre Kunst scheint sehr einträglich zu sein, Herr von Körner.«

»Nun, ich kann mich jedenfalls nicht beklagen.«

»Ich habe ein wenig recherchiert. In den Pressearchiven ist

jedoch nicht viel über Sie zu finden. Sie machen sich bislang wohl sehr rar und meiden die breite Öffentlichkeit, oder? Sie treten mit Ihrer Kunst auch nicht auf den allseits bekannten Bühnen auf. Warum?«

»Ein weiterer Baustein des Studiums war Demut. Das beherzige ich noch immer.«

»Verstehe. Ich möchte auch nicht indiskret sein, aber wie können Sie sich dann all diesen Luxus leisten?«

Der Kerl ist wirklich gut. Noch bevor ich mich wieder nach Ägypten bewege und ihm antworten kann, stellt er bereits selbst eine Vermutung auf, die auch mir sinnvoll erscheint.

»Lassen Sie mich raten. Sie werden nur von besonders solventen Privatpersonen gebucht, richtig? Personen, die selbst nicht in der Öffentlichkeit in Erscheinung treten wollen.«

Ich zwinkere vielsagend. »Sie sind ein Fuchs, Herr Wortmann, das muss ich Ihnen lassen.«

»Ja, das habe ich schon öfter gehört. Aber geben Sie mir einen Tipp. Wo treten Sie auf?«

»Wo? Na ja … überall auf der Welt. Hollywood, Tokyo, die Emirate …«

»Prominente?«

»Viele. Sehr viele. Eigentlich ausschließlich.«

»Oh, das wird unsere Leser interessieren.« Herr Wortmann richtet sich auf. Das Thema animiert ihn, näher nachzufragen. »Wer befindet sich unter Ihren Kunden? Königsfamilien, Schauspieler?«

»Sie verstehen sicherlich, dass ich keine Namen nennen kann. Exklusivität ist sozusagen mein zweiter Vorname«, antworte ich und muss erneut an Marscha und ihre keifende Ronald-McDonald-Mutter denken.

»Verstehe. Aber vielleicht ein klitzekleiner Hinweis?«

Mein Hirn sucht verzweifelt nach einem möglichst imposant klingenden Namen, bei dem Herr Wortmann jedoch nicht direkt einen Kontrollanruf machen kann.

»Na ja, sagt Ihnen der Name Windsor etwas …?«

Herr Wortmann bleibt mit offenem Mund vor mir sitzen.

»Nein!? Die englische Königsfamilie?«

Ich blinzle vielsagend. Die Geschichte scheint perfekt. Schließlich kann er nicht einfach bei Prince Charles und Lady Diana anrufen und fragen, ob ich tatsächlich öfter mal zum Fünfuhrtee vorbeikomme, um ihnen den Big Ben zu schwitzen.

»Wow. Herr von Körner, also ich muss schon sagen … Wissen Sie, als ich von Ihrer Geschichte das erste Mal hörte, dachte ich ehrlicherweise, dass Sie so ein durchgeknallter Kerl sein müssten. Einer, der mit seiner angeblichen Kunst höchstens auf Kindergeburtstagen beeindrucken kann und wahrscheinlich mit anderen Freaks in einer Kifferkommune zusammenlebt.«

Ich lache künstlich auf. »Ach, tatsächlich? Ist ja witzig.«

»Ja, aber wenn ich nun höre, wen Sie zu Ihrer Kundschaft zählen, und sehe, zu welchem Wohlstand Sie es mit Ihrer Kunst gebracht haben, ist dies natürlich eine ganz andere Ausgangslage. Sie sind ein Star, Herr von Körner. Sie stehen in einer Reihe mit den großen Künstlern unserer Zeit. Elton John, die Stones und Madonna.«

»Ach, nein.« Ich winke beschämt ab. »Der Meister lehrte uns Demut und Bescheidenheit. Ja, ich glaube behaupten zu können, dass ich auch ohne all diesen Wohlstand sehr gut leben könnte. Aber ich denke, Sie haben recht – es ist an der Zeit, die Öffentlichkeit an meiner Kunst teilhaben zu lassen.«

»Absolut! Dieses Interview wird einschlagen wie eine Bombe, das bringen wir als Topthema. Vielleicht nimmt es der Chef sogar gleich noch für die morgige Ausgabe mit rein. Sie werden mit Anfragen überhäuft werden!« Plötzlich springt Herr Wortmann auf. »Vielleicht noch ein Foto?«

»Natürlich.«

Ich positioniere mich mit meiner Strickweste und der Brille vor dem Sofa und versuche dabei wie Elton John, die Rolling

Stones oder wenigstens Madonna auszusehen. Es gelingt mir nichts davon. Ich schaue wohl eher wie ein botswanischer Binnenwal aus.

Songvorschlag
»When Will I Be Famous«
Bros

KAPITEL 7
Dienstag, 14.06.1988

Rumms!

Am nächsten Morgen wache ich um Punkt zehn Uhr dreiundzwanzig durch ein lautes Poltern in unserer Wohnung auf. Ich sehe kurz auf meine Armbanduhr und will mich bereits wieder dem Schlaf widmen, als mich ein weiteres Poltern, dicht gefolgt von einem lauten »Scheiße«, erneut aufschrecken lässt. Genervt drehe ich mich auf die andere Seite und erkläre mir die Störung damit, dass Freddie wahrscheinlich wieder auf seinen Zauberwürfel getreten ist. Also ein fast normaler Morgen, denke ich. Diese Einschätzung ändert sich jedoch bereits um zehn Uhr vierundzwanzig, als die Tür meines Zimmers ruckartig aufgerissen wird und ein hyperventilierender Freddie zu mir hereinstürmt. Er wedelt mit einer Zeitung und reißt mit der anderen Hand die Jalousien ruckartig hoch.

Welch großartige Idee!

Ich werde binnen einer Tausendstelsekunde durch eine Milliarde Lux Sonnenlicht geblendet und bin mir absolut sicher, dass meine Iris und ich von nun an getrennte Wege gehen werden.

»Spinnst du?« In einer blitzartigen Reaktion ziehe ich mir schützend das Kopfkissen über das Gesicht. »Mach die Scheißjalousien wieder runter! Ich will schlafen.«

»Nix da, das musst du dir ansehen!« Freddie zieht mir das Kopfkissen weg und wedelt mir immer wieder die Zeitungsseiten durchs Gesicht. »Das ist es, Berti! Ich habe es dir gesagt! Habe ich es nicht?«

»Oh Gott, Freddie. Lass mich einfach pennen.«

»Steh auf, los! Weißt du, was passiert ist?«

Ich atme genervt aus und drehe mich mit verschlafenen Augen zu ihm.

»Du hast alle Seiten deines Zauberwürfels hinbekommen …?«

»Haha, sehr witzig, Berti.« Er wirft mir die Zeitung auf die Brust. »Hier, schau doch mal selbst. Hab ich es dir nicht gesagt? Sag schon, hab ich oder hab ich es nicht?«

Ich strecke meine müden Glieder und nehme die Zeitung auf. Nur langsam schärfen sich meine Augen, und dann sehe ich auf der Titelseite einen jungen Mann mit Strickweste und Brille, der mir nicht ganz unbekannt erscheint. Nach dem zweiten Augenwischen bin ich mir sicher, dass ich ihn kenne. Sogar sehr gut. Schlagartig bin ich wach und sitze kerzengerade im Bett.

»Aber … das … das bin ja ich.«

»Ja, ja. Lies doch!«

Ich beginne damit, die in Großbuchstaben gedruckte Überschrift laut vorzulesen. »DER MENTALTRANSPIRATOR! EIN DER ÖFFENTLICHKEIT BISLANG WEITESTGEHEND UNBEKANNTER KÜNSTLER AUS FRANKFURT SORGT FÜR FURORE.« Ich setze die Zeitung kurz ab. Hat dieser Wortmann etwa wirklich …?

»Weiter, Berti.«

»Lesen Sie exklusiv, wie der zurückgezogen lebende Hyperhidrosekünstler Berthold von Körner im Schweiße seines Angesichts bei den Reichen und Schönen dieser Welt Ruhm erlangte und warum er mit seiner unglaublichen Kunst selbst in Hollywood und den Königshäusern heiß begehrt ist.« Ich schaue mit offenem Mund zwischen dem Artikel und Freddie hin und her, der nur eifrig nickt und komplett um seinen Schädel zu grinsen scheint.

»Unsere Taktik ist voll aufgegangen, Berti. Übrigens fand

ich die Idee mit deinem Adelszusatz richtig klasse, Herr von Körner. Respekt!«

Ich lese weiter in der Zeitung. »… der völlig auf dem Boden gebliebene, von jeglichen Starallüren freie und äußerst attraktive Superstar sollte ein Vorbild für die Jugend, ja unsere Gesellschaft sein.«

»Du lieber Himmel, ich glaube, dieser BILD-Reporter hat sich in mich verknallt, Freddie. Sonst würde der doch niemals so schwärmen, oder?«

»Na, und wenn schon? Solange er solche Texte über dich schreibt, kann er meinetwegen auch mit Bessy vögeln.«

Ich ignoriere die letzte Aussage und lasse die Zeitung vor mir auf die Bettdecke sinken. Ich fühle mich unter Schock und stammele vor mich hin. »Was bedeutet das jetzt?«

»Was das bedeutet?«, wiederholt Freddie. »Das bedeutet, dass du ab heute berühmt bist. Jetzt beginnt deine Show, mein Lieber! Schau nur mal auf den Anrufbeantworter draußen. Der blinkt wie verrückt. Vielleicht sollten wir ihn doch mal wieder abhören. Jetzt, wo du reich wirst, können wir dem Vermieter die Kohle schon das ganze Jahr im Voraus zahlen.«

Ich springe mit nacktem Oberkörper aus dem Bett und laufe in den Flur. Den Anrufbeantworter haben wir mitsamt dem Telefon vor über einem halben Jahr auf Lautlos gestellt und darauf gehofft, dass wir durch den fehlenden Klingelton die Mahnungen und Drohanrufe unseres Vermieters aussitzen können.

Als ich nun davorstehe, blinken mir zwei Ziffern entgegen. Eine Zwei und eine Sechs. Auf meinem Anrufbeantworter befinden sich demnach sechsundzwanzig Nachrichten. Zunächst denke ich, dass irgendjemand gestorben wäre, doch nach den ersten sieben Nachrichten wird mir klar, dass es tatsächlich allesamt Reaktionen auf das Zeitungsinterview sind. Ich habe keinen blassen Schimmer, wie sie alle an meine Nummer gekommen sind, doch das Interview scheint tatsächlich wie eine

Bombe eingeschlagen zu sein. Einige Freunde und Bekannte sind auch unter den Anrufern. Der größte Teil lacht sich schlapp, andere beschimpfen mich, und wiederum andere fragen, ob sie ein Seminar bei mir belegen könnten. Dann komme ich zu Nachricht Nummer zwölf ...

»Herr von Körner, mein Name ist Simon Hopfner von RTL plus. Vielleicht haben Sie schon von uns gehört. Wir sind ein ganz neuer, junger Sender aus Luxemburg, der nun nach Köln zieht, und wir würden gerne mit Ihnen bezüglich einer Kooperation in Kontakt treten. Bitte rufen Sie mich doch heute noch unter der Nummer ...«

Ich drücke weiter und wiederhole in Gedanken den Namen des Senders. RTL plus, sind das nicht die mit *Knight Rider* und den *Transformers* im Programm? Na ja, anhören kann man es sich ja mal. Der Anrufbeantworter blinkt erneut auf. Anscheinend spricht gerade wieder jemand aufs Band. Ich zucke wie vor einem heißen Eisen zurück.

»Na los, geh dran«, fordert mich Freddie auf.

»Aber was soll ich denn sagen?«

»Hör dir einfach erst mal an, was sie zu sagen haben.«

»Und wenn sie mir Fragen stellen?«

»Dann antworte mit so 'nem Schnöselgelaber wie ... ›Eine interessante Frage, ich werde mir darüber Gedanken machen.‹«

Ich schüttele den Kopf. »Nein, ich weiß nicht.«

»Bist du verrückt? Los, geh dran.«

»Nein.«

Freddie hat deutlich weniger Hemmungen als ich und nimmt den Hörer ab.

»Äh, hallo? Ja, da sind Sie hier richtig. Kleinen Moment, ich verbinde.« Freddie hält mir den weinroten Hörer mit einer Hand entgegen, während er mit der anderen die Sprechmuschel abdeckt. »Ist für dich! Irgend so eine Tante von der Werbung.«

Ich kneife die Lippen aufeinander, dann gebe ich mir einen Ruck und nehme ihm den Hörer ab. »Ja, hier Berthold von Körner.«

Freddie hält sich angesichts meines Adelszusatzes vor lauter Lachen beide Hände vor den Mund, doch ich konzentriere mich nur auf die weibliche Stimme aus dem Telefon.

»Ach, sind Sie das wirklich selbst, Herr von Körner?«

»Ja, ich bin es persönlich. Mein … äh, Sekretär hat Sie zu mir durchgestellt.«

Freddie haut sich neben mir in die Ecke vor Lachen.

»Na, das ist aber supi! Da habe ich ja richtig Glück gehabt.«

»In der Tat. Wie kann ich Ihnen denn helfen, Frau …?«

»Heinz. Sandy Heinz. Ich arbeite in der Werbeabteilung für einen Hersteller von Hygieneartikeln. Vielleicht kennen Sie uns ja. 8x4, wissen Sie, was das ist?«

»Ja klar, zweiunddreißig, ich bin ja nicht blöd.«

Ein leises Kichern ertönt am anderen Ende der Leitung. Frau Heinz scheint zumindest amüsiert.

»Nein, ich meinte nicht, ob Sie wissen, was acht mal vier ergibt, sondern ob Sie die Marke 8x4 kennen.«

»Entschuldigen Sie, wenn das so eine Telefonumfrage ist, muss ich Ihnen sagen, dass ich gerade heute leider überhaupt keine …«

»Nein, nein«, fällt mir Frau Heinz ins Wort. »Ich will Ihnen nichts verkaufen. Im Gegenteil. Wir von 8x4 haben etwas für Sie. Wir sind eine der führenden Deodorantmarken Deutschlands. Vielleicht kennen Sie wenigstens unseren Werbeslogan, ›8x4, und der Tag gehört dir‹?«

»Nö, kenn ich nicht, und klingt ehrlich gesagt auch ziemlich bescheuert«, antworte ich wahrheitsgetreu. Allmählich fühle ich mich veräppelt. »Wenn Sie mir jetzt vielleicht sagen würden, was Sie von mir wollen?«

»Gut, ich merke schon, Sie sind ein echter Profi und wollen direkt über das Geschäft sprechen, nicht wahr? Da merkt man

Ihre Erfahrung mit den Großen dieser Welt. Dann komme ich gleich zum Punkt.«

»Ich bitte darum.«

»Wir haben das Interview in der BILD-Zeitung gelesen und würden Sie gerne als Gesicht für unsere nationale Werbekampagne gewinnen. Plakatflächen, Werbung im privaten Fernsehen und so weiter. Was halten Sie davon?«

»Mich?«

»Ja, natürlich Sie. Einen thematisch passenderen Partner hätten wir uns gar nicht wünschen können, Herr von Körner. Also, wie sieht's aus? Haben Sie Interesse?«

»Na, ich weiß nicht ... Deodorantwerbung ... und Ihre Firma Zweiunddreißig sagt mir auch nichts.«

»8 x 4, Herr von Körner, nicht Zweiunddreißig.«

»Entschuldigung.«

»Kein Problem. Schauen Sie, jeder benutzt doch Deodorant. Es ist also ein Produkt, das alle anspricht. Aber keine Sorge, wir haben nichts Verwerfliches mit Ihnen vor. Keine Nacktbilder, sondern eine hochprofessionelle Marketingkampagne. Wir planen eine ganz neue Linie für den Mann. Eine maskuline Ledernote mit leichter Würze und einem Hauch von Moschus.«

Ledernote mit leichter Würze und einem Hauch von Moschus? Ich habe keine Ahnung, wovon Frau Heinz da gerade spricht, aber ich antworte ihr mit einem ehrlich gemeinten »Aha«.

»Mögen Sie das?«

»Äh ... keine Ahnung. Ich habe mir bislang noch nie Gedanken darüber gemacht, ob ich Moschusochsen mag, aber ich möchte ganz sicherlich nicht wie einer riechen.«

Ich habe mitten in Frau Heinzes Werbeherz getroffen, woraufhin sie umgehend ihr gesammeltes Fachwissen rund um dieses tierische Produkt mit mir teilt.

»Moschus ist aber ein ganz toller Duft, Herr von Körner. Er

wird schon seit Jahrhunderten als Parfüm benutzt und beinhaltet Pheromone, die aphrodisierend wirken. Es ist eine ölige Flüssigkeit, die ursprünglich als Sekret aus einer Drüse am Bauch des Moschustiers stammt. Natürlicher Moschus wird übrigens nicht nur vom Moschusochsen gewonnen, sondern auch von Moschushirschen und -böcken, Enten und Bisamratten.«

»Bisamratten?«, wiederhole ich sichtlich irritiert.

»Ja.«

»Wir sprühen uns täglich Bisamratte unter die Achseln?«

»Na ja, nicht direkt die Tiere. Aber wenn Sie es so wollen … ja.«

»Das macht die Vorstellung, dafür zu werben, ehrlich gesagt auch nicht verlockender.«

»Wird das Ganze denn vielleicht verlockender, wenn ich Ihnen sage, dass wir Ihnen vierzigtausend D-Mark für das komplette Werbepaket anbieten?«

»Was?«, rufe ich verschreckt in den Hörer. So viel Geld habe ich in meinem ganzen Leben zusammen noch nicht verdient. Ich kann es schlichtweg nicht glauben und habe noch immer den Verdacht, dass man sich einen Scherz mit mir erlaubt. »Vierzigtausend D-Mark? Sie wollen mich verarschen, oder?«

Ein kurzer Moment der Stille entsteht am anderen Ende. Vielleicht war ich doch etwas zu grob in meiner Äußerung. Doch dann ertönt die quietschfidele Stimme der Bisamrattenfrau erneut.

»Hm, okay, ich habe meinem Chef gleich gesagt, dass das einem Künstler Ihres Formats zu wenig sein würde. Schließlich werden Sie mit Ihren Shows von den größten Stars der Welt gebucht. Und sogar die englische Königsfamilie … Wahnsinn!«

»Äh, was?«

Meine Verwirrung steigert sich sekündlich. Irgendwo zwischen Zweiunddreißig und Bisamrattensekret habe ich mich wohl ausgeklinkt.

»Ich bin ein großer Fan der Windsors, wissen Sie? Bleiben Sie doch ein klitzekleines Momentchen in der Leitung, Herr von Körner. Ich halte kurz Rücksprache mit meinem Chef.« Die Stimme der Bisamrattenfrau ist weg, dafür rockt mir Tina Turner in der Warteschleife ihr »What You Get Is What You See« ins Ohr. Ich Idiot! Habe ich mir eben etwa vierzigtausend Mark durch die Lappen gehen lassen? Bevor ich verstehe, was hier gerade genau passiert, ist die Dame zurück in meinem Ohr.

»Herr von Körner?«

»Ja?«

»Also, ich habe noch mal kurz mit meinem Chef gesprochen und ihn bekniet. Wir erhöhen unser Angebot auf fünfzigtausend D-Mark. Das ist aber unser letztes Angebot. Sie würden umgehend einen einmaligen Vorschuss von fünftausend D-Mark erhalten und die restlichen fünfundvierzigtausend bei Drehende. Der Werbedreh soll übrigens auf einer Südseeinsel stattfinden. Fünfsternehotel mit anschließendem vierzehntägigen Aufenthalt für Sie und eine Begleitperson sind natürlich inklusive. Na, was sagen Sie?«

Es dauert handgestoppte fünf Sekunden, bis ich begreife, dass es die Deofraktion tatsächlich ernst meint. Ich schüttele mich kurz und versuche betont ruhig zu klingen.

»Was ich sage? Ich sage: 8 x 4, und der Tag gehört dir.«

Songvorschlag
»What You Get Is What You See«
Tina Turner

KAPITEL 8

»Das ist nicht dein Ernst, oder?«

Mein Bruder schaut erst Freddie, dann mich ungläubig an. Er kann es ebenso wenig glauben wie ich. Aber es ist die Wahrheit. Ich nicke eifrig wie ein Wackeldackel und fahre mir dazu aufgeregt mit den Händen durch die Haare.

»Doch. Die zahlen mir fünfundvierzigtausend Mark, wenn ich den Dreh abgeschlossen habe, und fünftausend schon mal vorab auf die Hand. Ich habe ihnen die Kontoverbindung unserer WG durchgegeben. Du weißt, was das bedeutet?«

»Dass wir eine Lkw-Ladung BiFi Rolls kaufen können?«

»Nein! Jetzt kann ich dir endlich deinen neuen Rolli kaufen.«

Mein Bruder stockt für einen Moment. Dann schaut er mich fragend an. »Du willst das Geld für meinen Rollstuhl ausgeben?«

»Ja, klar. Auf den neuen wartest du doch schon ewig. Jetzt können wir ihn uns endlich leisten. Was kostet der noch gleich?«

Tobi hat sich diesen neuen Rollstuhl schon ewig gewünscht. Seine alte Mühle hat schon einige Kilometer auf dem Zähler und ist nicht mehr auf dem neusten Stand.

»So um die viereinhalbtausend Mark in der Vollausstattung.«

»Lass noch Breitreifen und Alufelgen draufziehen. Du hast es dir verdient, Bruderherz.« Breit grinsend klopfe ich ihm auf die Schulter.

»Wow, Berti. Das hätte ich jetzt gar nicht von dir gedacht. Danke, das ist echt wahnsinnig nett«, antwortet er etwas verlegen, und wir fallen uns kurz in die Arme.

»Und vom Rest bezahlen wir dann unsere Schulden beim Vermieter und nehmen uns endlich eine richtige Wohnung. Schluss mit unserem Hamsterkäfig auf Zwergenhöhe.«

»Yiiiihaaa«, stößt Freddie einen Freudenschrei aus, und wir prosten uns zu. Zur Feier des Tages habe ich Tobi und Freddie zum Fußballschauen in die Wohnung der Gräfin eingeladen. Deutschland spielt heute gegen Dänemark, und es sind aufgrund der heißen Temperaturen gefühlte fünfundvierzig Grad in der blaublütigen Bude. Und da ich nun als hochbezahlter Werbestar gelte, muss ich natürlich die bestellte Pizza sowie die Getränke bezahlen. Das Bier ist zur Hälfte geleert, als Jürgen Klinsmann bereits in der achtzehnten Minute mit einem Rechtsschuss das 1:0 markiert. Der Rest ist wie so oft: Wir trinken deutlich schneller, als die Kicker sich auf dem Platz bewegen. Und so dauert es bis zur fünfundachtzigsten Minute, bis der einen Meter siebzig kleine Olaf Thon ausgerechnet mit dem Kopf das entscheidende 2:0 erzielt. Ebenfalls wie so oft verabschieden sich Tobi und Freddie pünktlich mit dem Abpfiff und lassen mich mit dem Müll allein zurück.

»He, wo wollt ihr hin?«, lege ich zaghaften Protest ein.

»Ich muss rüber in die Klinik.« Freddie deutet mit einer Kopfbewegung zum Krankenhaus, das direkt neben der Villa ansässig ist. »Meine Schicht fängt an. Danke fürs Bier und die Pizza. Wir sehen uns dann später zu Hause.«

»Aber ich dachte, wir feiern noch ein wenig? 8 x 4, und der Tag gehört dir, und so weiter …? Tobi, was ist mit dir?«

Doch auch mein Bruder rollt schon in Richtung Wohnungstür.

»Anne wartet auf mich. Ich habe ihr versprochen, nach dem Spiel noch mal bei ihr vorbeizukommen.«

»Und wie kommst du dahin?«

»Ich bestelle mir ein Rollitaxi. Da fällt mir ein: Hast du vielleicht noch zwanzig Mark für mich? Oder willst du deinen behinderten Bruder nachts im Dunklen in einem kaputten Rolli
ganz allein durch die Straßen rollen lassen?«

Ich weiß, dass er blufft. Aber was will ich machen? Schließlich hat er mir schon oft genug finanziell ausgeholfen.

»Du weißt, dass das ganz schön link von dir ist, oder?«

Tobi lächelt und streckt seine Hand zu mir aus. »Ja. Aber
bald haben wir das nicht mehr nötig. Ich freu mich tierisch,
dass du jetzt so durchstartest, Berti. Vor allen Dingen freut es
mich aber, dass du an mich gedacht hast. Das bedeutet mir echt
viel.«

»Schon gut. Musst jetzt nicht rumschleimen. Hier hast du
den Zwanziger. Hau schon ab.«

Ich gebe ihm meinen letzten Zwanziger und bleibe kurz
darauf allein in der Wohnung der Gräfin zurück. Aber heute
stört mich das nicht weiter. Schließlich bin ich ja bald ein echter Werbestar. Da mir noch ein wenig nach Feiern zumute
ist, aber das Bier sich bereits in der vierundsechzigsten Spiel-
minute verabschiedet hat, entscheide ich mich, mir eine Flasche Rotwein aus dem Weinregal der Gräfin zu gönnen. Prüfend schaue ich auf das Etikett und nicke zufrieden, obwohl
ich keine Ahnung habe, ob es ein guter oder schlechter Wein
ist. Aber so macht man das schließlich. Immer schön nicken,
wenn man irgendwo ein Weinetikett unter die Nase gehalten
bekommt. Auf der Flasche steht irgendwas mit Pétrus drauf …
aha. Wohl ein Messwein. Was dem Apostel gut und billig ist,
soll mir recht sein. Und außer, dass die Flasche sehr verstaubt
scheint, erkenne ich immerhin, dass es sich bei dem Wein um
einen Rotwein aus dem Jahr 1961 handelt, der aus irgendeinem französischen Kaff stammt. Eigentlich komisch, dass
man immer nur bei Wein so ein Geschiss macht. Man prüft ja
auch nicht das Etikett einer Flasche Bier vor dem Öffnen und
sagt dann ehrfürchtig: »Oh, ein Bitburger Starkbier aus dem

Jahr 1984. Ein ganz hervorragender Hopfenjahrgang. Und wie ehrlich er sich mit den erdigen Aromen des Malzanteils verbindet, ganz erhaben und doch mit fruchtig-aprikosiger Note.«

Ich grinse in mich hinein, öffne die Flasche und gieße mir ein Glas davon ein. Natürlich werde ich der Gräfin den Wein auf Heller und Pfennig zurückzahlen, sobald ich mein erstes Geld vom Werbedeal bekommen habe. Ach, was rede ich, ich werde ihr jeden Tag ein eigenes Fass schicken. Schließlich habe ich es ja auch ihr und ihrer Wohnung zu verdanken, dass mein Leben nun einer goldenen Zeit entgegensteuert. Es könnte nicht besser laufen. Ein Werbevertrag mit 8x4 und womöglich eine eigene Show bei diesem neuen Sender RTL plus. Da fällt mir ein, die muss ich unbedingt noch anrufen. Endlich gibt mir das Leben mal etwas zurück. Wer hätte das gedacht? Auf Freddie zu hören ist normalerweise keine allzu gute Idee. Aber diesmal hat er tatsächlich recht behalten. Die Verpackung macht's wirklich. Ich muss unweigerlich schmunzeln, als ich daran zurückdenke, was ich diesem Herrn Wortmann für verrückte Dinge in sein Diktiergerät gequatscht habe. Wo ich überall gewesen sei und was für Dinge ich angeblich beherrsche. Kein Wunder, dass der Mann so begeistert war. Der muss ja denken, dass ich sogar Pumuckl sehen kann.

Zufrieden proste ich meinem Spiegelbild im Fensterglas zu und nehme einen großen Schluck. Doch sogleich ziehen sich meine Geschmacksnerven zu einem Ekelprotest zusammen.

Bäh, die Brühe scheint irgendwie stockig zu sein. Schmeckt fast genauso staubig und trocken wie die Flasche selbst. Der fromme Pétrus-Tropfen ist wohl nicht mehr so ganz frisch im Schritt. Aber wen wundert's? Wer lässt so ein Gesöff auch fast dreißig Jahre herumstehen? Logisch, dass der irgendwann kippt. Kippen ist ein gutes Stichwort, denke ich mir und schütte den Rest der Flasche in der Küche in den Ausguss. Und da heute mein Glückstag ist, finde ich im Kühlschrank tatsächlich zwischen einer Dose Hundefutter und einem Strunk Brokkoli noch eine Flasche Bier. Frau Gräfin, so gefallen Sie mir. Wieder proste ich meinem Spiegelbild zu, lege den Kopf in den Nacken und spüre, wie mir das Bier genüsslich die Kehle hinunterrinnt und den Weingeschmack gleich mitnimmt. Die Welt ist mein Freund.

Doch dann stocke ich und verschlucke mich beinahe. Täusche ich mich? Nein. Da bewegt sich doch was, draußen in der Dämmerung. Auf dem Flachdach eines Nebengebäudes der Klinik gegenüber bewegt sich eine Gestalt. Ich richte mich auf und versuche mehr zu erkennen. Wer ist das? Ein Einbrecher? Quatsch, wer bricht schon in ein Krankenhaus ein? Was sollte man da auch stehlen?

Mullbinden?

Katheter?

Entnommene Mandeln?

Meine Augen benötigen einen Moment, bis ich erkenne, dass es sich nicht um einen Einbrecher handelt, sondern um eine Frauengestalt, die sich langsamen Schrittes in Richtung der Dachkante bewegt. Die Frau schaut kurz hinab in die Tiefe, setzt sich dann in aller Ruhe auf die Kante und hängt baumelnd ihre Beine über den Abgrund. Verdammt, die will doch wohl nicht …?

Doch, genau das will sie!

Du lieber Himmel!

Nervös laufe ich zum Telefon. Wie war noch gleich die Nummer des Notrufs? Hastig stochern meine Finger diverse Zahlenkombinationen in den Löchern der Wählscheibe. Dann piept es endlich.

»Ja?«

»Schicken Sie bitte so schnell wie möglich einen Einsatzwagen los. Hier will eine Frau vom Dach springen!«

»Äh, dann sollten wir noch ein paar Minuten warten.«

Ich glaube im ersten Moment, mich verhört zu haben, und starre fassungslos den Hörer in meiner Hand an.

»Was, aber warum das denn?«

»Sie sprechen mit dem Bestattungsunternehmen Schulze und Klein.«

»Oh, dann habe ich wohl die falsche Nummer gewählt.«

Klick.

Erneut wähle ich eine Nummer, die sich meiner Meinung nach ziemlich nach Notruf anhört.

»Änderungsschneiderei Bodrum?«

Klick.

Das darf doch nicht wahr sein!

Ich werde ungeduldig, bis ich entdecke, dass die Gräfin die Nummer des Notrufs per Hand auf die Wählscheibe geschrieben hat.

»Notrufzentrale, wie können wir Ihnen helfen?«

»Na endlich.« Ich nenne der Stimme am anderen Ende der Leitung meine Adresse und erkläre, dass sie schnell einen Rettungswagen zum Krankenhaus losschicken sollen.

»Einen Rettungswagen zum Krankenhaus, verstehe ich das richtig? Das dürfte wohl ziemlich überflüssig sein.«

»Sie verstehen nicht richtig. Eine Frau will sich umbringen und steht schon auf dem Dach des Krankenhauses. Ich glaube, die springt gleich!«

»Ach so, jetzt verstehe ich. Und wie ist der Name?«

»Keine Ahnung, ich kenn die doch nicht.«

»Nein, ich meine nicht den Namen der Frau, sondern Ihren Namen, Herr …«

»Ach so. Körner. Berthold Körner. Ich wohne direkt neben der Klinik. In der Villa gegenüber. Kommen Sie schnell!«

»Keine Hektik, Herr Körner. Feuerwehr und Rettungsdienst sind bereits informiert. Bleiben Sie bitte vor Ort.«

»Okay.«

Ich lege auf und erkenne nun selbst, wie bescheuert es klingt, einen Rettungswagen zu einem Krankenhaus zu rufen. Fährt der jetzt aus der Garage, einmal um den Block und hält dann vorm eigenen Gebäude? Ich werde aus den Gedanken gerissen, als mein Blick wieder aufs Dach gegenüber wandert. Irgendwas muss ich tun, um Zeit zu gewinnen, bis die alarmierten Rettungskräfte eintreffen. Ich muss diese Frau irgendwie beschäftigen, sie mit einer psychologischen Ansprache davon abhalten zu springen. Also trete ich hinaus auf den Balkon und rufe ihr spontan zu, was mir gerade so einfällt.

»He, du! Äh … mach keinen Scheiß!«

Was war das denn, Berti? Ich könnte mich selbst ohrfeigen. Welch tiefsinnige und pädagogisch ausgereifte Ansprache an eine Selbstmörderin. Doch zumindest zuckt die Frau erschrocken zusammen und blickt sich suchend um. Als sie den Kopf hebt, erkenne ich, dass es sich um eine jüngere Frau handelt, die sich eine blonde Strähne aus dem Gesicht streift und mich in der einsetzenden Dämmerung schließlich entdeckt.

»Was?«

Anders als die Selbstmörderin habe ich großen Respekt vor Höhen. Und noch mehr vor Tiefen. Ich trete vorsichtig an das Balkongeländer zwischen die Blumenkästen, in denen diverse bunte Gewächse wuchern, und winke ihr zu.

»Hi! Äh, mach das bitte nicht.«

Sie schaut sich um, als sei nicht sie, sondern jemand anderes gemeint. »Meinst du mich?«

»Ja, klar. Wen denn sonst? Lass den Scheiß. Das löst deine Probleme doch auch nicht.«

Sie verschränkt die Arme vor ihrer Brust und nickt. »Ach, bist du mein Vater oder was? Mir hilft es jedenfalls. Hat es bisher immer.«

Bisher immer? Oh Gott, sie hat also schon mehrere Versuche hinter sich und scheint nicht ganz Herr ihrer Sinne zu sein. Ich sollte behutsamer auf sie eingehen. »Wirklich? Na, okay. Aber was sollen die Leute denken, wenn sie dir dabei zusehen?

Ist doch auch ein ziemlich beschissenes Vorbild für Kinder, findest du nicht?«

Sie beugt sich nach vorn und schaut in die Tiefe. Mir fährt erneut der Schreck in die Glieder, doch dann wippt sie zurück. »Kann schon sein, aber das ist mir egal. Muss ja keiner hinsehen. Außerdem erkenne ich dort unten niemanden, der mir zusieht.«

Großartig, auch noch eine Klugscheißer-Selbstmörderin.

»Du bist ziemlich egoistisch, weißt du das?«

»Egoistisch?« Das hat wohl gesessen. Sie steht wütend auf. Mein Plan scheint zu funktionieren. »Spinnst du? Warum bin ich egoistisch?«

»Weil du nur an dich denkst. Die anderen sind dir wohl völlig egal.«

»Sag mal, was willst du eigentlich von mir? Du kennst mich ja nicht einmal. Was erlaubst du dir eigentlich, so über mich zu reden?«

»Ich weiß, wie du dich fühlst. Ich kenn das.«

»Ach ja?«

»Ja.«

»Du hast gut reden. Sitzt da in deiner Villa und schwingst schlaue Reden, du neureicher Yuppie! Ich bin hier in der Klinik und habe vielleicht nur noch … ach, egal, was erzähl ich dir das eigentlich?«

»Nein, nein. Erzähl ruhig, ich höre dir zu.« Ich stütze mich am Geländer ab und schaue dabei unbemerkt auf meine Armbanduhr. Wann trudelt denn endlich der verdammte Notarzt oder wenigstens die Feuerwehr ein? »Es interessiert mich wirklich. Also, was ist mit dir?«

Die Selbstmörderin überlegt einen kurzen Augenblick, dann winkt sie ab. »Nein, besser nicht. Lass mich einfach in Ruhe. Du machst deinen Kram und ich meinen.«

Sie setzt sich wieder auf die Kante, und kurz darauf pendelt ihr Oberkörper bedenklich vor und zurück. Das darf doch nicht wahr sein. Das Blondchen ist ja wie ein menschliches Pendel. Ich muss nachlegen.

»Warte … wie heißt du eigentlich?«

Das ist gut. Das habe ich mal in einem Hollywoodfilm gesehen. Man muss eine persönliche Beziehung zu dem Entführer aufbauen, dann fällt es diesem schwerer, seine Geiseln umzubringen. Nur ist sie weder eine Entführerin, noch bin ich eine Geisel. Doch das Prinzip ist das gleiche … hoffe ich zumindest.

»Warum willst du das wissen?«

»Nur so, interessiert mich einfach.«

Sie lässt genervt ihren Kopf zwischen die Schultern sinken, dann hebt sie ihn wieder an und schaut zu mir herüber. »Lässt du mich dann in Ruhe?«

»Versprochen.«

»Mia. Ich heiße Mia.«

»Wow! Okay … cool.« Ich tue überrascht, als sei dieser Vorname ein in Gold gegossener Adelstitel. Ich sollte dringend meinen Fragenkatalog für selbstmordgefährdete Personen überarbeiten, denn mit der Namensfrage sind meine Ideen bereits ziemlich erschöpft. Doch Mia, das menschliche Pendel, lehnt sich wieder erschreckend weit nach vorn. Ich muss dranbleiben und versuche mich weiter in der Disziplin schwachsinnig-belangloser Small Talk. »Schöner Name. Mia. Und Mia ist die Kurzform von …?«

»Von Mia«, antwortet sie ebenso kurz wie zynisch. »Und jetzt verpiss dich, und lass mich in Ruhe.«

In diesem Moment sehe ich, wie endlich der erste Feuerwehrwagen mit Blaulicht um die Ecke biegt. Keine zwei Minuten später stehen drei Feuerwehrzüge vor der Klinik, zwei Rettungswagen sowie sechs Feuerwehrmänner in voller Montur, die ein Sprungtuch aufspannen. Mia schaut sich das Ganze amüsiert an, als ginge sie das alles nichts an. Dann fährt ein Feuerwehrmann mit einer Drehleiter langsam nach oben und hält sich dabei ein Megafon vor den Mund. Ein lauter Piepton schrillt auf, was alle Anwesenden dazu bringt, sich die Ohren zuzuhalten.

»Tschuldigung«, kratzt die Stimme des Feuerwehrmanns durch das Megafon. Als er beinahe auf unserer Höhe ist, widmet er sich Mia. »Bitte treten Sie von der Hauskante zurück. Wir kommen jetzt mit der Drehleiter rauf. Bitte seien Sie vernünftig. Es gibt sicher eine Lösung für Ihr Problem.«

Der Trubel lässt alle Passanten verstört nach oben blicken. Einige Ärzte schauen verwundert aus den Fenstern der Klinik auf den Aufmarsch am Boden, eine Handvoll älterer Damen winkt freundlich nach unten. Sie finden die Abwechslung wohl recht unterhaltsam. Ich glaube sogar, Freddie kopfschüttelnd in der Menschentraube vor der Klinik zu erkennen.

Mia steht indes auf und schüttelt ungläubig ihr blondes Haar. Dann fuchtelt sie mit ihren Händen und gibt den Rettungskräften zu verstehen, dass sie abhauen sollen, was diese natürlich nicht tun. Stattdessen gehen sie weiter jeden ihrer Schritte mit dem Sprungtuch am Boden mit. Drei nach links, zwei zurück und wieder von vorn.

»Es wird alles gut!«, rufe ich ihr vom Balkon aus zu.

»Sag mal, spinnt ihr alle?« Mia zeigt erst dem Feuerwehrmann, dann mir den Scheibenwischer. »Was soll denn der ganze Aufstand hier, nur wegen einer Zigarette!?«

Die Drehleiter stoppt abrupt, und für einen kurzen Moment wird alles ganz ruhig. Dann kratzt wieder die Stimme des Feuerwehrmannes aus dem Megafon. »Zigarette? Was heißt das?«

»Das heißt, dass ich hier oben einfach nur eine Scheißzigarette rauchen wollte! Ich weiß, dass der Zutritt auf das Dach eigentlich verboten ist. Aber ist der ganze Trubel nicht ein klein wenig übertrieben? Ist doch nur eine Zigarette.«

Man kann den Feuerwehrmann durch das Megafon genervt durchatmen hören. »Sie wollten nur eine rauchen?«

Mia nickt. »In der Klinik ist das nicht erlaubt, und bis nach unten ist es mir zu weit. Mein Zimmer ist gleich hier oben, und da dachte ich, ich geh mal schnell aufs Dach und rauche dort. Sorry, wusste nicht, dass man deswegen gleich den Notstand ausruft.«

»Sie meinen, Sie wollen gar nicht springen?«

»Springen? Wer? Ich?« Mia schüttelt den Kopf. »Sie denken, dass ich mich umbringen will? Wie kommen Sie denn darauf?«

»Ja, wie kommen wir da nur drauf?« Der Feuerwehrmann dreht sich samt Megafon zu mir um. »Weil ein gewisser Herr Körner angerufen hat und meinte, dass sich eine Frau vom Dach der Klinik stürzen würde!«

Ich kralle mich mit den Händen an das Geländer des Balkons und beiße mir auf die Unterlippe. Dann hebe ich entschuldigend die Hände.

»Es sah aber wirklich verdammt danach aus. Finden Sie nicht?«

Der Feuerwehrmann fixiert mich mit seinem Blick.

»Moment mal, ich kenne Sie doch. Sie sind doch der Kerl, der neulich beim Brand in der Wohnung der Gräfin dabei war, oder?«

Jetzt erkenne ich unter dem Helm das Gesicht des Feuerwehrmanns, der nach der Rauchvergiftung der Gräfin mit mir gesprochen hat.

»Äh, ja, der bin ich. Sorry, war wohl ein Missverständnis.«

»Sagen Sie, sind Sie vielleicht so ein Spinner, der sich wichtigmachen will und ständig die Feuerwehr anruft?«

»Nein. Ganz ehrlich, es war, wie gesagt …«

»So ein Einsatz ist nämlich kein Spaß. Wenn wir herausfinden, dass das nur ein Scherz war, wird das teuer für Sie, mein Freund. Dann stellen wir Ihnen den Einsatz nämlich in Rechnung.«

»Ich wollte doch nur …«

»Bist du bescheuert?«, unterbricht Mia unser Fachgespräch über die Notwendigkeit von Feuerwehreinsätzen. Wir drei müssen dabei in luftiger Höhe ein recht bizarres Bild abgeben. Mia auf dem Dach der Klinik, ich auf dem Balkon der Villa und der Feuerwehrmann mit Megafon auf seiner Drehleiter genau zwischen uns. »Wenn ich mich umbringen wollte, dann doch nicht hier! Nicht mit einem Sprung vom Dach dieses mickrigen Nebengebäudes. Das hat nur drei Stockwerke. Und außerdem kannst du doch nicht gleich die Feuerwehr rufen!«

»Da hat sie recht«, pflichtet ihr der Feuerwehrmann lautstark bei. Er scheint mittlerweile mit dem Megafon verschmolzen zu sein.

»Aber ... aber ich wollte doch nur ...«, stottere ich weiter vor mich hin, ohne zu wissen, wo ich mit dem Satz hingaloppieren will.

»Das war's, Jungs.« Der Feuerwehrmann gibt seinen Kollegen am Boden die Order, die Drehleiter wieder einzufahren. »Fehlalarm. Wir fahren wieder zurück.«

Die Menschentraube löst sich ebenso schnell auf, wie sie entstanden war, wobei die Passanten beinahe etwas enttäuscht darüber zu sein scheinen, dass sich hier und heute niemand vor ihnen vom Dach stürzen wird.

Nach wenigen Minuten ist der Platz vor der Klinik wieder wie leer gefegt, und ich starre noch immer ungläubig zu Mia hinüber. Diese wirft mir einen weiteren finsteren Blick zu, steckt sich mit einer großen Geste eine Zigarette an, zeigt mir dann den ausgestreckten Mittelfinger und wendet sich ab.

Ich bleibe allein und mit einem dämlichen Gesichtsausdruck zwischen den Blumenkästen zurück und überlege, wo genau mein Fehler lag. Ich finde keinen und gehe daraufhin wieder in die Wohnung und trinke mein zurückgelassenes Bier in einem Zug aus. Man sollte sich auf seine Kernkompetenzen beschränken. Bei mir ist es definitiv eher das Biertrinken als das Retten potenzieller Selbstmörder, die sich vom dritten Stock eines Krankenhauses stürzen wollen. Oder auch nicht.

* Songvorschlag
»Jump«
Van Halen

KAPITEL 9
Mittwoch, 15. 06. 1988

Mittwoche sind Scheißtage.

Insbesondere, wenn man einen Zahnarzttermin hat und mit einem Kater der Kategorie Hiroshima aufgewacht ist. Das könnte wahlweise an dem Bier liegen, das wir gestern während des Spiels getrunken haben, oder auch an dem Sixpack, das ich mir nach dem Einsatz des feuerroten Spielmobils noch an der Tankstelle geholt und hinterhergekippt habe. Oder vielleicht doch an dem schlechten Rotwein der Gräfin? Jedenfalls ist mir nicht nur übel, sondern ich hätte beinahe auch noch meinen Termin beim Kieferschleifer vergessen – halleluja!

Mir hat sich schon des Öfteren die Frage aufgedrängt, warum wir Menschen überhaupt über Zähne verfügen. Es handelt sich dabei jedenfalls um eine anthropologische Fehlkonstruktion, die ihresgleichen sucht. Denn dieses überaus anfällige Konstrukt ist löchrig und reagiert allergisch auf alles Schöne: Süßigkeiten, Trinken, Rauchen ... alles missfällt dem zickigen weißen Ballett. Wenn einem auch noch nach dem Sex die Schneidezähne schmerzen würden, wäre das Spielverderberset komplett. Warum können die Scheißteile nicht einfach wie bei einem Hai oder Krokodil kommentarlos nachwachsen? Nix da! Ein Weingummi gekaut – schon steckt einem der halbe Unterkiefer in der Gummimasse. Einmal auf eine Nuss gebissen, und schon hat man wieder einen Termin beim Mundschutzpapst. Und dann gibt's ja auch noch den buckligen Gehilfen der Zähne, die Zahntaschen. Was die Produktion ekelhafter Gerüche angeht, macht ihnen kaum ein anderer Teil des menschlichen Körpers etwas vor. Kann mir bitte mal jemand erklären, warum die Dinge, die man sich da rauspult, so riechen, als hätte man sie eine Etage tiefer aus dem Darm gepopelt? Die Zahntasche – mir bleibt sie ein Mysterium.

Nach der Behandlung eines Zahnlochs, das die gefühlten Ausmaße des Marianengrabens gehabt haben muss, bin ich nun nicht mehr der Gleiche. Denn trotz Betäubung habe ich jede Bewegung des Bohrers gespürt, der mir Millimeter für Millimeter durch meinen Zahnschmelz getrieben wurde. Hätte ich geahnt, dass meine Zahnärztin so tief hinunterbohren würde, hätte ich ihr zur Begrüßung anstatt eines *Guten Morgens* ein ehrlich gemeintes *Glückauf* gewünscht. Mich würde es nicht wundern, wenn die Zahnfee nach getaner Arbeit noch Reste meines Magens am Bohrerkopf zutage gefördert hätte. Es war jedenfalls sehr unschön mitzuerleben, wie Frau Doktor mit dem blinkenden Metall in ihrer Hand beinahe bis zu den Ellenbogen in meinem Hals verschwand. Vom Wohlfühlfaktor erinnerte mich das Ganze an die ersten zwanzig Minuten eines Films, den ich neulich auf VHS gesehen habe: *Chucky – die Mörderpuppe*.

Zu allem Überfluss darf ich dann auch noch mit meiner dick betäubten Backe in der U-Bahn nach Hause fahren. Und natürlich muss ausgerechnet in meinem Abteil eine Horde Grundschulkinder auf Ferienfreizeitausflug einsteigen. Überall wuseln schreiende ALF-T-Shirt-Träger wie eine wild gewordene Heuschreckenplage durch die Bänke. Weder die überforderte Pädagogin in Lederminirock und geringelter Baumwollstrumpfhose Modell Pipi Langstrumpf noch meine deutlich erkennbare negative Mimik können den schreienden Mob zur Ruhe bringen.

Die Fahrt im Armageddonabteil dauert aufgrund von Gleisarbeiten nun schon fast eine geschlagene Stunde. Alles in allem scheinen die letzten zwei Tage mir nicht so ganz zugetan gewesen zu sein. Dabei lief doch anfänglich alles so gut. Der Zeitungsartikel, der 8x4-Werbedeal, die Sache mit RTL plus, alles lief prima, bis … ja, bis ich diese Mia treffen musste. Genau, mit ihr hat das Übel angefangen.

Ich entscheide mich dazu, vorzeitig die Segel zu streichen, und steige an der nächsten U-Bahn-Station aus. Als ich ins Freie trete, erkenne ich, dass ich direkt vor dem Bürgerhospital stehe. Hier liegt die Gräfin mit ihrer Rauchvergiftung. Ich hatte sowieso vor, die Tage mal nach ihr zu schauen, also wäre jetzt eigentlich eine gute Gelegenheit.

Fünf Minuten später stehe ich in ihrem Zimmer und bereue meine Entscheidung bereits wieder. Das Bild, das sich mir zeigt, stimmt mich traurig. Die Gräfin liegt apathisch in ihrem Bett und starrt stumm zum Fenster hinaus.

»Hallo Frau Berentzen«, flüstere ich leise, um sie nicht zu erschrecken. Sie dreht sich zu mir um, und ihre Gesichtszüge hellen sich schlagartig auf, als hätte sie gerade erfahren, dass Bessy den ersten Preis auf einer Hundeschau gewonnen hat. Ich bin nicht nur der einzige Mensch, der auf ihre Wohnung aufpassen kann, sondern ich scheine auch der einzige zu sein, der sie besucht.

»Berti. Ach, das ist ja schön.«

»Sie sehen ja schon wieder richtig gut aus, Frau Berentzen«, lüge ich. »Vielleicht tut es Ihnen ja ganz gut, mal etwas abzuschalten.«

»Du Charmeur.« Ihre Wangen erröten vor Scham. Zumindest interpretiere ich das so, es könnte aber auch einfach nur an ihren Blutdruckmedikamenten liegen. Ich bin mir da nicht sicher. »Blödsinn. Ich sehe furchtbar aus. Konnte mich gar nicht schminken, und das Essen hier ist auch nicht das beste. Aber erzähl, wie kommt Bessy damit zurecht, dass ich nicht zu Hause bin? Geht es ihr gut?«

»Bessy? Jaaa, die nimmt das Ganze eigentlich ziemlich cool.« Erst als ich meine Antwort höre, merke ich, wie zweideutig sie ist. Aber dadurch immerhin nicht einmal gelogen.

»Sehr cool sogar. Aber sie vermisst Sie natürlich ganz doll. Ich schaue jeden Tag nach ihr.«

»Knuddel sie von mir, Berti.«

»Mach ich. Aber wie geht es Ihnen denn?«

»Ach, na ja. Die Rauchvergiftung ist wohl nicht so schlimm, aber den Ärzten macht mein Herz ein wenig Sorge.«

»Tatsächlich? Was ist denn damit? Ist es etwas Ernstes?«

»In meinem Alter ist alles irgendwie ernst, nicht wahr? Aber mein Herz hat mir bis heute stets gute Dienste erwiesen. Wenn mein Exmann es schon nicht geschafft hat, es mir zu brechen, wird es nun auch nicht gleich kaputtgehen. Und selbst wenn es nicht mehr will, dann ist es auch okay. Ich habe mein Leben gelebt.«

»Sagen Sie so was nicht, Frau Berentzen. Sie werden bestimmt hundert.«

Die Gräfin lächelt, dann schaut sie mich ernst an. »Berti, ich habe da noch eine, wie soll ich sagen, delikate Bitte an dich.«

»Ja?«

»Die Polizei wird ja wegen des Feuers vielleicht noch mal in die Wohnung gehen. Könntest du mir einen Gefallen tun?«

»Sicher. Um was geht's denn?«

»Du weißt ja, dass ich seit Jahren diese schlimmen Schmerzen in den Beinen habe, weswegen ich auch mit Bessy nicht mehr rauskann.«

Nein, davon weiß ich nichts. Aber wozu jetzt Fragen stellen? Also nicke ich zustimmend. »Ja.«

»Nichts hat dagegen geholfen. Keine Ärzte, keine Medikamente. Bis ich diesen Bericht im Fernsehen gesehen habe. Es gibt Pflanzen, die den Schmerz lindern, wenn man sie kaut oder ihren Saft mit Wasser verdünnt trinkt. In Afrika nutzen sie das schon seit Jahrhunderten.«

»Okay. Das freut mich für die Afrikaner, aber ich verstehe nicht ganz, wie ich Ihnen damit helfen kann, Frau Berentzen.«

»Na ja, ich hatte mir ein paar der Pflänzlein besorgt, und

meine Güte, wie die gewirkt haben. Ich habe jeden Tag ein Blatt gekaut und komme mit den Schmerzen seither gut zurecht. Ich glaube, Kath heißt die Pflanze. Kennst du die?«

Wie bitte? Ja gibt's das denn? Frau Gräfin haut sich Kath, also praktisch Amphetamine rein? Kein Wunder, dass sie glaubt, ihr Hund würde noch leben! Frau Gräfin ballert sich regelmäßig schön mit Drogen weg.

»Äh, ja. Das kenne ich.«

»Wenn die Polizei jetzt die Wohnung untersucht, wäre es nicht so toll, wenn sie die Pflanzen entdecken würden.«

»Ah, verstehe. Ich soll sie entsorgen?«

»Richtig, Berti.«

»Okay. Wo sind sie denn versteckt?«

»Versteckt? Nein, nein, sie stehen in der Küche auf dem Fensterbrett. Sie benötigen viel Luft und Feuchtigkeit. Sie haben kleine grüne Blätter, sehen fast aus wie Minze.«

Minze? Auf dem Fensterbrett? Jetzt wird mir einiges klar. Zum Beispiel, warum Herr Wortmann von der BILD-Zeitung so euphorisch war, nachdem ich ihm sein Wasser mit Kath versüßt hatte. Ich nicke der Gräfin zustimmend zu und greife ihre Hand.

»Natürlich, ich kümmere mich darum. Kein Problem.«

»Da bin ich aber beruhigt, Berti. Auf dich ist Verlass. Was wäre ich nur ohne dich?«

»Ach, Quatsch. Das mache ich doch gerne.«

»Ich weiß«, nickt die Gräfin und lässt meine Hand langsam los. Dann schaut sie wieder zum Fenster hinaus. Irgendwie wirkt sie heute etwas trauriger als sonst. Ich hoffe, dass sie bald wieder in ihre Wohnung kann. Ich mag diese Frau. »Ich weiß, Berti.«

* *Songvorschlag*
»Heart«
Pet Shop Boys

KAPITEL 10
Donnerstag, 16.06.1988

Tags darauf trete ich zur Beseitigung sämtlicher Drogen in der Wohnung der Gräfin an. Ich entsorge den Rest der afrikanischen Grünpflanzen im Hausmüll. Dann lege ich mich auf die Couch und wähle die Nummer der WG.

»Management Berthold von Körner, Sie sprechen mit Herrn Krüger, was kann ich für Sie tun?« Kurz bin ich irritiert, dann erkenne ich Freddies Stimme. Entweder er hat auch etwas von dem Kath abbekommen, oder er hat nicht mehr alle Latten am Zaun.

»Bist du bekifft?«

»Ja, das hat damit aber nichts zu tun.«

»Spinnst du jetzt völlig? Was soll das denn?«

»Das ist professionelles Vorgehen, Berti. Sei mir besser dankbar, hier kommen stündlich neue Angebote für dich rein. Warte mal, ich spiele dir ein paar vom Anrufbeantworter vor.«

Er drückt eine Taste, und ich kann hören, wie sich das Band in Bewegung setzt.

»Herr von Körner, mein Name ist Udo Hölderlein. Haben Sie schon mal über Werbeartikel nachgedacht? Bei Ihren zukünftigen Auftritten könnten Sie damit sicherlich nebenbei noch ein ganz erträgliches Sümmchen machen. Wir würden Ihnen daher gerne einmal unsere Produktpalette vorstellen. Von Waschlappen mit Ihrer Signatur bis zu T-Shirts. Für Letztere stellen wir uns Ihr Konterfei als Schweißrand vor. Vielleicht noch ein Slogan drunter, wie ›Im Schweiße meines

Angesichts, Ihr Berthold von Körner‹. Melden Sie sich doch bitte unter …«

Piiiiep.

»Da war das Band zu Ende. Aber ich bin mir sicher, dass er noch mal anruft. Was denkst du?«

»Ich denke, der Typ hat den Schuss nicht gehört. T-Shirts mit Schweißrand. Na, also, ich weiß nicht. So bekannt bin ich ja nun auch nicht.«

»Bist du dir sicher? Dann hör dir mal den nächsten Anrufer hier an.«

Eine weitere Nachricht wird abgespielt. Die Stimme kommt mir sofort bekannt vor, ich kann sie aber nicht genau zuordnen.

»Herr von Körner. Wie ich erfahren habe, kann man Sie auch für Privatveranstaltungen buchen. Ich habe demnächst eine Feier bei mir zu Hause. Nichts Großes, nur im kleinen Rahmen, circa fünfzig Gäste. Und dazu würde ich Sie gerne als Künstler einladen. Der Termin wäre allerdings schon in vier Wochen. Ich weiß, dass das ziemlich kurzfristig ist, aber dafür zahle ich auch gerne die doppelte Gage. Würde mich freuen, wenn es klappt. Einer meiner Mitarbeiter wird sich die Tage noch mal bei Ihnen melden, um das Geschäftliche zu regeln. Bis dann! Äh … ach ja, hier ist Thomas Gottschalk.«

Piiiiep.

Thomas Gottschalk? Dachte mir gleich, dass ich die Stimme irgendwoher kenne.

»Ist ja ein Ding«, bringe ich stotternd hervor.

»Ich sage dir, Berti, du wirst ein Superstar, und der Rubel wird rollen, wenn wir es nicht ganz blöd anstellen.«

»Wir werden sehen. Ich wollte jedenfalls nur Bescheid sagen, dass ich heute später komme, falls du mit mir Fußball schauen wolltest.«

»Nee, wollte ich nicht. Deutschland spielt eh erst morgen wieder. Aber da schauen wir zusammen, oder?«

»Okay, dann sehen wir uns morgen.«

Wir beenden das Telefonat, und ich trete auf den Balkon hinaus, um ein wenig frische Luft zu atmen und mir zu überlegen, wer wohl diese fünfzig Gäste auf der Gottschalk-Party sein könnten. Helmut Kohl? Dieser neue Sportstudio-Moderator Günther Jauch? Noch bevor ich die mögliche Gästeliste weiter durchgehe, sehe ich, wie auf dem Dach gegenüber die Flamme eines Feuerzeugs aufleuchtet.

Oh nein.

Bestimmt wieder diese Zicke.

Mia.

Zunächst will ich schnell zurück in die Wohnung schleichen, doch sie hat mich bereits entdeckt und beginnt sofort mit einer Auswahl zynischer Bemerkungen.

»Ah, der neureiche Schnöselnachbar. Na, willst du wieder ein bisschen mit Feuerwehrautos spielen?« Sie nimmt einen tiefen Zug und bläst eine mächtige Rauchsäule aus.

Arrogante Tusse. Und undankbar ist sie auch noch. Schließlich hatte ich es nur gut gemeint. »Findest du wahrscheinlich auch noch witzig, was? Ich wollte dir nur dein verdammtes Leben retten. Und was bekommt man als Dankeschön? Einen ausgestreckten Mittelfinger. Der einzige Schnösel hier bist du!«, brülle ich zu ihr hinüber.

Mia schaut mich fassungslos an.

»Du willst jetzt aber nicht allen Ernstes, dass ich mich dafür bedanke, oder?«

»Doch. Genau das fände ich angebracht.«

»Wofür denn? Dafür, dass das halbe Krankenhaus sich nun hinter meinem Rücken über mich lustig macht? Oder dafür, dass ich beinahe aus der Klinik geflogen wäre?«

»Quatsch, die werfen dich doch nicht aus der Klinik wegen so was.«

»Doch, genau das wollten sie!« Mia zieht erneut an ihrer Zigarette. »Ach, vergiss es. Kümmere dich lieber um deinen nächsten Urlaub auf Ibiza, oder schau mal nach, wie sich deine Aktien heute so entwickelt haben. Das ist doch das Einzige, wofür Typen wie du sich interessieren.«

Ich stütze mich auf die Brüstung des Balkons, schrecke aber aufgrund der Tiefe, die sich unter mir auftut, gleich wieder zurück. Dass Mia immer noch denkt, dass ich ein reicher Schnösel wäre, ärgert mich irgendwie. Nur, beichten kann ich ihr das Ganze natürlich nicht. Wenn die Presse Wind davon bekommt, würde meine ganze Scharade auffliegen.

»Oh, wo hast du denn diese Lebensweisheiten her? Stehen die vielleicht auf deinen Zigarettenschachteln hinten drauf?«

»Lass mich nachschauen.« Mia hält das Päckchen vor ihre Augen und tut so, als würde sie etwas lesen. »Nein, da steht nur, dass man beim Rauchen aufpassen soll, dass währenddessen kein Spinner die Feuerwehr ruft.«

Ich grinse aufgesetzt und klatsche hämischen Beifall. »Bravo! Bist ein kleiner Scherzkeks, was? Aber meinetwegen kannst du ruhig weiterrauchen. Ist mir völlig egal. So ein Raucherbein steht dir sicherlich ganz hervorragend.«

Nun kenne auch ich kein Erbarmen mehr. Im Krieg muss mit gleicher Munition zurückgeschossen werden. Doch Mia scheint bereits zu kapitulieren. Das wundert mich. Ich dachte, ich hätte erneutes Gegenfeuer zu erwarten. Doch stattdessen lässt sie lediglich die Asche ihrer Zigarette aufglühen, und für einen Moment glaube ich fast, dass sie sich eine Träne verdrücken muss. »Keine Angst, so weit wird es nicht kommen«, antwortet sie zögerlich. »Der Tumor in meinem Kopf erledigt das schneller.«

Ich schlucke. Ist das wieder nur ein blöder Spruch? Doch ihre Körpersprache sagt etwas anderes. Und auch ich werde etwas kleinlauter. »Was meinst du damit?«

»Vergiss es.«

»Nun zick nicht schon wieder rum. Sag schon. Stimmt das? Du hast einen Tumor im Kopf?«

»Ja, verdammt«, antwortet sie deutlich lauter, und ich fühle mich plötzlich unwohl in meiner Haut. Meine Äußerung war wohl mehr als unangebracht.

»Sorry, das wusste ich nicht. Tut mir leid.«

»Ich brauche kein Mitleid.«

»Nein, natürlich nicht.«

Für eine Weile sagt keiner was. Dann setzt Mia wieder an.

»Und, fühlst du dich jetzt besser? Oder kommen jetzt die üblichen Sprüche wie ›Das wird schon wieder‹ oder ›Kopf hoch, anderen geht es noch viel schlechter‹. Darauf kann ich nämlich bestens verzichten.« Sie sieht mich scharf an.

»Ja, kann ich mir vorstellen.«

»Nein, kannst du nicht.«

Natürlich kann ich es nicht. Also mache ich das, was ich am besten kann. Schwindeln und blöde Sprüche klopfen.

»Doch, kann ich. Mein Vater war vor zwei Jahren wegen so einer Krebsgeschichte im Krankenhaus.« Mia zieht an ihrer Zigarette und wirft mir einen skeptischen Blick zu. Ich nutze ihr Zögern, um meine Lüge zu Ende zu bringen. »Er hatte sich beim Essen einer Scheißkrebsschere verschluckt. Wäre beinahe dran erstickt.«

»Du bist ein Arschloch«, antwortet Mia gewohnt bissig, doch immerhin muss sie tatsächlich über meinen bescheuerten Scherz schmunzeln. Wir lachen beide befreit auf. »Entschuldige, der musste sein. Aber das mit dem Krebs stimmt wirklich. Wir mussten sogar mit ihm in die Notaufnahme.« Mia lacht immer weiter und lässt ihren Oberkörper nach hinten auf das Dach sinken. »Seither erzählt mein Vater jedem, dass er den Krebs besiegt hat. Kannst du dir das vorstellen?«

Mia wälzt sich zur Seite und hält sich vor Lachen den Bauch. »Hör auf, ich kann nicht mehr! Was für eine saublöde Story ist das denn?«

Langsam beruhigt sie sich und richtet sich wieder auf. Es ist das erste Mal, dass sie entspannt aussieht. Eigentlich ist sie gar nicht so unattraktiv. Nein, im Gegenteil, sie ist eine wirklich hübsche Frau.

»Du siehst übrigens gar nicht so zickig aus, wenn du lachst.«

»Ich bin nicht zickig. Du bist nur ein Idiot.«

»Meinetwegen«, antworte ich lapidar. »Und ganz ehrlich: Du packst das mit deinem Krebs auch. Es wird wohl etwas schwieriger als bei meinem Vater, aber du scheinst eine zähe Frau zu sein.«

»Ja, das bin ich wohl.« Mia drückt ihre Zigarette aus und steht auf. »Die zähe Frau muss jetzt wieder rein zum Abendessen. Es gibt Graubrot mit Billigmortadella. Das darf man sich doch nicht entgehen lassen. Also, mach's gut.«

»Ciao, Mia.«

Sie geht zwei Schritte, dann stoppt sie plötzlich und dreht sich auf dem Absatz noch einmal zu mir um.

»Mir fällt gerade auf, dass ich gar nicht weiß, wie du heißt.«

»Berti«, rufe ich ihr zu. »Berti Körner.«

»Berti?« Mia wiederholt den Namen, dann lächelt sie und deutet mit dem Zeigefinger zu mir herüber. »Wie der aus der Sesamstraße. Okay, das kann ich mir merken. Gute Nacht, Berti Körner.«

»Nacht, Mia. Ach, und noch was …«

»Ja?« Sie dreht sich noch einmal fragend zu mir.

Ich weiß in diesem Moment selbst nicht, warum ich den Satz sage, der mir da aus dem Mund perlt, doch als er raus ist, bin ich froh, dass ich ihn ausgesprochen habe.

»Was hältst du davon, wenn wir uns morgen um die gleiche Zeit wieder hier treffen?« Sie zögert und wiegt ihren Kopf hin und her. Ich setze nach. »Keine Angst, ist kein Date. Und ich lade auch ganz bestimmt nicht wieder die Feuerwehr ein.«

Ich glaube, ein Schmunzeln um ihre Mundwinkel zu erkennen. Einen Moment später hebt sie die Arme und nickt.

»Ach, was soll's, warum eigentlich nicht? Hab gerade wirklich nicht viel Besseres vor.«

*Songvorschlag
»Girl You Know It's True«
Milli Vanilli*

KAPITEL 11
Freitag, 17.06.1988

Rrrring!

Am nächsten Morgen werde ich durch das Klingeln des Telefons unserer WG unsanft aus dem Schlaf gerüttelt. Ich robbe aus meinem Zimmer und nehme verschlafen den Hörer ab. Es wird schon nicht der Typ mit den T-Shirts oder Thomas Gottschalk sein. Vor zwölf Uhr mittags erlange ich selten Normalform für Telefongespräche.

»Ja?«

»Herr von Körner, hier ist Björn Wortmann.«

Oh nein! Die Gesichtskirmes der BILD-Zeitung. Das wäre meine Nummer drei auf der Bitte-nicht-Anruferliste gewesen.

»Herr Wortmann, wie schön«, heuchele ich in den Hörer, und der Reporter nimmt mir meine Antwort scheinbar sogar ab.

»Ja, ich freue mich auch. Ich hoffe, ich habe Sie nicht bei etwas Wichtigem gestört.«

»Nein, nein, ich habe nur gerade etwas … äh … meditiert. Ich arbeite an einem neuen Hyperhidrosemotiv.«

»Ach, das tut mir leid, ich wollte Sie nicht stören.«

»Kein Problem. Wie kann ich Ihnen denn helfen?«

»Ich wollte Sie nur auf den neusten Stand bringen. Ihre Story scheint ein echter globaler Selbstläufer zu werden.«

»Wie meinen Sie das?«, frage ich nach. Globaler Selbstläufer, wie das schon klingt. Irgendwie ungreifbar und beängstigend. So wie atomare Bedrohung oder ein Ozonloch über der Antarktis.

»Über die Medien hat sich unser kleiner Bericht anscheinend mittlerweile einer immens großen Leserschaft bemächtigt. Die internationale Presse ist wie verrückt auf diese Story. Selbst CNN hat einen kurzen Bericht über den *German Wunderschweiß* gebracht.«

»German Wunderschweiß«, wiederhole ich amüsiert. »Ist nicht Ihr Ernst, oder?«

»Doch. Und es kommt noch besser: Ein ehemaliger Mitbruder von Ihnen hat sich bei uns gemeldet. Ein Mexikaner. Er war wohl gemeinsam mit Ihnen in dem kleinen Kloster in Ägypten.«

Ein Mitbruder aus dem ägyptischen Kloster? Zum Glück kann Herr Wortmann meine Überraschung nicht über das Telefon sehen. Ich lasse den Hörer sinken und überlege, was nun zu tun ist. Schließlich handelt es sich bei meinem mexikanischen Mitbruder ganz offensichtlich um einen noch größeren Schwindler, als ich es bin. Denn da bin ich mir sehr sicher: Weder er noch ich waren jemals in einem Kloster für Schweißkunst. Doch wie soll ein Schwindler den anderen überführen, ohne dabei selbst aufzufliegen? Denn wer im Glashaus sitzt, sollte sich besser im Dunkeln umziehen. Es gibt nur eine Lösung: volle Kraft voraus.

»Mexiko, sagen Sie? Ach ja, das muss José gewesen sein.«

Ich bin mir sicher, dass dieser Kerl in Mexiko als Zweit-, Dritt- oder meinetwegen auch Zehntnamen José in seinem Pass stehen hat. Ich höre am anderen Ende der Leitung Papier rascheln.

»Moment, ich schaue gerade mal nach … Der Mann heißt Manuel Vincenzo Pablo Emanuel José Luis Alvaro de González.«

Immerhin an fünfter Stelle.

Guter Schnitt, denke ich, bin wieder etwas beruhigt und antworte gespielt beiläufig. »Wir nannten ihn alle immer nur Jo.«

»Verstehe. Jedenfalls hat er nicht nur von Ihrer gemeinsamen Zeit berichtet, sondern den Kollegen des mexikanischen Fernsehens sogar ein altes T-Shirt von Ihnen präsentiert.«

»Ach, hat er das, ja?«
»Ja. Und zwar ein ganz besonderes. Darauf ist nämlich das Antlitz Jesu zu erkennen, das Sie damals geschwitzt haben. Es werden angeblich bereits zwölftausend Dollar dafür geboten.«
»Verrückt.«
»Jedenfalls wollte ich nur fragen, ob Sie diesen José kennen und die Geschichte bestätigen können? Das wäre nämlich eine super Fortsetzungsstory.«
»Ähem ...«
»Besten Dank, damit erzielen wir bestimmt wieder eine Megaauflage.«

Ich kneife verärgert meine Augen zusammen und bin mir sicher, dass ich mit dieser Antlitz-Christi-Nummer endgültig ein First-Class-Ticket in die Hölle bekommen werde. Ich befürchte zum ersten Mal, dass das alles kein gutes Ende nehmen könnte. Die ganze Geschichte entwickelt eine gefährliche Eigendynamik.

Dennoch antworte ich betont lässig: »Gern geschehen. Auf Wiederhören, Herr Wortmann.«

Ich schleppe mich zurück ins Bett und versuche wenigstens wieder in den Schlaf zu finden. Am besten stehe ich nie wieder auf. Doch der männliche Part des Paares in der Wohnung unter uns hat soeben laut räuspernd seine Dusche betreten, und ich weiß, was nun folgen wird. Der talentfreie Hobbysänger gibt sich ausgiebig seinen Sangeskünsten hin und singt lautstark die Zeilen, die ich ebenfalls schon auswendig kann.

Hey hey hey, ich war der Goldene Reiter. Hey hey hey, ich bin ein Kind dieser Stadt. Hey hey hey, ich war so hoch auf der Leiter ... und dann fiel ich ab ... ja, dann fiel ich ab.

* *Songvorschlag*
»Goldener Reiter«
Joachim Witt

Ich habe es immerhin geschafft, den restlichen Tag beinahe komplett in meiner selbst verordneten Einzelhaft zu verbringen. Ich habe mein Schlafzimmer nur zur Nahrungsaufnahme und -abgabe verlassen und mir ansonsten im Dritten Programm Wiederholungen von *Derrick* und *Der Alte* angesehen. Aber irgendwann musste ich wiederauftauchen. Spätestens zum Anpfiff des Gruppenspiels gegen Spanien. Und so sitze ich einige Stunden später im Wohnzimmer neben meinem Bruder und Freddie. Wir schauen das Spiel, und ich berichte nebenher von den Neuigkeiten aus Mexiko.

»Man kann es drehen und wenden, wie man will. Es gibt nur eine Möglichkeit: Wir müssen das alles sofort abbrechen.«

»Bist du verrückt?« Freddie scheint komplett anderer Meinung als ich zu sein und schaut mich entrüstet an, während er sich gerade eine Tüte dreht. »Es läuft doch super!«

»Nein, es läuft gar nicht super«, halte ich dagegen. »Es ist nicht mehr zu kontrollieren, Jungs. Wir haben da ein Monster erschaffen. Überlegt doch mal: CNN hat über mich berichtet! Und irgend so ein Spinner aus Mexiko versucht jetzt Kohle aus der Story zu machen und behauptet, dass er mit mir in dem Kloster die Kunst der Hyperhidrose studiert und ich das Antlitz Jesu in ein T-Shirt geschwitzt habe. Was mache ich denn jetzt?«

Freddie lehnt sich wieder entspannt zurück. »Das kann ich dir sagen.«

»Ach ja? Und das wäre?«

»Nichts«, antwortet er nach einer kurzen Kunstpause.

»Wie, nichts?«

»Na, halt gar nichts. Lass sie doch alle am Rad drehen. Die Menschen wollen in einem T-Shirt mit deinem Schweiß das Antlitz Jesus sehen? Dann lass ihnen doch den Spaß. Niemand kann das Gegenteil beweisen. Das ist wie die Mondlandung.«

Mein Bruder versteht genauso wenig wie ich von Freddies Gefasel und schaut ihn irritiert an. »Was hat Bertis Schweiß denn jetzt mit der Mondlandung zu tun?«

»Na, da ist man sich auch nicht sicher, ob die Amis wirklich jemals oben waren. Aber kann ihnen irgendjemand das Gegenteil beweisen? Nein. Weil kein anderer dort oben rumturnt. Und genauso ist es auch bei Berti und seiner Kunst: Niemand sonst kann diesen ganzen Kram schwitzen wie er. Ergo kann auch niemand glaubhaft versichern, dass Berti nicht auch das Antlitz Jesu schwitzen kann. Und was die Leute darin sehen wollen, sehen sie eh. Dafür kann er ja nichts. Also, nichts bestätigen oder dementieren, sondern einfach so als Aussage stehen lassen. Macht euch keine Sorgen, und gebt mir lieber noch ein Bier.«

Freddie entzündet sich entspannt seinen Joint und widmet sich wieder dem Fußballspiel. Ich reiße derweil einen neuen Sechserpack Bier auf und reiche Freddie eine Flasche.

»Vielleicht hast du recht. *Ich* habe mich schließlich nicht hingestellt und behauptet, dass ich Jesus in meinen Körperflüssigkeiten auf einem T-Shirt verewigt habe.«

»Nicht nur vielleicht, ich habe sogar ganz sicher recht, Berti. Läuft doch alles prima bei dir! Lass mich das nur managen. Dann läuft die Geschichte. Ich habe nicht gedacht, dass uns dein Job jemals auch nur eine müde Mark einbringen würde, aber da habe ich mich wohl getäuscht. So, und jetzt prost.«

Wir lassen die Flaschen aneinanderscheppern, und ich bin tatsächlich ein wenig beruhigt. Solange ich weiter vorgebe, erfolgreich zu sein, stellt niemand meine Kunst infrage. Weder die Mexikaner noch die BILD-Zeitung noch diese Mia.

Mia!, durchzuckt es mich wie vom Blitz getroffen.

Verdammt, das hätte ich beinahe vergessen. Ich schaue auf die Uhr und erkenne, dass ich in weniger als fünf Minuten auf dem Balkon der Gräfin stehen muss.

Sofort springe ich wie von der Tarantel gestochen auf, hetze ins Bad, wo ich mir einige Stöße Davidoff Cool Water auflege, und tauche wenige Sekunden später mit entschuldigend gehobenen Händen wieder vor Freddie und Tobi auf. »Äh, ich muss noch mal los.«

Die beiden schauen mich an, als hätte ich ihnen gerade eröffnet, dass ich kurz vor dem erfolgreichen Erklimmen der Eigernordwand noch mal schnell zurück ins Tal wolle, weil ich ein paar Socken zum Wechseln vergessen hätte.

»Wie? Wo willst du hin? Das Spiel läuft doch schon!«

»Ich muss noch mal zum Haus der Gräfin rüber«, antworte ich, während ich auf einem Bein hüpfend versuche, einen Schuh anzuziehen. Auch Tobis Verständnis hält sich in Grenzen.

»Bist du bescheuert? Das kannst du doch auch noch nach dem Spiel erledigen.«

Ich flüchte mich in eine botanische Notlüge. »Ich muss die Blumen gießen.«

»Jetzt?«

»Klar jetzt.«

»Aber das kannst du doch erst recht nach dem Spiel machen.«

Ich kann es beiden nicht verübeln, dass sie mich für verrückt halten. Sie lassen immer wieder den Blick zwischen mir und dem Fernseher hin- und herfliegen. Dass ich während eines wichtigen Spiels unserer Nationalmannschaft schon vor dem Abpfiff aufstehen will, um ein paar Blumen zu gießen, ist eine verständliche Irritation.

»Berti, das, was da vorn in dem Kasten mit der Glasscheibe läuft … das ist Fußball. Es ist Europameisterschaft, und wir spielen gegen Spanien. Wir brauchen hier jeden Mann. Du willst doch jetzt nicht allen Ernstes los, um der Gräfin ihre Blumenkästen zu wässern?«

»Doch, Freddie. Ich bin eben ein Blumenfreund. Bei der Hitze gehen die doch ein, wenn man sie nicht gießt.«

Dann klatscht Freddie plötzlich in die Hände, und er lacht laut auf. »Ah, jetzt weiß ich es. Für einen kleinen Moment habe ich dir die Sache mit den Blumen tatsächlich abgenommen.

Nicht schlecht, Berti. Ich muss schon sagen, wirklich nicht schlecht.« Ich schaue ihn fragend an, während mein Mitbewohner einen tiefen Zug von seinem Joint nimmt und dann auf mich zeigt. »Du triffst dich heimlich mit diesem BILD-Reporter, nicht wahr? Ihr bleibt an dieser Jesusstory dran, was?«

Ich habe keine Ahnung, wie er darauf kommt, aber ich nehme die Ausfahrt dankbar an und zwinkere ihm zu. »Dir kann ich einfach nichts vormachen. Und die Spanier sind ja jetzt schon mit ihren Kräften am Ende.«

Songvorschlag
»The Race«
Yello

KAPITEL 12

Ich haste die Treppen hinauf und schaffe es immerhin, nur zwanzig Minuten verspätet zu sein. Mein Puls gleicht dem eines läufigen Cockerspanielweibchens, als ich durch die Wohnungstür trete und versuche, meine Atmung wieder auf ein erträgliches Maß hinunterzubringen. Ich bleibe kurz stehen, schließe die Augen und atme dreimal tief ein und wieder aus. Warum hetze ich mich eigentlich so?

In diesem Moment höre ich durch ein gekipptes Fenster von einem der Nachbarhäuser lautes Geschrei in fremder Sprache. Sofort weiten sich meine Augen wieder auf Frisbeescheibengröße! Oh nein! Diese Spanier werden doch nicht etwa … verdammt! Und ich Idiot verpasse das Spiel. Wütend über meine eigene Entscheidung schüttele ich den Kopf. Warum mache ich das hier eigentlich? Doch nicht etwa wegen einer keifenden, übel gelaunten Zicke auf dem Dach eines Krankenhauses? Sie hat mich einen Idioten genannt. Und sie ist schuld daran, dass ich wohl niemals in der örtlichen freiwilligen Feuerwehr aufgenommen werde.

Ich spioniere durch das Glas der Balkontür hinüber und versuche zu erkennen, ob sie unseren Termin eingehalten hat. Und tatsächlich – dort steht sie, mit dem Rücken zu mir. Vorsichtig öffne ich die Balkontür, trete nach draußen und versuche dabei so lässig wie möglich zu wirken. Vielleicht bin ich eine Spur zu lässig, denn sie scheint mich erst gar nicht zu bemerken. Also räuspere ich mich – ohne Erfolg. Daraufhin hüstele ich kurz, mit dem gleichen Ergebnis. Sie dreht sich nicht einmal zu mir. Mia scheint also nicht nur zickig, sondern auch schwerhörig zu sein. Ich sehe mich um, dann nehme ich einen der Terrakottablumentöpfe und lasse ihn unter lautem Scheppern auf dem Boden des Balkons zerdeppern. Mia zuckt zusammen und fährt erschrocken zu mir herum.

»Ach, du bist es. Gott, hab ich einen Schrecken bekommen. Alles okay?«

»Was? Wie?« Ich blicke mich erstaunt um. »Ach, Mia, hab dich gar nicht gesehen. Ja, alles gut. Mir ist nur dummerweise ein Blumentopf aus der Hand gerutscht, als ich gerade die Pflanzen hier gießen wollte.«

Mia deutet auf das üppig sprießende Gewächs der Gräfin. »Erstaunlich, dass die Pflanzen bei deiner Schusseligkeit überhaupt so gut wachsen. Hast wahrscheinlich einen eigenen Gärtner für die paar Geranien und Hortensien, was?«

Hor… was?, frage ich mich und schaue auf das bunte Gestrüpp, welches zwischen den Scherben zu meinen Füßen liegt. »Du kennst dich aus mit Blumen, was?«

Sie nickt.

»Ich liebe Blumen. Meine Eltern hatten einen Blumenladen, bis irgendwann eine große Kette aufgemacht hat und alles im Dutzend billiger anbot. Der Rest ist schnell erzählt. Wir mussten schließen, mein Vater ging in Frührente, wurde depressiv und meine Mutter arbeitslos.«

»Hätte man den Laden nicht retten können? Mit günstigeren Preisen oder besserem Marketing? Da gibt es doch immer Möglichkeiten.«

Mia lacht auf. »Das sind Probleme, die du dir gar nicht vorstellen kannst, nicht wahr? Du hast schließlich immer genug Kapital, um Durststrecken auszusitzen. Wir hatten aber nur einen kleinen Laden. Und ohne genug Geld geht heute gar nichts mehr, Berti.«

»Das sehe ich anders.«

»Ach ja, tust du das? Na, das sagt ja der Richtige.«

Diesmal nicke ich. »Ja, das sagt der Richtige. Das hat nämlich nichts mit meinem …Wohlstand zu tun.«

»Sag mal, was machst du eigentlich, Berti? Womit hast du so viel Kohle verdient, dass du dir diese schicke Bude leisten kannst?«

Auf diese Frage hätte ich durchaus vorbereitet sein können, nein, müssen. Dennoch bin ich überrascht und überlege, was ich antworten soll. Die Wahrheit, dass ich als Kunstschwitzer arbeite und den toten Hund der Gräfin Gassi führe, scheidet aus. Das wäre zum einen zu peinlich und würde mich zum anderen als Lügner überführen. Beides keine Optionen. Ich entscheide mich daher für eine interpretatorische Biegung der Wahrheit. »Ich bin in der Textilbranche tätig.«

»Ah, verstehe. Du machst in Jacken und Hosen und so?«

»Nein, ich mache eher in … äh … T-Shirts.«

Ich bin von mir selbst begeistert. Ich mache in T-Shirts. Hm, nicht einmal gelogen. Zumindest mache ich 'ne Menge Schweiß in T-Shirts. Selbst Mia scheint beeindruckt.

»Und wie man sieht, scheint es gut zu laufen.«

»Ich bin zufrieden, kann mich momentan nicht beschweren.«

»Du hast jedenfalls keine Geldsorgen. Sei froh. Kannst dir diese teure Wohnung leisten, hast alles, was du willst. Mit genug Kohle hätte ich auch keine Probleme.«

Ich winke ab. »Ach na ja, ganz ehrlich. Geld ist wirklich nicht alles.«

Mia überlegt kurz. »Doch, für mich im Moment schon. Mit genügend Geld kann man sich die besten Ärzte leisten, die beste Reha machen, die teuersten Medikamente kaufen.«

»Die besten Ärzte? Was meinst du damit?«

»Wenn ich bessere Ärzte gehabt hätte, hätte ich nicht so lange auf diesen verdammten Operationstermin warten müssen. Jetzt ist es vielleicht schon zu spät.«

»Verstehe ich nicht. Wofür zu spät?«

»Ach … willst du das wirklich wissen?«

»Ja.« Mia setzt sich an ihren Lieblingsplatz an der Dachkante und zündet sich eine Zigarette an. »Und kannst du dich vielleicht etwas weiter zurücksetzen? Das macht mich wahnsinnig.«

»Rufst du sonst wieder die Feuerwehr?«, lacht sie.

»Vielleicht.«

»Na gut.« Nachdem sie die erste Rauchsäule aus ihren Lungen in den Nachthimmel geblasen hat, rückt sie etwas nach hinten und wendet sich dann wieder mir zu. »Besser so?«

»Viel besser. Also, erzählst du es mir jetzt?«

»Meinetwegen. Ich habe da irgendwas in meinem Schädel.« Sie tippt sich mit einem Finger gegen den Kopf. »Die Ärzte wissen nicht genau, was es ist. Aber es scheint nicht mein Freund zu sein. Es wächst wohl schon 'ne ganze Weile dort vor sich hin, und ich kann nichts dagegen machen.«

»Und warum hast du dich nicht schon früher untersuchen lassen?«

»Weil ich keine Versicherung habe.« Noch bevor ich nachfragen kann, hebt Mia ihre Hände. »Ja, ich weiß schon, so was ist für dich sicherlich undenkbar, aber nachdem meine Eltern gestorben sind, musste ich mich allein durchschlagen. Und da hat es immer nur gerade so zum Überleben gereicht. Hat bisher auch alles geklappt … bis ich dann irgendwann umgefallen und in einem Notarztwagen wieder aufgewacht bin. Seitdem habe ich mir alles vom Mund abgespart, um mir die Operation überhaupt leisten zu können. Und jetzt hoffe ich, dass es noch nicht zu spät ist.«

Die Tatsache, dass ihre Eltern bereits gestorben sind und sie kein Geld für die Operation hatte, stimmt mich nachdenklich. »Und was vermuten die Ärzte?«

»Sie machen noch ein paar Untersuchungen, und in einer Woche werde ich operiert. Dabei wird eine Gewebeprobe von diesem Tumor, oder was es auch immer ist, entnommen. Dann bekomme ich sofort das Ergebnis. Aber eigentlich ist das auch egal.«

»Warum ist es egal?«

»Wenn das Geschwür gutartig ist, kann man es zwar ganz gut behandeln, mit Bestrahlung und Medikamenten, aber die kann ich mir nicht leisten. Finito la musica, du verstehst?«

»Ich glaube, ja.«

»Siehst du. Und falls dieses Scheißteil bösartig sein sollte und durch die Warterei schon zu groß geworden ist, habe ich eh keine Chance mehr, es zu bekämpfen. Keine allzu rosigen Aussichten, oder?« Sie versucht sich an einem krampfhaften Lächeln.

Kann man wohl sagen, denke ich mir, entscheide mich jedoch für eine nettere Antwort. »Das ... das tut mir leid.«

»Schon okay. Vielleicht habe ich ja Glück und wache gar nicht mehr auf.« Mia schweigt einen Moment und zieht an ihrer Zigarette. »Echt scheiße. Weißt du, ich bin vor vier Wochen neunundzwanzig Jahre alt geworden. Und jetzt weiß ich nicht einmal, ob ich jemals dreißig werde. Dabei hatte ich echt noch verdammt viel vor mit meinem Leben ...«

»Ja. Das ist nicht fair, stimmt.«

Sie drückt ihre Zigarette aus und lässt den Blick am Boden.

»Was hättest du denn noch vor?«

Sie sieht wieder zu mir herüber und zuckt ihre Schultern. »Was weiß ich?! Ich hätte vielleicht gerne größere Brüste. Ich möchte groß in der Zeitung lesen *Superstar Mia Bach wieder gesund* und würde gerne mal in einem Goldregen baden. Genügt das fürs Erste?«

Ich lächle ihr zu, schaue sie dann aber ganz ernst an. »Ich meine das ernst, Mia. Wenn ich jetzt ein Flaschengeist wäre, was würdest du in deinem Leben gerne noch erleben?«

Sie überlegt nur kurz.

»Das ist leicht. Ich war zum Beispiel noch nie im Süden, habe noch nie das Meer gesehen ... außerdem noch tausend

Kleinigkeiten, die mir jetzt erst auffallen, wo es beinahe zu spät ist. Bescheuert, oder? Erst wenn man kurz vorm Abgrund steht, klammert man sich plötzlich an sein Leben, das einem vorher so stressig und anstrengend vorkam. Andererseits hätte ich auch mit einem tumorfreien Körper nie das Geld für all diese Wünsche gehabt. Also, was soll's …«

»Ich bin davon überzeugt, dass man das alles, was man wirklich will, auch ohne Geld irgendwie schaffen kann.«

»Irgendwie«, lacht Mia. »Das verstehst du nicht. Soll kein Vorwurf sein, Berti. Aber jemand, der genug Geld hat, kann das nicht nachvollziehen.«

Und ob ich weiß, wie es ist, ohne Geld durchs Leben zu kommen. Wenn unser WG-Kühlschrank ein Spaceshuttle wäre, hätte er uns wohl schon vor Monaten ein *Houston, wir haben ein Problem* in die Küche gefunkt. Dennoch fühle ich mich herausgefordert und möchte Mia beweisen, dass ich nicht der oberflächliche, reiche Heini bin, für den sie mich hält. Andererseits kann ich ihr auch nicht die Wahrheit sagen und meine gerade begonnene Karriere aufs Spiel setzen. Also wage ich es, ihr einen Deal vorzuschlagen, von dem ich allerdings selbst nicht ganz überzeugt bin.

»Wollen wir wetten?«

»Wetten?« Mia schaut interessiert auf. »Um was willst du denn wetten?«

»Ich wette mit dir, dass ich dir bis zu deiner Operation all deine Wünsche erfüllen kann.« Ich glaube selbst nicht, was da aus meinem Mund purzelt, und habe keine Ahnung, wie ich das anstellen sollte, doch nun ist es schon zu spät. Aus der Nummer komme ich wohl nicht mehr raus. »Ich beweise dir, dass das geht.«

»Na ja, mit deiner Kohle ist das wohl kein allzu großes Kunststück – schön das Scheckheft zücken, und los geht's, was? Nein danke, das will ich nicht. Ich lasse mich nicht kaufen.«

Ich schüttele den Kopf. Wenn Mia wüsste, dass ich noch viel

weniger Kohle als sie habe, würde sie wahrscheinlich direkt vom Dach kippen. »Ohne Geld. Das ist die Wette. Ich beweise es dir, ohne dafür auch nur einen müden Pfennig auszugeben. Na, was sagst du?«

»Du willst ohne Geld alle meine Wünsche erfüllen?« Mia schaut mich verwundert an und rückt wieder ganz nah an die Dachkante. »Wie soll das gehen?«

»Das lass mal meine Sorge sein. Also, bist du dabei?«

»Du meinst, du bist also wirklich eine Art Flaschengeist?«

»Wenn du es so nennen willst ... ja.«

Mias Augenbrauen verengen sich zu zwei spitzen Pfeilen. »Du bist aber nicht pervers, oder? Ich meine, ich muss an nichts reiben, damit ich die Wünsche erfüllt bekomme, oder so was in der Richtung?«

»Nein, verdammt! Ich will doch keinen Sex mit dir. Hallo!?«

»Na, so scheiße bin ich nun auch wieder nicht.« Mia verdreht die Augen.

Okay, da habe ich mich jetzt vielleicht missverständlich ausgedrückt. »Nein, so war das nicht gemeint. Jedenfalls wird an nichts gerieben. Weder an 'ner Flasche noch an irgendwelchen anderen Dingen.«

Ich lasse die Augen nicht von ihr, doch sie weicht aus und schaut in die Tiefe.

»Ich weiß nicht ...«

»Du solltest nicht allzu lange zögern, denk an deine tickende Uhr. Und rutsche bitte wieder ein Stück nach hinten.«

Sie lacht und zeigt dabei ihre weißen Zähne. Es ist schön, Mia lächeln zu sehen. Nicht dieses sarkastische, zynische Lächeln, sondern wirkliche Fröhlichkeit. Es ist irgendwie ansteckend und wunderbar.

»Du hast recht. Was soll's? Ich habe wirklich nichts mehr zu verlieren.«

»Eben.«

»Also, was muss ich tun?«

»Nicht viel. Schreibe bis morgen einfach etwas auf einen Zettel, das du schon immer machen wolltest. Egal was.«

Mia legt ihren Kopf in den Nacken und überlegt. Dann schaut sie wieder zu mir. »Und ich kann alles aufschreiben? Alle Wünsche? Auch wenn es komisch klingt?«

»Alles ist erlaubt«, bestätige ich.

»Okay.«

»Wie viel Zeit haben wir noch bis zu deiner Operation?«

»Sieben Tage.«

»Gut. Jeden Tag einen Wunsch. Insgesamt also sieben.«

»Zählen kannst du immerhin. Das ist schon mal beruhigend.« Sie lacht. »Und was, wenn du es schaffst? Was ist dein Anreiz?«

»Nichts. Es würde schon genügen, wenn du vielleicht mal besser drauf wärst. Diese Rumzickerei geht mir auf den Senkel, ist ja nicht auszuhalten. Davon gehen meine Blumen noch alle ein.«

»Ach, ich bin also die Zicke?« Mia verschränkt die Arme vor der Brust und grinst. »Und du bist ein Spinner, aber das weißt du hoffentlich?«

»Ja, schon mal gehört.«

»Die haben hier in der Klinik übrigens eine hervorragende Psychiatrie. Ich könnte da einen Termin für dich arrangieren. Das mache ich gerne, ist kein Problem ...«

»Vielen Dank, ich weiß deine Fürsorge wirklich zu schätzen, aber ich weiß schon, was ich tue. Wart's ab.«

»Du meinst das wirklich ernst, oder?«, fragt Mia und sieht mich prüfend an.

»Absolut.«

Sie steht auf und klopft sich etwas Staub von ihrer Hose. »Gut, dann also morgen Abend um die gleiche Zeit.«

»Mit deinem ersten Wunsch«, füge ich an.

»Wie du meinst.« Mia schüttelt amüsiert den Kopf und verschwindet kurz darauf durch die Tür, die ins Innere des Krankenhauses führt. Ich gehe zufrieden zurück in die Wohnung. Wollen wir doch mal sehen, wie wir Prinzessin Zickigkeit davon überzeugen können, dass Kohle nicht alles ist. Kaum dass ich die Balkontür hinter mir geschlossen habe, klingelt das Telefon der Gräfin. Vielleicht ist sie es selbst und will wissen, ob ich ihre Kathdrogen gefunden und beseitigt habe. Also nehme ich den Hörer ab.

»Bei Berentzen.«

»Berti, ich bin es, Freddie. Gott sei Dank bist du drangegangen. Es ist etwas Schlimmes passiert.«

»Ja, ich weiß, ich habe es mitbekommen. Die Spanier haben wohl noch ein Tor geschossen, oder?«

»Nein, verdammt. Wir haben zwei zu null gewonnen.«

»Ah, gut! Das heißt, wir sind im Halbfinale. Gegen wen spielen wir?«

»Jetzt halt doch mal kurz die Luft an«, fällt Freddie mir ins Wort. »Das Bürgerhospital hat gerade angerufen. Die Gräfin ist gestorben.«

* *Songvorschlag*
»China in Your Hand«
T'Pau

KAPITEL 13
Samstag, 18.06.1988

Auch am nächsten Tag stehen wir alle noch unter Schock. Meine Karriere als erfolgreicher Künstler scheint schneller beendet zu sein, als sie begonnen hat. Alles steht und fällt nun einmal mit der Luxuswohnung der Gräfin. Und die Rechnung geht ganz einfach: Ohne Gräfin keine Wohnung. Ohne Wohnung kein Medieninteresse, ohne Medieninteresse kein Werbedeal und erst recht kein Thomas Gottschalk. Und ohne dieses Geld wird weder mein Bruder seinen neuen Rollstuhl bekommen, noch werden wir in eine andere Wohnung ziehen können. Im Gegenteil. Wir werden selbst hier die Miete nicht mehr zahlen können und ausziehen müssen.

Keiner von uns hat heute gesteigertes Interesse an Gesprächen. Alle sind traurig und desillusioniert. Und so feiern wir alle still unsere ganz eigene Halbmastveranstaltung. Ich schaue mir einen Nachbericht zum gestrigen Spiel an, Tobi versucht mit überschaubarem Erfolg, ein Kreuzworträtsel zu lösen, Freddie blättert in der aktuellen Ausgabe der BRAVO und kichert ab und an blöd in die Runde. Ich stehe auf und gehe zum Kühlschrank, der sich erstaunlicherweise in meiner Abwesenheit gefüllt hat. Dieser Zustand hat Seltenheitswert.

Mit einer rhetorischen Frage versuche ich, das eisige Schweigen zu brechen: »Sagt mal, hat jemand eingekauft?« Freddie antwortet, ohne seinen Blick aus der BRAVO zu nehmen: »Die Deodorantfirma hat per Postanweisung die fünftausend Mark in bar geschickt. Kam heute Morgen, und da dachte ich, wir könnten uns jetzt tatsächlich mal den Kühlschrank mit allem vollmachen, was wir wollen. Schließlich bist du ja ein Werbe-star … 8 x 4, und der Tag gehört dir, und der ganze Scheiß im Kühlschrank auch«, äfft er den Werbeslogan nach.

»Nun hör schon auf. Ich kann doch auch nichts dafür.« Ich verdrehe die Augen, schließe die Tür des Kühlschranks und wende mich Freddie zu. »Und warum liest du eigentlich dieses Teenieblatt? Bist du nicht ein wenig zu alt dafür?«

»Weil es mich ablenkt und es mich zumindest ein klein wenig zum Schmunzeln bringt, wenn der fünfzehnjährige Ulf fragt, ob sein Penis deswegen so krumm ist, weil er zu häufig onaniert. Oder hier, die sechzehnjährige Sabine will wissen, ob neun Zentimeter langes Schamhaar normal sei? Wenn du mich fragst, ist das alles witziger als die Tatsache, dass die Gräfin gestorben ist und wir wieder am Arsch sind.« Erst jetzt lässt Freddie die Zeitschrift sinken. »Scheiße, Leute, wir waren so nah dran. Tobi hätte seinen neuen Rolli bekommen, wir hätten unsere Schulden bezahlt und wären endlich aus diesem Drecks-loch rausgekommen. Muss die Gräfin gerade jetzt den Abgang machen? Sie hätte doch noch zwei, drei Wochen warten kön-nen. Ohne ihre Luxusresidenz bricht alles wie ein Kartenhaus zusammen. In unserer Bude läuft die Sache nicht. Ich sehe schon die Schlagzeile: *Exstar schlimm abgestürzt. Nun lebt er in der Gosse.*«

»Es ist vorbei«, antworte ich kurz und knapp. »Vielleicht ist es besser so.«

Tobi kommt zu mir herüber und rollt mir absichtlich über den Fuß. »Ja, ist viel besser mit dem alten Rolli. Du hast recht.«

»Aua! Jetzt fang du nicht auch noch an, Tobi.«

»Ist aber doch echt scheiße.«

Nun habe auch ich die Nase voll. Schließlich geht es hier in erster Linie um mich und meinen geplatzten Lebenstraum.

»Sagt mal, spinnt ihr jetzt alle? Was kann ich denn dafür? Es ist nun mal, wie es ist. Die Bude der Gräfin wird an irgend-einen Verwandten gehen, die Presse wird mitbekommen, dass alles nur ein Schwindel war, und ich bin am Arsch. Nix mehr mit Werbeverträgen, und mit meiner Kunst ist es auch vorbei. Niemand wird mich mehr buchen. Jeder wird mich nur noch als Berti, den Schwindler, kennen. Also, was regt ihr euch so darüber auf? Mir geht es doch an den Kragen und nicht euch!«

Die beiden beruhigen sich langsam wieder. Sie erkennen wohl erst jetzt, dass in der Tat ich der Hauptleidtragende sein werde und nicht sie.

»Entschuldige … Du hast recht«, antwortet Freddie kleinlaut. »Ich hätte nur gerne mal ein Schlafzimmer, in dem ich auch stehen kann und in dem ich mich nicht fühle wie ein beschissenes Eichhörnchen im Winterschlaf.«

»Denkst du, ich nicht?« Ich öffne erneut den Kühlschrank und greife zu einer weiß-blauen Verpackung, die mir fremd ist. »Was ist das?«

Freddie hebt kurz den Kopf.

»Knoppers. Steht doch drauf.«

»Ja, das kann ich selbst lesen. Aber was ist das?«

»Die hatten kein Hanuta mehr, da habe ich das mitgenommen. Ist wohl ganz neu.«

Ich befreie das Knoppers aus seiner Verpackung und beiße eine kleine Ecke ab. Okay, gar nicht schlecht. Dann nehme ich das Gespräch wieder auf und frage in die schweigende Runde: »Also, was machen wir nun? Wollen wir vielleicht ins Kino?«

»Was läuft denn?«, fragt Tobi.

»Warte, ich schau mal.« Ich schlage die Zeitung auf und tippe aufs Kinoprogramm. »Also, es laufen *RoboCop, Beverly Hills Cop II, Eine verhängnisvolle Affäre, Police Academy 5* und *Dirty Dancing*.«

»Der läuft immer noch?« Mein Bruder schaut sichtlich überrascht. »Ich war da doch schon vor Monaten mit Anne zweimal drin.«

Freddie atmet schwermütig aus und streicht sich zweimal

über seinen Schnauzbart. Dann rafft auch er sich wieder auf. »Läuft der neue *Rambo III* schon?«

Ich kontrolliere erneut die Rubrik und schüttele den Kopf. Dann entdecke ich einen Hinweis in der Spalte daneben. »Hier steht, dass er wohl im Herbst anlaufen wird. Genauso wie *Big*.«

»*Big?*«, fragt Freddie. »Klingt nach 'nem Porno, wenn du mich fragst. Ist das ein Porno?«

»Nein. Ist wohl ein Hollywoodstreifen mit einem gewissen Tom Hanks.«

»Tom wer?«

»Hanks«, wiederhole ich. »Tom Hanks.«

»Kenne ich nicht. Vielleicht ist es ja doch ein Porno.«

Ich atme seufzend aus. »Okay, was machen wir dann? Vielleicht lieber eine Runde *Spiel des Lebens*?«

»Nee«, stöhnt Tobi.

Rrrrring.

Selten war ich dankbarer für ein Telefonklingeln als heute. Diese lustlose Trauergesellschaft ist echt nicht auszuhalten. Ich nehme den Hörer von der Gabel.

»Ja, hallo?«

»Herr von Körner? Hier ist Björn Wortmann.«

»Herr Wortmann«, wiederhole ich, und die anderen schauen gespannt zu mir herüber. Der hat mir gerade noch gefehlt. Kennt er etwa schon die Wahrheit? Ist das bereits der Anfang vom Ende? Ich taste mich langsam vor. »Was kann ich für Sie tun?«

»Nichts. Ich wollte Ihnen nur sagen, dass alles immer phantastischer wird.« Mit dieser exklusiven Meinung steht er zwar gerade ziemlich allein da, aber es klingt zumindest schon mal nicht nach *Gegendarstellung in der Zeitung* oder *Ich mach Sie fertig*.

»Schön zu hören, Herr Wortmann. Und was genau ist so phantastisch?«

»Stellen Sie sich nur vor, in Mexiko haben sich erste Gruppen gebildet, die nach der Berthold-von-Körner-Methode leben wollen.«

»Berthold-Körner-Methode? Aber ich tue doch nichts außer schwitzen.«

»Irre, oder?«

Beschämt schließe ich die Augen. Das wird alles in einer gewaltigen Katastrophe enden. »Ja, das ist in der Tat irre.«

»Sie scheinen dort allmählich den Stellenwert eines Gurus zu erlangen. Na, wenn das nicht phantastisch ist! Ich melde mich wieder, wenn es Neues gibt. Momentan überschlagen sich die Meldungen geradezu! Schönen Tag noch.«

»Ihnen auch.«

Ich lege auf und will den beiden anderen gerade von den Neuigkeiten berichten, als das Telefon erneut klingelt. Ich habe allerdings erst einmal genug von Neuigkeiten. Wenn jemand etwas von mir will, soll er gefälligst auf den Anrufbeantworter quatschen. Schon klickt das Band, und eine Männerstimme ertönt.

»Guten Tag, Herr Körner. Mein Name ist Hajo Wiskowsky von der Kanzlei Wiskowsky und Partner. Wir sind damit beauftragt worden, uns um den Nachlass von Frau Berentzen-Schaumburg zu kümmern. Es geht neben der Immobilie der Gräfin um eine beträchtliche Summe, die die Dame hinterlassen hat. Sie war zum Glück so vorausschauend, ihr Testament schon vor langer Zeit aufzusetzen, und, nun ja, sie hat ihr gesamtes Vermögen ihrem Hund Bessy vermacht, beziehungsweise demjenigen, der sich nach ihrem Ableben um den Hund kümmert. Von Frau Berentzens Nachbarin Frau Schenkel habe ich erfahren, dass der Hund wohl in Ihrer Obhut ist. Sie sagte noch irgendwas von einem chinesischen Käfighund, was ich nicht ganz verstanden habe. Na ja, vielleicht können Sie mir das bei unserem Gespräch erklären. Ich würde mich nämlich gerne zeitnah mit Ihnen treffen und alles schriftlich fixieren. Denn als Betreuer des Hundes sind Sie der Alleinerbe. Jedenfalls solange Sie sich um den Hund kümmern. Wir müssen nur die nötigen Papiere unterschreiben, nachdem ich mich überzeugt habe, dass Bessy sich bei Ihnen wohlfühlt. Aber keine Angst, alles Routine. Im Grunde steht der Anerkennung der Erbschaft nichts im Wege. Rufen Sie mich doch bitte zurück, um einen Termin auszumachen. Auf Wiederhören.«

Das Band des Anrufbeantworters klickt erneut und signalisiert das Ende der Aufnahme.

Keiner von uns dreien traut sich, die anderen anzuschauen. Doch ganz offensichtlich haben wir alle die gleiche Idee. Unsere Blicke wandern hinüber zu der Kühltruhe. Zu dem eisigen Sarg, in dem Bessy ruht.

* *Songvorschlag*
»Don't Leave Me This Way«
The Communards

KAPITEL 14

»Es ist noch nicht vorbei, Berti. Du bist derjenige, der auf Bessy aufpasst und sie Gassi führt. Also steht dir auch das Geld zu. Und Tobi der Rolli, und mir, ich meine, uns eine vernünftige Wohnung.«

Freddie streift wie ein Tiger in seinem Käfig im Zimmer auf und ab und verkündet lauthals seine Parolen, als wolle er die Ostfront retten. Doch auch, wenn das Erbe der Gräfin in greifbarer Nähe scheint, ist es doch Lichtjahre entfernt davon, in meine Richtung zu wandern. Denn anscheinend muss ich meinem Mitbewohner noch mal ins Gedächtnis rufen, dass es hier ein winzig kleines Problem gibt.

»Sehr schön zusammengefasst, Freddie«, beginne ich meine Erklärung. Ich habe mal gelesen, dass man Kritik zunächst mit einem Lob beginnen soll. »Wirklich schlüssig und korrekt … wenn man mal außer Acht lässt, dass ich seit Jahren nur noch den Geist eines toten Hundes ausgeführt habe und Bessy tot in unserer Gefriertruhe liegt.«

Ein Fakt, der selbst Freddie überzeugen müsste. Doch weit gefehlt. Selbst hier sieht er keinen Hinderungsgrund für seinen Euphorieschub.

»Du siehst das alles zu negativ.«

Eine unterschwellige Aggression steigt langsam in mir auf. Was ist an dem toten Hund denn positiv zu sehen? »Zu negativ? Sag mal, bist du bescheuert? Das ist nicht negativ, das ist die Realität! Aber wir können gerne noch mal in der Gefriertruhe nachschauen. Vielleicht ist der Hund ja so was wie ein

Jesus auf vier Pfoten und bereits wiederauferstanden«, antworte ich sarkastisch und gehe zur Truhe hinüber. Ich öffne den Deckel, und ein kalter Luftstoß schlägt mir entgegen. Neben einer Tiefkühlpizza Vier Jahreszeiten liegt Bessy in ihrem frostigen Kleid. Mit gespielter Betroffenheit schüttele ich den Kopf. »Nein, leider doch nicht, Freddie. Sie scheint sich nicht erholt zu haben. Sie sieht ehrlich gesagt sogar ziemlich mies aus. Vielleicht hat sie aber auch nur einen schlechten Tag gehabt. Ach nein, das liegt wahrscheinlich daran, dass sie schon seit Jahren TOT ist!«

Wütend knalle ich den Deckel zu und verschränke die Arme vor der Brust. Doch Freddie wirft mir lediglich einen buddhistisch-tiefenentspannten Blick zu und antwortet mit erstaunlich ruhiger Stimme: »Dass du immer so theatralisch werden musst. Ich weiß auch, dass der Hund tot ist. Das meinte ich auch gar nicht. Ich meinte, dass wir immerhin wieder zurück im Spiel sind.«

»Sind wir nicht!« Wieder werde ich laut und schlage dazu mit der flachen Hand auf die Gefriertruhe. Warum versteht man mich nicht? Bin ich hier der Einzige mit einem funktionierenden Verstand? »Der Hund ist tot, und wir sind noch immer genauso aus dem Spiel wie vor dem Anruf des Nachlassverwalters! Die Sache ist gestorben. Genau wie Bessy.«

»Und warum berichten dann die Medien in Mexiko und auf der ganzen Welt über dich? Solange das so ist, lebt die Story. So ist das Medienbusiness. Du musst das jetzt einfach weiter durchziehen.«

»Ach, und wie soll ich das deiner Meinung nach machen? Soll ich den Testamentsvollstrecker fragen, ob ich auch als Betreuer zähle, wenn ich weiterhin die Leine spazieren führe und die Scheiße von anderen Kötern aufhebe? Der spricht mir doch nicht nur das Erbe ab, sondern lässt mich direkt in die geschlossene Anstalt einweisen.«

»Hm, stimmt.« Wenigstens Tobi scheint wieder zur Vernunft zu kommen und pflichtet mir bei. »Wir bräuchten Bessy lebend.«

»Das sage ich doch die ganze Zeit«, bestätige ich.

»Wir könnten aber auch behaupten, dass dir Bessy heute Morgen fortgelaufen ist und du nicht weißt, wo sie ist.«

»Super Idee, Tobi. Dann wäre ich aber nicht mehr der Betreuer des Hundes, sondern der Idiot, der sie verloren hat, und würde das Erbe auch nicht bekommen.«

»Stimmt auch wieder.«

»Egal wie wir es drehen und wenden, dieser Kerl von der Kanzlei wird Bessy sehen wollen, und alles, was wir haben, ist eine auf minus achtzehn Grad Celsius gekühlte Hundeleiche in unserem Eisschrank. Also, seht es bitte ein: Bessy ist uns keine besondere Hilfe mehr.«

»Moment. Vielleicht ja doch«, entgegnet Freddie und lehnt sich entspannt gegen den Türrahmen.

»Was meinst du damit?«

Sein Lächeln wird zunächst schelmisch, dann süffisant. Irgendwas scheint in seinem Hirn vorzugehen. »Ich glaube, ich habe es, Jungs. Warum ist mir das nicht schon früher eingefallen?«

»Was ist dir denn eingefallen?«, frage ich. Doch im nächsten Augenblick bin ich mir unsicher, ob ich die Antwort wirklich hören möchte.

»Wir haben doch alles, was wir brauchen. Wir haben dort drüben die Original-Bessy. Sogar in relativ gutem Zustand.«

Ich schaue zum Eisschrank. »Freddie, wir haben lediglich einen toten Hund da drin. Das würde ich nicht gerade einen relativ guten Zustand nennen. Wenn der Testamentsvollstrecker das Stöckchen wirft, wird Bessy mit ziemlicher Sicherheit nicht hechelnd hinterherlaufen, um es zurückzubringen.«

»Schon klar, Berti. Aber wie wäre es denn, wenn wir Bessy einfach in ihren Hundekorb legen und so tun, als würde sie noch leben?«

Freddies Vorschlag macht mir irgendwie Angst. Ich befürchte, dass er nun endgültig verrückt geworden ist. »Hast du wieder gekifft?«

»Nein, ganz im Ernst: Vielleicht schläft sie einfach nur ein wenig. Der Kerl wird mit ihr ja nicht eine Runde um den Block gehen wollen. Der ist Notar! Der will auch nur seine Kohle für den Auftrag bekommen und ist froh, wenn er in fünf Minuten wieder raus ist. Fünf Minuten, Berti!«

»Das ist nicht dein Ernst.« Auch Tobi schaut ihn mit offenem Mund an.

»Und ob das mein Ernst ist!« Freddie baut sich vor uns auf und schwört uns wie vor einem großen Spiel ein. »Berti, du bist ein großartiger Schwindler, und es geht hier lediglich um fünf Minuten. Fünf Minuten, die unser aller Leben verändern könnten. Wir können das schaffen, Jungs.«

Ich bin immer noch ganz und gar anderer Meinung. Das dürfte der bescheuertste Plan sein, den Freddie jemals gemacht hat. Und das will wirklich etwas heißen.

»Aber ... das ist verrückt, Freddie!«

»Genau das ist es. Ungefähr so, wie es verrückt ist, sich jahrelang für ein paar Mark zum Deppen zu machen und Geburtstagsgrüße in T-Shirts zu schwitzen. Das, mein lieber Berthold Körner, das ist die Chance deines Lebens. Nutze sie!«

Ich möchte aufspringen und Freddie sagen, dass das absoluter Schwachsinn ist. Doch irgendetwas lässt mich zögern, und ich frage die Details seines abstrusen Plans ab.

»Aber der Hund schläft nicht, er ist tot. Selbst schlafende Tiere bewegen sich, weil sie atmen. Das weiß sogar ein Testamentsvollstrecker.«

»Das lass mal meine Sorge sein. Dafür sorge ich schon.«

»Wie denn?«

»Ich habe da schon eine Idee«, antwortet Freddie prompt. »Sag mir jetzt lieber, dass du dabei bist und wir das Ding durchziehen.«

Ich fühle mich nicht wohl in meiner Haut. Ich schaue mich in unserer heruntergekommenen Wohnung um, blicke dann nacheinander Freddie und Tobi an. Wenn ich uns allen wirklich ein besseres Leben ermöglichen möchte, ist das tatsächlich meine Chance. Was zur Hölle habe ich schon zu verlieren? Nichts! Ich bin schon ganz unten.

»Fünf Minuten«, wiederhole ich flüsternd, und Freddie redet wie ein Voodoopriester weiter auf mich ein.

»Genau, fünf Minuten. Und danach brauchst du dir nie wieder Gedanken um Miete oder Geld zu machen. Fünf Minuten, und fertig ist die Laube. Also?«

Manchmal muss man im Leben Dinge tun, die sich im ersten Moment nicht gut anfühlen, und hinterher wird man für seine Mühe belohnt. Wie bei einer Presswehe oder einer Wurzelbehandlung. Und wer ein Lachs sein will, muss schließlich gegen den Strom schwimmen. Und da ich mich in meinem Leben lange genug als Forelle mit der Strömung habe treiben lassen, ist nun Zeit für eine Grundsatzentscheidung.

Forelle oder Lachs?

Ich mustere meine Mitbewohner, die mich beide erwartungsfroh anstarren. Dann nicke ich ihnen zu und nehme die stolze Pose eines Lachses an, der bereit zum Laichen ist.

»Gib mir mal das Telefonbuch. Ich brauche die Nummer des Notars.«

* *Songvorschlag*
»*The Only Way Is Up*«
Yazz

KAPITEL 15

Am Abend trete ich erneut auf den Balkon der Villa hinaus. Ich bin dabei so unsicher und aufgeregt wie Judas vor dem Abendmahl. Und das aus doppeltem Grund. Zum einen, weil wir das Ding mit dem Testamentsvollstrecker tatsächlich durchziehen werden und ich bereits übermorgen einen Termin mit Herrn Wiskowsky in unserer WG habe. Zum anderen, weil mir Mia gleich ihren ersten Wunsch mitteilen wird und ich keinen blassen Schimmer habe, wie ich ihn ihr erfüllen soll. Aber wer gackert, muss auch Eier legen können, und ich bin immerhin eine Art Legebatterie für innovative Schwindeleien.

Durch die Gardinen im Wohnzimmer sondiere ich zunächst die Lage und werfe vorsichtig einen Blick hinüber zum Nachbargebäude. Mia sitzt bereits wieder auf ihrem Lieblingsplatz an der Dachkante des Krankenhauses und raucht ihre obligatorische Zigarette. Ich spüre, wie meine Hände feucht werden, und das ganz ohne Chilischoten. Um den reichen Schnösel zu geben, habe ich trotz der drückenden Temperaturen ein spießiges Hemd angezogen und mir etwas Gel in die Haare geschmiert. Ein letztes Mal hole ich tief Luft und versuche so entspannt wie möglich zu wirken, als ich zu ihr nach draußen trete.

»Hi Mia«, rufe ich ihr zu und deute dabei lässig mit beiden Zeigefingern auf sie. Das habe ich mal in einem Film gesehen und fand es nachahmenswert. Sie schaut herüber und lächelt zurück. Immerhin.

»Ah, da ist ja mein Flaschengeist, guten Abend. Und, hast

du es dir anders überlegt, oder bist du immer noch von deiner Idee überzeugt?«

»Absolut«, antworte ich mit breiter Brust. Eine glatte Lüge. »Hast du denn was für mich?«

Sie lässt den Rauch aus ihren Lungen weichen und nickt vielsagend, während sie einen Zettel aus der Tasche ihrer Jeans kramt. »Und ob. Es war gar nicht so leicht, mich zu entscheiden. Aber nicht lachen, okay?«

»Warum sollte ich lachen?«, frage ich.

»Weil Typen wie du diesen Wunsch wahrscheinlich nicht verstehen können.«

»Quatsch, natürlich werde ich ihn verstehen. Und was soll das überhaupt heißen, *Typen wie du*? Also los jetzt, her mit dem Zettel.«

Mia schaut auf den Zettel in ihrer Hand, dann zu mir herüber. Schließlich zuckt sie ihre Achseln. »Meinetwegen. Aber wie? Zum Werfen ist es zu weit für ein Stück Papier. Und du brauchst gar nicht so blöd zu schauen – ich kann werfen. Ich war in der Schule sogar Jahrgangsbeste im Schlagballwerfen bei *Jugend trainiert für Olympia*. Und ich spiele Tennis, seit ich klein war. Ich bin nicht so ein Weichei, wie du vielleicht denkst.«

»Schlagballwerfen«, wiederhole ich sarkastisch und nicke dazu voller Anerkennung, ob dieser Sportlichkeit olympischen Ausmaßes. »Ich bin tief beeindruckt. Dann wird dich das hier freuen. Ich habe nämlich was mitgebracht. Hier!« Ich hebe ein Überraschungsei in die Höhe. »Du steckst deinen Zettel in das gelbe Plastikei und wirfst es wieder zurück. Verstanden?«

»Bin ja nicht blöd.«

Mia steht auf und klopft sich ihre Jeans sauber.

»Zicke«, knurre ich mir in meinen nicht vorhandenen Bart und mache das Schokoei flugbereit.

»Hast du was gesagt?«

Das Knurren war wohl doch lauter als gedacht.

»Ich? Äh ja, ich sagte ... Augenblick.«

Es sind nur ein paar Meter zwischen dem Balkon und dem Dach des Krankenhauses. Keine große Sache. Also positioniere ich mich, schlage meine Ärmel vom Hemd zurück und mache mich bereit.

»Ich werfe jetzt.«

»Eine Frage noch!«, stoppt mich Mia, und ich lasse den Arm wieder sinken.

»Ja?«

»Kann ich die Schokolade essen?«

»Was ist das denn für eine Frage? Klar, ist dein Ei.«

»Gut ...«

»Okay. Achtung, es geht los.«

Ich hole aus und schleudere das Ei durch die Luft. Das Ü-Ei-Shuttle schlägt wie geplant neben Mia auf. Sie wickelt das zerstörte Schokoei aus der Folie und steckt sich einige Stücke in den Mund. Dann öffnet sie das gelbe Plastikei und hält eine Figur in die Luft.

»Ein Schlumpf mit Fußball, der einen Fallrückzieher macht«, ruft sie undeutlich herüber, während sie noch mit den Schokoresten in ihrem Mund zu kämpfen hat.

»Freut mich für dich. Könntest du jetzt vielleicht ...«

»Jaja, ich mach ja schon.«

Mia faltet ihren Zettel zusammen und verstaut ihn in dem Flugobjekt. Dann hebt sie den Daumen. »Alles klar. Der Rückflug kann starten.«

»Na dann los, Schlagballkönigin!«

Mia holt aus und wirft das gelbe Ei treffsicher zurück auf meinen Balkon. Tatsächlich ein brauchbarer Wurf. Ich hebe es auf, entnehme den Zettel und falte ihn auseinander.

Mein erster Wunsch: Den Film »Vom Winde verweht« im Kino sehen.

Ich schaue zweimal hin. Deswegen habe ich mich so verrückt gemacht? Ha, das ist ja lächerlich! So etwas kann auch nur einer Frau einfallen. Fragend blicke ich zum Krankenhausdach hinüber.

»Das ist einer deiner größten Wünsche?«

Sie nickt und kaut nervös auf ihrer Unterlippe. »Ja.«

»Aber das ... das ist nur ein Film.«

»Na und? Zählt das nicht?«

»Doch«, antworte ich, »aber ich dachte, du hättest irgendwie ... größere Wünsche.«

»Das ist ein großer Wunsch. Jedenfalls für mich. Ich habe den Film nämlich noch nie gesehen, obwohl er mir viel bedeutet. Und außerdem habe ich gesagt, dass du nicht lachen sollst.«

»Ich lache doch gar nicht.«

»Ist auch besser so.« Mia lächelt. »Bei diesem Film haben sich meine Eltern das erste Mal geküsst. Und meine Mutter hat mir erzählt, dass er Jahre später, als ich gezeugt wurde, im Fernsehen lief. Das muss ein Zeichen sein! Und ich weiß nicht einmal, um was es in ihm geht. Das ist doch traurig, oder?«

»Na ja, schon irgendwie. Aber dennoch ... ein Film?«

»Du sagtest, dass alle Wünsche erlaubt sind.«

»Stimmt«, bestätige ich.

»Dann leg mal los, mein lieber Flaschengeist. Ich liebe Kino. So richtig mit Popcorn und allem, was dazugehört. Nur läuft *Vom Winde verweht* seit Jahren nicht mehr, und ins Kino zu gehen würde ja sowieso bedeuten, dass du Geld ausgibst. Und nicht vergessen – das ist laut unseren Regeln verboten! Vielleicht ist Geld ja doch nicht so unwichtig, du Schlaumeier.« Triumphierend stemmt sie die Hände in die Hüften.

Ich überlege. Mia hat absolut recht. Die Umsetzung ist eventuell doch schwieriger, als es sich zunächst angehört hat. Dennoch lasse ich mir nichts anmerken. »Ich bekomme das hin. Vertrau mir.«

»Lieber nicht.« Lachend wirft sie ihre Zigarette auf den Boden. »So, ich muss dann mal wieder rein. Meine Zimmernachbarin muss immer für mich lügen, damit ich hier oben in Ruhe rauchen kann. Ich kann nicht so lange wegbleiben.«

»Wo liegt ihr denn eigentlich genau? Also, ich meine, in welchem Stockwerk und so?«

»Zimmer 326. Direkt dort drüben. Es ist das Fenster mit der hässlichsten Gardine der Klinik. Man kann es nicht übersehen.« Mia deutet auf das größere Gebäude nebenan, und ich folge ihrer Handbewegung. Tatsächlich. Eine unfassbar hässliche Gardine. »Ich muss los. Tschüss, Berti.«

»Ciao, Mia.«

Ich deute zum Abschied wieder großspurig mit beiden Zeigefingern auf sie, zwinkere ihr dabei mit einem Auge zu und mache einen komischen Laut mit meinem Mund. Dabei komme ich mir zwar unheimlich blöd vor, aber es dient nun mal der Tarnung. Dann gehe ich wieder zurück in die Wohnung. Dabei wiege ich das gelbe Plastikei in meiner Hand und murmele vor mich hin. »*Vom Winde verweht* ... wer schaut denn noch so alte Schinken?!«

*Songvorschlag
»Sweet Child o' Mine«
Guns N' Roses*

KAPITEL 16
Sonntag, 19.06.1988

Als ich am nächsten Tag aufwache und in die Küche stapfe, sitzt Freddie in Muskelshirt und Feinrippunterhose bereits am Tisch. Er schiebt sich ein Brötchen mit daumendicker Nutella in den Mund und löffelt nebenher eine Portion Müsli. Ein Teil davon hat sich bereits formschön in seinem immer wilder wuchernden Schnauzbart verhängt.

»Morgen, Freddie.«

»Guten Morgen. Hast du das Hundekissen aus der Villa der Gräfin mitgebracht?« Seine Frage klingt beinahe vorwurfsvoll. Wofür ich dieses Kissen mitbringen sollte, hat er mir bislang verschwiegen.

»Ja, habe ich. Aber für was brauchst du das? Sag schon …«

»Ich sage nur so viel: There is no business like showbusiness. Lass das meine Sorge sein, ich werde dem Notar einen unumstößlichen Beweis für Bessys Vitalität erbringen.«

Freddies Sätze, die mit »Lass das meine Sorge sein« beginnen, machen mir immer die größten Sorgen. Daher bohre ich sicherheitshalber nach. »Wird das irgend so 'ne schräge Nummer werden?«

»Schräg? Nein, es wird die perfekte Illusion. Ich lese und lerne bereits von den großen Magiern. Hier, schau mal, kennst du die?«

Er hält mir ein Magazin unter die Nase, und ich erkenne zwei breit grinsende Männer in glitzernden Kostümen mit einem weißen Löwen zwischen ihnen.

»Du willst Siegfried und Roy zu uns einladen?«

»Nein. Wie gesagt, ich lerne nur von ihnen. Die machen das nämlich genau richtig. Große Show, große Illusion. So musst du das machen, dann landest du auch mal in Las Vegas.«

»Da will ich gar nicht hin. Ich will nur, dass wir aus der Bude hier rauskönnen und mein Bruder seinen neuen Rolli bekommt. Und ich will schon gar nicht irgendwo in so einem Glitzerfummel auftreten, wie Siegfried und Roy ihn da tragen. Außerdem sind die beiden dermaßen solariumgebräunt, dass sie eher ein Fall fürs Ledermuseum wären. Und schau mal, die Zähne leuchten, als würden sie sie morgens mit einem Uranbrennstab putzen.«

»Blödsinn. Du hast einfach keine Ahnung vom Showbusiness.« Freddie nimmt mir das Magazin wieder aus den Händen.

»Wenn du meinst. Du hast da übrigens eine Portion Müsli in deinem Bart stecken. Zumindest hoffe ich, dass es Müsli ist. Bei dieser Rotzbremse weiß man ja nie.«

Freddie wischt sich mit der Hand über den Bart und angelt dabei erstaunliche Restmengen hervor, die er sich sogleich in den Mund steckt. »Schokolade. Glück gehabt.«

»Sag mal, willst du dir den Schnauzbart nicht mal abrasieren?«

»Nein, Schnurrbärte sind gerade total in. Mein Namensvetter trägt auch so einen.«

Ich nehme mir eines dieser Knoppers aus dem Kühlschrank und setze mich an den Tisch. Ich habe die halbe Nacht wach gelegen und über Mias Wunsch nachgedacht. Um Viertel vor vier hatte ich dann die entscheidende Idee. Ja, ich habe einen Plan für heute Abend. Doch dazu brauche ich Freddies Hilfe, und er lässt sich bei so was immer gerne bitten. Daher muss ich taktisch clever vorgehen.

»Dein Namensvetter?«, wiederhole ich verwundert. »Ich kann mich nicht daran erinnern, dass Freddy Krueger einen Schnäuzer getragen hätte.«

»Ich rede nicht von Freddy Krueger. Ich meine Freddie Mercury.«

»Der Sänger von Queen?«

»Ja.«

»Jetzt, wo ich dich mal genauer ansehe, muss ich sagen, dass er dir wirklich gut steht.«

»Danke.«

Zunächst nickt er zufrieden und blättert weiter in der Zeitschrift. Doch dann durchschaut er mich, legt das Magazin zur Seite und blickt mich vorwurfsvoll an. »Okay, Berti, was willst du von mir?«

»Ich? Wie kommst du darauf, dass ich etwas von dir will?«

»Weil ich weiß, dass du meinen Bart hasst, und du mir noch nie irgendein Kompliment gemacht hast. Schon gar nicht zu meinem Schnäuzer. Also schließe ich daraus, dass du irgendetwas von mir willst, und mir deswegen Honig ums Maul schmierst.«

»Nein, nein«, entgegne ich halbherzig, revidiere dann aber doch meine Aussage, da Freddie gegen meine Lügen immun zu sein scheint. »Okay, vielleicht ein klein wenig.«

»Wusste ich es doch.«

»Du arbeitest doch in der Klinik, oder?«

»Das dürftest du wissen. Wir wohnen schließlich schon eine Weile zusammen. Also, komm zum Punkt.«

»Weißt du, es ist ein irrsinniger Zufall, dass Mia in genau der Klinik liegt.«

»Und wer war jetzt noch mal Mia?«, unterbricht er mich.

»Das Mädel, von dem ich dachte, sie würde vom Dach springen wollen. Hab ich doch alles erzählt.«

Hatte ich auch, aber genau genommen hatte ich von einer nervigen Blondine auf dem Krankenhausdach berichtet. Und nicht von einer jungen Frau namens Mia, für die ich nun meinen Mitbewohner anbetteln würde.

»Die Zicke?«

133

»Äh, ja … genau die.«

»Klingt schon mal bescheuert. Aber weiter.«

»Jedenfalls möchte ich ihr einen Gefallen tun, und dazu bräuchte ich deine Hilfe.«

»Nein.« Freddies Antwort kommt wie aus der Pistole geschossen, und er widmet sich wieder seinem Magazin. Doch so leicht gebe ich mich nicht geschlagen.

»Wie, nein? Du weißt doch noch nicht einmal, was ich sagen will.«

»Egal, die Antwort ist Nein«, sagt er, ohne aufzuschauen.

»Aber warum denn?«

»Weil es immer im Chaos endet, wenn du mich um Hilfe bittest.«

»Das ist nicht wahr.«

»Doch. Zum Beispiel vor zwei Wochen, als du mich davon überzeugen wolltest, dass es eine gute Idee wäre, dir fünfzig Mark für eine todsichere Wette zu leihen.«

»Ich hatte einen Tipp.« Ich erinnere mich und muss zugeben, dass das wirklich etwas blöd von mir war. Aber immerhin hatte ich gelernt, dass türkische Boxer mit unzähligen Tattoos auf dem durchtrainierten Körper dennoch durch einen einzigen Schlag eines schmächtigen Thailänders ganz ohne Körperbilder ausgeknockt werden konnten. Ich muss meinen Einspruch also etwas überarbeiten. »Das war eine Ausnahme. Du wirst sehen, du findest kein weiteres …«

»Vorige Woche«, unterbricht mich Freddie, während er noch immer unbeeindruckt das Magiermagazin studiert. »Als ich dich am Hauptbahnhof abholen sollte und du es vorgezogen hast, besoffen über die Gleise nach Hause zu laufen. Ich musste dir hinterherrennen, um dich noch vor der Bahnpolizei einzufangen. Das war echt nicht witzig.«

»Das war für dich schon ein Chaos? Das war ein Spaß, sonst nichts.« Ich lache gekünstelt.

»Spaß? Das hat die Bahnpolizei anders gesehen, glaube ich.«

»Aber …«

»Letztes Jahr im Mai.« Freddie scheint heimlich Tagebuch zu führen. Doch zumindest klappt er nun endlich seine Lektüre zusammen und schaut mich an. »Ich sollte dir bei einem Auftritt für deine Schwitzscheiße helfen.«

»Ach, die Geschichte wieder.« Ich ahne, was kommen wird, und winke genervt ab.

»Ja, genau. Deine Scheinheiligkeit werde ich nie vergessen: ›Freddie. Das ist total easy‹«, äfft er mich mit Piepstimme nach.

»›Das ist nur eine kleine Überraschungsparty für einen Grubenarbeiter, der nach zehn Wochen Reha-Aufenthalt wieder nach Hause in den Ruhrpott darf.‹ Ich sehe das Banner noch heute vor mir, das ich hinter mir hergezogen habe.«

Asche zu Asche, Staub zu Staub. Wir werden dich nie vergessen, Reinhard!

»Ja, und? Es war genau der Text, den mir die Kollegen vorgegeben hatten. Das war nicht mein Fehler!«

»Nein, dein Fehler war, dass du dich leider um einen Tag vertan und mich über eine Beerdigungsgesellschaft hast fliegen lassen.«

»Das zählt nicht. Das war ein Missverständnis. Ich hatte die beiden verwechselt, weil sie beide Reinhard hießen. Das kann schon mal passieren, oder? War keine Absicht. Was denkst du, was ich mir anhören musste, als ich mir am offenen Grab vor der versammelten Gesellschaft *Glückauf, Reinhard!* auf den Rücken geschwitzt habe.«

»Jedenfalls geht es immer in die Hose, wenn ich mich breitschlagen lasse, dir zu helfen.«

Ich rücke näher zu ihm. Hier gilt es, an unsere Männerfreundschaft zu appellieren.

»Hör mal, Freddie. Wir kennen uns jetzt schon so lange. Und es tut mir leid, wenn ich dich ein-, zweimal in etwas Blödes mit reingezogen habe, aber dieses mal geht's um was ganz anderes. Es geht ja nicht einmal um mich. Es geht um diese Frau.«

»Geht es nicht irgendwie immer um eine Frau, wenn man Scheiße baut?«

Nun wird er auch noch philosophisch. Allerdings ist an dieser Aussage durchaus was dran.

»Vielleicht … Aber hier geht es wirklich um Leben und Tod. Sie hat vielleicht nur noch sieben Tage zu leben. Ich will ihr einfach eine Freude machen.«

Freddie stützt seinen Kopf in die Hände und reibt sich die Augen. »Damit spaßt man nicht, Berti. Ist das die Wahrheit? Die Kleine hat echt nur noch sieben Tage zu leben?«

Ich nicke.

»Und du willst ihr eine Freude machen?«

»Ja.«

»Obwohl du sie gar nicht magst.«

»Vielleicht mag ich sie ja doch … irgendwie.«

Freddie stöhnt laut auf. Ein gutes Zeichen. Er kämpft mit sich und wird verlieren. Das ist immer so. Er hat ein gutes Herz.

»Du meinst das wirklich ernst, oder?« Ich nicke entschlossen, und endlich kapituliert Freddie. »Ich weiß nicht, warum ich mich immer wieder darauf einlasse. Also gut. Um was geht's?«

Beruhigt lege ich ihm einen Arm um die Schultern. Ohne ihn wäre mein Plan nämlich schlichtweg nicht umzusetzen gewesen.

»Danke, Freddie. Ich wusste, dass ich mich auf dich verlassen kann.«

»Bla bla bla … also fang an, bevor ich es mir doch noch anders überlege.«

Ich rücke noch ein Stück näher zu ihm. »Okay. Du hast doch diese Woche wieder Nachtschicht in der Klinik.«

»Berti, ein Nachtwächter hat naturgemäß Nachtschicht. Sonst wäre er nicht der Nachtwächter.«

»Schon gut, schon gut. Jedenfalls hast du dann auch die ganzen Schlüssel, für alle Räume, oder?«

»Ja, nennt man Generalschlüssel.«

»Und du hast mir doch neulich erzählt, dass die Ärzte im Klinikum so ein neues Hightechgerät aus den USA für ihre Besprechungen angeschafft hätten. Diesen Projektor.«

»Ja, cooles Teil. Scheint ein ganz neuer Trend zu werden. Ist aus Amerika, nennt man Beamer.«

Ich klatsche zufrieden in die Hände. »Genau den meine ich. Den Beamer. Das Teil brauche ich.«

»Wozu?«

»Ich muss ihn mir für zwei Stunden borgen.«

»Das ist ein Witz, oder?« Er schiebt seinen Stuhl zurück und steht auf. »Wie stellst du dir das vor? Das geht nicht. Das Teil ist fest an die Decke montiert. Den kannst du nicht einfach abschrauben und mit nach Hause nehmen.«

»Will ich ja auch gar nicht. Bring mich dort nur rein. Den Rest mache ich. Glaub mir, keiner wird etwas merken.«

»Ich werde gefeuert, wenn die mich erwischen!«

»Nein, wirst du nicht. Du musst mich nur dorthin bringen, wo sich das Gerät befindet. Um den Rest kümmere ich mich selbst.«

Freddie sagt nichts. Er steht einfach nur wortlos da, geht ein paar Schritte, kratzt sich dazu in seinem Schritt und schüttelt schließlich seinen Kopf. Dann setzt er sich wieder zu mir an den Tisch.

»Ach, Scheiße, was soll's. Ich muss dir also nur sagen, wo der Beamer ist, und dich in den Raum lassen?«

»Ja. Na ja … und du spielst dann noch eine winzig kleine Nebenrolle in diesem Stück.«

»Welche Nebenrolle? Und was für ein Stück?« Er blickt mich misstrauisch an. »Davon war bislang keine Rede. Was meinst du damit?«

»Ich habe noch einen Spezialauftrag für dich. Nichts Großes, nur eine klitzekleine Kleinigkeit …«

Sein Kopf sackt nach vorn auf die Brust, und er beginnt mit seinen Fäusten auf den Tisch zu trommeln.

»Verdammt, verdammt. Ich wusste es, es wird wieder im Chaos enden.«
»Nein, wird es nicht. Vertrau mir.«
Er schaut mir tief in die Augen.
»Also, wann geht's los?«
»Noch heute Abend.«

* Songvorschlag
»You Win Again«
Bee Gees

KAPITEL 17

Der Plan ist perfekt!

Die Rollen sind verteilt, und ich habe meine Position in einer Putzkammer im obersten Stockwerk der Klinik bezogen. Beruhigt stelle ich fest, dass die Dämmerung bereits eingesetzt hat. Ein letztes Mal überprüfe ich mein Equipment und bin mit dem Ergebnis mehr als zufrieden. Leider konnte ich keinen abschließenden Testlauf durchführen, da dieser verdammte Beamer tatsächlich ziemlich gut an der Decke des Konferenzraums befestigt war und ich ihn erst unter Einsatz mittlerer Gewalt davon überzeugen konnte, sich von dort zu verabschieden. Es endete mir ein paar Flüchen sowie einem circa vierzig Quadratzentimeter großen Loch in der Decke, das aber mit Geschick und etwas Gips wieder gut auszubessern sein sollte.

Alles, was ich für mein Projekt brauche, ist angeschlossen und funktionsfähig. Nun gilt es nur noch auf den vereinbarten Anruf Freddies zu warten. Und kaum, dass ich meinen Hintern auf dem Stuhl platziert habe, klingelt der Apparat neben mir auch schon, und ich nehme den Hörer ab.

»Freddie?«

»Ja, wer soll wohl sonst in einem Abstellraum anrufen? Ich bin auf Position. Es kann losgehen.«

Ich atme beruhigt aus. »Sehr gut.«

»Dafür schuldest du mir was.«

»Ja, ich weiß.«

»Soll ich direkt loslegen?«

139

»Nein, ich muss erst noch bei Mia anrufen. *Sonderkommando Popcorn* beginnt in genau fünf Minuten. Keine Sekunde früher oder später, okay?«

»Alles klar, hab's verstanden. Dann lass uns loslegen.«

»Okay.«

Ich lege auf und wähle direkt im Anschluss die Nummer von Mias Zimmer. Es klingelt genau zweimal, dann höre ich ihre Stimme am anderen Ende. Zum ersten Mal ganz nah an meinem Ohr, was mich für einen Moment irritiert.

»Ja, hallo?«

»Mia?«

»Äh, ja?«

»Hi, ich bin es. Berti.«

»Na, wenigstens sagst du ab, das ist ja schon mehr, als die meisten tun.«

»Wie meinst du das?«, frage ich.

»Na ja, du rufst doch sicher an, um mir abzusagen. Schließlich ist es schon zweiundzwanzig Uhr. Das wird heute wohl nichts mehr mit dem Kinofilm. Aber ist echt okay, ich fand es trotzdem nett von dir, dass du ...«

»Moment, Moment!«, unterbreche ich sie. »Doch, doch, natürlich wird das was. Ich musste nur warten, bis es dunkel ist.«

»Es muss dunkel sein? Wozu? Du bist wohl doch pervers, ich wusste es.«

»Quatsch. Mach einfach das Licht in eurem Zimmer aus, und schieb dein Bett so, dass du rüber zur Villa schauen kannst.«

»Ich soll was?«

»Stell dein Bett um. Nun mach schon.«

»Aber ich kann doch hier nicht einfach das Krankenzimmer umbauen. Meine Bettnachbarin liegt schließlich auch noch hier.«

»Sie soll ihr Bett auch umstellen. Nun mach schon, bitte. Du wolltest deine Wünsche erfüllt bekommen? Dann musst du es jetzt auch zulassen.«

»Na gut. Moment.« Ich kann durch das Telefon hören, wie Mia ihrer Zimmernachbarin erklärt, dass sie ihre Betten umstellen müssten. Kurz darauf ist sie wieder am Hörer. »Okay, die Betten sind umgestellt, und das Licht ist aus. Und jetzt?«

»Habt ihr einen Lautsprecher am Telefon?«

»Ähem, ja, ich glaube schon.«

»Schalt ihn ein. Und dann legst du den Hörer genau zwischen euch, damit ihr beide was hören könnt.«

»Hören? Aber, was denn?«

»Einschalten«, wiederhole ich mit Nachdruck.

»Ist schon gut. Schrei mich nicht an.«

»Sorry. Dann kann es jetzt losgehen.«

»Was kann losgehen? Berti? Hallo?«

Ich kann hören, wie Freddie ins Zimmer kommt und die beiden begrüßt. Perfektes Timing.

»Guten Abend, die Damen. Ich bringe Ihnen ein paar leckere Knabbereien, wie man sie bei einem netten Kinoabend eben so benötigt.«

»Kinoabend?«

Mia scheint nun gar nichts mehr zu verstehen. Sehr gut. Das müsste der Moment sein, in dem Freddie die Popcorntüte, eine Packung Gummibären sowie die Flasche Cherry Coke abstellt. Alles, was die Tankstelle um die Ecke zu dieser Zeit noch hergab.

»Aber natürlich. Darf ich die Sachen vielleicht hier abstellen?«

»Äh, ja.«, antwortet Mia, während ihre Zimmernachbarin ab und an dazwischenkichert. Mia flüstert mir etwas durch den Hörer zu. »Berti, da ist gerade ein Typ reingekommen, der uns Popcorn und Cherry Coke gebracht hat.«

»Ja, ich weiß. Das ist Freddie, der ist harmlos. Übrigens, hast du deinen nächsten Wunsch für morgen schon aufgeschrieben?«

»Du ziehst das wirklich durch, oder?«

»Absolut! Also, hast du?«

»Ja, habe ich.«

»Gut. Gib den Zettel Freddie mit.«

»Oh Mann. Ich bin mir nicht sicher, ob das wirklich so eine gute Idee war, mich auf dich einzulassen.« Ich meine, in ihrer Stimme ein Lächeln zu hören, aber ganz sicher bin ich nicht.

Mia ruft Freddie zu sich und übergibt ihm den Zettel. Freddie bedankt sich und verabschiedet sich kurz darauf aus dem kleinsten Kinosaal der Stadt.

»Herzlichen Dank, die Damen. Dann wünsche ich angenehme Unterhaltung und viel Spaß mit unserem heutigen Programmkino.«

Die Zimmertür fällt hörbar ins Schloss. Das ist mein Startzeichen. Ich drücke den Knopf des Beamers und schiebe die VHS-Kassette, die ich am Vormittag in der Videosammlung meiner Mutter gefunden habe, in den Rekorder. Umgehend leuchtet ein gewaltiges Quadrat auf der Villa gegenüber auf. Ich habe zuvor ein Spannbetttuch über den Balkon der Gräfin gehängt und es durch Gummis und Leinenschnüre straff gespannt. Und siehe da, es stellt sich als erstaunlich guter Leinwandersatz heraus. Als der Titel *Vom Winde verweht* auf der Projektionsfläche erscheint und Scarlett O'Hara mit Rhett Butler die Szenerie betritt, kratzt Mias Stimme noch einmal im Hörer.

»Berti?«

»Ja?«

»Das ist verrückt …«

»Ja, ich weiß. Und jetzt raus aus der Leitung und leg den Hörer neben dich, damit ihr keinen Stummfilm sehen müsst. Wir sehen uns morgen. Viel Spaß mit dem Film.

»Danke.«

Ich lege meinen Hörer neben die Boxen meiner Stereoanlage, die ich an den Beamer angeschlossen habe. Wirklich eine ziemlich coole Sache, dieses Gerät. Hätte ich auch gerne zu Hause bei uns in der WG. Dann höre ich noch, wie Mias Zimmernachbarin erneut kichert und sagt, dass das wohl das Romantischste sei, das sie je erlebt habe. Zufrieden verlasse ich den Raum und schließe ihn hinter mir ab. Damit dürfte der erste Wunsch wohl erfüllt sein. Bleibt abzuwarten, was Mias zweiter Wunsch ist und wie Freddie auf das Loch in der Decke des Konferenzraums reagieren wird.

Songvorschlag
»I Want Your Love«
Transvision Vamp

KAPITEL 18

Gute Nachrichten.

Freddie hat das Loch in der Decke anscheinend noch nicht bemerkt, und so halte ich, frei von jeglichen Vorwürfen, kurze Zeit später Mias zweiten Wunsch in den Händen. Dieser klingt schon weitaus mehr nach einem Lebenstraum als der olle Kinofilm. Ja, das könnte schwieriger werden:

Mein zweiter Wunsch: Ein Tag am Meer. Urlaub in Italien, Spanien, der Türkei oder sonst irgendwo. Fremde Kulturen kennenlernen, die Sonne am Strand genießen und das Meer sehen.

Einige Zeit überlege ich noch, wie man Rimini, Mallorca oder die türkische Ägäis für einen Tag nach Frankfurt transferieren könnte, doch dann fällt mir ein, dass das ja gar nicht nötig ist. Ich habe eine Art spontane Eingebung. Das Bild eines Ortes, der all dies verbindet, baut sich vor meinem inneren Auge auf. Ja, das ist die Lösung. Und sie ist leichter und näher, als man glauben sollte.

Beruhigt lege ich den Zettel neben mich auf den Nachttisch und lösche das Licht. Ich kann in Ruhe schlafen und brauche nicht einmal etwas vorzubereiten.

* Songvorschlag
»Yeke Yeke«
Mory Kanté

KAPITEL 19
Montag, 20.06.1988

Der Morgen empfängt mich gebündeltem Sonnenschein. Das passt ideal zu meiner heutigen Aufgabe, Mias zweiten Wunsch in die Tat umzusetzen:

Einen Tag am Meer, irgendwo im Ausland.

Zufrieden betrete ich die Küche unserer WG, wo Kim Wilde aus dem Radio dudelt und Freddie sich altbewährten Mustern hingibt: BILD-Zeitung in der Hand und Müsli im Bart.

»Schon gelesen?«, fragt er, ohne aufzuschauen.

»Was?«, frage ich zurück, woraufhin mein Mitbewohner mir einen Zeitungsartikel entgegenhält. Ich lese den Namen Björn Wortmann und ahne Schlimmes. Als ich die weiteren Zeilen lese, bestätigt sich meine Befürchtung.

Besitzer eines Themenhotels in Las Vegas will Idee des deutschen Hyperhidrosekünstlers Berthold von Körner zu Geld machen! Es sollen T-Shirts mit Schweißrändern und VHS-Kassetten mit Hyperhidrosekursen für zu Hause angeboten werden. Dazu soll sich der See, der sich vor dem Hotel befindet, zu jeder vollen Stunde teilen und Berthold von Körner auf einer Bühne in der Mitte live den Namen des Hotels auf seinem Rücken schwitzen.

»Du wirst ein Las-Vegas-Star! Das ist genial, Berti!«

Ich gebe Freddie die Zeitung zurück und schüttele ungläubig mit dem Kopf.

»Das ist nicht genial, das ist eine Katastrophe! Ich bin doch nicht Moses, der das Meer teilt. Und das auch noch jede Stunde! Das nimmt immer verrücktere Formen an. Und überhaupt: Mich fragt scheinbar keiner mehr.«

»Ich sag ja, du kannst nicht mehr zurück. Wir machen das genau richtig mit dem Testamentsvollstrecker, glaub mir.« Freddie beugt sich wieder über sein Müsli. »Wie hat deiner Mia denn eigentlich der Kinoabend gefallen?«

»Ich glaube, ganz gut.« Entweder ist Freddie seit Kurzem tiefenentspannt, oder er hat tatsächlich noch nichts von dem Loch in der Decke des Konferenzraums erfahren. Ich taste mich vorsichtig näher. »Und, haben sie in der Klinik was gesagt? Hat jemand was mitbekommen?«

»Ja, zunächst haben sie ein wenig Aufstand gemacht, und es wurde unruhig. Aber als dann von immer mehr Patienten Anrufe kamen, die sich für diese tolle Idee bedankt und gefragt haben, wann denn der nächste Filmabend stattfinden würde, sind alle ganz kleinlaut geworden. Sie überlegen nun tatsächlich, so etwas regelmäßig zu machen. Du hast also vielleicht eine Marktlücke entdeckt.«

»Open-Air-Kino im Krankenhaus. Vor der Operation noch entspannt im Bett einen Film schauen. Eigentlich echt keine schlechte Idee.«

»Sag ich doch! Und was hat sich deine Herzdame für heute ausgedacht?«

»Sie ist nicht meine Herzdame. Es ist nur eine Art Wette, sonst nichts.«

»Wer's glaubt, wird selig. Als würdest du einfach so für jemanden eine solche Show abziehen. Aber ich kann dich verstehen. Ich war ja gestern bei ihr im Zimmer. Mia ist hübsch und scheint ganz nett zu sein.« Freddie schmunzelt. »Also, was steht heute auf dem Plan?«

»Nur eine Kleinigkeit. Ich muss mit ihr ans Meer fahren.«

»Ach, na ja, wenn es nicht mehr ist«, lacht er auf und schüttelt den Kopf, bevor er einen Rest Milch aus der Müslischüssel schlürft. »Übrigens, das Loch in der Decke zahlt die Versicherung der Klinik. Du hast echt mehr Glück als Verstand. Wenn du nicht unser Schlüssel zu einem besseren Leben oder zumindest einer besseren Wohnung wärst, würde ich dich in den Arsch treten.«

Er hat es also doch mitbekommen. Umso erstaunlicher, dass er bislang so ruhig geblieben ist.

»Danke, Freddie. Ich mach das echt wieder gut. Aber ich muss jetzt los. Das Meer wartet nicht.«

Ich stehe auf und will los, als mir Freddie noch etwas hinterherruft.

»Aber vergiss nicht heute Nachmittag.«

»Heute Nachmittag?« Ich drehe mich noch einmal um. »Was ist da?«

Mein Mitbewohner straft mich mit einem vorwurfsvollen Blick. »Ist nicht dein Ernst, Berti! Heute kommt doch der Testamentsvollstrecker. Wir haben einen Termin mit ihm ausgemacht, du erinnerst dich?«

Ich schlage mir gegen die Stirn. War das wirklich schon heute?

»Mist. Das habe ich vor lauter Kino doch tatsächlich beinahe vergessen.«

»Scheiße, Berti, das ist der wichtigste Termin in deinem Leben, und du vergisst ihn?«

»Ist ja schon gut. Ich werde da sein. Wann kommt er noch mal?«

»Du hast mit ihm siebzehn Uhr ausgemacht.«

»Okay, ich beeile mich. Bis dahin bin ich längst wieder zurück. Das ist kein Problem. Aber was ist mit Bessy?«

»Alles im Griff. Mach dir keine Sorgen.«

»Ich bin gespannt. Vielleicht besser, dass ich keine Zeit habe, mir darüber den Kopf zu zerbrechen.«

Ich kontrolliere noch mal, ob ich die Einkaufsliste, die ich vor dem Treffen mit Mia abarbeiten muss, in der Hosentasche habe, und greife mir sowohl die große Basttasche als auch die Kühlbox. Wichtige Utensilien für meinen Mias-Tag-am-Meer-Plan.

Freddie schaut mich fragend an, als ich mir beides unter den Arm klemme. »Sag mal, du fährst doch nicht wirklich mit dem Mädel ans Meer, oder?«

»Doch! Wir fahren nach Italien! Und in die Türkei.«

* Songvorschlag
»Blue Monday«
New Order

KAPITEL 20

Nach einem kurzen Zwischenstopp beim Discounter meines Vertrauens und einem Anruf bei Mia steuere ich direkt vor den Krankenhauseingang. Natürlich konnte ich nicht mit meiner alten Schrottkarre ankommen. Um meine Scharade des reichen Nachbarn weiter aufrechtzuerhalten, habe ich mir also eigens den ganzen Stolz meines Vaters geliehen: seinen weißen Mercedes 190 E.

Mia steht bereits vor der Klinik und winkt mir zu. Es ist das erste Mal, dass ich sie von Angesicht zu Angesicht sehe. Sie trägt ein geblümtes Sommerkleid und weiße Leinenschuhe. Ein orangefarbenes Haarband hält ihre blonden Strähnen im Zaum. Ich steuere die Nobelkarosse voll größtmöglicher Anmut direkt vor sie und halte. Mia steigt ein und reicht mir ihre Hand.

»Hi, ich bin dann also Mia. Aber das weißt du ja schon.«

Kleine Sommersprossen tanzen um ihre Stupsnase, und ihre großen, braungrünen Knopfaugen sehen aus, als wären sie einem Steifftier aus dem Kopf gepult und ihr eingesetzt worden. Sie sieht von Nahem noch toller aus als vom Balkon gegenüber. Ich bin perplex und bringe kein klares Wort heraus, stattdessen beginne ich wirres Zeug zu stammeln.

»Ha-hallo Mia.« Wie automatisiert schütteln wir weiter die Hände, und ich versuche cool und männlich zu wirken, doch alles, was ich herausbringe, ist die Wiederholung des identischen Hirnfurzes. »Ha-hallo Mia.«

»Ja, das hatten wir schon. Und du bist Berti, nicht wahr?«

Als ich nicht antworte und stattdessen weiter ihre Hand schüttele, schaut sie mich verstört an. »Alles okay bei dir?«

»Berti. Ja, ich bin Berti.« Ich nicke zustimmend und führe das Gespräch in altbewährter Form fort. »Hallo Mia.«

»Geht das jetzt den ganzen Tag so weiter? Weißt du, das beginnt mir irgendwie langsam Angst zu machen. Und ich habe Ende der Woche noch einen OP-Termin, den ich gerne wahrnehmen würde.«

Endlich wird mein Gehirn wieder vollständig durchblutet. Ich beginne mich intellektuell zu akklimatisieren und räuspere mich kurz.

»Sorry. Ich war gerade in Gedanken.«

»Schickes Auto. Wobei ich mir eigentlich noch was Pompöseres vorgestellt hatte. Ist ein Mercedes nicht eher ein Altherrenauto?«

»Ist mein Zweitwagen«, gebe ich spontan zurück. »Mein Porsche ist gerade in der Werkstatt.«

»Zweitwagen … ja, das klingt schon eher nach einem Schnösel wie dir.«

Ich überhöre die Bemerkung und lasse den Wagen wieder an.

»Du bist also bereit?«

»Ja. Wobei ich gar nicht weiß, wofür ich eigentlich bereit sein soll.«

Wir rollen die Auffahrt in Richtung Straße und entfernen uns vom Gelände des Krankenhauses.

»Lass dich überraschen.«

Nach einer relativ stillen Fahrt über das kurze Autobahnstück bis Offenbach stoppe ich den Wagen in einer engen Seitengasse eines heruntergekommenen Straßenzugs. Diese Ecke der Stadt dürfte wohl selbst für Offenbacher Verhältnisse lauter und schmutziger sein als die meisten anderen Flecken. Ich stelle den Motor ab, nehme die große Basttasche sowie die Kühlbox vom Rücksitz und steige aus. Damit sehe ich nicht nur wie ein deutscher Pauschaltourist aus, der den Strand von El Arenal sucht, ich fühle mich auch genau so. Ein Blick in die Umgebung stimmt mich zuversichtlich. Über den Straßenschluchten haben Anwohner Wäscheleinen gespannt, und in den Gassen wabert ein Stimmengewirr aus unterschiedlichsten Sprachen. Zufrieden gehe ich um den Wagen herum und öffne breit grinsend die Tür der Beifahrerseite, während mich Mia verängstigt ansieht.

»Warum halten wir hier?«

»Warum? Weil wir an unserem Ziel angekommen sind.«

Mia steigt aus dem Fahrzeug und schaut sich verwundert in der trostlosen Gasse um. Sie zuckt fragend die Achseln und scheint verwirrt. Ich kann es ihr nicht verübeln, zumal wir in den letzten zwanzig Minuten relativ wenige Landesgrenzen überschritten haben.

»Willst du mich verarschen? Was soll ich hier?«

Ich zücke ihren Wunschzettel und tippe mit dem Zeigefinger darauf. *Ein Tag am Meer. Urlaub in Italien, Spanien, der Türkei oder sonst irgendwo. Fremde Kulturen kennenlernen, die Sonne am Strand genießen und das Meer sehen.*

Zur zusätzlichen Unterstreichung drehe ich mich einmal um die eigene Achse. »Et voilà! Willkommen im Ausland.«

»Aber … das ist Offenbach.«

»Genau. Und das *ist* wie Ausland! In den Straßen von Neapel oder Istanbul sieht es auch nicht anders aus. Und wenn du ganz leise bist, hörst du sogar die verschiedenen Sprachen.«

Mia schaut mir tief in die Augen. »Auch wenn es dich erschüttern wird und ich damit vielleicht deine Kindheitsträume zerstöre: Das hier ist trotzdem nicht Neapel oder Istanbul.«

Ich bleibe standhaft. Schließlich geht es hier um das große Gesamtprojekt. »Ja, aber nur, weil du es in deinem Kopf nicht zulässt.«

»Selbst wenn ich es zulassen würde, oder wie auch immer du das nennen willst, wird hieraus nicht Italien. Also, Berti, das ist lieb gemeint von dir, aber vielleicht wäre es besser, wenn du mich jetzt wieder zurück in die Klinik fährst.«

Das wäre ja noch schöner, denke ich mir und ignoriere die Einwürfe der Ungläubigen einfach. Stattdessen beharre ich auf meiner These, dass ich uns soeben ins südliche Ausland befördert hätte.

»Die Sonne knallt heute aber auch vom Himmel. Viel aggressiver als bei uns in Deutschland, findest du nicht?«

Mias gerade noch freundlich bis mitleidig dreinschauendes Gesicht findet zu altbekannter Zickigkeit zurück. »Hallo?! Hast du überhaupt gehört, was ich gerade gesagt habe?«

»Ja, aber heute geht leider kein Flug mehr.«

»Flug?« Sie stemmt die Arme in ihre Hüfte. »Das finde ich langsam nicht mehr witzig. Das wird hier doch keine schräge Sache oder 'ne Entführung oder so was in der Richtung?«

»Nichts gegen dich, Mia. Aber warum sollte ich dich entführen? Um Geld zu erpressen, wohl kaum, oder?«

Sie spitzt ihre Lippen und runzelt die Stirn. Dann lässt sie die Arme wieder sinken und schaut sich um.

»Also, wirklich zauberhaft hier, Berti. Danke für diese neapolitanische Kulisse. Ein Traum. Genau so hatte ich es mir immer vorgestellt.«

»Na, siehst du?«, kontere ich ihre zynische Bemerkung. »Komm, wir gehen erst einmal ein paar Schritte. Schließlich war die Anreise doch ziemlich ermüdend.«

»Du meinst die paar Minuten Fahrt über die Autobahn? Na ja, war gerade noch auszuhalten. Aber meinetwegen. Ein wenig Bewegung tut mir vielleicht tatsächlich ganz gut. Aber dann fährst du mich wieder zurück, hörst du?!«

»Kein Stress. Wir sind im Urlaub.«

»Sind wir nicht. Und was hast du eigentlich in der Tasche, die du da mit dir herumschleppst?«

Wir erreichen eine rote Fußgängerampel, und ich stelle die Taschen vor mir ab.

»Nur das Übliche. In der Kühlbox sind ein paar Tupperdosen mit geschnittener Melone und eine Flasche Wasser. Und in der Basttasche habe ich Sonnenschutzmittel, eine Luftmatratze, Schnorchel, Taucherbrille und einen Ghettoblaster. Das normale Strandzeug eben.«

»Das normale Strandzeug?«

Ich nicke. »So ist es. Du warst noch nie in Italien und kannst das daher natürlich nicht wissen, aber so was braucht man an einem handelsüblichen Strand nun mal.«

Mia dreht sich suchend nach links und rechts. »Vielleicht ist es dir noch nicht aufgefallen, Berti, aber wir stehen hier mitten in Offenbach an einer mehrspurigen Straße. Strände sind hier relativ rar gesät, mein Lieber. Das sollte selbst für dich ersichtlich sein.«

»Vertraust du mir?«

Sie schüttelt vehement den Kopf. »Scheiße, nein.«

»Das solltest du aber. Einfach mal lockerlassen. Du musst die Mauern in deinem Kopf einreißen, Mia. Trau dich doch mal, was Verrücktes zu machen.«

»Oh ja, das ist wirklich wahnsinnig verrückt gerade. Und was machen wir morgen, wenn ich sage, dass ich noch nie geflogen bin? Schmuggeln wir dann am Flughafen Drogen in unserem Darm durch den Zoll? Das wäre ja so unglaublich verrückt, Berti.« Sarkastisch lacht sie auf.

In diesem Moment schaltet die Fußgängerampel auf Grün.

»Du übertreibst. Komm jetzt, wir müssen weiter, sonst sind die besten Plätze schon vergeben.«

Nach einigen Minuten des stummen Nebeneinanderhertrottens überqueren wir eine letzte Kreuzung, und ich erkenne das kleine Hafenbecken des Mains, in dem ein paar Hausboote und ausrangierte Schiffe liegen. Davor befindet sich ein großer geteerter Parkplatz. Auf dem hinteren Teil, nahe dem Wasser, hat ein cleverer Geschäftsmann um seinen Dönerimbiss herum ein paar Stühle aufgestellt. Direkt daneben befindet sich eine Baustelle mit einem Haufen aufgeschüttetem Quarzsand. Genau wie ich es in Erinnerung hatte, als ich vor einigen Tagen hier vorbeigefahren bin. Zielsicher steuere ich darauf zu und winke Mia, mir zu folgen. Sie ist einige Meter hinter mir stehen geblieben und sträubt sich wie ein bockiger Esel weiterzugehen.

»Hier ist noch was frei.« Mit einem lauten Ächzen lasse ich die Taschen in den Sand fallen und breite zwei große Strandtücher aus. »Ach, herrlich, nicht wahr? Es geht doch nichts über einen Tag am Strand. Endlich mal keinen Stress im Büro, einfach mal abschalten.«

»Du spinnst«, antwortet Mia. Gut, sie denkt, dass ich nicht mehr alle Latten am Zaun habe. Womit sie sogar recht haben könnte. Aber irgendwie habe ich die Hoffnung, dass sie zumindest für ein paar Minuten ihre Maske fallen lässt. Und tatsächlich kommt sie zu mir und setzt sich in den Sand neben mich. »Ich fasse es nicht. Ich sitze in Offenbach neben einer Dönerbude im Dreck einer Baustelle.«

Ich ignoriere ihren Protest und lege eine Mixkassette in den Ghettoblaster. Sogleich verkündet der Sänger Ibo in seinem Song, dass er gut drauf ist und gerne roten Sekt auf Ibiza trinkt.

»Willst du was von der Melone?«

»Nein«, keift Mia zurück.

Ich lasse mich nicht irritieren und mache mich daran, alle mitgebrachten Utensilien vor uns auszubreiten. Als Nächstes beginne ich damit, die Luftmatratze aufzublasen, während sich Ibo mittlerweile die Frage stellt, wer schon eine Exfreundin benötigt, wenn man doch Ibiza hat.

»Das machst du jetzt nicht wirklich.«

»Das Aufblasen? Warum nicht?«

»Das ist peinlich. Alles ist peinlich! Was sollen die Leute denken, wenn sie zu ihren Autos kommen und uns hier so sehen?«

»Ja, was sollen sie denn denken? Wir haben hier einfach eine gute Zeit. Entspann dich.«

Mia schüttelt den Kopf, setzt ihre Sonnenbrille auf die Nase und lässt sich genervt auf ihr Handtuch zurücksinken. Ich halte ihr sogleich die Tube Sonnenmilch hin.

»Du solltest dich eincremen, die Sonne ist sehr heftig hier im Süden.«

»Leck mich, Berti.«

»Wie du meinst. Ich geh jetzt jedenfalls ins Wasser. Ein wenig Abkühlung ist jetzt genau das Richtige. Kommst du mit?«

Ihr ausgestreckter Mittelfinger dient als eindeutige Antwort.

»Das heißt dann wohl nein. Na ja, dann gehe ich eben allein.«

Ich schlüpfe aus der Jeans, unter der meine Badehose zum Vorschein kommt. Dazu ziehe ich mir eine unfassbar hässliche rot-weiß gestreifte Badekappe über, kralle mir die Luftmatratze und laufe zum Main hinunter. Als ich mit einem vergnügten Aufschrei ins Wasser springe und kurz darauf wieder auftauche, sehe ich, dass Mia zu mir herüberschaut, doch als sich unsere Blicke treffen, dreht sie sich schnell wieder weg und stellt sich schlafend, während Ibo in einer Endlosschleife weiterträllert...

Ich bin gut drauf, und ich schlaf gern lang. Frühstück fängt bei mir erst mittags an. Die Sonne streichelt mich das ganze Jahr. Er hat dich, ich hab Ibiza. Ich bin gut drauf und trink roten Sekt, weiß erst jetzt, wie gut Paella schmeckt, und steh mit Freunden abends an der Bar. Wer braucht dich? Ich hab Ibiza.

* *Songvorschlag*
»*Ibiza*«
Ibo

Nach einem durch Algen und Plastikmüll nur begrenzt erfrischenden Bad im Hafenbecken komme ich zurück an unseren Pseudomittelmeerstrand. Vorsorglich schmiere ich mich großzügig mit Sonnenmilch ein und erzähle erneut irgendetwas von der Aggressivität der Sonnenstrahlen hier auf den südlicheren Breitengraden. Mia liegt mit geschlossenen Augen auf ihrem Handtuch und tut so, als ob sie mir nicht zuhören würde, doch das nehme ich ihr nicht ab. Mal sehen, wie weit ich sie noch anstacheln kann. Ich halte ihr die Sonnenmilch entgegen.

»Auch wenn du schlechte Laune hast, könntest du mich bitte einschmieren?«

Vorsichtig lupft sie ihre Sonnenbrille, und ich drehe ihr meinen Rücken zu. Sie atmet betont schwer aus, reißt mir die Tube widerwillig aus der Hand, kleckst mir eine große Spur über den Rücken und beginnt in betont unsanften Bewegungen mit dem Verteilen der Sonnenmilch.

»Sag mal, Berti, findest du nicht, dass du ein wenig übertreibst?«

»Übertreiben? Ich? Nein. Gefällt es dir hier etwa nicht?«

»Ob es mir hier nicht gefällt? Was meinst du? Die Autos neben uns oder das stinkende Hafenbecken?« Ich habe den Eindruck, dass sie mir die Sonnenmilch nun noch grober ins Epithelgewebe reibt. »Es ist langweilig. Wir liegen hier auf einem Parkplatz neben einer Dönerbude und tun so, als seien wir irgendwo an der Adria oder ....«

»... oder auf Ibiza.« Ich muss schmunzeln.

»Witzig, Berti.«

»Du willst also mehr Action in deinem Urlaub? Wie wäre es mit Sextourismus? Am Bahnhof finden wir bestimmt was Passendes für dich.« Sofort folgt ein schmerzhafter Schlag auf meine Schultern. »Aua! Ich dachte ja nur.«

»So weit kommt's noch. Ich zahl doch nicht für Sex! Da bin ich bislang auch ohne Geld sehr gut zurechtgekommen.«

»Ach ja?«

»Natürlich, so hässlich bin ich nun auch nicht.«

Ich drehe mich für einen Moment zu ihr um und wiege kritisch den Kopf. »Na ja ...« Wieder folgt ein Schlag. »Aua!«

»Geschieht dir recht.«

Ich lächle. »War nur ein Witz. Du siehst toll aus, und das weißt du auch.«

Ihre Hand auf meinem Rücken cremt plötzlich merklich sanfter.

»War das jetzt etwa ein Kompliment?«

»Vielleicht.«

»Scheinst ja vielleicht doch kein kompletter Idiot zu sein.«

»Wer hat das denn behauptet?«

»Das sind so meine Erfahrungen mit reichen Schnöseln. Ihr habt immer nur euer Business im Kopf und keinen Blick für andere Dinge. Lügt das Blaue vom Himmel herunter, um uns Frauen zu beeindrucken, und glaubt, dass ihr mit Kohle alles kaufen könnt.«

»Moment, bist du nicht diejenige, die glaubt, dass man nur mit Geld glücklich sein kann?«, hake ich nach.

»Das hat damit nichts zu tun. Ich mag Geld nur, weil es mir helfen würde. Ansonsten steh ich gar nicht so auf Luxus. Und schon gar nicht auf die Leute, die viel Geld haben. Die sind meist oberflächlich und haben sonst kein Format. So wie du.«

»Du findest mich also oberflächlich.«

»Ihr seid alle gleich. Ich könnte wetten, dass du nicht einmal weißt, welche Augenfarbe ich habe oder welche Farbe mein Kleid hat. So seid ihr eben. Ihr wollt euren Spaß. Schnell und unkompliziert, doch dabei ist euch euer Gegenüber völlig egal.«

Während mir Mia weiter den Rücken einreibt, schließe ich die Augen.

»Du trägst ein geblümtes Sommerkleid, hast weiße Leinenschuhe an und ein orangefarbenes Band im Haar. Dein Parfüm kenne ich nicht, ich mag es aber. Es ist sommerlich-leicht und wirkt nicht aufdringlich. Ach ja, und deine Augen sind braun-grün, wobei du sie leider seit unserem Eintreffen hier am Strand hinter deiner Ray-Ban-Sonnenbrille versteckst.«

Schlagartig stoppen Mias Hände und verharren nun bewegungslos auf meiner Haut. Dann lösen sie sich fast fluchtartig von mir.

»Fertig.«

Als ich mich umwende, rückt sich Mia irritiert die Sonnenbrille zurecht.

»Danke, Mia.«

»Kein Problem.«

»Sag mal, hast du vielleicht Hunger? Ich könnte jetzt was vertragen.«

»Meinetwegen. Ist mir alles lieber, als hier in der Baustelle rumzusitzen. Aber komm nicht auf die Idee, mir wieder deine Tupperwarenmelone anzubieten.«

»Nein, ich habe eine viel bessere Idee.«

»Gibt es jetzt Kaviar und Schampus, oder was auch immer du sonst so zu Mittag isst?«

»Komm einfach mit.«

Ich stehe auf, ziehe mir ein Shirt über und gehe los. Tatsächlich folgt mir Mia, doch als sie erkennt, was ich vorhabe, höre ich sie erneut meckern.

»Oh nein, oder? Das wäre ja auch zu schön gewesen. Bitte nicht.«

»Doch, das gehört bei einem Urlaub im Ausland dazu. Da muss man auch mal landestypische Speisen probieren.«

Auch wenn Dönerbuden für den Großteil der Bevölkerung erst weit nach Mitternacht interessant werden, sind sie ein einzigartiger Schmelztiegel aller Schichten. Sie stellen den Speisetrog der Gesellschaft dar. Hier trifft sich alles querbeet. Ab drei Uhr nachts sind die Dönerbuden Frankfurts so was wie das Entmüdungsbecken der Nutten und Türsteher, der kaputt gefeierten Technotänzer und besoffenen Bankangestellten nach der Telefonkonferenz mit New York. Aber für mich ist diese Bude heute noch viel mehr. Sie steht für Exotik im Offenbacher Hafenbecken. Ein echtes Stück fremder Kultur. Mia sieht das natürlich wieder ganz anders.

»Du spinnst.«

»Das gehört dazu.«

Sie zögert kurz, dann stapft sie genervt weiter neben mir her.

»Kannst von Glück reden, dass ich türkisches Essen mag und tatsächlich Hunger habe.«

»Na siehst du.«

Wir mustern die bunten Bilder der Speisekarte, die formschön eingeschweißt aushängt. Die Angebotspalette ist übersichtlich. Es gibt Döner Kebab im Fladenbrot, Döner Kebab mit Ziegenkäse, Falafel und einen Döner-Kebab-Teller in groß oder klein mit Pommes frites oder Reis. Ich drehe mich zu Mia.

»Vielleicht einen Döner?«

»Eine super Idee, Berti.«

Als ich zur Bestellung ansetzen will, erinnere ich mich gerade noch rechtzeitig daran, dass man mich in Istanbul ja gar nicht verstehen würde. Und da der Tag im Ausland perfekt sein soll, verhalte ich mich auch hier wie ein deutscher Tourist. Ich tippe auf das Foto des Döner-Kebab-Tellers. Mit der anderen Hand strecke ich den Daumen empor und schaue den Verkäufer mit großen Augen an. »Ein.«

»Bitte was?«, antwortet er verwundert und in akzentfreiem Deutsch. Irgendwie erinnert er mich mit seinem Schnauzbart an Freddie.

»Ein«, wiederhole ich.

»Können Sie auch in ganzen Sätzen sprechen?«

»Nix türkisch. Deutsch. Döner. Ein.«

Mia schlägt die Hände vor das Gesicht. »Berti, ich weiß, was das soll, aber das ist echt nicht nötig.«

»Doch, so ist das im Ausland. Du sollst einen *echten* Tag im Ausland erleben.«

Das veranlasst den Türken, sich zu rechtfertigen.

»Sie können auch normal mit mir reden. Ich habe einen deutschen Pass und bin hier aufgewachsen. Aber Sie sind wohl nicht von hier, was?«

Ich ignoriere die Nachfrage und spiele meine Rolle weiter konsequent aus. Als Nächstes tippe ich mir auf die Brust. »Ich … Döner … ein.«

Dazu schüttele ich den Kopf. »Nix scharf.« Dann tippe ich auf die Pommes auf dem vergilbten Bild. »Mit Pommes.«

Ich schüttele erneut den Kopf. »Nix Reis.«

»Klein«, zeige ich mit Daumen und Zeigefinger.

Im Anschluss schüttele ich zum dritten Mal den Kopf. »Nix groß.«

Dann folgt ein letztes Mal der ausgestreckte Daumen. »Ein.«

Zufrieden drehe ich mich zu Mia, die sich vor lauter Scham abgewendet hat. »Und was nimmst du?«

Sie winkt ab. »Egal. Aber beeil dich.«

»Okay.«

Ich atme tief durch, wende mich wieder dem bärtigen Türken zu, der anscheinend gar kein Türke, sondern Deutscher ist, und füge meinem ausgestreckten Daumen noch einen Zeigefinger hinzu.

»Zwei.«

Es folgt das bereits bekannte Kopfschütteln. »Nix eins.«

Der Verkäufer ist mittlerweile verstummt und sieht mich starr mit seinem Dönermesser in der Hand an. Ich spüre eine gewisse Angst in mir aufkommen, dass er das Messer zweckentfremden und mir in die dämlich fragende Fresse rammen könnte. Vielleicht spießt er mich auch auf seinem Drehspieß auf und schneidet dann fein säuberlich bei jeder Umrundung einzelne Fleischschichten von mir ab. Dabei würde er mir

wohl genüsslich lächelnd seinen Daumen entgegenstrecken.
»Deutscher Döner. Ein.«

Doch zu meiner Beruhigung scheint er ein geduldiger
Mensch zu sein. Er beendet den Stand-by-Modus und widmet
sich seiner ursprünglichen Aufgabe, dem Dönerschneiden.
Zuvor bringt er meine Bestellung noch einmal kurz und knapp
auf den Punkt: »Also zwei kleine Dönerteller mit Pommes.«
Dann nuschelt er noch etwas in seinen mächtigen Schnauzbart. »Mein Vater hatte recht. Die Deutschen spinnen wirklich. Ich hätte den türkischen Pass nie abgeben dürfen«, meine
ich zu verstehen.

Kurz darauf reicht er uns die exotischen Speisen, und wir
nehmen an einer Biergarnitur neben dem Imbiss Platz. Zunächst essen wir, ohne Worte zu wechseln. Und Mia schraubt
sich den Dönerteller mit einem erstaunlichen Appetit rein.
Schau an, beim Essen scheint sie weitaus weniger zickig und
wählerisch zu sein. Ich mag Frauen, die nicht nur stilles Wasser
und einen kleinen Beilagensalat essen. Irgendwie sieht sie mit
der Knoblauchsoße im Mundwinkel sogar ganz süß aus. Ich
muss schmunzeln und werde aus den Gedanken gerissen, als
sie mir mit einem halben Pfund Kalbfleisch im Mund zunickt.

»Es ist übrigens Lou Lou.«

»Was?«

»Lou Lou von Cacharel«, führt Mia weiter aus.

»Angenehm. Berthold von Körner. Meine Freunde nennen
mich Berti.«

Mia lacht auf und verschluckt sich dabei beinahe an ihrem
Döner. »Nein, Lou Lou ist ein Parfüm von der Firma Cacharel. Das ist mein Duft, den du nicht zuordnen konntest.«

»Ach so.«

Sie legt ihr Besteck beiseite und nimmt sogar ihre Sonnenbrille für einen Moment ab. Aus großen Augen schaut sie mich
an und deutet auf ihre Pupillen.

»Und hier! Meine Augen haben noch eine winzige Spur

Blau mit drin. Aber das kann man nur sehen, wenn man ganz nah rangeht. Siehst du?«

Ich blicke ihr tief in die Augen. Dann reiße ich mich wieder los und widme mich meinem Döner.

»Du hast mich vorhin nicht ausreden lassen. Das wollte ich noch erwähnen«, behaupte ich selbstbewusst.

»Und mein Haarband ist nicht orange, sondern pfirsich.«

»Pfirsich? Das ist keine Farbe, das ist eine Frucht.«

»Oh Mann, bei euch Männern geht's nicht über die Farben im Wassermalkasten hinaus, oder?«

»Mag sein. Dein Haarband ist trotzdem orange.«

Sie lächelt. »Okay, abgesehen von meinem pfirsichorange-farbenen Haarband, hast du den Rest ziemlich gut getroffen. Das war echt nett von dir.«

»Was?«

»Na, dass du mich anscheinend tatsächlich angesehen hast. Die meisten hätten das nicht alles wiedergeben können.«

»Wenn's sonst nichts ist. Ich sehe dich gerne wieder mal an, wenn es dir guttut.«

»Schön zu wissen. Danke.«

»Du hast da übrigens was …« Ich nehme mir eine Serviette und wische ihr die Soßenreste vom Mundwinkel. Sie lässt es geschehen, und wir lächeln uns für einen Moment an. Ein schöner Moment. Vielleicht sogar der schönste bislang. Schnell räuspere ich mich, um mir meine Unsicherheit nicht anmerken zu lassen. »Schon eine Idee für morgen?«

»Du willst das wirklich weitermachen? Die ganze Show hier reicht dir immer noch nicht?«

»Show? Das ist Urlaub! Außerdem habe ich es dir versprochen, und ich pflege mich an Dinge zu halten, die ich versprochen habe.«

»Das finde ich gut. Prinzipien sind wichtig. Ich hasse Unzuverlässigkeit und Lügen. Ehrlichkeit ist das Wichtigste. Wie siehst du das?«

»Klar«, antworte ich. Was soll ich auch anderes sagen? Schließlich denkt Mia, dass ich ein reicher Schnösel wäre. Aber etwas anderes kann ich ihr momentan nicht anbieten. Also versuche ich, das Gespräch wieder auf unsere Wette zurückzubringen. »Also, wie sieht dein nächster Wunsch aus?«

Mia überlegt und kneift die Augen zusammen. »Hm, okay, ich hätte da noch einen Wunsch, den ich schon ewig mit mir herumtrage.«

»Nur raus damit.«

»Ich würde wahnsinnig gerne mal einen Tag mit einem Prominenten verbringen.«

»Was? Ich dachte, du magst keine reichen Leute. Und jetzt willst du einen Tag mit einem verbringen?«

»Es gibt ja auch Nette unter den Promis. Mich hat schon immer interessiert, wie der Alltag von so jemandem aussieht. Geht ein Promi auch einfach einkaufen, oder hat er dafür seine Bediensteten? Ich habe noch nie jemanden getroffen, der berühmt war. Ist doch bestimmt ein spannendes Leben.«

»Na ja. Ich denke, dass diese Leute ein genauso langweiliges Leben wie wir alle führen. Essen, trinken, Toilette gehen und so weiter.«

»Trotzdem würde ich es gerne mal erleben«, sagt Mia energisch.

»Und wer schwebt dir da vor? Irgendjemand Bestimmtes?«

»Ja.«

»Kenn ich ihn?«

Sie nickt. »Ich habe dir doch erzählt, dass ich Tennis spiele, seit ich klein war.«

»Ja, ich erinnere mich schemenhaft.«

»Deswegen würde ich am liebsten so jemanden wie Steffi Graf oder Boris Becker kennenlernen. Oder wenigstens ein Autogramm bekommen.«

»Steffi Graf oder Boris Becker?«, wiederhole ich, und Mia nickt breit grinsend.

»Kannst du bitte einem oder auch beiden für morgen Bescheid geben? Ja? Danke!« Mia setzt sich wieder ihre Sonnenbrille auf die Nase und schaut zufrieden in den blauen Himmel. Allem Anschein nach denkt sie, dass sie mich damit an die Grenze des Machbaren bringt. Doch da hat sie die Rechnung ohne mich gemacht! Ich nehme die erneute Herausforderung natürlich an. Unbeeindruckt widme ich mich wieder meinem Dönerteller und setze mir ebenfalls meine Sonnenbrille auf.

»Steffi Graf oder Boris Becker also? Na gut. Kein Problem. Morgen fünfzehn Uhr. Ich hole dich ab. Und sei bitte pünktlich, Promis mögen Unzuverlässigkeit genauso wenig wie du.«

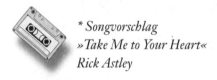

* *Songvorschlag*
»Take Me to Your Heart«
Rick Astley

KAPITEL 21

Nachdem ich Mia wieder in die Klinik gebracht habe, fahre ich zufrieden zurück in die WG. Auch wenn ich noch keine Ahnung habe, wie ich Steffi Graf und Boris Becker dazu überreden könnte, morgen vor der Klinik ein Doppel mit mir und Mia zu spielen. Dennoch: Es ist kurz vor fünf, und ich finde, dass der Tag bislang recht erfolgreich war. Ich habe ihr einen Urlaubstag am Meer bereitet. Was soll mich heute also bitte noch schocken?

Ein fröhliches Liedchen pfeifend schließe ich die Wohnungstür auf und fahre sogleich zu Tode erschrocken zusammen. Meine Nackenhaare stellen sich auf, und ein eiskalter Schauer läuft mir über den Rücken. Habe ich etwa zu viel Sonne abbekommen? Rächt sich nun der übermäßige Alkoholkonsum der letzten Jahre in Form von Halluzinationen? Oder habe ich gerade tatsächlich eine paranormale Erscheinung aus der Welt der Toten?

Mitten im Flur steht keine Geringere als Bessy auf allen vieren vor mir.

Als ich einen spitzen Schrei ausstoße, taucht Freddies Kopf hinter dem Sofa auf. Voller Stolz zieht er die Träger seiner Jeanslatzhose enger und strahlt unter seinem Schnäuzer bis über beide Ohren. »Ah, da bist du ja.«

»Was, was ist das da mit Bessy, Freddie?«

»Geil, oder? Sie sieht noch ziemlich gut aus, findest du nicht?«

»Sag mal, bist du völlig verrückt geworden? Ich habe mir fast in die Hose gemacht vor Schreck!«

Mein durchgeknallter Mitbewohner tritt vor das Sofa und vollführt mit seinen Händen eine Bewegung, die wohl an einen Magier erinnern soll. »Hokuspokus! Ich habe den Hund soeben aus seinem ewigen Schlaf erweckt. Bessy ist bereit für ihren letzten großen Auftritt.«

Ich beuge mich vorsichtig nach unten und befühle mit meinen Fingerspitzen ihr Fell. Teilweise ist es noch gefroren. »Sie ist eiskalt.«

»Was nicht wirklich verwunderlich ist, wenn man die letzten Jahre in einer Kühltruhe gewohnt hat«, stellt Freddie trocken, aber korrekt fest.

»Okay, Freddie, dann zeig mir mal, wie du den Notar überzeugen willst, dass Bessy noch lebt.«

Sofort greift er sich den tiefgekühlten Pudel und stellt ihn auf das Hundekissen, das ich aus der Wohnung der Gräfin mitgebracht habe. Dann dreht er sich stolz zu mir, als habe er soeben das Wundermittel für das ewige Leben entdeckt. Ich schaue ihn ungläubig an. »Ist das alles?«

»Nein, natürlich nicht. Warte, du wirst staunen!«

»Na, Gott sei Dank. Ich dachte schon …«

»Ich werde Bessy wiederaufleben lassen. Und zwar damit.« Freddie deutet auf ein Kabel, das unter dem Kissen hervorkommt und weiter unter dem Teppich entlang bis in Freddies Zimmer verläuft.

»Was ist das?«

»Das, mein Freund, nennt man ein technisches Meisterwerk. Ich habe mich wieder einmal selbst übertroffen«, verkündet Freddie mit geschwollener Brust und zieht mich hinüber zu seinem Schlafzimmer, wo das Kabel schließlich in einem schuhkartongroßen Block endet. »Das ist der Trafo meiner alten Modelleisenbahn, den ich dir übrigens in Rechnung stellen werde. Aber dazu kommen wir noch früh genug.«

»Was willst du denn damit? Bessy auf deiner Modellbahn durchs Wohnzimmer fahren?«

»Nein, natürlich nicht. Unter dem Hundekissen befindet sich eine kleine Metallplatte.«

Langsam bekomme ich ein ungutes Gefühl. »Und weiter?«

»Mensch, bist du echt so schwer von Begriff? Metall leitet Strom, und jedes Mal, wenn ich hier den Trafo aufdrehe, wird Bessy sich unter kleinen Stromstößen etwas bewegen. Warte, ich führe es dir vor.«

Freddie dreht an dem Stellhebel des Trafos, und im nächsten Moment bewegt sich Bessys Körper auf dem Kissen tatsächlich wie von Zauberhand. Es sieht in der Tat so aus, als würde sie atmen. Oder zumindest zittern.

»Das ist ja beängstigend. Wie im Wohnzimmer von Dr. Frankenstein.«

»Besser. Viel besser, Berti. Das ist genial. Das habe ich von Siegfried und Roy abgeschaut.«

»Tatsächlich? Die setzen ihre Löwen unter Strom?«, frage ich sichtlich irritiert.

»Quatsch. Aber hinter jeder Illusion steckt eben ein technisch ausgereifter Trick.«

»Das ist ja fast wie auf einem elektrischen Stuhl.«

»Berti, der Hund ist schon tot. Hinrichten kann ich ihn also gar nicht mehr. Und außerdem sind es nur ganz leichte Stromstöße. Gerade so stark, um eine Spielzeugeisenbahn zu bewegen oder eben einen toten Hund zum Atmen zu bringen.«

Ich zögere. Mir wird bewusst, dass mein zukünftiges Leben an einem Spielzeugtrafo und einer halb gefrorenen Hundeleiche hängt. Ich hatte mir eine etwas ausgeklügeltere Illusion erhofft. »Das ist dein Plan? Das, das ... das ist ...«, stottere ich vor mich hin.

»... das ist genial, ich weiß.«

»... das ist völlig bescheuert.«

»Bescheuert? Warum?«

Ich knie mich neben Bessy und deute auf ihren erstarrten Körper. »Weil der Hund auf dem Kissen steht. Er bewegt sich zwar etwas, aber es sieht total unnatürlich aus. Als hätte Bessy Schüttelfrost oder würde sich den Arsch abfrieren. Und ihre Augen sind zu. Pennt Bessy im Stehen oder was?«

Freddie hebt seinen Zeigefinger, als wolle er intervenieren, doch dann legt er ihn stattdessen zögerlich auf die geschlossenen Lippen. »Okay, ich gebe zu, dass es noch etwas Optimierungsbedarf gibt.«

»Optimierungsbedarf?«, frage ich zunehmend angespannt. »Freddie, der Testamentsvollstrecker kommt jeden Moment hier reinspaziert, wir haben keine Zeit mehr für eine Optimierung!«

»Warte, warte ... setz mich nicht so unter Druck. Wir bekommen das hin.«

»Ach ja? Wie denn? Bessy muss aussehen, als würde sie schlafen, und nicht, als würde sie im Stehen einen epileptischen Anfall bekommen.«

»Ja doch, ich überlege ja«, blufft er zurück.

»Dann beeil dich!«

»Schrei mich bitte nicht an. Oder hast du vielleicht auf die Schnelle eine bessere Idee?«

Kaum, dass Freddie den Satz zu Ende gebracht hat, klingelt es auch schon an der Wohnungstür. Das Timing hätte nicht schlechter sein können.

»Fuck! Was machen wir jetzt?«, frage ich von Angst durchzogen mit zittriger Stimme.

»Was weiß ich? Geh ihm entgegen und halte ihn noch ein wenig auf. Ich versuche hier was.«

»Fuck, fuck, fuck, Freddie! Was hast du vor?«

»Keine Zeit für Erklärungen. Versuche mir zwei, drei Minuten zu verschaffen. Ich habe da vielleicht eine Idee ...«

»Oh Gott, Freddie, bitte bau keinen Scheiß, ja? Lass uns diese fünf Minuten so überstehen, dass wir danach nicht ins Gefängnis gehen müssen. Nicht mehr und nicht weniger, okay? Lass uns das irgendwie überstehen«, beschwöre ich ihn.

»Wir … und der Trafo«, erklärt Freddie kleinlaut, und ich ahne, dass es noch einen weiteren Haken an der Sache gibt.

»Was soll das jetzt wieder heißen?«

»Na ja, der Trafo ist schon ein bisschen in die Jahre gekommen und hat immer mal wieder kleine Aussetzer.«

»Kleine Aussetzer?«, wiederhole ich erbost. Doch ich kann nicht weiter nachfragen, denn erneut klingelt es an der Tür. Freddie lässt das Kabel unter dem Teppich verschwinden, und ich haste dem Testamentsvollstrecker durchs Treppenhaus entgegen.

Als ich unten an der Haustür ankomme, atme ich einmal tief durch und öffne die Tür.

Vor mir steht ein hagerer Mann mit der überschaubaren Mimik eines Dreizehenfaultiers. Ich reiche ihm die Hand und versuche möglichst entspannt zu wirken. »Tachchen.«

»Herr Körner?«, fragt das Landwirbeltier langsam und wohlakzentuiert.

»Ja, genau, der bin ich. Kommen Sie doch bitte herein.«

»Angenehm, Hajo Wiskowsky. Sie sind also der glückliche Mann, der von nun an über das Erbe der Gräfin verfügen darf.«

»Glücklich ist vielleicht in Anbetracht des Todes der Gräfin nicht gerade die passende Bezeichnung – aber ja, ich bin derjenige, welcher.«

Wir gehen ein paar Schritte in den Hauseingang. Dann bleibe ich unvermittelt stehen, schließlich gilt es, ein paar Minuten für Freddie herauszuholen. Was auch immer er gerade oben in der Wohnung anstellt. Je mehr Zeit ich ihm verschaffe, desto größer werden hoffentlich unsere Chancen, lebend und ohne Einweisung in eine geschlossene Anstalt aus der Geschichte herauszukommen. Also steuere ich auf die Treppe zu und ignoriere den Aufzug.

»Könnten wir vielleicht den Aufzug nehmen, Herr Körner? Ich habe es ein wenig mit den Knien.«

Der Kerl sieht nicht nur aus wie ein Faultier, er nennt allem Anschein nach auch dessen Bewegungsdrang sein Eigen.

»Den Aufzug?«, wiederhole ich und versuche mir schleunigst einen Grund einfallen zu lassen, warum wir unbedingt die Treppen nehmen sollten. »Der Aufzug ist schon seit Wochen kaputt. Wir müssen also leider …«

Genau in diesem Moment beginnt es im Aufzugschacht zu rattern, kurz darauf öffnen sich die Türen, und das Karaokepärchen, das unter uns wohnt, steigt aus. Sie grüßen freundlich und verlassen das Haus.

Gezwungenermaßen bedeute ich Herrn Wiskowsky, in den Aufzug zu treten. »Na so was, da wurde er wohl gerade heute repariert.«

»Es scheint heute Ihr Glückstag zu sein, Herr Körner.«

»Ja, sieht ganz so aus«, antworte ich und schließe die Aufzugtür hinter uns. Um uns wenigstens noch ein klein wenig Zeit zu verschaffen, drücke ich jedoch das Stockwerk unter unserer Wohnung. Ratternd setzt sich der Aufzug in Bewegung und stoppt im dritten Stock.

»Leider fährt der Aufzug nur bis in den dritten Stock.«

Doch Herr Wiskowsky scheint ein wacher Kopf zu sein und deutet mit seinem Finger auf das Bedienfeld. »Aber da ist doch ein vierter Knopf!? Und daneben steht *vierter Stock*.«

Ich schließe kurz die Augen und hoffe insgeheim darauf, dass der Knopf sich entmaterialisieren könnte, doch das tut er natürlich nicht. Ich blicke also zur Seite, wo sich die Knöpfe des Fahrstuhls befinden, und spiele den Überraschten. »Ach, sieh sich das einer an! Und ich bin all die Jahre …«

Die Türen schieben sich zischend wieder zusammen, und wenig später spült uns der Aufzug in das vierte Stockwerk. Wir gehen zur Wohnungstür hinüber. Ich habe bereits den Schlüssel ins Schloss gesteckt, als ich verzweifelt beschließe, noch einmal ganz tief in die Trickkiste zu greifen. Ich atme tief durch, zucke im nächsten Augenblick wie vom Blitz getroffen

zusammen und lasse mich theatralisch zu Boden fallen.»Ah ...
aua!«

»Herr Körner, alles in Ordnung bei Ihnen?«, fragt das Faultier mit größtmöglicher Aufgeregtheit.

»Krampf! Wadenkrampf! Hab ich öfters. Da geht gar nichts mehr.«

»Dann lassen Sie mich schnell in Ihrer Wohnung etwas Eis holen, das hilft.«

Herr Wiskowsky greift nach dem noch immer im Schloss steckenden Schlüssel, dreht ihn und drückt die Tür langsam auf.

»Nein! Stopp!«, schreie ich auf, bin mit einem Sprung neben ihm und ziehe die Tür wieder zu.

Erschrocken dreht sich Herr Wiskowsky zu mir und scheint ob meiner plötzlichen Spontangenesung sichtlich überrascht.

»Ist der Krampf vorbei?«

»Der Krampf? Äh, ja, der ist weg. Wahnsinn, der menschliche Körper ... Wir werden ihn wohl nie ganz verstehen.« Ich schließe auf, und wir treten ein. Dabei rede ich extra laut, damit Freddie mitbekommt, dass wir nun da sind.»Es geht doch nichts über das Gefühl, nach langen Reisen in die eigene Wohnung zurückzukommen und die Füße auf der Couch ausstrecken zu können, nicht wahr?«

»Ähem, ja. Allzu lange waren Sie aber ja nicht weg, Sie haben mich doch nur unten an der Haustür abgeholt.«

»Richtig«, gebe ich kleinlaut bei. Wir bleiben im Flur stehen, und ich suche nach einer Erklärung für mein wunderliches Verhalten.»Aber ich freue mich dennoch immer wieder, als wäre ich wochenlang fort gewesen.« Ich lache nervös auf.

»Ja, das merke ich. Und so laut, wie Sie das verkünden, dürften das nun auch all Ihre Nachbarn mitbekommen haben und sich mit Ihnen freuen.«

»Entschuldigen Sie. Mir fällt das gar nicht mehr auf. Ich bin es gewohnt, immer so laut zu sprechen. Wegen der Gräfin, Sie verstehen? Sie war schwerhörig.«

Der Testamentsvollstrecker scheint trotz meiner Wunderlichkeit ein netter und verständnisvoller Mann zu sein. »Aber ja doch. Sie haben natürlich viel Zeit miteinander verbracht.«

»Haben wir ... ja.«

Scheinbar in Erinnerungen versunken, blicke ich pietätvoll zu Boden und versuche so, noch ein paar letzte Sekunden zu schinden, doch Herr Wiskowsky hat wohl heute noch Termine und drängt darauf weiterzugehen. »Könnte ich nun vielleicht Bessy sehen? Dann würden wir gleich die Papiere unterschreiben, und Sie können weiter ganz in Ruhe Ihrer Trauer nachgehen.«

»Natürlich.«

Die letzten Meter bis ins Wohnzimmer sind für mich wie der Gang zu einem Schafott. Und als Scharfrichter fungiert ausgerechnet mein verrückter Mitbewohner Freddie. Wir biegen ins Wohnzimmer, und ich schließe vor lauter Angst die Augen.

Dann ertönt die Stimme des Testamentsvollstreckers: »Ach, da ist sie ja.«

Vorsichtig öffne ich mein linkes Auge einen Spalt, und tatsächlich: Bessy steht nicht mehr stocksteif, sondern liegt brav auf ihrem Hundekissen. Ihr Körper hebt und senkt sich, als würde sie in aller Ruhe schlafen.

Ich weiß nicht, wie Freddie es gemacht hat, aber mir fällt eine Lkw-Ladung Steine vom Herzen. »Ja, das ist Bessy. Die gute alte Bessy.«

Herr Wiskowsky beugt sich zu ihr. »Sie schläft wohl, was? Dann will ich sie gar nicht wecken.«

Ich dränge mich zwischen den Tiefkühlhund und das Faultier. Besser, wenn Wiskowsky ihn nicht zu genau beäugt oder gar sein gefrorenes Fell streichelt. »Ich denke auch, dass wir sie schlafen lassen sollten. Sie hat den Verlust der Gräfin nicht gut verkraftet. Sie ist seither irgendwie ... nicht mehr die Gleiche.«

»Verstehe.« Herr Wiskowsky greift nach etwas neben dem Hundekissen. »Oh, Sie spielen auch Trommel? Aus was ist die gemacht? Kuhfell? Sie wirkt afrikanisch.«

Afrikanische Trommel? Zunächst verstehe ich nur Bahnhof und schüttele bereits vehement den Kopf, bis ich sehe, was den Mann zu dieser Annahme verleitet hat: die Trommel, die Tobi letzte Woche von Wichs-Kläuschen geschenkt bekommen hat. Das wäre noch nichts Schlimmes, doch etwas anderes lässt mir schlagartig das Blut in den Adern gefrieren. Denn neben der vermeintlichen afrikanischen Trommel stehen an die Wand gelehnt vier fellbesetzte Drumsticks, die vorhin noch nicht da waren. Daneben unsere Geflügelschere …

Freddie, dieser Idiot, hat doch Bessy nicht etwa die gefrorenen Beine abgeschnitten!? Erschrocken fahre ich zusammen. »Scheiße.«

»Aus Scheiße?«, wiederholt ein deutlich überraschter Herr Wiskowsky. »Ach, tatsächlich? Die Trommel wurde aus Exkrementen hergestellt? Ich hörte davon, dass man Exkremente in Afrika als Baumaterial nutzt. Aber dass auch Musikinstrumente daraus hergestellt werden, ist mir neu. Äußerst interessant. Eine ganz beachtliche Leistung. Aus welchem Teil des Schwarzen Kontinents stammt die Trommel denn?«

»Caritas«, antworte ich automatisch, verbessere mich aber sogleich. »Caracas, meine ich natürlich. Die Trommel stammt aus Caracas.«

»Also doch nicht Afrika. Südamerikanische Handwerkskunst. Phantastisch.« Das Faultier wiegt das Instrument voller Anerkennung in seinen Händen und erreicht dabei ungeahnte Agilität. »Dürfte ich wohl mal?«

Ich hebe unsicher meine Hände. Heraus kommt nur ein gestammeltes »Nnneijoahh«.

Dem Testamentsvollstrecker genügt dies als Zustimmung, er hängt sich voller Tatendrang die Trommel um den Hals und greift zwei von Bessys Beinen.

»Die sind aber kalt.«

»Den Tipp hat mir mal ein Profischlagzeuger gegeben. Drumsticks immer im Kühlschrank aufbewahren.«

»Muss ich mir merken. Wissen Sie, ich war früher in einem Fanfarenzug und habe dort die Trommel gespielt. Lange her. Aber ein wenig Rhythmusgefühl sollte noch vorhanden sein.«

»Na, dann«, stimme ich seinem Vorhaben widerwillig zu, Tobis Trommel mit den Beinen eines toten Pudels zu bespielen. Herr Wiskowsky beginnt die Bespannung aus Kuhhaut mit den Pudelbeinen zu bearbeiten und schafft es sogar, einen halbwegs passablen Sound zu erzeugen. Ich klatsche dazu im Rhythmus eines Epileptikers, und er grinst bis über beide Ohren.

»Schwierig zu spielen. Die Sticks sind sehr ungewohnt für einen Europäer.«

»Nicht nur für einen Europäer«, antworte ich automatisch und könnte mich dafür im nächsten Moment selbst ohrfeigen, doch Herr Wiskowsky bekommt von alldem wenig mit und beendet seine Vorführung mit einem furiosen Stakkatofinale. Nach dem Schlussakkord überkreuzt er die vermeintlichen Sticks über seinem Kopf, und ich sehe, dass eines der beiden Beine durch sein wildes Trommeln offenbar weich gespielt wurde und im Kniegelenk um fünfundvierzig Grad abknickt.

Sofort stürze ich auf Herrn Wiskowsky zu und nehme ihm das Instrument und die beiden Hundebeine wieder aus den Händen. »Ich bin ganz ergriffen, Herr Wiskowsky. Vielen Dank für die Vorführung. Das war wirklich beeindruckend und unvergesslich.«

»Finden Sie wirklich?« Seine Augen leuchten auf. »Ja, ich überlege schon lange, wieder mit dem Musizieren anzufangen.«

Ich verstaue Trommel und Sticks hinter einem Stuhl und dränge den Mann in Richtung Tisch. »Könnten wir dann vielleicht zu den Papieren kommen, Herr Wiskowsky?«

»Aber ja doch. Entschuldigen Sie, natürlich.«

Er legt einen mächtigen Stoß Papier auf den Tisch und nimmt Platz. Dann setzt er sich eine Brille auf die Nasenspitze und greift das oberste Blatt vom Stapel.

»Müssen wir das denn alles durchgehen?«, frage ich vorsichtig im Hinblick auf den altersschwachen Trafo, der Bessys Atmung versorgt.

»Ja, leider. Ich bin dazu verpflichtet, Ihnen alles vorzulesen, bevor Sie unterschreiben. Oder ist das ein Problem für Sie?«

Und ob das ein Problem ist. Nach fünf Minuten sieht das jedenfalls nicht aus. Ich schaue ängstlich zu Bessy, die zumindest bislang noch gleichmäßig und flach atmend in ihrem Hundekorb liegt. »Nein, kein Problem.«

»Haben Sie vielleicht ein Glas Wasser für mich? Das Trommeln hat mich richtig aus der Puste gebracht.«

»Natürlich.«

Ich hole uns zwei Gläser Wasser, und Herr Wiskowsky beginnt mit seiner Lesung, der ich nur bruchstückhaft folgen kann. Immer wieder schaue ich prüfend zu Bessy hinüber. Doch deren sterbliche Überreste heben und senken sich weiterhin verblüffend echt und zur vollsten Zufriedenheit. Ich beruhige mich etwas und nicke dem Testamentsvollstrecker alle paar Sekunden zu, als würde ich tatsächlich verstehen, was er mir vorliest.

Nach einer halben Stunde haben wir es geschafft, und Herr Wiskowsky streckt mir seinen Kugelschreiber zur abschließenden Unterschrift der Dokumente entgegen. »So, dann bitte einmal hier unten, Herr Körner.«

Na endlich, wurde aber auch Zeit. Doch gerade als ich den Stift aufnehmen will, zieht Herr Wiskowsky seine Hand zurück.

»Du lieber Himmel, was ist denn mit dem Hund?«

»Mit dem Hund? Warum?« Erschrocken fahre ich herum und erkenne sofort, was Herr Wiskowsky meint. Unter dem

Korb hat sich eine große Wasserlache gebildet. Schmelzwasser. Verdammt. Aber ist ja auch kein Wunder, wenn der Typ mir unbedingt acht Millionen Seiten vorlesen muss. »Oh, das … das ist nur … Bessy ist inkontinent.« Ich springe auf und versuche das Schmelzwasser, so gut es geht, mit einem Geschirrhandtuch aufzufangen.

»Was? Wirklich? Sie nässt während des Schlafens ein?«

»Sie träumt schlecht. Bessy hat den Verlust der Gräfin nicht besonders gut überstanden. Sie ist ja auch nicht mehr die Jüngste und sehr labil. Der Arzt nennt es posttraumatische Schlafinkontinenz.« Zumindest kann ich mich auf mein Talent als Schwindler verlassen. »Wir haben es schon mit Windeln probiert, aber das hat nicht funktioniert. Nun wische ich ihr halt immer hinterher.«

»Respekt, Herr Körner. Die Gräfin hat sich anscheinend genau den richtigen Menschen ausgesucht, der sich um ihren Hund kümmert. Sie haben ein großes Herz für Tiere.«

»Danke. Könnten wir dann vielleicht mit den Dokumenten weitermachen?«, dränge ich ungeduldig.

»Natürlich. Dann bitte hier unten unterschreiben, und auf den vier anderen Dokumenten ebenfalls.«

Ich bin aufgeregt, und meine Hände zittern vor Nervosität. »Das letzte Mal, als ich so oft unterschrieben habe, war ich zwölf und habe meine Unterschrift geübt, weil ich mir sicher war, bald einen Profivertrag bei Eintracht Frankfurt zu bekommen.«

Das Faultier lachte glucksend. »Einen Vertrag bei einem Bundesligaverein kann ich Ihnen nicht anbieten, aber hiermit dürften Sie auch abgesichert sein. Jedenfalls solange Bessy lebt.«

»Sagen Sie, was passiert denn eigentlich, wenn der Hund, Gott behüte, irgendwann nicht mehr ist?«

»Das habe ich Ihnen doch vorgelesen.«

»Das habe ich wohl irgendwie … äh … überhört.«

»Für diesen Fall greift ein zweites Testament, das die Gräfin aufgesetzt hatte. Was darin steht, kann ich Ihnen allerdings nicht mitteilen, da es noch verschlossen in unserem Safe in der Kanzlei liegt.«

»Und was erbt Bessy nun?«

»Habe ich Ihnen doch ebenfalls vorgelesen.«

»Sorry.«

»Na ja, in der Kurzform: Die Gräfin hat circa zweihundertfünfzigtausend Mark beiseitegelegt, um ihrem Hund ein angenehmes Leben zu sichern. Frau Berentzen-Schaumburg verfügte zudem über ein Barvermögen von eins Komma acht Millionen D-Mark. Außerdem kommt natürlich noch die Villa hinzu. Deren Wert beläuft sich derzeit auf einen geschätzten Verkehrswert von eins Komma zwei Millionen D-Mark. Insgesamt sprechen wir also von einem Gesamtvermögen von über drei Millionen Mark, über das Sie von nun an vollumfänglich verfügen dürfen.«

»Ist nicht Ihr Ernst?« Ich bleibe mit offenem Mund sitzen, starre den Testamentsvollstrecker einige Sekunden stumm an und nehme nervös einen Schluck Wasser aus dem Glas.

»Doch. Und da sind Kleinigkeiten wie ihre Weinsammlung noch nicht einmal mit eingerechnet.«

»Weinsammlung?« Ich nehme einen weiteren Schluck.

»Aber ja. Sie besaß eine Sammlung exquisiter Weine. Darunter zum Beispiel ein 61er Château Pétrus. Allein diese eine Flasche dürfte heute bis zu dreißigtausend Mark einbringen.«

Ich spucke das Wasser in meinem Mund vor Schreck auf Herrn Wiskowskys Anzug. Der Testamentsvollstrecker springt auf und wirft dabei sein eigenes Glas um. Ich entschuldige mich sogleich, wobei mir insgeheim weitaus peinlicher ist, dass ich den Edelwein der Gräfin neulich in den Ausguss geschüttet habe. »Verzeihen Sie. Aber Sie denken wirklich, dass dieser Wein dreißigtausend D-Mark wert war ... äh, ist?«

»Natürlich nur eine grobe Schätzung von mir. Ein Liebhaber zahlt sicher noch ein paar Tausend Mark mehr.«

Ich bitte Herrn Wiskowsky, mir an die Spüle zu folgen, um ihm mit einem nassen Lappen den Anzug zu reinigen. Er folgt mir samt Glas, doch in diesem Moment sehe ich, wie hinter ihm plötzlich eine Rauchsäule aufsteigt. Ich ahne Fürchterliches. Auch wenn ich in Physik keine große Leuchte war, weiß ich: Schmelzwasser und poröse Stromleitungen sind nicht die allerbesten Freunde.

Zum Glück steht Wiskowsky mit dem Rücken zu Bessy und bemerkt den Rauch nicht, der hinter ihm bedenklich in die Höhe steigt. Der Qualm zieht bereits durch das gekippte Fenster nach draußen, ich meine, leichten Brandgeruch wahrzunehmen. Nun ist schnelles Handeln vonnöten. Ich lege dem Notar freundschaftlich den Arm um die Schultern und schiebe ihn weiter zur Küchenzeile. Er ist sichtlich überrascht von meiner schlagartig aufgetretenen Sehnsucht nach Nähe.

»Alles in Ordnung, Herr Körner?«

Ich schaue über seine Schulter und sehe, wie das Schicksal mir mit Anlauf in den Arsch tritt. Ein Funke spritzt empor und setzt innerhalb von Sekundenbruchteilen das Hundekissen in Brand.

»Alles in bester Ordnung«, stottere ich, »ich brauche nur etwas Halt und Nähe in dieser schweren Phase. Die Trauer kommt schubweise über mich. Ich kann es nicht steuern.« Ich drücke mich wieder an seine Brust. »Danke, dass ich mich ein wenig anlehnen darf.«

»Kein Problem, Sie können mich auch gerne Hajo nennen«, erwidert er und wirft mir dabei einen seltsamen, ja beinahe intimen Blick zu.

Für eine Sekunde bewege ich mich nicht und bleibe an Hajo, dem Faultier, kleben. Na super, Hajo ist also schwul und flirtet nun auch noch mit mir. Ich schiebe ihn rückwärts in Richtung Wohnungstür und hoffe, dass er Bessys spontane Selbstentzündung nicht bemerkt. An der Tür stoppt er schließlich und streicht mir mit seiner Hand über die Wange. »Soll ich dir vielleicht noch einen Moment Gesellschaft leisten, Berthold?«

Das darf doch wohl nicht wahr sein. »Nein!«, entgegne ich prompt und lauter als beabsichtigt. »Entschuldige, Hajo, das ist sehr nett von Ihnen … dir, aber ich möchte jetzt allein sein.«

»Ich bin ein phantastischer Zuhörer, weißt du …«

Seine Hand wandert erneut in Richtung meiner Wange, doch ich tauche darunter hindurch und manövriere ihn geschickt aus der Tür. Bevor sie ins Schloss fällt, rufe ich ihm noch ein Danke hinterher.

Dumpf kann ich noch seine Stimme im Treppenhaus hören. »Aber … aber … das Glas.«

Durch den Türspion erkenne ich, wie er perplex auf die geschlossene Tür starrt und noch immer das Wasserglas in seinen Händen hält.

»Schenke ich dir. Als kleine Erinnerung an … unsere gemeinsame Zeit«, rufe ich durch die Tür und wundere mich selbst darüber. »Nochmals vielen Dank und auf Wiedersehen.«

»Und die Papiere?«

»Schicke ich dir morgen in die Kanzlei.«

»Na gut. Aber ruf mich an, wenn du dich einsam fühlst. Du musst das nicht allein durchstehen, hörst du?«

»Ja, versprochen.«

Endlich zieht der Testamentsvollstrecker ab, und ich flüchte zurück ins Wohnzimmer. Dort erwartet mich bereits ein Inferno. Bessy steht in Flammen. Schnell fülle ich den Putzeimer mit Wasser. Freddie kommt schweißgebadet aus seinem Zimmer gerobbt und reißt die Fenster auf.

»Fünf Minuten, sagte ich, Berti. Nicht eine halbe Stunde.«

»Ich hatte keine andere Wahl, was hätte ich denn tun sollen? Der Typ hat erst mit Bessys Beinen Trommel gespielt und mich dann angemacht«, antworte ich, während ich den Eimer über Bessy ausschütte, die daraufhin dampfend das Brennen einstellt. Geschafft. Ein letztes Zischen, und Bessys finaler Akt ist Geschichte. Freddie und ich lassen uns auf das Sofa fallen.

»Wir haben es geschafft, oder?«, frage ich.

»Habe ich dir doch gesagt. Freddie hat immer den passenden Plan parat.«

»Das war das letzte Mal, dass ich auf dich gehört habe. Sag mal, hast du dem Hund wirklich die Beine mit der Geflügelschere abgeschnitten?«

Freddie hebt abwehrend die Hände. »Was hätte ich denn in der kurzen Zeit tun sollen? Es hat doch funktioniert. Und so hat Bessy auch noch eine richtige Beerdigung bekommen. Zumindest eine Feuerbestattung.«

Plötzlich ertönt von draußen ein lautes Surren. Dann taucht ein Feuerwehrhelm mit einem bekannten Gesicht darunter vor dem geöffneten Fenster auf.

Der Mann hält sich an seiner Drehleiter fest, und als er mich erkennt, schüttelt er lediglich verständnislos seinen Kopf. »Sie schon wieder? Na, das hätte ich mir ja denken können.«

»Es ist alles Ordnung. Der Qualm war nur ... jedenfalls kein Feuer. Sie können wieder abrücken.«

»Das wird diesmal aber richtig teuer, Herr Körner. Diesmal zahlen Sie dafür!«

»Meinetwegen. Stellen Sie mir den Einsatz in Rechnung«, antworte ich und muss dabei fast ein wenig schmunzeln.

Auch Freddie kann sich sein Lachen nicht verkneifen. Er legt mir freundschaftlich den Arm um die Schultern und zieht mich zu sich. »Du Drecksack. Mit drei Millionen D-Mark kannst du dir jetzt jede Woche einen Feuerwehreinsatz gönnen.«

Songvorschlag
»Here I Am«
Dominoe

KAPITEL 22
Dienstag, 21.06.1988

Ich bin ein verdammtes Genie.

Nach dem Bessy-Revival waren Freddie und ich so euphorisiert, dass wir auch gleich noch ausgeklügelt haben, wie ich Mias dritten Wunsch in die Tat umsetzen kann. Die Idee ist ebenso simpel wie genial. Sie soll ihren Promi haben ... und zwar Steffi Graf.

Wieder habe ich mir den weißen Mercedes meines Vaters geliehen und mit meinen letzten Kröten aufgetankt. Als Mia sich neben mich ins Auto setzt und ich wahrheitsgemäß verkünde, dass ich ihr den Wunsch nach einem Treffen mit Steffi Graf erfüllen würde, schaut sie mich aus so großen Augen an, als hätte sie gerade eine Ladung LSD eingeworfen.

»Du kennst Steffi Graf? Ist nicht dein Ernst, oder?«

Von Großmütigkeit beseelt schaue ich Mia vielsagend an. »Kennen wäre jetzt vielleicht etwas zu viel gesagt, aber ich weiß, wo sie wohnt.«

»Nein! Das ist ja ...« Sie ist sichtlich begeistert. »Wow! Das ist ja ein Ding. Wahnsinn. Das hätte ich nie gedacht. Woher weißt du das?«

»Na, hier her.« Ich ziehe eine zusammengefaltete Telefonbuchseite hervor, die ich heute Morgen herausgerissen habe und seither wie eine Trophäe in meiner Hosentasche trage.

Mia scheint völlig geplättet und hält die Seite wie eine Reliquie der Heiligen Drei Könige in den Händen. »Ich fasse es nicht. Steffi Graf steht einfach so im Telefonbuch? Das gibt's doch gar nicht!« Ungläubig schüttelt sie den Kopf.

Nach einigen Minuten kreise ich suchend durch ein Mittel-
standswohnviertel und blicke immer wieder hinaus, um die
Adresse zu finden.

»Sag mal, weißt du überhaupt, wo wir hinmüssen?«, fragt
Mia skeptisch.

»Klar.«

»Du machst mir aber nicht den Eindruck.«

»Doch, doch. Muss hier irgendwo sein.«

»Das sieht mir nicht nach der passenden Gegend für einen
Tennisstar aus. Willst du nicht vielleicht lieber jemanden fragen?«

»Nein.«

»Warum nicht?«

»Weil ich ein Mann bin.«

»Und Männer fragen nicht nach dem Weg, oder wie?«

»Du hast es erfasst.«

»Das ist doch Blödsinn.« Sie schüttelt genervt den Kopf.

»Ist es nicht! Christoph Kolumbus hat auch niemanden
nach dem Weg gefragt und Amerika trotzdem gefunden.«

»Ja, aber er wollte eigentlich nach Indien. Du siehst, was
dabei rauskommen kann. Wenn er eine Frau gewesen wäre,
hätte er nach dem Weg gefragt und hätte erst Indien und danach Amerika entdeckt. Ganz organisiert.«

Langsam werde ich etwas dünnhäutig. Kein Mann mag es,
in seinem Auto zurechtgewiesen oder gar genötigt zu werden,
nach dem Weg zu fragen. »Er hieß aber nun mal nicht Christa
Kolumbus, sondern Christoph und war ein Kerl. Also, Klappe
jetzt, ich finde das schon.«

Nach einigen weiteren Minuten finde ich die richtige Ab-
zweigung zum Glück doch noch. Wir biegen in die Ludwig-
Landmann-Straße ein und halten vor dem angegebenen Haus
mit der Nummer 343. Ein plattenbauähnliches Gebäude mit
vielen Stockwerken und bröckelndem Putz an der Hauswand.
Ich stelle den Motor ab und deute auf das in die Jahre gekom-

mene Gebäude. »Na also, da haben wir es doch. Hier wohnt sie.«

Mia schaut auf das Haus, dann wieder auf die Adresse auf der Telefonbuchseite in ihrer Hand. »Das muss ein Missverständnis sein. Hier wohnt doch kein Weltstar. Das ist 'ne Bruchbude. Steffi Graf hat Millionen verdient. Und außerdem stammt sie aus Mannheim, warum sollte sie hier eine Wohnung haben?«

Ich schaue ebenfalls durch die Windschutzscheibe, dann wieder auf die Seite in Mias Hand und tippe mit dem Finger darauf. »Anscheinend nicht. Denn hier steht's ja: Stefanie Graf.«

»Nein, Berti, das kann nicht … ich meine …« Langsam fällt der Groschen, und Mia begreift, dass hier zwar sehr wohl eine gewisse Steffi Graf wohnt, diese aber wohl nicht unbedingt ein weltberühmter Tennisstar ist. Sie lässt die Telefonbuchseite auf ihre Beine sinken und ihren Kopf in den Nacken fallen. »Oh nein, bitte nicht, Berti! Sag, dass das jetzt nicht wahr ist! Ich habe es dir tatsächlich geglaubt. Wie blöd bin ich denn nur, dass ich dir *das* abgekauft habe?«

»Na ja, du sagtest, dass du einen Tag mit Steffi Graf verbringen möchtest, und voilà, hier sind wir.«

»Ja, aber ich wollte wissen, wie eine Prominente lebt, und sie vielleicht um ein Autogramm bitten.«

»Und?« Ich zucke die Schultern. »Frau Graf gibt dir bestimmt gerne eine Unterschrift. Die Tennisspielerin Steffi Graf ist auch nur ein ganz normaler Mensch, genau wie die Steffi Graf, die hier in dem Plattenbau wohnt. Du willst wissen, wie eine Steffi Graf lebt? Das ist ein Bedürfnis, dem wir Abhilfe verschaffen können.«

»Aber das ist doch nicht dasselbe«, stöhnt Mia.

»Doch. Genau das ist es. Du wirst sehen, dass wir mit dieser Steffi einen genauso unterhaltsamen Tag verbringen können wie mit der Tennis-Steffi.«

»Du bist ein Arsch, Berti. Ich hatte mich echt schon drauf gefreut.«

Okay, ich kann verstehen, dass ein echter Fan enttäuscht ist. Auch ich wäre sauer, wenn man mir ein Treffen mit Uwe Bein in Aussicht stellen und mir dann irgendeinen Uwe Bein aus Wiesbaden oder Eckernförde vor die Nase setzen würde. Aber ich bin wirklich davon überzeugt, dass es noch ein unterhaltsamer Tag werden kann.

Mia sieht das wieder einmal ganz anders. »Also, was machen wir jetzt? Ich hab keinen Bock auf dieses blöde Spiel. Fahren wir zurück?«

»Bestimmt nicht! Lass dich doch einfach darauf ein, okay? Mir zuliebe. Und wenn du heute Abend sagst, dass der Tag scheiße war, lasse ich dich in Ruhe. Versprochen.«

Sie überlegt. »Du nervst, weißt du das?«

»Warum bist du dann hier?«

»Weiß ich auch nicht«, antwortet sie leise.

»Hab Geduld.«

»Hab Geduld, hab Geduld«, wiederholt sie. »Ich habe keine Zeit mehr zu verschenken, verstehst du das nicht? Der frühe Vogel fängt den Wurm, aber ich habe noch nie einen erwischt, und die Zeit rinnt mir durch die Finger.«

»Mag ja sein, dass der frühe Vogel den Wurm fängt, aber erst die zweite Maus bekommt den Käse«, kontere ich und warte auf ihre Reaktion. Ein kaum wahrnehmbares Lachen umspielt ihre Mundwinkel.

»Du bist echt ein Spinner. So jemanden wie dich habe ich noch nie kennengelernt. Bei dir ist immer alles prima. Du kennst keine Probleme, als würde dir die Sonne aus dem Hintern scheinen.«

»Vertrau mir. Gib mir nur noch diesen einen Tag. Wenn er dir nicht gefällt, war es das. Dann lasse ich dich in Ruhe. Versprochen.«

Sie vergräbt ihr Gesicht in den Händen. »Also gut. In Ordnung. Wir bleiben hier. Letzte Chance«, erklärt Mia. »Und was hast du jetzt vor?«

»Na, ich würde sagen, wir rufen sie an. Die Nummer haben wir ja.«

»Du kannst doch nicht einfach eine wildfremde Person anrufen.«

»Und ob ich das kann. Wie sollen wir sonst herausfinden, ob Steffi zu Hause ist? Also los!« Ich steige aus dem Wagen, und Mia folgt mir zu einer Telefonzelle an der Straßenecke. Wir falten die Seite aus dem Telefonbuch auseinander, und ich werfe ein paar Zehnpfennigstücke in den Münzapparat. Dann tippe ich die Nummer und halte Mia den Hörer entgegen. »Willst du?«

Mia schüttelt den Kopf und hält sich eine Hand vor den Mund. Ich glaube, dahinter ein Grinsen auszumachen, doch sicher bin ich mir nicht. Und zugeben würde sie es sowieso nicht. Nach zweimaligem Klingeln meldet sich eine Frauenstimme am anderen Ende der Leitung.

»Graf?«

»Ja, Frau Graf … Hier spricht Körner vom Abendblatt. Ich würde gerne ein Interview mit Ihnen machen.«

»Sind Sie wieder so ein Spinner?«, antwortet die Dame mit deutlich vernehmbarem Unbehagen. Ich bin wohl nicht der allererste Mensch auf diesem Planeten, dem die Namensgleichheit aufgefallen ist.

»Nein, ich meine das ganz ernst.«

»Aber ich bin nicht diese Tennisspielerin.«

»Das weiß ich.«

»Nein danke. Ich habe keine Zeit für so einen Blödsinn, ich bin auf dem Sprung ins Schwimmbad. Wiederhören.«

Noch bevor ich Frau Graf erklären kann, dass ich tatsächlich gerne mit ihr, der Frankfurter Steffi Graf, ein Gespräch führen möchte, beendet sie das Gespräch. Ich nehme den Hörer von meinem Ohr und ziehe die Mundwinkel nach unten. »Schlechte Nachrichten, Mia. Steffi Graf will nicht mit der Presse reden, weil sie jetzt gleich ins Schwimmbad geht.«

»Ach, schade. Ich wäre meinem Vorbild soooo gerne mal ganz nah gekommen«, entgegnet sie sarkastisch. »Wird wohl nix mit meinem heutigen Wunsch. Na ja, damit verlierst du zumindest unsere Wette, und ich behalte recht.«

»Moment«, korrigiere ich und halte ihr meinen rechten Zeigefinger vor die Nase. »So schnell geben wir doch nicht auf. Nicht, bevor du dein Autogramm hast.«

Kaum habe ich den Satz ausgesprochen, verlässt eine Frau um die vierzig in knielangem Batik-T-Shirt und mit Sporttasche das Gebäude. Sie hat ihre Haare zu einer Fick-mich-Palme nach oben gebunden und wirkt klamottentechnisch insgesamt wie eine Mischung aus Altkleidercontainer und bunt plakatierter Litfaßsäule.

»Es geht los. Komm, Mia. Das muss sie sein.«

»Was hast du vor?«

»Wir machen das, was man auch mit deiner Tennis-Steffi machen würde.«

»Nämlich?«

»Wir verfolgen sie wie ein Promifotograf.«

»Nein, das ist doch … das geht nicht.« Mia bleibt stehen.

»Ach, nur weil sie keine Millionen verdient, wie deine Tennis-Steffi? Jeder Bürger hat ein Recht darauf, einmal wie ein Promi verfolgt zu werden. Auch Schwimmbad-Steffi.« Ich ziehe Mia hinter mir her.

Wir folgen Steffi Graf durch ein paar Straßen, bis sie in Richtung des Brentanobads abbiegt.

»Und jetzt?«, fragt Mia

»Na, wir gehen mit. Ist doch klar.«

»Was? Aber wir haben doch gar keine Schwimmsachen dabei.«

»Ist doch völlig egal.«

Noch bevor Mia weiter nachfragen kann, habe ich an der Kasse zwei Tagestickets gekauft.

»Die fünf Mark zählen aber nicht als verbotene Geldausgabe«, stelle ich klar. »Das ist wie das Popcorn oder der Döner. Kollateralkosten.«

»Ja, ist gut. Zählt nicht.«

Wir schieben uns durch das Drehkreuz ins Schwimmbad, während Steffi Graf sich bereits unter einem Baum niederlässt, wo sie ihr Handtuch ausbreitet und sich ihres Batik-T-Shirts entledigt.

Wir behalten sie im Auge, bis sie schließlich wenige Meter von uns entfernt im Badeanzug unter der Dusche steht. Dabei müssen Mia und ich erkennen, dass Steffi Graf über eine veritable Schuppenflechte verfügt.

Steffi Graf zieht sich schnell eine Badekappe über, steigt ins Becken und zieht ein paar Bahnen. Die ersten verfolgen wir noch, dann erregen jedoch immer mehr andere Schwimmer unsere Aufmerksamkeit. Zu dieser Tageszeit scheinen die Freaks das Schwimmbad fest unter ihrer Kontrolle zu haben. Neben einigen greisenhaften Männergestalten in viel zu engen Badehosen, die ihre monströsen Schlepphoden besonders gut zur Geltung kommen lassen, schieben sich vier weibliche Rentnerbojen in gummierten Badekappen wie ein Gebinde britischer Treibminen aus dem Ersten Weltkrieg in Richtung Beckenrand. Auch das Baujahr um 1940 dürfte passen. Ich bin immer wieder beeindruckt, wie es diese Damen es überhaupt schaffen, bei minimalsten Schwimmbewegungen nicht wie ein Stein unterzugehen. Es muss am Auftrieb ihrer aufgeblähten Treibminenkörper liegen, und ich bin durchaus beruhigt, als es bei der Berührung des Beckenrands nicht zu einer Detonation kommt. Stattdessen ziehen sich zwei der Damen behäbig an der Aluleiter hinauf an Land und geben so den Blick auf ihre Füße frei. Neben einigen offenen Wunden auf dem Fußspann, die mich an die Kreuzigung Jesu Christi erinnern, trägt

Treibmine Nummer eins mehr Horn an ihren Fersen als ein ausgewachsenes Rhinozeros am Schädel. Wohingegen Nummer zwei sich ganz dem Krankheitsbild *Veritabler Nagelpilz* verschrieben hat. Die eigenwilligen Zehensammlungen der beiden Grazien sind zweifelsohne ein Sammelsurium des Grauens. Beide sollten sich besser vor Hornwilderern in Acht nehmen, die hier ihr Geschäft des Lebens wittern könnten. Auch Dame Nummer drei, die sich soeben aus dem feuchten Nass wuchtet, verfügt über ein in unserer Zeit fast verloren geglaubtes Relikt: eine Achselbehaarung, die ihresgleichen sucht. Fingerdicke Lianen, an denen Tarzan seine wahre Schwingfreude hätte, trotzen hier der Erdanziehungskraft und spreizen sich wie drahtige Kompassnadeln in alle Himmelsrichtungen. Und glitzern tun sie auch schön, wenn das Chlorwasser in einem Rinnsal in Richtung des Betonplattenbodens perlt.

Dieser Anblick lässt mein Interesse am Schwimmbetrieb endgültig schwinden, und ich wende mich Mia zu. »Lust auf ein Eis?«

»Oh ja. Aber was machen wir mit Steffi?«

»Wir können sie immer noch vom Kiosk dort oben beobachten.« Ich deute einige Meter hinter das Schwimmerbecken.

Mia ist einverstanden, und wir gehen vorbei am Kinderbecken, wo gerade eine torpedoförmige Wurst vorbeitreibt, die einem der kleinen Racker wohl aus dem Darmtrakt entwichen ist.

Am Kiosk angekommen, stellen wir uns in der Schlange an. Da wir nur sehr langsam vorankommen, gebe ich meinen einzigen Witz über Steffi Graf preis, den ich kenne. »Weißt du eigentlich, was Steffi Grafs Freund von Beruf ist?«

Mia schüttelt den Kopf. »Nein.«

»Grafiker.«

Während ich dämlich grinsend vor ihr stehe, schaut mich Mia nur fragend an. »Verstehe ich nicht. Was ist daran lustig?«

»Du musst es langsam aussprechen: Graf-Ficker. Na ...?«

Jetzt versteht Mia die Doppeldeutigkeit und stößt mir den Ellbogen in die Rippen. »He, du redest hier von meinem großen Vorbild. Reiß dich gefälligst zusammen. Außerdem ist das sexistisch.«

»Das ist nicht sexistisch, das ist ein Witz.«

»Ist trotzdem sexistisch. Heutzutage ist eh schon alles total versext. Es fällt uns nur nicht mehr auf.«

»Wie meinst du das?«

»Na, schau doch nur mal, wie viele durchgeknallte Bezeichnungen es für Sex gibt. Da sind die Leute mittlerweile kreativer als beim Sex selbst.«

Bei so was kenne ich mich aus, und schon sprudelt es aus mir heraus. »Du meinst so Sachen wie *Das Perlhuhn stempeln* oder *Den Lachs in die Butter stecken?*«

»Genau.«

»Oder *Die Lok in den Schuppen fahren* oder *Eine Dame verräumen* oder –«

»Danke, Berti, ich hab ja schon geahnt, dass du ein Sexist bist. Aber vielen Dank für die Bestätigung.«

Okay. Mit dieser Aufzählung habe ich keine Extrapunkte auf ihrer Tanzkarte sammeln können. War 'ne blöde Idee. »Sorry, ich wollte dir nur behilflich sein.«

»Danke schön. Aber glaub nur nicht, dass wir Frauen nicht auch solche Begriffe hätten.«

»Ach ja? Das klingt interessant. Welchen denn zum Beispiel?«

»Na ja, lass mich überlegen. *Das Tier füttern* oder *Den Dachs in den Bau jagen.*«

»*Den Dachs in den Bau jagen?*« Ich lache laut auf. »Den muss ich mir merken.«

»Ist ja auch alles okay, aber schlimm ist doch, dass Sexismus uns selbst bei ganz profanen Dingen des Alltags umgibt. Schau mal hier zum Beispiel, das Eisschild am Kiosk.« Sie deutet auf die bunte Tafel mit den verschiedenen Eissorten, die vor dem Kiosk angelehnt steht.

»Eis am Stiel ist auch sexistisch?«

»Nein, ich meine die Namen der einzelnen Eissorten darauf. Fällt dir daran denn gar nichts auf?«

Ich sehe mir die einzelnen Eissorten, die ich allesamt seit meiner Kindheit kenne, genau an, kann aber keinerlei Auffälligkeiten entdecken. »Ich finde an einem Nogger nichts sexistisch, tut mir leid. Meinst du, weil es sich so ähnlich wie Neger anhört?«

»Nein.« Mia verdreht die Augen und zieht mich näher zum Werbeschild. »Gut, okay, Nogger vielleicht nicht. Außerdem wäre das nicht sexistisch, sondern rassistisch. Aber schau hier zum Beispiel.« Sie tippt auf ein schokoladeüberzogenes Milcheis. »Brauner Bär. Das ist doch wohl sexistisch!«

»Brauner Bär ist sexistisch? Mia, das ist ein Kindereis.«

»Ach, und an was könnte man da noch denken außer an ein Eis am Stiel? Bei einem braunen Bären? Na?«

Ich überlege, kann aber keinen Anflug von Sexismus bei dem Milcheis erkennen und schüttele den Kopf. »Ich habe keine Ahnung, wovon du sprichst. Sag es mir.«

»Na, an eine Muschi«, zischt sie mit gedämpfter Stimme. »Brauner Bär. Verstehst du? Liegt doch auf der Hand.«

Jetzt bin ich doch ein klein wenig überrascht. Eine Muschi-Interpretation hätte ich nun nicht gerade damit in Verbindung gebracht. »Du denkst bei einem Schokoladeneis an eine Muschi?«

»Ich nicht … aber andere. Das ist doch kein Zufall, dass die alle so heißen.«

»Das bildest du dir doch nur ein.« Ich schüttele erneut den Kopf.

Die Lust auf Eis ist uns mittlerweile vergangen. Wir bestellen uns stattdessen zwei Cherry Coke und setzen uns an einen der freien Tische unter einem Sonnenschirm.

Mia nippt an ihrem Glas, als sie plötzlich den Finger in die Luft streckt und sich wieder zu Wort meldet. »Flutschfinger«, kommt es wie aus der Pistole geschossen. »Wenn das nicht sexistisch ist, weiß ich auch nicht.«

»Mensch, Mia. Das ist doch Quatsch. Gut, du hast zwei Eissorten gefunden, deren Namen bei näherem Betrachten auch anders zu verstehen sein könnten, aber ...«

»Bum Bum, Milchknilch, Ed von Schleck?« Mia feuert wie eine Sexismuskanone weitere Namen heraus. »Du kannst im Prinzip fast alle Sorten nehmen, die dort auf der Tafel stehen.«

»Ich gebe zu, dass ich bei Ed von Schleck auch schon mal gekichert habe, aber da war ich ein Teenager.«

»Aha!« Mia zeigt mit dem Finger auf meine Brust. »Siehst du? Männer denken immer an Sex. Und solche Eissorten provozieren das noch.«

»So ein Schwachsinn. Da müsste man schon eine ganze Menge Begriffe durch politisch korrekte ersetzen.«

»Wäre vielleicht eine gute Idee.«

Nun steige ich in das Thema ein. Wollen wir doch mal sehen, wie weit wir den Bogen spannen können. »Was ist mit Katzen?«

»Was soll mit denen sein? Katzen sind nicht sexistisch.«

»Dann dürfen sie aber ab heute nicht mehr Muschi genannt werden, und diese Hunde mit den verknautschten Gesichtern, als hätten sie an einem Crashtest teilgenommen ...?«

»Möpse?«

»Genau! Die dürfen auch nicht mehr so heißen. Möpse, das geht ja gar nicht. Das klingt viel zu nuttig. Und wenn wir gerade schon dabei sind: Nutte klingt mir ehrlich gesagt auch zu hart. Nennen wir die Damen doch ab sofort ... Vaginalfachverkäuferinnen.«

»Du übertreibst, Berti.«

»Nein, du bist es, die ...« Der Rest des Satzes bleibt mir im Hals stecken. Steffi Graf, die wir vor lauter Sexkontroverse ganz aus den Augen verloren hatten, ist mittlerweile aus dem Wasser gestiegen. Die Schwimmstunde scheint für heute beendet zu sein. Sie hat sich bereits wieder angezogen und packt ihre Sachen zusammen. Ich deute in ihre Richtung und stürze den Rest meiner Cherry Coke hinunter. »Wir müssen unsere Diskussion verschieben. Steffi will gehen.«

————

Nach einem Einkauf bei ALDI steuert Steffi Graf mit Möhren, Zucchini und reichlich grünblättrigem Salat bestückt eine Kneipe in der Innenstadt an. Wir folgen ihr weiter auf Schritt und Tritt, und ich muss zugeben, dass Frau Graf einen guten Kneipengeschmack hat. Sie steuert nämlich direkt auf eines meiner Lieblingslokale zu, das auf einer großen Tafel dafür wirbt, dass das heutige Spiel übertragen wird.

Spiel?
Heute?
Shit!

Heute ist ja das Halbfinale gegen die Niederlande! Ich bleibe ruckartig stehen. Wie konnte ich das denn vergessen? Meine Uhr verrät mir, dass es nur noch eine halbe Stunde bis zum Anpfiff ist. Die Jungs warten bestimmt schon auf mich. Wir schauen schließlich alle Deutschlandspiele gemeinsam.

»Na los, auf was wartest du, Berti? Steffi ist schon drin.« Mia scheint mittlerweile Gefallen an unserem Vorhaben zu finden, der falschen Steffi Graf nachzusteigen. »Was schaust du die ganze Zeit auf die Uhr? Wenn du keine Lust mehr hast, kannst du das auch einfach sagen. Das ist wirklich kein Problem.«

»Nein, nein, es ist nur …« Ich entscheide mich ausnahmsweise mal für die Wahrheit. »Ich wollte heute mit meinem Bruder und einem Kumpel das Fußballspiel sehen.«

»Glück gehabt.« Mia deutet auf das Schild am Eingang. »Die Kneipe zeigt das Spiel im Fernsehen.«

»Ja, schon, aber …«

Mia schaut mich fragend an. Dann senkt sie ihren Kopf und nickt. »Ach so, verstehe, ich störe die Männerrunde. Kein Problem, ich nehme ein Taxi zurück ins Krankenhaus. Dann schaue ich dort das Spiel. Hab morgen früh eh eine Untersuchung, zu der ich fit sein sollte. Keine Ahnung, was die da alles mit mir vorhaben.« Sie blickt sich suchend nach einem Taxi um.

»Moment! Du schaust Fußball?«

»Aber klar.« Mia schaut mich überrascht an. »Ich bin Fußballfan. Hatte mir auch schon Gedanken darüber gemacht, wie ich das heute alles unter einen Hut bekommen soll.«

»Aber dann ... dann können wir doch alle zusammen schauen. Oder hast du was dagegen, wenn ich die beiden anrufe und sie herkommen? Dann könnten wir Steffi weiter beobachten und trotzdem Fußball schauen.«

»Nein, ich habe nichts dagegen. Im Gegenteil. Gute Idee!«

Ich rufe Tobi und Freddie aus der Kneipe an, gebe ihnen die Instruktion, nichts über mein wahres Leben als Kunstschwitzer zu sagen, und keine zwanzig Minuten später treten die beiden noch rechtzeitig vor dem Anpfiff zur Tür herein. Ich winke sie sogleich zu uns an den Tisch.

»Mia, das sind mein Bruder Tobi und mein bester Freund Freddie.«

»Den kenne ich doch schon! Der Kino-Popcorn-Mann.« Mia lacht. »Jetzt wird mir einiges klar. Freut mich, euch kennenzulernen.«

Bevor wir alle an dem Tisch Platz nehmen, der es uns strategisch ermöglicht, sowohl Steffi als auch dem Spiel zu folgen, nimmt mich Tobi zur Seite und hebt einen Daumen nach oben.

»Mensch, Berti, wo hast du die denn her? Die sieht ja aus wie Patsy Kensit. Hammer!«

* *Songvorschlag*
»I'm Not Scared«
Patsy Kensit / Eighth Wonder

———

193

Zwei Stunden später sind wir nicht nur volltrunken, sondern auch gegen Holland ausgeschieden und sichtlich deprimiert. Jürgen Kohler ist nur ein einziges Mal zu spät gegen diesen van Basten gekommen, und zack, schon war es passiert. Die Oranjejungs um Rastakapitän Ruud Gullit waren heute aber ehrlich gesagt auch einen Tick besser als wir. Unsere kleine Runde hat einstimmig beschlossen, den Frust mit massivem Einsatz von Alkohol zu bekämpfen.

Breit wie ein Biberschwanz sitzen wir nun nebeneinander, als Mia plötzlich in die Hände klatscht. »Meine Herren, ich geh mal kurz für kleine Mädchen und mach mich etwas frisch.«

Kaum ist sie um die Ecke verschwunden, hängen mir Freddie und Tobi unter der Nase.

»Jetzt mal ernsthaft, Berti? Die ist ja nicht nur heiß, mit der kann man sich auch noch gepflegt einen in die Rüstung knistern. Und, Scheiße, sie mag sogar Fußball!«

»Ja, ich weiß. Sie ist nett.«

»Nett?« Mein Bruder wirft sich empört in Pose. »Mia ist der Hammer! Sie sieht aus wie ein Model. Hast du schon mit ihr ...«

»Mensch, Tobi, reiß dich zusammen.«

»Tschuldigung. Man wird doch wohl noch fragen dürfen. Bist ja schließlich mein Bruder. Jedenfalls ist die super. Nicht so beknackt wie deine sonstigen Frauen. Versau es nicht wieder, okay?«

»Du findest sie also nicht komisch?«

»Komisch?« Tobi schaut mich aus glasigen Augen an und beginnt zu kichern. »Ich sitze im Rollstuhl und wohne mit zwei Freaks zusammen, wovon einer sein Geld mit Schwitzen verdient und der andere zugekifft aus seinem Fluggerät Flyer in Vorgärten wirft. Ich glaube nicht, dass ich darüber urteilen sollte, was komisch ist. Sie ist jedenfalls nett, witzig und sieht dazu noch super aus.«

»Stimmt«, pflichtet Freddie bei. »Sie hat nur einen Fehler, der mich stutzig macht.«

Ich beuge mich interessiert zu ihm. Aha, wenigstens er hat bemerkt, dass Mia eine unglaubliche Zicke ist.

»Ach ja? Und der wäre?«

»Ich weiß nicht, warum, aber anscheinend findet sie dich toll. Und das spricht nicht gerade für ihren guten Geschmack oder ihre Menschenkenntnis. Aber was soll's, niemand ist eben perfekt. Prost!«

Die beiden lachen auf und stoßen mit mir an.

»Vielen Dank. Ihr seid wirklich eine wahnsinnig tolle Unterstützung.« Ich trinke den Rest Bier aus meinem Glas. »So, ich muss jetzt auch mal aufs Klo, bei mir drückt es auch schon mächtig.«

* *Songvorschlag*
»Push It«
Salt 'n' Pepa

KAPITEL 23

Als ich zurück in den Gastraum der Kneipe komme, werden gerade die Tische auseinandergeschoben und die Musik aufgedreht. Man hat sich also trotz des verlorenen Halbfinales entschlossen zu tanzen. Auch Mia begibt sich auf die improvisierte Tanzfläche und tanzt mit meinem Bruder zu »I've Had The Time of My Life«. Sie sieht toll aus. Sie dreht sich um Tobis Rolli, wiegt ihre Arme in der Luft im Rhythmus des Lieds und lächelt dabei. Es ist schön, sie so zu sehen, und ich will mir nicht vorstellen, dass sie vielleicht nie wieder so tanzen wird. Dieser beschissene Tumor. Das erste Mal in meinem Leben habe ich bei meinen kleinen Schwindeleien nicht an mein eigenes Wohl gedacht, sondern wirklich etwas Gutes und Sinnvolles gemacht. Ein wenig betrübt nehme ich neben Freddie am Tisch Platz. Er lächelt.

»Ich habe dir noch gar nicht gesagt, dass heute diese Typen von RTL plus wieder angerufen haben.«

»Ach ja? Was wollten sie?«

»Die haben einen Programmplatz zu vergeben und du dein Showkonzept zu präsentieren.«

»Ein Showkonzept? Ich habe kein Konzept.«

»Dann überleg dir eins. Du hast nächsten Donnerstag einen Termin in Köln.«

»Ich habe was?« Einen kurzen Moment glaube ich tatsächlich noch, mich verhört zu haben.

»Dein Manager hat das für dich eingefädelt.« Freddie wirft sich in Pose. »Lass mich das alles nur regeln.«

»Aber ...«

»Nix aber. Du fährst Donnerstag früh mit dem Zug dorthin. Das Ticket habe ich dir schon gekauft.«

»Wovon denn?«

»Ich habe den kompletten Vorschuss von dieser Deodorantfirma abgehoben, bevor ihn sich unser Vermieter unter den Nagel reißen konnte. Und jetzt Klappe halten und den Abend genießen. Sieh nur, wie Mia immer rüberschaut. Ich habe keine Ahnung, was sie an dir findet, aber sie scheint dich wirklich zu mögen.«

»Denkst du das, ja?«

Freddie nickt. »Sie sieht dich so an, wie man nur jemanden ansieht, von dem man etwas will. Und das Verrückteste daran ist die Tatsache, dass du sie genauso ansiehst.«

»Ich weiß nicht. Manchmal kommt sie mir vor wie eine Meerjungfrau, die nur zu Gast in meiner Welt ist. Weißt du, was ich meine? Sie glaubt, wir seien aus zwei komplett unterschiedlichen Welten. Aber sobald ich ihr mein wahres Ich zeige, ist sie auch weg und taucht wieder ab, weil ich sie angelogen habe. Egal was ich also mache, ich werde sie verlieren. Irgendwie ist die Situation wie verhext.«

»Du hast dich mit den Lügen eben ein klein wenig in diese blöde Situation hineinmanövriert. Aber ein viel größeres Problem als deine Sorgen dürfte wohl ihre Operation sein.«

Ich spare mir eine Antwort, denn Freddie hat recht. Stattdessen stoßen wir mit unseren Gläsern an und beobachten Tobi und Mia beim Tanzen. Sie winkt mir zu, und ich winke ihr zurück. Wie in Zeitlupe tanzt sie weiter, doch schaut mich dabei ohne Unterbrechung an. Dann winkt sie mich auf die Tanzfläche.

»Ich muss wohl mal meinen Bruder abklatschen.«

»Mach das«, bestätigt Freddie.

Ich gehe die wenigen Schritte zur Tanzfläche und tippe meinem Bruder auf die Schulter. »Entschuldigen Sie, aber die

Dame möchte zur Abwechslung mal mit jemandem mit Beinen tanzen. Dürfte ich wohl?«

Tobi schaut zu mir auf und lacht. »Aber gerne doch. Hab von dem Hochschauen schon langsam einen steifen Nacken.«

»Ja, Stehblues war noch nie deine Stärke.«

Wir klatschen uns ab, und Tobi rollt zu Freddie hinüber an den Tisch.

Mia stellt sich vor mich und breitet ihre Arme aus. »Lust zu tanzen?«

»Ich dachte, du fragst mich nie.«

»Ach? Du tanzt also gerne?«

»Gerne? Ob ich gerne tanze? Ha!«, echauffiere ich mich. Ich greife ihr an die Hüfte und drehe sie einmal um die eigene Achse. »Sagt dir der Film *Dirty Dancing* etwas?«

»Klar. Mein Gott, wenn ich nur an Patrick Swayze denke, bekomme ich schon weiche Knie.«

»Nun, was soll ich sagen, man wollte eigentlich mich für die Rolle haben, aber ich hatte schon andere Verpflichtungen.«

Sie lacht laut auf. »Die Textilbranche, ich verstehe.«

»So ist es«, entgegne ich mit größtmöglicher Ernsthaftigkeit. »Also habe ich meinen Kumpel Patrick angerufen und ihm gesagt: ›Patrick, ich denke, du bist jetzt so weit. Ich habe dir alles beigebracht, was ich vom Tanzen weiß. Mach du es.‹«

Mia zieht mich näher zu sich. »Na dann zeig mal, was du draufhast.«

Es mag ein Stück weit dem Alkohol geschuldet sein, doch ich überwinde meine Hemmungen und beginne mit meinen bestmöglichen Tanzschritten. Ich überspringe die klassischen Schritte und begebe mich direkt in den Ich-mache-mich-komplett-lächerlich-Modus. Ich tanze wie ein Epileptiker im gleißenden Licht der Discokugel. Mia hält inne, verschränkt die Arme vor der Brust und spitzt die Lippen.

»Das macht mir irgendwie Angst. Dein Tanzstil erinnert

mich auf eine perfide Art an einen russischen Tanzbären. Tapsig und etwas lethargisch.«

»Russischer Tanzbär? Ich glaube, ich hör nicht richtig! Das ist der legendäre New-York-Style. So tanzt man dort.«

»New-York-Style? Aha. Wohl eher Rheingau- oder Mosel-Style. Du bearbeitest die Tanzfläche nämlich mit deinen stampfenden Füßen, als würdest du einem Kubikmeter Trauben in einem großen Winzerfass den Garaus machen wollen.«

»Interessante Beobachtung, Fräulein Mia. Kann es sein, dass Sie da selbst etwas größenwahnsinnig sind? Ihr Tanzstil würde jedenfalls auf den internationalen Tanzflächen als bieder gelten.«

»Bieder?«, fragt mich Mia vermeintlich entrüstet. »Na dann wollen wir mal einen Gang hochschalten, Mister New-York-Style.«

Und das tut sie. Sie dreht sich, reibt sich an mir, fährt mit ihren Händen durch ihre Haare und tanzt so aufreizend sexy, dass ich Mühe habe, eine Spontanerektion zu unterbinden. Ich schiebe sie ein wenig von mir weg und zitiere dazu eine bekannte Passage aus *Dirty Dancing*.

»He, Baby, nicht so stürmisch. Das ist mein Tanzbereich, und das ist dein Tanzbereich. Du kommst nicht in meinen und ich nicht in deinen, okay?«

»Vergiss es«, antwortet sie und presst sich noch enger an mich. Wir tanzen einige Momente, bis ich neben uns ein Batik-T-Shirt entdecke, das mir bekannt vorkommt. Es ist Steffi Graf. Sie hat einen zwei Köpfe kleineren, kugelrunden Mann an der Angel, der wie eine menschliche Version von R2-D2 aussieht. Der Kerl verfügt dazu über so dicke Pausbacken, dass man meinen könnte, er stamme aus der Familie der maulbrütenden Barsche und hätte seinen kompletten Nachwuchs in den Backentaschen verstaut. Außerdem meine ich erkennen zu können, wie Steffis Kopfschuppen auf den Maulbrüter hinunterrieseln und sich dort als Sekundärschuppen kontrastreich vom dunklen Stoff seines Sakkos abheben. Dann gehen die beiden an die Bar. Ich stoppe abrupt in meiner Tanzbewegung.

»Was ist los?«, fragt Mia.

»Komm mit. Wir erfüllen dir jetzt noch den Rest deines Wunschs.«

»Was?«

»Komm schon. Versprochen ist versprochen.«

Wir gehen ebenfalls zur Bar hinüber und stellen uns direkt neben das ungleiche Paar.

»Die Drinks gehen alle auf mich«, rufe ich dem Barkeeper zu, und Steffi Graf dreht sich überrascht zu uns um.

»Kennen wir uns?«

»Nein. Aber ich habe heute Geburtstag, und da gibt man doch gerne einen aus.«

»Oh, das ist nett. Danke.«

»Das ist übrigens Mia«, stelle ich meine Begleitung vor, während ich vier Bier verteile.

Sogleich dreht sich Steffi in Pose und deutet auf R2-D2. »Hi, ich bin Steffi, und das ist Boris.«

Mia und mir schießt in diesem Moment gleichzeitig das Bier aus der Nase. Wir können es nicht fassen, dass Steffi Grafs Begleiter ausgerechnet Boris heißt. Ironie des Schicksals. Wir fragen allerdings nicht weiter nach seinem Nachnamen, denn Frau Graf schaut uns bereits verständnislos an. »Entschuldigung, habe ich was Falsches gesagt?«

»Nein, Steffi. Alles gut«, antwortet Mia. »Wir albern nur ein wenig herum. Machen wir öfter. Eine kindische Angewohnheit von uns. Sorry.«

»Ja«, bestätige ich. Trotz des Alkohols in meinem Blut habe ich eine Idee, wie ich für Mia an ein Autogramm von Steffi Graf kommen könnte. »Wir haben gerade darüber gesprochen, dass Handschriften die Seele der Menschen widerspiegeln. Wie denkt ihr darüber? Ihr müsst dazu wissen, dass ich ein Mentalmagier bin.«

Boris sagt nichts und schweigt. Vielleicht hat er aber auch nur Angst, er könnte einen Teil seiner Barschbrut verlieren, wenn er den Mund öffnet. Steffi hingegen beißt sofort an. »Echt, klingt ja spannend.«

»Absolut. Ich kann aus der Handschrift eines Menschen vieles herauslesen. Willst du es vielleicht mal probieren?«

»Gerne«, nickt Steffi.

»Dann schreib doch bitte mal deinen Vor- und Nachnamen auf den Bierdeckel hier.«

»Okay. Muss ich sonst noch auf irgendwas achten?«

Ich schüttele den Kopf. »Nein, ich brauche nur deine ganz normale Unterschrift.«

Steffi Graf unterschreibt auf dem Bierdeckel, und Mia versteckt sich vor Lachen hinter meinem Rücken. Sie hat längst begriffen, was ich vorhabe. Dann beginne ich meine Ausführungen. »Also, Steffi. Schöne Schrift übrigens. Das große S am Anfang deines Vornamens verrät mir, dass du eine sportliche Person bist. Du gehst joggen ... nein, warte, ich spüre das Element Wasser ganz stark. Du schwimmst gerne, richtig?«

»Das ... das stimmt tatsächlich«, stottert Steffi und sieht Boris beeindruckt aus großen Augen an, während sich Mia hinter mir kaum noch halten kann. »Ich gehe jeden Tag im Schwimmbad meine Bahnen schwimmen.«

Ich versuche, noch einen draufzusetzen, und erinnere mich an ihren gefüllten Einkaufswagens bei ALDI. »Dass F ist sehr kraftvoll und natürlich geschwungen. Es verrät mir, dass du sehr naturverbunden bist und dich wahrscheinlich auch gesund ernährst. Obst, viel Gemüse und Salat. Grüner Salat. Bist du vielleicht Vegetarierin?«

»Oh Gott, du machst mir Angst. Ja, seit ein paar Monaten habe ich meine Ernährung umgestellt. Wegen meiner Akne.« Beim letzten Wort schaut Boris leicht irritiert auf. »Werde ich sie denn damit in den Griff bekommen? Kannst du das in meiner Unterschrift sehen?«

Ich drehe den Bierdeckel in meinen Händen, als würde ich Hieroglyphen einer längst untergegangenen Kultur entziffern. Dann drücke ich ihn Mia als Trophäe in die Hand. »Es sieht ganz so aus, Steffi. Alles wird gut. Der verspielte Kringel über dem I sagt mir, dass du schon schwere Zeiten erlebt hast und auch das überstehen wirst. Alles wird sich ins Positive wenden. Schönen Abend noch euch beiden.«

Ich nehme Mia an die Hand, und wir gehen zurück zu den anderen.

»Das war nett von dir. Dass du ihr Mut gemacht hast.«

»Irgendwie ist sie ganz nett. Und wie könnte ich diesem Traumpaar Steine in den Weg legen?«, frage ich lachend. »Das Kind der beiden wird die Tenniswelt erschüttern und für unser Land Medaillen bei Olympia erringen.«

Zufrieden gehen wir über die Tanzfläche in Richtung der anderen, als Mia mich auf halber Strecke am Arm festhält und mich zu sich zieht. Ich drehe mich um, und unsere Gesichter sind mit einem Mal nur noch wenige Zentimeter voneinander entfernt. Sie schiebt den Bierdeckel zwischen unsere Gesichter.

»Ich wollte mich noch für das Autogramm von Steffi Graf bedanken.«

»Ach ja?«

»Ja.«

Wir nähern uns einander. Mia schließt ihre Augen und öffnet ihre Lippen. Mein Puls beschleunigt sich, und ich tue es ihr gleich, doch kurz bevor sich unsere Münder treffen, grölt mir plötzlich Freddie ins Ohr.

»Berti, wir machen uns los. Wir sehen uns später, okay?«

Ich öffne meine Augen wieder und drehe mich um. Freddie steht neben mir und deutet nach unten zu meinem Bruder. Tobi ist eingeschlafen und schnarcht im Rollstuhl.

»Alles klar. Kein Problem.«

»Mia, es war mir eine große Freude. Wenn wir wieder mal

bei einer Europameisterschaft rausfliegen, bist du gerne eingeladen.«

»Vielen Dank, Freddie. Ich denke, ich gehe dann auch mal. Habe morgen früh noch eine Untersuchung. Die werden sich wahrscheinlich gewaltig über meine Blutwerte wundern, aber das war es mir wert.« Sie lächelt.

Ich will mich gerade von Freddie verabschieden, als ich in seinen Augen pures Entsetzen erblicke. Er steht wie zur Salzsäule erstarrt vor mir und blickt stumm über meine Schulter an mir vorbei. Ich gebe ihm einen Klaps auf die Schulter. »He, Alter, was ist los? Haben die Holländer den Sieg aberkannt bekommen, oder was?«

Doch er antwortet mir nicht. Stattdessen zeigt er kreidebleich hinter mich, und ich drehe mich langsam um. Ich sehe, wie die ersten Gäste aufspringen und zu uns auf die Tanzfläche eilen. Der Discjockey stoppt die Musik, und dann erkenne auch ich den Grund für das seltsame Verhalten. Auf der Tanzfläche liegt eine Person und rührt sich nicht mehr. Ich ahne nichts Gutes, und als das Licht eingeschaltet wird, bewahrheitet sich meine Befürchtung.

Mia.

———

Erst im Notarztwagen kommt Mia wieder zu sich. Ich bin zumindest beruhigt, dass sie überhaupt wieder die Augen aufschlägt. Schließlich hatte ich schon das Schlimmste befürchtet. Sie blinzelt gegen das gleißende Licht, das sie noch blasser wirken lässt.

»He, Berti, was ist passiert?«

»Alles gut, Mia. Du bist ohnmächtig geworden. Die Ärzte meinen, dass du wohl etwas zu viel gefeiert hast. Und dass sich das wohl nicht so gut mit deinen Medikamenten vertragen hat.«

»Ach, was wissen die schon.«

Der Notarzt dreht sich kurz zu uns um, schaut zuerst Mia, dann mich an. »Sie können froh sein, dass wir so schnell vor Ort waren, junge Frau. Jemand in Ihrem Zustand sollte sich schonen und nicht Partys feiern.«

Mia sieht mich fragend an. »Du hast ihnen von meinem Problem erzählt?«

»Klar.« Ich nicke. »Ich dachte schon, dass du …«

»… dass ich tot bin?« Sie beendet den Satz und schließt für einen kurzen Moment wieder ihre Augen. »So schnell geht das nun auch wieder nicht. War auch nicht das erste Mal, dass ich umgekippt bin. Ist in den letzten Wochen öfter vorgekommen. Und bevor Sie jetzt was dazu sagen, Herr Doktor – ich weiß, dass das vielleicht nicht förderlich ist. Aber wie würden Sie Ihre letzten Tage denn verbringen wollen? In einem sterilen Krankenhauszimmer mit Bettpfanne und Katheter oder auf einer Party mit netten Leuten, mit denen Sie noch mal eine richtig gute Zeit haben?«

Der Arzt holt Luft und setzt zu sprechen an, zögert dann jedoch und dreht sich wieder um, ohne darauf zu antworten. Mia richtet sich vorsichtig auf. Ich stütze sie.

»Danke, geht schon, Berti. Da habe ich euch wohl einen ziemlichen Schrecken eingejagt, was?«

»Kann mal wohl sagen.«

Der Krankenwagen hält vor der Klinik, und die Türen werden von außen geöffnet. Der Notarzt steigt vor uns aus und richtet noch einmal das Wort an Mia. »Sie kennen ja den Weg. Ich gebe den Ärzten auf der Station Bescheid und wünsche Ihnen alles Gute. Ich hoffe, dass Sie noch viele Partys feiern können.«

»Danke«, antwortet sie, und wir steigen ebenfalls ins Freie und gehen langsam in Richtung des Haupteingangs.

»Dann will ich mal rein. Sorry, wenn ich euch den Abend versaut habe.«

»Quatsch. Was redest du da für einen Unsinn?«

»Es war jedenfalls echt schön. Da fällt mir ein, dass ich dir noch eine Antwort schulde.«

»Ach, ja? Auf welche Frage?«

»Na, wie ich den Tag fand. Du sagtest mir heute Mittag, dass ich dir vertrauen, diesen Tag einfach wagen und dir am Ende sagen soll, ob wir die ganze Wette abbrechen oder nicht.«

»Ja, richtig. Und, wie ist deine Antwort?«

»Du hattest recht. Ich bin oftmals zu pessimistisch und denke immer, dass ich angelogen werde und im nächsten Moment doch wieder allein dastehe. Weißt du, das liegt daran, dass ich ohne meine Eltern aufgewachsen bin. Sie sind beide früh gestorben. Ich habe dann bei meiner Großmutter gelebt, die nicht wirklich viel von Männern hielt. Sie hat immer diesen Gesichtsausdruck aufgelegt, wenn es um einen Mann ging.«

»Welchen Gesichtsausdruck?«

»Einen, der bedeutet, dass das nichts werden kann. Dass Männer nur auf ihren Vorteil bedacht sind und Frauen sowieso nur belügen, um sie ins Bett zu bekommen. Wenn es ernst wird, ziehen sie ihren Schwanz ein und sind weg.«

»Tut mir leid.«

Sie zuckt die Schultern. »Ist lange her.«

»Aber Männern gegenüber bist du anscheinend immer noch kritisch.«

»Kann sein. Weil ich meist tatsächlich genau diese Erfahrung gemacht habe. Also habe ich mich irgendwann entschlossen, den Spieß umzudrehen. Meinen Vorteil zu suchen und keine Gefühle zuzulassen. Alles zu verdrängen, sobald mich jemand verletzen könnte. Danke, dass du mir heute gezeigt hast, dass es vielleicht doch noch andere Männer gibt.«

Ich schlucke und nicke etwas verschämt. »Danke für das Kompliment. Ich weiß es wirklich zu schätzen.«

»Wer redet denn von dir? Ich meine deinen Bruder und Freddie.«

Ich schaue verdutzt, erkenne dann aber ihr schelmisches Grinsen.

»War ein Witz. Die beiden sind aber echt nette Jungs. Ganz normal und nicht so spießig wie du. Erstaunlich, dass du solche Freunde hast. Das hat dich heute sogar ein klein wenig sympathisch gemacht.«

»Das heißt, der Tag hat dir gefallen?«

Sie nickt. »Ja, das hat er. Es war sogar der beste Tag seit ganz langer Zeit. Na ja, mal abgesehen von unserer Reise nach Offenbach.« Mia öffnet ihre Handtasche und reicht mir einen Bierdeckel.

»Steffis Autogramm?«

»Nein, bist du verrückt? Das gebe ich doch nicht mehr her! Das ist mein nächster Wunsch. Habe ich aufgeschrieben, während du auf der Toilette warst. Morgen Mittag gegen eins? Dann dürfte ich mit den Untersuchungen fertig sein.«

Ich nehme den Bierdeckel entgegen und lächle sie an. »Denkst du denn, dass du dann schon wieder fit genug bist?«

»Ich habe noch vier Tage bis zu meiner Operation. Ich glaube, ein weiterer Tag mit dir wird mich auch nicht früher umbringen.«

»Okay, dann sehen wir uns morgen.«

Wir verharren eine Sekunde, dann gibt mir Mia einen Kuss auf die Wange und geht. Ich schaue ihr nach, bis sich die Eingangstür der Klinik hinter ihr schließt. Dann lese ich den Text auf dem Bierdeckel.

Eine Motorradfahrt auf der legendären Route 66. Ohne Steffi Graf ... nur wir zwei ;-)

* *Songvorschlag*
»*I've Had The Time of My Life*«
Bill Medley & Jennifer Warnes

KAPITEL 24
Mittwoch, 22.06.1988

Mein Kopf fühlt sich an wie ein Eimer voll nassem Sand. Nach einer kurzen Nacht bin ich nicht nur mit einem Schädelbrummen des Grauens aufgewacht, sondern muss auch noch feststellen, dass meine Pepsine im Magen Samba tanzen. Nur durch extreme Körperbeherrschung schaffe ich es, ihn von einer fatalen Schubumkehr abzuhalten. Mein vorgezeichneter Leberschaden dürfte einen weiteren Sticker in sein Sammelheftchen geklebt haben. Als Ersatzfrühstück schütte ich mir einen Kübel schwarzen Kaffee gegen den Kater in den Hals.

Rrrring.

Aua! Das Klingeln des Telefons bohrt sich wie ein stumpfes Messer in meinen Schädel. Schon allein aus Gründen des Selbsterhaltungstriebs nehme ich den Hörer ab.

»Ja?«, flüstere ich.

»Herr von Körner!« Sofort erkenne ich die Stimme von Herrn Wortmann, die nicht nur lauter, sondern auch deutlich vitaler klingt als meine. »Sie glauben nicht, was passiert ist!?«

Das kann nichts Gutes verheißen. Ehrlich gesagt will ich es gar nicht wissen. Nachdem schon mexikanische Scharlatane behauptet haben, das Antlitz Jesu in meinen Kunstwerken zu sehen, und findige Geschäftsleute in Las Vegas mit meinem Namen Geld scheffeln wollen, traue ich mich kaum nachzufragen. »Lassen Sie mich raten. Der Papst will mich sehen.«

»Nein, aber nah dran. Der US-Präsident!«

Zunächst denke ich noch, dass mein Hirn allen Restalkohol gesammelt hat, um mir etwas vorzugaukeln, doch der Reporter bestätigt seine Äußerung. »Das ist kein Witz, Herr von Körner. Der US-Präsident will Sie.«

»Wie, er will mich?«

»Ja! Ronald Reagan kommt doch im August zum Truppenbesuch nach Deutschland und würde Sie gerne zur Begrüßung in seinem Programm haben. Er war früher ja selbst Schauspieler und hat daher ein Faible für solche Auftritte.«

»Aber was soll ich da? Das ist doch nicht Ihr Ernst!«

»Doch. Er hat den CNN-Bericht über Sie gesehen und nun über die BILD-Zeitung angefragt, ob Sie verfügbar wären. Er würde Sie bitten, während der Hymne die amerikanische Nationalflagge zu schwitzen. Eine Art Völker verständigender Akt der Freundschaft zwischen der Bundesrepublik und den Vereinigten Staaten.«

»Der Präsident … der Vereinigten Staaten … will, dass ich … die Nationalflagge schwitze …?« Für mich klingt das Ganze noch immer wie ein schlechter Scherz.

»Ja. Sie wissen schon, Stars and Stripes. Dreizehn Streifen, fünfzig Sterne. Das bekommen Sie doch hin, oder?«

»Ähhh … natürlich. Kein Problem.«

»Prima. Dann sage ich das zu. Die Gage wird übrigens vom Bundeskanzleramt übernommen. Sie können also ruhig in die Vollen gehen.«

»Okay …«

»Wir hören dann wieder voneinander, Herr von Körner.«

Benommen lege ich den Hörer zurück auf die Gabel. Der US-Präsident und ich, Berti Körner. Das kann ja heiter werden. Aber Schwanz einziehen ist jetzt nicht mehr. Also zucke ich die Schultern und trinke zur Ablenkung noch einen weiteren Kaffee.

Dann ist es auch schon höchste Zeit aufzubrechen. Schließlich wartet Mias nächster Wunsch auf seine Erfüllung. Und obwohl ich gestern ein wenig besoffen war, hatte ich die Lösung dieser Aufgabe direkt vor Augen. Noch in der Nacht habe ich Francesco angerufen, der zwar aufgrund der späten Stunde motzig, dann aber gerne bereit war, mich bei meinem Plan zu unterstützen. Nun benötige ich nur noch zwei Helme. Und die leihe ich mir von Freddie, denn er hat für seine Fliegerei zwei besonders farbenfrohe Exemplare in seinem Schrank liegen. Einen in knalligem Orange und einen in Babyblau.

Wieder in meine Angeberklamotten gehüllt, schaffe ich es tatsächlich, pünktlich um dreizehn Uhr vor dem Krankenhaus zu stehen, doch von Mia ist weit und breit nichts zu sehen. Als sie nach weiteren zehn Minuten immer noch nicht heruntergekommen ist, betrete ich den Eingangsbereich des Krankenhauses. Vielleicht war ihre Ohnmacht doch nicht zu unterschätzen? Der Gedanke schnürt mir den Hals zu.

Ich gehe zu der Empfangsdame und klopfe an die Glasscheibe. Sie nimmt ihre Lesebrille ab, schiebt die Glasscheibe zur Seite und schaut mich mit der geballten Servicefreundlichkeit eines Altölcontainers an.

»Ja?«

»Entschuldigen Sie, könnte ich wohl mal telefonieren?«

»Sind wir hier eine Telefonzelle?«

»Nein, nein, Sie verstehen mich falsch«, winke ich ab. »Ich meine, ich muss auf dem Zimmer einer Patientin anrufen.«

»Welches Zimmer?«

»Äh …« Ich zucke die Schultern. »Keine Ahnung.«

»Na toll. Wie heißt die Patientin denn?«

»Mia.«

»Mia wie?«

»Keine Ahnung. Mia halt.«

Hat sie ihren Nachnamen nicht mal erwähnt? Mist, wohl vergessen. Erst jetzt fällt mir auf, dass ich über Mia in etwa so viel weiß wie über Papst Johannes Paul II. Über ihn weiß ich zumindest, wo er wohnt und dass er Pole ist, aber bei seinem Nachnamen wäre ich ebenfalls überfragt.

»Dann überlegen Sie noch mal, und wenn Sie es wissen, sagen Sie mir Bescheid.« Die Dame zwickt sich ihre Brille auf, schiebt die Scheibe zu und übt sich weiter im Ignorieren von Menschen. Ich klopfe erneut. Diesmal gibt sich die Empfangsdame nicht einmal mehr die Mühe, so zu tun, als wolle sie mir helfen. »Ohne Namen kann ich nichts für Sie tun.«

»Können Sie nicht mal nachschauen? So viele Mias wird es in diesem Krankenhaus doch auch nicht geben. Sie ist seit letzter Woche hier und hat ein Zimmer, das zur Villa nebenan zeigt. Also im Nebengebäude. Ist ein Zimmer mit ganz hässlichen Vorhängen dran.«

Die Dame wirft mir über ihre Brillengläser einen strengen Blick zu, und ich meine, ein Lächeln in ihrem Mundwickel zucken zu sehen. »Die Gardinen im Nebengebäude sind alle hässlich.«

»Ich bitte Sie. Es ist wirklich wichtig. Sie hat irgendwas in ihrem Schädel, an dem sie operiert werden soll.«

»Also gut. Warten Sie einen Moment.« Mit einer Geschwindigkeit, die ich der Dame gar nicht zugetraut hätte, fliegen ihre manikürten Fingerchen über die Tastatur des Computers. »Hier habe ich eine Mia. Mia Bach. Zimmer 326.«

»Bach, genau, das ist sie. Vielen Dank. Könnten Sie mich vielleicht verbinden?«

Sie tippt die Nummer ein und reicht mir den Hörer.

Es klingelt zweimal, dann meldet sich eine Frauenstimme. »Ja, hallo?«

»Mia?«

»Nein, hier ist Jenny, ihre Bettnachbarin.«

»Hi Jenny, hier ist Berti, ich bin ein, äh … Bekannter von Mia. Ist alles okay mit ihr? Ich bin seit ein paar Minuten mit ihr verabredet, aber sie ist nicht aufgetaucht. Und jetzt mache ich mir Sorgen, weil sie gestern plötzlich ohnmächtig wurde.«

»Das hat sie ganz gut verkraftet. Brauchst dich nicht zu sorgen.«

»Na, Gott sei Dank. Könntest du sie mir vielleicht mal geben?«

Ich höre, wie Jenny etwas in den Raum fragt, verstehen kann

ich es aber nicht, da sie wohl den Telefonhörer mit ihrer Hand abdeckt. Dann spricht sie wieder mit mir. »Tut mir leid. Sie möchte nicht telefonieren.«

Mich durchfährt ein elektrischer Schlag, der mir bis in die Füße zieht. »Sie will nicht mit mir sprechen? Aber warum denn? Habe ich irgendetwas Falsches gesagt?«

»Nein. Es ist etwas anderes. Wie soll ich es dir sagen …?«

Wieder folgt eine kurze Pause und ein Murmeln zweier Stimmen, dann ist plötzlich Mia in der Leitung. »Hi, Berti. Tut mir leid, dass ich nicht beim Treffpunkt war. Aber das wird heute nix. Und morgen auch nicht. Wir lassen das Ganze, okay?«

»Nein, ich lasse gar nichts. Mia, nun sag schon, was ist los? Ist es wegen dieser blöden Sprüche, die ich manchmal mache? Ich weiß, dass die nerven können, aber …«

»Ach, Berti, das ist es nicht«, unterbricht mich Mia. »Ich hatte heute Morgen doch diese Voruntersuchung für die Operation, von der ich dir erzählt habe. Die hatte ich wohl etwas unterschätzt.«

Klar. Berti, du Depp. Sie ist ja nicht hier, um Ferien zu machen. Also, sei etwas sensibler.

»Kann ich irgendetwas für dich tun?«

»Nein, ist lieb von dir. Ich denke nur, dass es mit einem weiteren Treffen nicht klappen wird. Das war alles echt lieb von dir, aber …«

»Aber was?«

Ich höre ein Schluchzen am anderen Ende der Leitung. »Sie haben mir vorhin den Kopf rasiert. Musste sein, damit es bei der OP keine Probleme gibt, wenn sie mir in den Schädel bohren. Ich habe so eine Scheißangst, Berti.«

Es ist erstaunlich. Ich hatte die Tatsache, dass Mia diese schwere Operation bevorsteht, beinahe verdrängt. Aber klar, sie steht an einer Kreuzung, an der eine Fahrbahn ins Ungewisse führt und eine andere direkt in den Tod. Ich schlucke und zögere einen Moment, bevor ich antworte.

»Was hältst du davon, wenn wir einen Kaffee trinken gehen, und dann quatschen wir darüber? Ich kenne da ein nettes Café direkt um die Ecke.«

Mia schnieft. »Verstehst du nicht? Ich fühle mich gerade nicht nach Kaffeetrinken, und ich sehe scheiße aus. So kahl wie ein Babyarsch. Als Frau findet man das nicht wirklich cool.«

»Komm, gib dir einen Ruck. Schließlich wartet die Route 66 auf dich«, bohre ich weiter nach. Ich kann und will Mia jetzt nicht alleinlassen. Ich schaue auf die beiden Helme in meiner linken Hand. »Ich hab's! Ich hab die Lösung.«

»Welche Lösung?«

»Eine ganz einfache Lösung! Wir sitzen doch eh auf dem Motorrad. Mit Helm und so. Da sieht keiner deinen kahlen Kopf. Ist doch super!«

»Aber ich steige auch irgendwann wieder ab.«

»Dann lässt du den Helm halt auf.«

»Bist du bescheuert? Ich laufe doch nicht mit 'nem Helm auf dem Kopf durch die Gegend.«

Aha, sie denkt zumindest schon mal über meinen Vorschlag nach. Dranbleiben, Berti! »Du hast mir gestern gesagt, dass du zu kritisch bist, nicht wahr? Dann hab jetzt auch keine Angst, und vertrau mir noch einmal.«

»Ich habe keine Angst, es ist nur bescheuert«, kommt es patzig zurück.

»Scheiß drauf, was die anderen Leute über dich denken. Ich behalte meinetwegen auch meinen Helm auf und laufe die ganze Zeit damit neben dir durch die Gegend.«

Ein schweres Atmen dringt durch den Hörer. »Mann, Berti, du machst mich echt fertig. Du willst also mit mir und den Helmen auf dem Kopf einen Kaffee trinken gehen?«

»Ja. Ganz genau. Das ist der Plan. Und wenn wir Bock haben, fahren wir noch auf die Route 66.«

»Du spinnst.«

»Ist keine neue Erkenntnis.«

»Stimmt.«

»Also?«

»Also was?«

»Kommst du jetzt runter?«

Ich glaube, die Stimme von Jenny im Hintergrund zu hören, die Mia auffordert mitzugehen.

Dann, endlich, klingt Mia etwas positiver. »Ich weiß nicht, warum ich mich von dir immer wieder zu so einem Schwachsinn überreden lasse. Du bist echt verrückt!«

»Ahhh. Das klingt doch schon viel eher nach der Mia, die ich kenne. Also ja?«

»Ja, verdammt.«

»Gut. Ich warte hier unten.«

———

Um Mia den Einstieg zu erleichtern, habe ich mich dazu entschlossen, sie bereits im Eingangsbereich des Krankenhauses mit meinem babyblauen Helm auf dem Kopf zu empfangen. Während ich auf sie warte, nicke ich allen Personen, die kopfschüttelnd an mir vorübergehen, freundlich zu. Dann öffnen sich schließlich die Aufzugtüren, und Mia kommt mir entgegen. Sie hat sich ihre große Sonnenbrille aufgesetzt und ein Tuch um den Kopf gewickelt. Damit wirkt sie wie eine Filmdiva der Sechzigerjahre und in keinster Weise unsexy. Als sie mich mit Helm erkennt, schüttelt sie ungläubig den Kopf und greift sich grußlos den zweiten Helm.

»Gib her. Und schau mich bitte nicht so an.«

Ich bin mittlerweile an ihre Motzerei gewöhnt und muss lächeln. »Dir auch einen schönen guten Tag, Mia.«

Sie brummt etwas in sich hinein und zieht mich hinaus. »Und jetzt?«

»Jetzt setzt du erst mal den Helm auf.«

Sie schaut auf ihren Helm, der wie eine überdimensionale Apfelsine aussieht. »Mein Gott, ist der hässlich.«

»Warum? Die Farbe müsste dir doch gefallen. Ist Apfelsine, so ähnlich wie Pfirsich.«

»Wie ich bereits erwähnt habe, ist mir heute nicht so nach Späßen, Berti.« Mia zieht sich den Helm über ihren Kopf und schaut mich ernst an. Immerhin, sie zieht es gnadenlos durch. »Also, wo müssen wir hin?«, klingt es dumpf unter dem orangefarbenen Integralhelm hervor.

Ich schiebe ihr zum besseren Verständnis das Visier nach oben und frage nach. »Was? Du musst etwas lauter reden, ich höre dich kaum.«

»Oh Mann …« Sie ist sichtlich genervt. »Ich fragte, wo es nun hingeht.«

»Ah, du möchtest wissen, wo wir hinmüssen?«, wiederhole ich ihre Worte wie bei einem alten Greis und deute geradeaus. »Dort entlang, in Richtung des Parks.«

»Gibt's auf dem Weg einen Kiosk? Ich brauch jetzt unbedingt ein Päckchen Kippen.«

»Willst du mit dem Ding auf dem Kopf eine durchziehen?«

»Ja, was dagegen?«

Ich schüttele meinen Helm. »Nein. Wie du meinst. An der Ecke dort vorn ist ein Kiosk.«

Wir gehen die wenigen Schritte wortlos nebeneinanderher. Es muss zwar für alle anderen unfassbar bescheuert aussehen, wie Mia und ich mitten im Sommer auf dem Gehweg mit Helmen auf den Köpfen umherlaufen, aber wir selbst vergessen unsere Kopfbedeckung schnell und stoppen vor dem Kiosk. Ich bleibe wie angewurzelt davor stehen, als ich mein eigenes Gesicht auf der Titelseite der BILD-Zeitung sehe, wo über meine Hyperhidrosekunst und den anstehenden Besuch des US-Präsidenten berichtet wird. Bei Mias Sensibilität bezüglich Lügen wäre diese Entdeckung der Super-GAU. Nix mit *Ich mach in Textilien*. Ich trete einen großen Schritt zur Seite und positioniere mich vor dem Aufsteller. »Geh du ruhig rein, ich bleib hier draußen stehen.«

»Meinetwegen. Bin gleich wieder da.«

Während Mia sich Zigaretten besorgt, drehe ich den Aufsteller um hundertachtzig Grad gegen die Hauswand und hoffe, dass drinnen nicht noch mehr Tageszeitungen meine Tätigkeit verraten. Doch ein Blick ins Innere des Kiosks lässt mich ein ganz anderes Schauspiel erkennen. Der Kioskbesitzer, offenbar ein Inder, schaut langsam auf, als Mia vor ihm steht, und wird mit einem Schlag kreidebleich im Gesicht. Er schluckt, und ich kann hören, wie er beginnt, mit indischem Akzent auf sie einzureden.

»Bitte nehme, was Sie wolle, aber lasse mich bitte, bitte an die Lebe.«

Ich verstehe sofort, was vor sich geht. Nur Mia hat anscheinend vollkommen vergessen, dass sie Helm und Sonnenbrille trägt, und ahnt nicht, welchen Eindruck sie damit bei dem Kioskbesitzer erzeugt. Mittags um dreizehn Uhr bei gut fünfundzwanzig Grad im Schatten ist ein Helm zugegebenermaßen auch nicht die angemessene Bekleidung. Für den Kioskbesitzer gibt es nur eine schlüssige Erklärung: Er wird gerade Opfer eines Überfalls.

»Was?«, fragt Mia.

Der Kioskbesitzer drückt nervös auf der Kasse herum. Schließlich springt sie auf, und er reicht Mia einen Haufen Fünfzigmarkscheine. »Nehme Sie. Bitte … isse gut?«

»Nein.«

»Aber ich nicht habe mehr. Was wolle noch?« Der Kopf des Inders wackelt bedenklich hin und her.

»Ich will nur Zigaretten«, antwortet sie genervt.

»Alle Stangen?«

»Scheiße, nein. Ich will nicht auch noch Kehlkopfkrebs, mein Tumor im Kopf genügt mir schon. Geben Sie mir ein Päckchen Camel Filter.«

Der Mann legt ihr das Päckchen vorsichtig auf den Kassenbereich und schaut sie ängstlich an. Mia greift in ihre Handtasche, wohl um Geld daraus hervorzuholen. Man könnte aber auch glauben, sie greife zu einer Waffe, weshalb der Kioskbesitzer verängstigt die Hände über den Kopf hebt.

»Nein, nein … bitte nicht. Habe Frau und funf Kinder. Bitte nicht.«

»Nein?«, fragt Mia erstaunt darüber, dass der Kioskbesitzer kein Geld von ihr möchte.

»Nein. Bitte gehen einfach. Sie mich lasse in Ruhe, und ich Sie lasse in Ruhe gehe. Alle glucklich, okay?«

»Okay. Sie sind zwar irgendwie komisch, aber das ist sehr nett. Danke für die Kippen.«

»Kein Problem. Alle gut, alle gut. So, und jetzt Sie einfach verschwinde, ja?« Er drückt ihr noch ein zweites Päckchen in die Hand und hebt dann wieder brav seine Hände.

»Danke. Na, da werde ich die nächsten Tage noch ein paarmal vorbeikommen«, entgegnet Mia fröhlich.

Als sie wieder vor mir steht, rückt Mia sich den Helm zurecht und zündet sich in aller Ruhe eine Zigarette an. Ihr scheint noch immer nicht klar zu sein, was gerade vorgefallen ist. Ich schaue sie bewundernd an.

»Und, wie war es?«

»Was?«

»Dein erstes Mal.«

»Wie kommst du jetzt darauf? Fragst du das Frauen immer so unvermittelt?«

»Nein«, winke ich ab, »nicht *das* erste Mal. Ich meine deinen ersten Überfall.«

»Wovon sprichst du?«

Ich deute auf den Kiosk und tippe ihr dazu auf den Helm. Sie hat es tatsächlich nicht geschnallt. Erst langsam trifft sie die Erkenntnis. Sie nimmt sich die Sonnenbrille von der Nase und schaut mich entsetzt an.

»Nein, oder? Du meinst, der Kerl dachte, dass das ein Überfall war? Und ich …?«

Ich nicke. »Besonders gefreut hat er sich jedenfalls nicht über deine Ankündigung, dass du die Tage noch öfter vorbeikommen wirst.«

»Du lieber Himmel, das darf doch nicht wahr sein.« Sofort reißt sie sich den Helm vom Kopf und stürmt erneut in den Laden. Keine zwei Minuten später ist sie zurück. Ich habe mich mittlerweile ebenfalls meines Helms entledigt und lächle ihr zu, als sie sich neben mir auf die Parkbank setzt.

»Und, was hat er gesagt?«

»Scheiße, Berti. Der arme Kerl hat irgendetwas geflucht, was ich nicht verstanden habe. Dann habe ich ihm einen Zwanziger gegeben und versucht zu erklären, dass alles ein Missverständnis war.«

Um ihr Kopftuch zu richten, nimmt sie es kurz ab. Für einen Augenblick steht sie mit kahlem Kopf vor mir. Ich stocke. Ihre Haare sind nicht mehr da. Mia bemerkt meine Blicke und will sich das Tuch sofort wieder überstreifen, doch ich halte ihre Hände fest. Ich schüttele den Kopf und gebe ihr zu verstehen, dass sie das nicht zu tun braucht. Dann streiche ich ihr über den kahl geschorenen Kopf. Sie zuckt zurück, doch ich schiebe ihre Hand erneut zur Seite.

»Und?«, fragt sie schließlich. »Bin jetzt wohl nicht mehr so sexy, was?«

»Doch, Kojak, das bist du. Und jetzt lass uns diese verdammte Route 66 abfahren.«

Songvorschlag
»The Way You Make Me Feel«
Michael Jackson

KAPITEL 25

»Ciao, Berti. Na, heute wieder aufsammele Hundescheiße fur die Grafin?«

Francesco. Dieser Idiot. Ich hatte ihm doch alles erklärt. Kein Wort über die Gräfin und meinen Nebenjob. Wie kann er mich jetzt vor Mia in so eine missliche Lage bringen? Ich räuspere mich und versuche seine Frage einfach zu überspielen.

»Ha, der Francesco, immer zu einem kleinen Scherz aufgelegt.« Dazu lache ich kurz auf und gebe Francesco einen etwas zu kräftigen Klaps auf die Schulter, den er immerhin richtig deutet.

»Scusi, ich meine naturlich, einemale wie immer?«

»Nein, Francesco. Heute nicht. Darf ich dir Mia vorstellen?«

Er greift sich Mias Hand und deutet einen Handkuss an. Sie trägt mittlerweile wieder Kopftuch und Sonnenbrille und lässt es geschehen.

»Signorina. Isse mir eine große Freude. Sie erinnern mich mit die Brille und Kopfetuch eine kleine wenig an die junge Sophia Loren.«

»Oh, wie reizend.« Mia macht einen kleinen Knicks. »Vielen Dank.«

»Francesco, hör auf mit dem Italogequatsche«, antworte ich genervt. »Sie ist keine Touristin.«

Sofort nimmt er eine andere Haltung ein, beugt sich zu uns und spricht etwas leiser weiter. »Wie du meinst. Aber sie hat tatsächlich was von der Loren, findest du nicht? Also, was kann ich euch zwei Hübschen denn bringen? Zwei Kaffee?«

Wir nicken und nehmen an einem Tisch im Schatten Platz, während Francesco im Café verschwindet. Mia legt ihren Helm neben sich auf den Stuhl und schaut mich an.

»Du hast interessante Freunde. Der eine ist im Nebenberuf Kinobetreiber im Krankenhaus, und der nächste spielt einen italienischen Cafébesitzer. Der Einzige, der ein normales Leben führt, ist anscheinend dein Bruder.«

»Was soll ich sagen? Er war schon immer der Vorzeigesohn unserer Familie.«

»Und warum hat dieser Francesco wissen wollen, ob du Hundescheiße aufsammelst?«

Mist, sie hat es also doch mitbekommen.

»Ach, das ist nur eine italienische Redensart. Das heißt so viel wie *Wie war dein Tag?*.«

Zum Glück kommt Francesco in diesem Moment an unseren Tisch. »So, zwei Kaffee. Geht aufs Haus. Ich habe übrigens noch mal vollgetankt, Berti. Ihr könnt also direkt losfahren.«

Er dreht sich um und widmet sich mit breitestem Akzent wieder den anderen Gästen des Cafés.

»Losfahren?«, fragt Mia erstaunt und blickt sich nach einem fahrbaren Untersatz um.

Ich nippe lässig an meinem Kaffee und stelle die Tasse zurück auf den Tisch.

»Hast du denn überhaupt einen Motorradführerschein?«

»Äh … nein.«

»Das klingt nicht gerade beruhigend.«

»Komm mit. Ich erkläre es dir.« Ich nehme sie an der Hand und führe sie zur Rückseite des Cafés, wo Francescos Feuerstuhl schon auf uns wartet. »Na, was sagst du?«

Zunächst sieht sich Mia suchend um, bis sie begreift, dass ich tatsächlich das Gefährt vor ihren Augen meine. Sie legt fragend die Stirn in Falten und zeigt auf das seltsam anmutende Zweirad. »Was zur Hölle ist das?«

»Das? Das ist ein Hercules-Supra-3D-Mofa in Hellblau mit teilverchromtem Tank und Doppelsitzbank.«

»Ja, das sehe ich, aber …«

»Was, aber?« Ich spiele überrascht und streichele über den Lenker. »Du hast keine explizite Beschreibung abgegeben, um welches Motorrad es sich handeln muss. Und mit diesem Zweirad deutscher Motorenbaukunst kann man auch schöne Touren unternehmen. Denn das ist nicht irgendein Mofa, es ist eines der wenigen, die in der Spitze sage und schreibe fünfzig Stundenkilometer erreichen und auf denen man auch zu zweit fahren kann. Und für das man außerdem keinen Motorradführerschein benötigt …«, füge ich kleinlaut hinzu. »Was sagst du?«

Mia nimmt ihre Sonnenbrille ab und läuft kopfschüttelnd einmal um das Mofa herum. »Und was ist das da oben dran?«

Sie lässt den Fuchsschwanz durch ihre Finger gleiten, der neben einer italienischen Fahne am Ende einer langen Antenne am Gepäckträger montiert ist. Francescos ganzer Stolz. Mein italienischer Freund war der einzige mit einem fahrbaren Untersatz auf zwei Rädern, der mir einfiel, und ich konnte ihn auf die Schnelle überreden, mir zu helfen. Und irgendwie finde ich die Mühle ehrlich gesagt ziemlich cool. Francesco hat sogar eine kleine Musikanlage mit Kassettendeck eingebaut.

»Der Fuchsschwanz gehört zur Sonderausstattung.«

Mia zieht ihre Augenbrauen hoch. »Modell Assi oder was?«

»Nein, Modell Hubertus, die Jagdedition«, gebe ich besserwisserisch zurück. »Nun freu dich doch mal. Das wird genial!«

Nachdem sich der erste Schock gelegt hat, atmet sie laut hörbar aus. »Hast du nicht neben deinem Mercedes und Porsche auch noch ein richtiges Motorrad in der Garage stehen?«

»Ich habe meine Harley erst kürzlich verkauft.« Eine Lüge mehr oder weniger ist jetzt auch egal. »Wir müssen nun also damit vorliebnehmen.«

»Und jetzt?«

»Jetzt? Jetzt verwirklichen wir deinen nächsten Wunsch, was sonst? Wir fahren mit einem Motorrad die Route 66 entlang und genießen den amerikanischen Traum von Freiheit.«

»Ach, tun wir das, ja?«

»Auf jeden Fall.«

»Und wo ist die Route 66? Hat dein Freund sie vielleicht hinter dem Café nachgebaut? Mir war bislang nicht bekannt, dass sie an Frankfurt vorbeiführt.«

»Du weißt eben nicht alles. Bist du bereit?«

Sie deutet auf den Helm in ihrer Hand. »Na, wenn ich den schon zufällig dabeihabe, sollten wir ihn wohl nicht ungenutzt lassen.«

»Das ist mein Mädchen! So will ich das hören. Dann mal los, steig auf!«

Der Schlüssel steckt bereits im Zündschloss, und ich lasse das Mofa an.

»Na, da bin ich ja mal gespannt.«

Mia schwingt sich hinter mir auf den Sitz und schlingt sogleich ihre Arme um mich herum.

»Und ich erst …«, antworte ich und beschleunige das Gefährt schon nach wenigen Hundert Metern auf seine sagenhafte Spitzengeschwindigkeit von fünfzig Stundenkilometern. Nach zehn Minuten Fahrt, in denen weder Los Angeles noch St. Louis an uns vorbeigezogen ist, zwickt mich Mia in die Seite und ruft mir gegen den Fahrtwind zu: »Wo ist sie denn jetzt, die Route 66?«

»Gleich dort vorn muss sie kommen.« Ich deute irgendwo nach vorn auf den weiteren Straßenverlauf, der sich flirrend in der Mittagshitze abzeichnet. »Was ich verspreche, halte ich auch.«

»Aha, verstehe. Ich bezweifle allerdings, dass es die Fahrt bis in die USA unbeschadet überleben wird.«

»USA? Oh, da habe ich wohl eine Kleinigkeit falsch verstanden. Das war nicht ausdrücklich Teil deines Wunschs. Du sagtest Route 66, und die haben wir hier auch.«

Ich deute erneut nach vorn. Diesmal auf ein blaues Schild, unter dem wir kurz danach hindurchbrausen. Darauf ist in großen weißen Ziffern eine 66 zu erkennen. Nur befindet sich unsere Route 66 nicht zwischen Chicago und Santa Monica, sondern führt von Frankfurt nach Wiesbaden.

»Hahahaha«, höre ich Mias Stimme, die gar nicht mehr so mürrisch und traurig wie noch vor einer halben Stunde klingt. Im Gegenteil, sie schreit laut auf, als wir auf die A66 auffahren und ich in den nächsten Gang schalte. Während uns unzählige Autos hupend überholen und einige Fahrer uns noch dazu den Vogel zeigen, stößt sie immer wieder laute, quiekende Töne aus.

»Und jetzt gib Gas, du alter Rocker, und zeig mir, was in der Kiste steckt«, feuert sie mich weiter an.

Ich nicke zufrieden und versuche, den Ansager beim Autoscooter auf dem Rummelplatz zu imitieren. Inklusive Extremhall, selbstverständlich.

»Anschnallen – Abfahrt – Auf geht's, geht's, geht's …«

*Songvorschlag
»Route 66«
Depeche Mode

KAPITEL 26

Nach einem kurzen Stück auf der Autobahn nehme ich eine Ausfahrt und biege auf weniger stark frequentierte Straßen ein, die an ruhigen Landschaften vorbeiführen. Wir machen schließlich halt vor einer der brandneuen McDonald's-Filialen, die gerade überall wie Pilze aus dem Boden schießen. Für einen kurzen Moment muss ich wieder an die Monchhichi-Mutter denken. Die wandelnde Ronald-McDonald-Schminkpuppe vom Kindergeburtstag.

»Du wolltest Amerika, Mia?« Ich breite die Arme aus und stelle mich breitbeinig wie ein Cowboy vor sie, als wolle ich sie in den nächsten Saloon einladen. »Bitte schön! Noch amerikanischer geht es nicht.«

»McDonald's ...« Mia schüttelt ihren noch immer behelmten Kopf. »Wie ausgefallen, Herr Körner.«

»Echte Biker essen nun mal Burger, meine Liebe.«

»Na ja, wenn du mal einen Tag auf deine Sechs-Gänge-Menüs in irgendwelchen Schickimickiläden verzichten kannst, kann ich das wohl auch. Und es ist zumindest eine Abwechslung zum Krankenhausessen.«

Wir ordern bei einer begrenzt höflichen Auszubildenden zwei Menüs, lassen die Sachen einpacken und beschließen, uns lieber in die Sonne auf die Wiese nebenan zu legen, als auf den fest verschraubten Plastikmöbeln des Lokals zu futtern.

Die ersten Minuten essen wir nur stumm, dann schaut mich Mia unvermittelt an. »Mal ganz ehrlich, Berti. Warum tust du das?«

Ich nehme gerade einen großen Bissen von meinem Burger und schaue sie fragend an, während mir eine Gurkenscheibe halb aus dem Mund hängt. »Weil ich tierischen Hunger habe?«

»Das meine ich nicht. Ich meine das alles hier. Diese Tour, das Essen, die ganzen letzten Tage.«

»Macht es dir etwa keinen Spaß?«

Mia lehnt sich zurück, atmet tief durch, dann schaut sie mich wieder an. »Doch. Ja, doch. Ich muss leider zugeben, dass ich echt Spaß mit dir habe. Selbst heute, als ich dachte, dass die Welt über mir zusammenbricht, hast du es irgendwie geschafft, mich zum Lachen zu bringen. Ich weiß nur nicht, warum du das machst. Willst du mich ins Bett kriegen? Dann muss ich dich leider enttäuschen. Ich fühle mich gerade so dermaßen unsexy, dass mir danach überhaupt nicht der Sinn steht.«

»Denkst du das von mir? Dass ich dich nur ins Bett bekommen will?«

»Weiß nicht.« Sie legt den Kopf in den Nacken und schaut in den Himmel hinauf. Ein paar Wolken schieben sich vor die Sonne, die allmählich schwächer wird und sich dem Horizont entgegenneigt. »Nein, eigentlich nicht.«

»Na siehst du. Sag mir lieber, ob du schon eine Idee für morgen hast.«

»Klar.«

»Wirklich? Und die wäre?«

»Eine Safari.« Mia beißt in ihren Burger und nickt nachdrücklich. »Ich will eine Safari machen. Mit wilden Tieren und allem, was dazugehört. Diesmal verlierst du, mein Lieber. Keine Chance.«

Das klingt in der Tat nach einer Herausforderung.

»Eine Safari also?«, wiederhole ich.

»Ja. Ich liebe Tiere. Ich hatte sogar mal einen Ferienjob in einem Tierheim und habe Hunde ausgeführt. Hast du Haustiere?«

Ich muss an die schockgefrostete Bessy in meinem Eisschrank denken. Oder das, was nach der Feuerbestattung noch von ihr übrig ist. »Äh, nein … nicht direkt. Ich habe zu Tieren ein eher, nennen wir es … unterkühltes Verhältnis. Aber eine Safari ist kein Problem. Mache ich jede Woche.«

»Na dann! Ich bin gespannt. Und wehe, es gibt keine wilden Tiere. Komm mir nicht mit Kätzchen und Kaninchen aus dem Streichelzoo an.« Sie hebt drohend den Zeigefinger.

»Kein Problem. Alles super.«

Mia legt ihren Burger zur Seite, lässt sich erneut zurück ins Gras fallen und schaut in den Himmel hinauf.

»Ja, du hast eigentlich recht. Alles super. Mal abgesehen davon, dass ich wie Kojak aussehe und eine Scheißangst habe.«

Ich mustere sie kurz, dann widme ich mich meinen Pommes. »Weiß gar nicht, was du hast«, sage ich beiläufig. »Die Frisur steht dir viel besser als die Zotteln vorher. Nicht so bieder.«

»Zotteln? Bieder?« Mia stemmt sich empört aus dem Gras hoch, und ich lache mich kaputt.

»Beruhige dich, war nur ein Scherz. Aber ich find's wirklich nicht schlimm. Deine Augen kommen so viel besser zur Geltung. Und das ist jetzt wirklich kein Witz. Ich meine das ernst. Du hast tolle Augen. Vor allem dieser minimale Blauanteil da drin.«

Mia beißt wieder von ihrem Burger ab, dann blickt sie mich fest an. »Danke. Und das meine ich auch ernst. Danke, Berti. Ich kenne dich zwar kaum, aber du bist momentan irgendwie der Einzige, der mir wenigstens ein klein wenig Halt gibt. Weißt du, als sie mir heute Morgen die Haare abrasiert haben, wurde mir erst richtig bewusst, dass diese Tage mit dir vielleicht tatsächlich die letzten in meinem Leben sein könnten. Kannst du dir das vorstellen?«

»Das hätte ich mir in der Tat auch nicht träumen lassen.«

»Nein, im Ernst. Kannst du dir vorstellen, dass du nie wieder einen Sonnenuntergang erleben wirst, nie wieder abends ins Bett gehen und wie selbstverständlich am nächsten Morgen aufwachen wirst?«

»Ehrlich gesagt, nein.« Ich schlucke den letzten Bissen meines Burgers herunter und wische mir den Mund mit einer Serviette ab. »Darf ich dich fragen, wovor du am meisten Angst hast? Ist es der Tod selbst?«

»Nein, ich glaube nicht. Dann ist eh alles vorbei, und du spürst nichts mehr. Vielleicht habe ich sogar mehr Angst vor dem Leben als vor dem Tod. Ich weiß gar nicht, wie es nach der Operation weitergehen sollte, falls ich sie überstehe.« Sie tunkt ein paar Pommes in Ketchup und schaut mich an. »Schon verrückt, oder?«

»Ja. Klingt verrückt. Aber denk an die Menschen, die alle hoffen, dass du den Tumor besiegst.«

»Ach, da gibt's gar nicht so viele. Wie gesagt, meine Eltern sind beide tot. Um mich würden nicht viele trauern. Vielleicht Raul.«

»Raul?«

Sie hält kurz inne, als hätte sie sich verplappert, dann nickt sie und kaut weiter. Der Name scheint ihr gerade rausgerutscht zu sein. Ich spüre, dass sie nicht darüber sprechen will.

»Ja, Raul. Das ist mein … Freund. Na ja, vielleicht auch eher Exfreund. Er ist Brasilianer. Wir haben uns gestritten, bevor ich in die Klinik bin. Er macht sich immer gern aus dem Staub, wenn es brenzlig wird. Wahrscheinlich hat er kalte Füße bekommen, als er gehört hat, dass ich vielleicht ein Pflegefall werde oder sterbe.«

»Aha.« Ich wusste nicht, dass Mia einen Freund hat. Das hatte sie mit keinem Wort erwähnt. Und dann auch noch ein Brasilianer. Wahrscheinlich einer dieser immer gut gelaunten Latinos, die ständig anfangen zu tanzen, sobald zwei Takte ertönen, die auch nur im Entferntesten an Musik erinnern. Bei diesen Leuten hat man schon Angst zu furzen, aus Angst, dass sie darin einen Rhythmus erkennen könnten.

Na ja, eigentlich auch keine große Sache, doch irgendwie spüre ich, dass ich plötzlich keinen Appetit mehr habe, und lege meine restlichen Pommes zurück in die Tüte. »Verstehe«, füge ich an. Ich ärgere mich über mich selbst, doch ich kann es nicht leugnen. Dass Mia einen Freund hat, versetzt mir einen Schlag in die Magengrube. Er ist ein brasilianischer Latin Lover mit Feuer in den Adern, ich bin ein germanischer Stehbluesverfechter mit weniger Bewegungsdrang im Blut als eine Weinbergschnecke. Ich will nicht genervt sein, bin es aber. Daher packe ich schlagartig alles zusammen und stehe auf. »Wollen wir?«

Mia hat noch die Hälfte ihrer Pommes übrig und schaut mich überrascht an. Hätte ich mich noch vor einer Minute sehr darüber gefreut, dass sie noch nicht gehen will, ist es mir nun ein Dorn im Fleisch.

»Jetzt schon? Ist irgendwas?«

»Nein«, lüge ich.

»Habe ich irgendwas Falsches gesagt?«

»Nein.«

»Sicher?«

»Ja.«

»Kannst du auch noch was anderes sagen außer Ja und Nein?«

Ich greife nach meinem Helm und drehe mich zu ihr um. »Ich finde, Ja und Nein sind mehr als ausreichende Antworten auf fast alle Fragen.«

»Das kann mal wieder nur von einem Mann kommen.«

»Es ist alles gut, Mia«, antworte ich und versuche dabei sogar, ein Lächeln aufzusetzen. Es gelingt mir nicht. »Es wird nur langsam dunkel, und ich habe heute noch einen Termin.«

»Ach so, okay. Das wusste ich nicht. Na, dann …«

Wir schwingen uns wieder auf das Mofa. Mia setzt sich hinter mich, und ich drücke die Playtaste des eingebauten Kassetenrekorders. So muss ich wenigstens während der Fahrt nicht mit ihr reden. Francesco hat eine Mixkassette mit Hits der Neuen Deutschen Welle im Rekorder. Zu Stephan Remmlers »Vogel der Nacht« fahren wir an Getreidefeldern vorbei der untergehenden Sonne entgegen. Der warme Spätsommerwind weht uns um die Nase, als wir schweigend in Richtung Frankfurt zurückfahren. Dennoch kommt es mir vor, als ob sich Mia fester an mich klammern würde, als es nötig wäre. Doch vielleicht bilde ich es mir auch nur ein. Es fühlt sich jedenfalls gut an, und ich versuche die schmerzvolle Tatsache, dass Mia einen Freund hat, auszublenden. Wie konnte ich nur so dämlich sein? Ich hatte wirklich geglaubt, dass eine Frau wie sie und ich ... na ja. Zumindest der Gedanke war schön. Mia trommelt mit ihren Fingerspitzen derweil den Rhythmus der Musik auf meiner Brust mit, und ich vergesse für einen Moment meinen Schmerz, als ich höre, wie sie den Text des Lieds mitsingt:

Vogel der Nacht, flieg hinauf bis zum Mond, schaue von dort, wo die Liebste jetzt wohnt. Flieg zu ihr hin, sag ihr, ich bin allein. Vogel der Nacht, sie muss mir verzeih'n. Sing ihr mein Lied, sag, es bricht mir das Herz. Vogel der Nacht, sing von Liebe und Schmerz ...

* *Songvorschlag*
»Vogel der Nacht«
Stephan Remmler

KAPITEL 27
Donnerstag, 23.06.1988

Ich erinnere mich ganz genau.

Das letzte Mal, als ich so früh aufgestanden bin, trug ich kurz darauf einen roten Scout-Turnbeutel in der Hand und tauschte auf dem Schulhof mein Salamibrot gegen eine Capri-Sonne Kirsch. Es ist so früh am Morgen, dass nur eine eiskalte Männerdusche mit einer großen Portion Cliff meinen Kreislauf überzeugen kann, sich mir anzuschließen.

Denn heute ist nicht irgendein Tag.

Heute ist *der* Tag!

Mein Tag!

Der Tag, an dem ich auf der Karriereleiter ein, zwei Sprossen überspringen und direkt ganz oben anklopfen werde. Freddie hat mir sogar ein Zugticket für die erste Klasse gebucht. Und so sitze ich mir ein paar Stunden später in Köln im Wartebereich von RTL plus den Arsch platt und warte auf meinen Termin beim Programmchef. Ein echtes Konzept habe ich immer noch nicht parat, aber ich habe mir immerhin etwas einfallen lassen, mit dem ich einen bleibenden Eindruck hinterlassen werde.

Mir gegenüber sitzt eine Frau mit kinnlangem blondem Haar, die mir ab und an höflich zulächelt. Zwei Stühle neben ihr sitzt ein schlanker Mann mit lockigem Haar, der jedoch seit meinem Eintreffen schläft. Ich bin wohl nicht der Einzige, der mit einem Showkonzept auf seinen Durchbruch wartet. Ich versuche, mich davon nicht demotivieren zu lassen, und spreche die Dame an.

»Na, sind Sie auch wegen einer neuen Show hier?«

»Ja.« Die Blondine nickt aufgeregt und antwortet in bestem niederländischem Akzent. »Ich bin extra aus Holland gekomme und will eine lecker kleine Show fur Kinder präsentiere. Das wird eine echte Supershow.«

»Klingt gut«, pflichte ich der Niederländerin aufmunternd bei und heuchle Interesse. Und das, obwohl wir erst vor ein paar Tagen gegen Holland aus der Europameisterschaft geflogen sind. »Darf man fragen, um was es bei Ihrer Supershow genau geht?«

»Ich bin mir noch nicht ganz sicher. Aber es soll was mit die Kinder und die Musik sein. Vielleicht eine Musikshow, wo die Kinders ihre Lieblingslieder nachsinge könne.«

»Ah, so eine Art Playbackshow für Kinder, was?«

Frau Antje nickt eifrig, als würde ihr gerade die Goldene Käseplakette verliehen werden. »Jaaa, ganz genau. Eine echte Supershow.« Bei dem Wort Supershow hebt sie jedes Mal die Stimme, als würde sie bereits die Showtreppe herunterschreiten. »Wie finde Sie diese Idee?«

»Gefällt mir.« Ich stehe auf und reiche ihr meine Hand. »Ich bin übrigens der Berti. Berthold von Körner.«

»Marijke Amado«, antwortet sie. »Sagen Sie, sind Sie nicht der Mann, der überall in die Zeitung stehen tut? Der mit die Schweiß in der T-Shirt und die amerikanische Präsident?«

»Äh, ja, genau der bin ich. Der Hyperhidroseartist.«

»Toll! Vielleicht könne wir ja was zusamme mache. Ich mit die Kindern und Sie mit Ihre Schweiß.«

»Alles Schwachsinn«, grantelt es plötzlich aus der Ecke. Der hagere Mann scheint soeben seinen Mittagsschlaf beendet zu haben.

»Wie bitte?«, fragt Frau Amado, und auch ich schaue zu ihm hinüber.

»Das ist doch alles Schwachsinn. Kinder und dieser Hirnfurz mit dem Schweiß interessieren doch keine Sau mehr im deutschen Fernsehen. Das Einzige, was die Leute heute sehen wollen, sind Titten und nackte Haut.«

»Aber Kinder sind unsere Zukunft«, erklärt die Holländerin und stemmt dazu empört die Fäuste in die Taille.

Der Grantler lacht nur hämisch auf und streckt seine müden Glieder. Der Einwand scheint an ihm abzuperlen wie Wasser an einer Ente. »Wen interessiert schon die Zukunft? Die Zuschauer wollen unterhalten werden, wenn sie von der Arbeit nach Hause kommen, und nicht noch darüber nachdenken, wie das Leben in zwanzig Jahren aussieht. Sex sells. Glaubt mir das, ich kenne mich aus.«

Das möchte ich nun doch etwas genauer wissen. »Woher wissen Sie das denn so genau? Und welche Idee haben Sie überhaupt vorzuweisen?«

»Das kann ich euch sagen.« Der Kerl lehnt sich zu uns nach vorn. »Mir schwebt da was ganz Neues vor. Etwas Freches, Frivoles. Eine Spielshow, bei der auch so richtig geil gestrippt wird. Sex sells, ihr versteht schon. Vielleicht stecke ich die Frauen dazu noch in witzige Kostüme, die sie dann ausziehen müssen. Irgendwas Exotisches, wie Palmblätter oder Früchte … ja, Früchte sind gut, das mögen die Leute. Muss ich mir gleich aufschreiben.« Er zieht einen verknickten Notizblock aus seiner Jackettinnentasche und notiert etwas.

»Gibt's denn schon einen Titel für Ihre Fruchtstripshow?«

Der Mann legt seinen Stift zur Seite und schüttelt sein lockiges Haupt. »Nee, leider nicht. Irgendwas Frivoles halt. Sex sells, ihr versteht schon. Habt ihr vielleicht eine Idee?«

Marijke und ich schauen uns fragend an. Die Holländerin macht einen Vorschlag. »Früchtecocktail de luxe. Klingt edel und eine bisschen, wie sagt man, verraucht.«

»Sie meinen verrucht«, verbessert der Mann.

»Ja, so ein kleine bisschen püffig. Früchtecocktail de luxe eben.«

»Klingt für mich eher wie ein Eisbecher«, wehrt der Grantler den Vorschlag ab. »Nee, irgendwas Provokanteres, Erotischeres muss es sein. Sex sells, ihr versteht schon.«

»Paradies der Lüste«, legt Marijke nach, doch Lockenköpfchen scheint noch immer wenig begeistert.

»Gott bewahre. Das klingt ja wie ein Sechzigerjahreporno. Nein, es muss simpel und dennoch einprägsam sein. So was wie *Dicke Äpfel – schmaler Grips*, versteht ihr?«

»Tutti Frutti«, werfe ich spontan ein.

Lockenkopf lehnt sich zurück. Dabei lässt er mich allerdings für keine Sekunde aus seinen Augen. »Tutti Frutti«, wiederholt er. Dann zückt er erneut seinen Stift und Notizblock. »Gar nicht schlecht, mein Freund. Ja, wirklich, gar nicht schlecht. Danke.«

»Kein Problem. Sex sells halt.«

Die Tür schwingt auf, und eine adrett gekleidete Dame tritt zu uns in den Vorraum.

»Herr von Körner?«

»Ja, das bin ich.«

»Kommen Sie bitte?«

»Also, viel Glück dann für euch«, verabschiede ich mich von den beiden und folge der Dame. Nach zwei Metern greife ich unauffällig in meine Hosentasche und ziehe zwei Chilischoten hervor. Ich schätze die Zeit bis zu meinem Auftritt ab und entscheide mich dafür, gleich beide auf einmal zu nehmen. Schnell kaue ich ein paarmal und schlucke sie herunter.

Wir betreten ein riesiges Büro, an dessen anderem Ende ein kräftig gebauter Mann hinter einem Schreibtisch thront. Als ich jedoch näher komme, erinnert er mich an den Scheinriesen aus der Augsburger Puppenkiste. Mit jedem Schritt, den ich mich ihm nähere, wird er kleiner und untersetzter. Und als ich schließlich direkt vor ihm stehe, bekomme ich beinahe einen Milcheinschuss, so stark entsprechen das kreisrunde Gesicht und die kugelrunden Augen des Mannes dem klassischen Kindchenschema eines Zweijährigen. Er steht auf und deutet mir mit einer Handbewegung an, mich auf dem freien Stuhl vor ihm zu platzieren.

»Sie saan oiso dieser Schwitzer.«

Seine Stimme klingt ebenso neugierig wie österreichisch, und ich bin mir nicht sicher, ob ich alles richtig verstehe, was er sagt. Zudem setzen bereits die ersten untrüglichen Symptome der Chilis ein. Meine Ohren beginnen wie Teekessel zu pfeifen.

»Äh, nein. Ich bin nicht der Schweizer, ich bin der Frankfurter.«

»Na, dös sog i doch. I maan ja net, döss Sie aus der Schweiz san, sondern der verrückte Kerl, der mit saanem Schweiß die Leit ganz verrückt macht.«

»Ah, der Schweiß. Jetzt habe ich es verstanden. Ja, das stimmt, das bin ich. Allerdings nenne ich es Hyperhidrose.«

»Wie meinen S' bittschön?«

»Ich nenne es die Kunst der Hyperhidrose.«

Der Scheinriese überlegt kurz, schüttelt dann jedoch seinen Kopf und nimmt wieder in seinem Ledersessel Platz. Derweil überkommen mich die ersten Hitzewallungen.

»Ja, is scho recht. Jedenfois find i die Idee witzig. Laut der Presse scheinen S' ja damit grad recht en vogue zu sein. Selbst der Präsident der Vereinigten Staaten wui Sie ham. Oiso, zeigen S' mer mal, was Sie können. Bittschön, Feuer frei.«

Jetzt ist die Zeit gekommen. Keine Sekunde zu früh, denn die Hitze steigt immer weiter in mir auf, und ich mache einige mystische Bewegungen, die jedoch nur der Ablenkung dienen und die Zeit überbrücken, bis der Schweiß wie eine Vulkaneruption aus mir herausbricht. Und dann geht es los.

Ohrenpfeifen.

Schwindelgefühl.

Schweiß.

Ich drehe dem RTL-Mann den Rücken zu und hoffe, dass meine angefertigte Schwablone mit dem Schriftzug

Wir schwitzen für Ihre Unterhaltung
RTL plus

einwandfrei funktionieren wird. Ich gebe alles und presse mir auch den letzten salzigen Rest aus jeder einzelnen meiner Poren. Zu meiner Beruhigung kann ich im nächsten Moment ein Klatschen vernehmen. Ein sicheres Indiz dafür, dass mein Auftritt überzeugt hat.

»I werd deppert. Ja, gibt's denn dös? Na, oiso wirkli, i werd narrisch. Dös is ja phänomenal, Herr von Körner.«

»Das freut mich zu hören.« Ich bin erleichtert und drehe mich wieder zum Senderchef, der sich gar nicht mehr einzukriegen scheint.

»I mach Sie zu aanem Star im Sender. A Universalwaffen für oije Sendungen bei uns. I seh Sie scho die Wetterkarten schwitzen, die Hochrechnungen bei der nächsten Wahl, die Bundesligaergebnisse. Jessas, mit Eana können wir ja ois machen.«

»Sie denken also, dass das klappt?«

»Ob des klappt? Ja, freilich! Da können wir scho was draus machen. Zunächst mach ma mit Eana aanen Gastauftritt in aaner Liveshow, um Sie überoi bekannt zu machen. Deutschland, Österreich, Schweiz. Jeder wird Sie kenna. Dann bekommen S' a eigne Sendung. Wissen S', wir haben nur noch aanen Sendeplatz zu vergeben. Die Spinnerden do draußen mit dem Kindergsinge und den Nackerten … naa, i waaß net. Da g'foid mir des schwitzernde Leiberl doch tausendmoi besser.«

»Tatsächlich?«

Der Scheinriese steht auf und kommt um den Schreibtisch herum. Mit jedem Schritt schrumpft er ein weiteres Stück.

»I will die Topquote. Und genau mit so wos kriegen mir die. Lassen S' mich des nur machen.«

»Wenn Sie meinen.«

Er klopft mir lobend auf die Schulter. »So is recht. Dös is die richtige Einstellung. Ich versprech Eana, es wird nicht zu

Eanam Nachteil sein. Ich biete Eana aane eigene Show mit internationalen Gästen an.«

»Und was verdient man da so mit einer eigenen Show, wenn ich fragen darf?«

Er legt mir einen Arm um die Schultern, und seine Gesichtszüge wandeln sich binnen einer Hundertstelsekunde zu denen eines Großaktionärs beim Börsenstart. »Wos hoiten S' von aam Zehnerle für den ersten Gastauftritt? Und dann schau mer weiter.«

»Ein Zehnerle?« Das klingt für mich allerdings schon nicht mehr so gut. Ich hatte mir mehr erhofft. Da bekomme ich ja bei den Marschas dieser Welt mehr Kohle auf die Hand. Ich versuche nachzuverhandeln. »Also, ein bisschen mehr habe ich mir da schon vorgestellt.«

Der Österreicher leckt sich mit der Zunge über die spröden Lippen. Dann flüstert er mir zu: »Na, meinetwegen. Sagen mir zwölf. Aber dös is mei letztes Angebot. Übertreiben S' bittschön net, Herr von Körner. Zwölftausend Mark is a Menge Göld.«

Zwölftausend Mark? Oh Gott, der Senderguru sprach von Tausendern. Jetzt verstehe ich. Schnell schlage ich ein. »Einverstanden. Zwölftausend.«

»Gut, dann sammer ja im G'schäft. I frei mi auf unsre Zusammaarbeit.«

Ich muss an Mia denken, die ja immer für Ehrlichkeit ist. Vielleicht hat sie recht. Bei solchen Summen sollte man seinen Geschäftspartner vielleicht nicht hinters Licht führen. Ihm zumindest sagen, dass das alles ein Trick ist.

»Noch eine Sache. Nur, weil es so ein rechtliches Ding werden könnte. Also, wissen Sie, in Wirklichkeit ist das Schwitzen mehr so eine Art Trick, bei dem ich lediglich …«

»Passen S' auf.« Er unterbricht mich und packt mich am Arm. »I geb aanen Scheiß drauf, wie Sie dös mochen. Bescheißen S' die Leit, oder schwitzen S' sich meinetwegen die Gedärme aus den Poren außi. Sie kriegen Ihren Scheck, und im Gegenzug verschweigen S', wie Sie dös machen, und behaupten einfach weiter, dass dös a G'schenk Gottes oder Allahs oder was weiß i ist und Sie aane Art Weltwunder san, verstehn S'? Solang die Zuschauer net wissen, wie Sie dös machen, san Sie im G'schäft. Is dös klor?«

»Ich denke, ja …«

»Na wunderbar.«

Der Fernsehzwerg geht zurück hinter seinen Schreibtisch, lässt sich in seinen Ledersessel gleiten und drückt einen Knopf auf einem kleinen Kasten.

»Frau Elena, bitte schicken S' die anderen Verrückten wieder nach Haus. Wir machen die neue Show mit dem Körner Berti. Danke.« Dann wendet er sich wieder zu mir. »Also, mir fangen direkt am Samstag mit Ihrem Gastauftritt in aaner Livesendung an. Nur zwei Minuten. Überlegen S' sich aanen witzigen Spruch, den Sie dann schwitzen können. Vielleicht nehmen S' auch des Gleiche wie heut, dös hat mir g'falln. Und wenn's mir g'foit, g'foits den Leit aa.«

»Samstag? Das ist ja schon übermorgen!«

»Ja, übermorgen. Also nehmen S' sich bittschön nichts anderes vor, ja? Oder is dös a Problem?«

Ich überlege einen Moment. Übermorgen ist Mias Operation. Eigentlich wollte ich ihr da zur Seite stehen. Aber hier geht es um meine Zukunft. Meinen Lebenstraum. Meinen Weg nach ganz oben. Dann schüttele ich den Kopf.

»Nein, kein Problem.«

»Wunderboar, dann seh mer uns am Samstag.«

* *Songvorschlag*
»You Came«
Kim Wilde

KAPITEL 28

»Eine Safari?«

»Ja.«

»In Frankfurt?«

»Ja.«

Meine Antworten sind kurz. Der Termin beim Sender hat viel Zeit gekostet, die ich nun wieder reinholen muss. Daher habe ich nach meiner Rückkehr aus Köln meinen Bruder unter einem Vorwand zu mir ins Auto gelockt und ihm erst dann von Mias aktuellem Wunsch berichtet. Allein schaffe ich es nicht, ich brauche seine Hilfe. Während ich fahre, erzähle ich ihm von meinem Plan. Doch Tobi reagiert wie erwartet kritisch.

»Und wie soll gerade ich dir da helfen? Soll ich 'ne behinderte Giraffe spielen, oder was?«

Ich greife hinter den Beifahrersitz und reiche ihm eine Dose Bier. Alkohol ist bei Gesprächen, in denen man nur über schlechte Argumente verfügt, einer der wenigen hilfreichen Partner.

»Nein, du sollst mir helfen, heute Abend nach Schließung wieder in den Zoo reinzukommen.«

»In den Zoo?«

»Ja.«

»Ich soll dir helfen, nach der Schließung in den Zoo einzusteigen?«

»Genau.«

»Du willst da also einbrechen?«

»Nein, ich will nur nach den allgemeinen Öffnungszeiten dort hinein.«

»Das ist einbrechen! Und wie soll das gehen? Soll ich mit dem Rolli über die Mauer hüpfen oder was? Wie stellst du dir das vor?«

»Nein. Der Zoo ist gut gesichert, damit weder irgendjemand rein- noch eines der Tiere herauskommt. Es gibt aber einen Schwachpunkt.«

Tobi öffnet zischend seine Dose und nimmt einen großen Schluck. »Und dieser Schwachpunkt wäre?«

Ich stoppe den Wagen neben dem Zooareal und deute auf ein Gebäude, das nur wenige Meter von uns entfernt steht. »Das Funktionsgebäude. Es ist das einzige Gebäude, das direkt an der Straße liegt und Fenster nach außen hat, durch die man einsteigen könnte.«

»Berti, dir ist schon klar, dass du von Einbruch sprichst. Ich meine, wir haben echt schon viel Mist zusammen gebaut, aber ich werde für dich nicht in den Knast gehen.«

»Ich will ja nichts stehlen. Ich will nur eine Art Nachteingang kreieren, um Mias Wunsch zu erfüllen.«

»Mann, Mann, Mann. Sie scheint dir ja wirklich viel zu bedeuten. So kenne ich dich gar nicht.«

»Quatsch. Es ist nur weil … weil …«

»Weil was?«

»Na ja, weil … okay, vielleicht mag ich sie wirklich mehr, als ich zugeben möchte. Aber das ist jetzt auch völlig egal.«

Tobi nimmt erneut einen großen Schluck Bier. »Scheiße, mein Bruder ist verknallt. Ich glaube es nicht.«

»Kann schon sein. Ein klein wenig hat's mich vielleicht erwischt. Aber das gibt eh nix. Sie hat einen Freund.«

»Echt jetzt? Mia hat einen Freund?«

»Ja. Sogar einen Brasilianer.«

»Hätte ich nicht gedacht. So wie sie dich neulich auf der Tanzfläche angeschaut hat … ich hätte meinen lapprigen Arsch darauf verwettet, dass sie was von dir will.«

»Ehrlich?«

»Absolut.«

»Aber was soll ich machen? Sie hat diesen Kerl.«

»Wahrscheinlich will sie nur nicht allein sein, und er ist 'ne Art Übergangslösung. Ist doch oft so. Das machen viele, bis dann der Richtige kommt, und der bist du.«

»Selbst wenn, wie sollte ich es denn anstellen?«

Tobi kippt sich den letzten Schluck aus der Dose hinter die Binde, rülpst kurz und sieht mich durchdringend an. »Du musst die richtige Dosierung finden. Weißt du, eure Beziehung zueinander ist im Grunde genommen wie ein Furz.«

»Wie ein Furz?«, wiederhole ich und schaue Tobi fragend an.

»Ja, wenn du zu viel Druck machst, wird's Scheiße. Also, geh es langsam an. Behutsam. Nur mit sanftem Druck, du verstehst, was ich meine?«

»Ich bin mir da nicht sicher. Mit einem Furz habe ich Mia bislang nicht in Verbindung gebracht. Aber danke für dieses philosophische Gleichnis. Mich würde jetzt allerdings eher interessieren, ob du mir hilfst, in den Zoo zu kommen.«

»Wie könnte ich da Nein sagen?« Mein Bruder stellt die Bierdose ab und grinst mich schelmisch an. »Vielleicht liegst du mir ja nicht mehr auf der Tasche, wenn du endlich eine Frau hast. Außerdem mag ich Mia.«

»Danke, Tobi. Ich wusste, dass ich mich auf dich verlassen kann.«

»Also, wie lautet dein Plan? Du hast doch hoffentlich einen, oder?«

»Natürlich! Wir setzen auf den Behindertenbonus.«

»Och nee, bitte nicht. Nicht der alte Klassiker.«

Schon als wir klein waren, haben mein Bruder und ich uns auf Volksfesten an den Warteschlangen vorbeimogeln können, da niemand einen Jungen im Rollstuhl anpöbelt. Genauso verhielt es sich bei Toilettenbesuchen im Stadion, bei Musikkonzerten und Fahrten mit der Deutschen Bahn. Immer haben wir auf den Behindertenbonus gesetzt und meist auch gewonnen.

»Doch«, antworte ich. »Allerdings wird es diesmal etwas komplizierter. Wir müssen in den hinteren Teil des Gebäudes kommen.«

Tobi runzelt die Stirn. »Und das schaffen wir wie?«

»Wir gehen jetzt in den Zoo und machen dort die Anfallnummer. Die hat immer super funktioniert. Dann sagen wir, dass du dich kurz hinlegen musst, oder irgendetwas in diese Richtung.«

»Und auf eine Bank draußen im Zoo kann ich mich nicht legen, weil …?«

»Zugegeben, der Plan hat noch kleine Schwächen.«

Mein Bruder verdreht genervt seine Augen.

»Mensch, Berti. Das ist kein Plan, das ist Bullshit.«

»Wir bekommen das schon hin. Uns fällt sicher was ein. Wir improvisieren einfach ein bisschen.«

»Improvisieren?«

»Mensch, wir haben keine Zeit mehr! Ich muss ihr den Wunsch noch heute erfüllen, verstehst du?«

Tobi brummt etwas, das entfernt einer Zustimmung ähnelt. »Anfall also. Okay, das hatten wir schon lange nicht mehr. Hast du an alles gedacht?«

Ich nicke.

»Welche Geschmacksrichtung?«

»Waldmeister.«

»Bitte, Berti, nicht Waldmeister.«

»Was hast du denn plötzlich gegen Waldmeister? Nun zick nicht so rum, Tobi. Ich habe auf die Schnelle nichts anderes gefunden.«

»Nicht mal Himbeere oder wenigstens Zitrone? Von Waldmeister bekomme ich immer Durchfall, das weißt du doch.«

»Tut mir leid. Wir müssen ja auch nur jemanden abpassen, der uns in das Gebäude lässt. Brauchst es ja nicht runterzuschlucken.«

»Also gut. Meinetwegen. Lass es uns hinter uns bringen.«

Wir verlassen mein Auto, lösen an der Kasse zwei Tagestickets, und ich schiebe meinen Bruder vorbei an den Tierhäu-
sern zu unserem Ziel. Wir positionieren uns in der Nähe des
Funktionsgebäudes und warten. Das Glück ist uns hold, und
wir müssen nicht lange warten, bis sich die Tür des Gebäudes
öffnet und ein älterer Herr mit weißem Haarkranz und Köfferchen daraus hervortritt.

»Es geht los, Tobi. Da kommt jemand.«

»Aber nicht so hart. Sei vorsichtig, okay.«

»Du kennst mich doch.«

»Ja, eben.«

Die Vorstellung der legendären Körner-Brothers beginnt.
Ich stecke Tobi das Päckchen Waldmeisterbrause zu, schiebe
ihn zwei, drei Meter, bremse ruckartig und werfe ihn aus voller
Fahrt aus dem Rollstuhl direkt vor die Füße des Mannes. Dieser zuckt sogleich zurück und schaut erschrocken auf den zap-
pelnden Behinderten vor seinen Füßen.

»Du lieber Himmel, alles in Ordnung?«

»Oh nein, nicht schon wieder!« Mit sorgenverzerrtem Gesicht bücke ich mich zu Tobi hinunter und hoffe, dass er die
Brause schon in seinen Mund befördert hat. Und tatsächlich:
Als ich ihn umdrehe, zuckt er nicht nur weiter, auch grüner
Schaum quillt ihm nun formschön aus dem Mund. Ein immer
wieder beeindruckender Effekt, für den Waldmeister farblich
nun mal einfach deutlich besser geeignet ist als Himbeere oder
Zitrone. Aber das konnte ich so natürlich nicht sagen. »Oje. Er
hat wohl wieder einen Anfall.«

»Ist er Epileptiker?« Der Mann kniet sich neben Tobi. Er
kennt sich offensichtlich mit Anfällen aus. Hervorragend.
Dann wird er nicht lange herumreden, sondern agieren. Wird
wohl einer der Zooangestellten sein, die in dem Funktionsgebäude arbeiten.

»Ja, am besten, wir legen ihn irgendwo in den Schatten, wo
er zur Ruhe kommen kann. Das hilft eigentlich immer ganz

gut. Noch besser wäre es im Inneren des Gebäudes dort drüben. Da ist es sicherlich kühler. Wäre das möglich? Nur für ein paar Minuten.«

»Aber ja doch.« Er nickt verständnisvoll und hebt Tobi mit mir gemeinsam auf. »Natürlich. Kommen Sie.«

Wir tragen Tobi in das Gebäude. Als ich ihm versehentlich den Kopf an den Türrahmen schlage, stöhnt er leidvoll auf, was nicht einmal gespielt sein dürfte.

»Mach dich nicht so schwer«, flüstere ich ihm zu.

»Leck mich«, kommt es leise aus einem waldmeistergrün verschmierten Mundwinkel. »Pass du besser auf, wo du mich dagegenhaust. Mein Kopf ist nämlich nicht gelähmt.«

»Kommen Sie, hierher«, tönt es von weiter hinten im Gebäude. Der nette Herr hat zielsicher das perfekte Zimmer für meinen Plan angesteuert. »Das ist der Kontrollraum für die Gatter der Tiere. Hier herrscht Ruhe. Legen Sie ihn dort auf die Liege. Ich schau ihn mir gleich mal an.«

Ich blicke ihn erstaunt an. »Sie wollen ihn sich genauer anschauen? Warum das denn?«

»Keine Angst. Ich bin der Tierarzt des Zoos. Der junge Mann hier ist zwar kein Tier, aber die Symptome und Maßnahmen sind doch recht ähnlich.« Er holt ein Köfferchen und nimmt einen Lederriemen daraus hervor. »Zunächst einmal ziehen wir ihm das hier als Beißschutz durch den Mund, damit er sich nicht weiter verletzt.«

»Verstehe«, gebe ich zurück und bewege mich langsam in Richtung des Fensters, während Tobi vom Arzt mundtot gemacht wird. Er sieht dabei alles andere als glücklich aus, doch was soll ich machen? Schließlich habe ich eine Mission zu erfüllen. Und so ein kleiner Beißriemen kann meinem Bruder sicher nicht schaden. Dann hält er wenigstens mal die Klappe und nörgelt nicht ständig herum. Wenn ich das Fenster nur einen Spaltbreit öffnen kann, genügt es, um es später aufzudrücken und einzusteigen.

»Hat er so was in letzter Zeit öfter gehabt?«, fragt der Tierarzt und zieht den Beißriemen so fest, dass Tobis Augen wie zwei Billardkugeln hervortreten. Mein Bruder sieht mich aus den Augenwinkeln an und schüttelt den Kopf, während der Arzt damit beginnt, seinen Oberkörper mit einem Stethoskop abzuhören.

»Ähh, ja. So ein-, zweimal die Woche.«

»Tatsächlich? Das klingt nicht gut. Jedes Mal mit grünem Auswurf und Schaum vor dem Mund?«

Wieder schüttelt Tobi ängstlich den Kopf. Ich bin unterdessen fast am Fenster angekommen. Ich muss den Arzt nur noch ein klein wenig länger hinhalten. »Ja, Auswurf. Viel Auswurf. Und immer grün«, antworte ich.

Der Arzt schaut besorgt. »Das ist ungewöhnlich. Dann ist es vielleicht ernster, als ich dachte. Aber Sie haben Glück.« Er packt seine Abhörutensilien zurück in den Koffer und dreht sich zu mir um.

Ich bleibe wie angewurzelt stehen. »Glück? Wie meinen Sie das?«

»Ich habe zufälligerweise ein starkes Antiepileptikum dabei. Unser Nashorn ist ebenfalls Epileptiker, und ich war gerade auf dem Weg, um ihm eine prophylaktische Spritze zu verpassen.«

Oh, oh. Jetzt wird es für uns wohl tatsächlich ernster, als ich geplant hatte. Zögernd deute ich auf meinen noch immer wehrlos daniederliegenden Bruder. »Aber das ist kein Nashorn.«

»Ja, natürlich nicht. Es handelt sich auch lediglich um ein Beruhigungsmittel mit einem Antiepileptikum. Ich werde die Nashornspritze etwas geringer dosieren.«

Bei dem Begriff *Nashornspritze* reißt Tobi panisch seine Augen auf und starrt mich entsetzt an. Jetzt muss ich mich wohl zwischen meinem Bruder und der Wette mit Mia entscheiden. Den Entschluss fälle ich erstaunlich schnell und mit nur geringer Hemmschwelle. »Und es kann ihm auch wirklich nichts passieren?«

»Vertrauen Sie mir. Ich behandele schon seit dreißig Jahren kranke Tiere. Ich werde das Mittel so dosieren, dass er keine Probleme haben wird, wenn er wieder aufwacht.«

»Wenn er wieder aufwacht?«, wiederhole ich.

»Ja, das wird ihn erst mal für einige Zeit ruhigstellen. Also, soll ich, oder wollen wir auf einen Krankenwagen warten?«

Ein Krankenwagen geht auf gar keinen Fall. Die Sanitäter würden den Schwindel sofort bemerken. Also stimme ich der Nashornspritze zu.

»Na dann …«

Der Arzt kramt in seinem Köfferchen, während Tobi mich aus finsteren Augen anfunkelt. Ich flehe ihn mit einem bittenden Blick an, noch eine Weile mitzuspielen, und zeige verzweifelt auf das noch immer geschlossene Fenster. Meine Lippen formen das Wort »Bitte«, und ich lege flehentlich die Hände aneinander.

»So, dann wollen wir mal«, sagt der Onkel Doktor und zieht eine Spritze auf, die über die beachtlichen Maße eines Schraubenziehers verfügt. Tobi zuckt panisch hin und her, was den Eindruck, er hätte tatsächlich einen epileptischen Anfall, nur noch verstärkt. »Ganz ruhig, junger Mann, ganz ruhig. Ich will Ihnen nur helfen. Gleich wird alles gut.«

Im gleichen Moment, als der Tierarzt routiniert die Spritze setzt, lege ich den Hebel des Fensters um.

Geschafft!

Zufrieden drehe ich mich um und erkenne, dass mir der Hass meines Bruders für einige Zeit sicher sein wird. Und dies völlig zu Recht. Ich sehe, wie Tobi die Augen zufallen, während die grüne Ahoj-Brause aus seinen Mundwinkeln zu Boden tropft.

»Er dürfte jetzt ein paar Stunden schlafen. Da hat er wirklich Glück gehabt, dass Sie bei ihm waren und mich angesprochen haben.«

»Ja, in der Tat. Dafür wird er mir sicherlich sehr dankbar sein, wenn er wieder zu sich kommt.«

————

Nachdem ich Tobi wieder in seinen Rollstuhl und dann zurück in die WG verfrachtet hatte, wo er sich noch immer einem tiefen Schlaf hingibt, habe ich mich bestens für die anstehende Safari ausgestattet. Ich trage eine Kakihose, ein beigefarbenes Hemd und einen Tropenhelm mit baumelnden Korken daran, die die Stechmücken vertreiben und so der drohenden Rhein-Main-Malaria ein Schnippchen schlagen sollen. Außerdem habe ich ein Zelt eingepackt. Es ist jedoch nicht irgendein Zelt, es ist das legendäre Yps-Überlebenszelt. Neben Urzeitkrebsen und dem Zerrspiegel aus dem Jugendmagazin kann ich dieses Meisterwerk feinster Plastikhandwerkskunst schon seit einigen Jahren mein Eigen nennen. Denn wenn man ehrlich ist, ähnelt das Überlebenszelt einer ALDI-Einkaufstüte weit mehr als einem brauchbaren Zelt. Zum einen bietet das höchstens siebzig Zentimeter breite Dach nicht einmal einem kleinwüchsigen Pygmäen adäquaten Schutz vor Regen und Sturm, und zum anderen überrascht es den Schutzsuchenden mit der Tatsache, dass es an beiden Seiten offen ist. Somit hat man immerhin die Wahl, ob man sich zuerst die Füße oder doch lieber gleich den Kopf im nasskalten Regen abfrieren möchte. Nichtsdestotrotz passt das Zelt irgendwie zu meinem restlichen Outfit. Ja, ich sehe in meiner Montur vielleicht etwas bescheuert aus, aber hat das etwa Generationen von Expeditionsreisenden vor mir gestört? Amundsen und Scott sahen bei ihrem Wettrennen zum Südpol wohl auch nicht gerade wie Armani-Models aus. Und trug Reinhold Messner bei der Besteigung des Nanga Parbat etwa eine Seidenkrawatte? Nein.

Also bitte! Was dem Messner Reinhold sein Steigeisen, ist dem Körner Berti eben sein Yps-Zelt.

Als Mia mich am späten Abend so gekleidet ihr Krankenzimmer betreten sieht, bekommt sie einen Lachanfall, und auch ihre Zimmergenossin verkriecht sich sogleich kichernd unter ihrer Bettdecke. Nach einigen Minuten haben sich die beiden langsam wieder beruhigt und sich die Lachtränen aus den Augen gewischt. Ich positioniere mich vor Mias Bett und beginne meine Ausführung.

Mia, die erneut ein Tuch um ihren Kopf gebunden hat, mustert mich interessiert von oben bis unten. »Was wird das?«

»Mein Aufzug amüsiert dich vielleicht, aber du solltest dir ebenfalls festes Schuhwerk und Sonnenblocker mitnehmen. Ein Kompass und etwas Proviant wären auch nicht schlecht. Dort draußen in der Wildnis weiß man nie, was einen erwartet.« Wieder biegen sich die beiden Mädels vor Lachen. Mir soll es recht sein. Eine lachende Mia ist mir trotz Raul zehnmal lieber als eine traurig dreinblickende Nervensäge. Ich lasse mich deswegen überhaupt nicht beirren und fahre in bester Bernhard-Grzimek-Manier weiter fort: »Mia, wir haben einen Auftrag. Serengeti darf nicht sterben.«

Jenny meldet sich aus dem Nebenbett zu Wort. »Fragt doch mal unten im Erdgeschoss, ob ihr etwas Gips von der Ambulanz bekommt, dann könnt ihr auf eurer Safari vielleicht ein paar Abdrücke von Tierspuren nehmen.«

»Eine hervorragende Idee.« Ich mache einen Schritt auf die junge Frau zu. »Vielleicht magst du uns ja auch begleiten? Wir könnten noch ein paar starke Hände auf unserer Expedition gebrauchen. In Frankfurt ist es zu dieser Jahreszeit immer sehr schwierig, Massais als Träger zu verpflichten.«

»Nein, nein.« Jenny winkt ab. »Ich habe morgen noch eine eigene Expedition durchzustehen. Sie schieben mir einen Schlauch in den Hals und machen eine Magenspiegelung. Das ist mir fürs Erste Abenteuer genug.«

Ich wende mich zu Mia. »Dann liegt es wieder einmal allein an uns. Wohlan denn, lass uns aufbrechen, damit wir noch vor Sonnenuntergang im Basislager sind!«

Ich halte ihr meinen Arm entgegen. Sie nimmt dankend an und hakt sich bei mir ein.

»Ich muss verrückt sein. Aber gut, dann mal los. Ich bin gespannt.«

* *Songvorschlag*
»Get Outta My Dreams, Get Into My Car«
Billy Ocean

Ich stoppe den weißen Mercedes meines Vaters vor dem Funktionsgebäude neben dem Seiteneingang des Zoos und stelle den Motor ab. Prüfend blicke ich zum Himmel hinauf in die einsetzende Dunkelheit. Es haben sich dicke Wolken gebildet, doch ansonsten scheint alles nach Plan zu verlaufen. Der Zoo hat seit über drei Stunden geschlossen, und es ist niemand zu sehen. Mia hat immer noch keine Ahnung, was ich vorhabe. Das wird sich jedoch gleich ändern. Als wir aussteigen und um die Ecke des Hauses biegen, empfängt uns ein zwei Meter großes Schild mit der Aufschrift ZOO.

»Oh, ich verstehe. Du willst mit mir in den Zoo. Nicht schlecht, Berti. Ich hatte mir so was fast schon gedacht. Aber um diese Uhrzeit ist der Zoo leider schon zu. Das wird wohl nix mit deiner kleinen Safari.«

»Nicht für uns. Eine wichtige Expedition wie diese lässt sich nicht durch so lapidare Regeln wie Öffnungszeiten aufhalten.« Ich deute auf das Seitenfenster und hoffe, dass es noch immer nur angelehnt ist. Vorsichtig drücke ich dagegen, und tatsächlich schwingt es zurück. »Hier entlang.«

Mia bleibt mit skeptischem Blick stehen.

»Berti, was machst du da? Das ist ein Einbruch.«

»Quatsch. Das ist lediglich ein Besuch außerhalb der Öffnungszeiten.« Ich steige voran durch das Fenster und reiche ihr die Hand, um ihr hindurchzuhelfen. »Wir stehlen weder etwas, noch bekommt irgendjemand etwas von unserem Besuch mit. Also, komm.«

Trotz aller Bedenken klettert Mia mir nach. In dem Raum ist es stockdunkel, und leider habe ich keine Ahnung, wie wir von hier aus nun weiter in den Zoo kommen. Alles sieht im Dunkeln ganz anders aus. Überall um uns herum flackern Bildschirme und leuchten Knöpfe und Schalter.

»Du weißt aber, wo wir hinmüssen, oder?«

»Klar«, lüge ich, und es hört sich beinahe glaubhaft an. Ich will etwas Sinnfreies über die Expedition anhängen, um meine Unsicherheit zu überspielen, als ich an einem Fuß der Liege hängen bleibe, für einen Augenblick das Gleichgewicht verliere und mich gerade noch mit den Händen auf einer Schaltfläche abstützen kann. Einige der Knöpfe beginnen sogleich wie wild zu blinken.

»Ups.«

Sofort fährt Mia herum und schaut verängstigt zu mir. »Ups? Ups ist nie gut …«

»Ach nichts. Ich dachte nur … nein, nichts, alles gut. Hier drüben geht es weiter.«

»Sicher?«

»Ja.«

Ich schiebe Mia eilig vor mir her nach draußen und glaube im Vorbeigehen noch »Sicherungsgatter/Freigehege B4 freigegeben« auf einem der aufflackernden Bildschirme zu lesen. Wir tasten uns durch einen finsteren Gang und treten nach einigen Metern endlich ins Freie. Wir sind tatsächlich im Zoo!

Aus weiser Voraussicht habe ich bei meinem Besuch am Nachmittag einen Plan des Geländes eingesteckt, den ich nun vor mir ausbreite. »Ich denke, dass hier ein guter Platz für unser Basislager wäre. Auf der großen Wiese bei den Flamingos.« Ich tippe mit dem Finger darauf.

»Du willst auf der Wiese bei den Flamingos zelten?«

»Ja, warum nicht? Hast du was dagegen? Bist du etwa eine dieser Ich-hab-beim-Campen-Angst-vor-Ameisen-Frauen?«

»Nein, bin ich nicht. Meinetwegen also bei den Flamingos. Ist mir egal.«

»Egal?«, brüskiere ich mich, während wir in Richtung der Wiese trotten. »Hier geht's um unser Leben. Vielleicht campen wir unwissentlich direkt neben einer wilden Horde Hyänen. Oder wir verdursten in der Steppe.«

»Wohl eher nicht, dort drüben steht ein Getränkeautomat.« Mia deutet auf einen großen Kasten am Rand des Wegs. Phantasie zählt offensichtlich noch immer nicht zu ihren vordringlichen Qualitäten.

Über einige verschlungene Pfade steuere ich die große Wiese neben dem Teich an und mache schließlich unter einem Baum halt, der nur ein paar Meter entfernt vom Fußweg steht und an das Flamingogehege grenzt. Wir lassen unsere Sachen ins Gras fallen und legen uns daneben.

»Und jetzt?«

»Na, was man halt so macht auf einer Safari. Wir richten unsere Schlafstätte ein und bereiten uns etwas zu essen zu.«

Ich beginne damit, meinen Rucksack auszuräumen, und breite alles um mich herum aus.

Mia greift amüsiert nach meinem Yps-Zelt. »Was ist das denn?«

»Willst du etwa schutzlos schlafen?«

Sie dreht und wendet die überschaubare Plastikplane in ihren Händen. »Wenn das die Alternative ist, dann ja. Das ist kein Zelt. Das ist ein aufgeschnittener Müllsack.«

Ich ignoriere die Kritik und mache mich an den Aufbau, der nach handgestoppten zwanzig Sekunden beendet ist. Einer der wenigen Vorteile des Yps-Zelts. Dann mache ich mich daran, über einem Bunsenbrenner eine Dose Ravioli zum Kochen zu bringen, während Mia zu den Wolken am Himmel hinaufschaut, die immer dichter aufziehen und sich vor den hell leuchtenden Mond schieben.

»Es könnte heute noch regnen«, sagt sie.

Ich schaue nach oben und schüttele den Kopf. »Quatsch, das zieht alles weiter. Es ist doch außerdem noch superwarm.«

»Wenn du meinst.«

Ein paar Minuten später erachte ich den Pastapapp in der Dose als essbar und stelle unser Abendessen zwischen uns in die Mitte. Gedankenverloren stochert Mia mit ihrer Gabel in der Dose herum.

»Schmeckt es nicht?«, frage ich vorsichtig.

»Was?« Sie schaut auf. »Doch, doch. Ich musste nur gerade daran denken, als ich das letzte Mal zelten war.«

»Ach, du bist ein Profi? Das wusste ich ja gar nicht.«

»Nein. Ich war nur ein einziges Mal zelten, als meine Eltern noch gelebt haben. Wir waren an der Ostsee, in der Nähe von Kiel auf einem Campingplatz. Es hat zehn Tage lang nur geregnet, und ich habe die ganze Zeit herumgemeckert, weil meine Klamotten bis auf die Unterhose nass waren.«

»Das kann ich mir sehr gut vorstellen. Im Meckern bist du ja eine ganz Große.«

»Ja, ich weiß. Und trotzdem würde ich alles dafür geben, wenn ich noch einmal neben meinen Eltern in diesem Zelt an der Ostsee liegen könnte. Im Regen. Fröstelnd und unbequem.«

»Hattest du denn ein gutes Verhältnis zu ihnen?«

Mia nimmt eine Gabelspitze Ravioli. »Eigentlich schon. Mein Vater war zwar streng, aber für ihn war ich das größte Geschenk im Leben. Meine Mutter war witzig und irgendwie selbst noch ein Kind, das gerne herumgealbert hat. Sie neckte sich oft mit meinem Vater zum Spaß, manchmal stritten sie auch, doch ich kann mich nicht erinnern, dass sie ein einziges Mal ins Bett gegangen wären, ohne sich vorher zu sagen, dass sie sich lieben. Schön, oder?«

»Klingt nach einer tollen Familie.«

»Ja, das waren wir. Bis zu diesem Tag, an dem ich beim Schuleschwänzen erwischt wurde. Der Rektor der Schule hat meine Eltern dann beide zu sich in sein Büro bestellt.«

»Und waren sie sauer?«

»Meine Eltern?« Mia schüttelt ihren Kopf. »Nein. Sie waren nicht sauer, weil ich nicht in der Schule gewesen war. Aber sie waren enttäuscht, dass ich sie angelogen hatte. Bevor sie zu dem Gespräch mit dem Rektor in die Schule fuhren, sagten sie noch, dass ich sie das nächste Mal vorher einweihen sollte, dann könnten sie mich wenigstens besser schützen und müssten nicht zu diesem peinlichen Termin anrücken.«

»Ist doch nett.«

Mia schweigt, dann stochert sie weiter in den Ravioli, während ihr Blick ins Leere geht. »Es war das letzte Mal, dass ich mit ihnen gesprochen habe. Auf dem Nachhauseweg von der Schule hatten sie einen Autounfall. Sie haben es beide nicht überlebt.«

Für einen Moment weiß ich nichts zu sagen außer einem ehrlich gemeinten »Das tut mir leid«.

»Nein, mir tut es leid. Mir tut es leid, dass ich sie angelogen habe und sie deswegen sterben mussten.«

»Das ist doch Quatsch. Das war doch nicht deine Schuld. Das war Schicksal.«

»Schicksal? Nein, das war nicht Schicksal, das war ganz allein ich.«

»Du machst dir immer noch Vorwürfe deswegen?«

»Klar. Hätte ich nicht gelogen, wäre das schließlich alles nicht passiert. Deswegen hasse ich Lügen. Es endet immer im Chaos.«

»Verstehe.«

»Du würdest mich nicht anlügen, oder?«, fragt Mia unvermittelt und schaut mir dabei tief in die Augen. Ich muss schlucken und versuche ihrem Blick auszuweichen. »Denn weißt du, wenn man nicht ehrlich zu sich selbst und anderen sein kann, wird man auch niemals Menschen um sich haben, die es ehrlich mit einem meinen. Davon bin ich überzeugt.«

Vielleicht ist nun tatsächlich der Zeitpunkt gekommen, in dem ich ihr die Wahrheit über mich beichten sollte. Zaghaft beginne ich mich vorzutasten. »Ich muss dir was erzählen, Mia. Es ist nämlich nicht so, wie du vielleicht …«

Das markerschütternde Brüllen eines Löwen unterbricht meine Ausführung im Ansatz und lässt uns stumm verharren. Mitten in der Nacht inmitten eines stockdunklen Zoos: wahrlich ein eigenartiges Gefühl. Mia rückt näher zu mir und krallt sich an meinem Arm fest.

»Die Tiere sind doch alle in ihren Nachthäusern, oder?«

Ich muss an den Schalter in dem Funktionsgebäude denken. Könnte es sein, dass ich da etwas verstellt habe? »Das sollten sie.«

»Das sollten sie? Was ist das denn für eine Antwort?«

»Na ja, es könnte sein, dass vorhin ein klein wenig schiefgegangen ist. Nichts Großes!«

»Und was heißt das im Klartext?«

»Das heißt, dass es eventuell sein könnte, dass ein paar der Tiere heute ausnahmsweise auch in ihren Freigehegen umherstreunen könnten. Aber das ist ja eigentlich auch egal. Schließlich sind die auch sicher … denke ich.«

»Aber sie laufen nicht frei herum, oder?«

»Nein.« Ich winke ab und überlege, wie viele Knöpfe und Hebel ich wohl bewegt habe, kann mich aber nicht genau erinnern. Ich bin mir ziemlich sicher, dass nur diese eine Meldung angezeigt wurde: »Sicherungsgatter/Freigehege B4 freigegeben.« Dennoch habe ich keine Ahnung, welches Gehege sich hinter B4 verbirgt. Vielleicht ja Koalabären oder Erdmännchen. »Die Außenanlagen sind total sicher. Zumindest hoffe ich das.«

Mia lässt ihre Gabel in die Ravioli fallen. »Du hoffst es? Du willst mir doch jetzt nicht ernsthaft sagen, dass wir hier mitten zwischen frei laufenden Löwen liegen und Ravioli essen?«

»Keine Angst. Die Tiere können nicht aus ihren Außengehegen raus. Ich bin mir ziemlich sicher.«

»Wie sicher?«

»Sagen wir, zu fünfundneunzig Prozent.«

»Fünfundneunzig Prozent?«, wiederholt Mia und schaut mich aus großen Augen an. »Das ist mir aber bei Weitem nicht genug, wenn ich zu fünf Prozent von einem Löwen gefressen werde.«

»Aber du wolltest doch eine echte Safari. Viel besser ist das in Kenia oder Tansania auch nicht. Da wären fünfundneunzig schon ein verdammt hoher Prozentsatz. Und einen Getränkeautomaten gibt es dort auch nicht. Wir sind sicher.«

»Das will ich hoffen.«

»Außerdem sind wir bestens vorbereitet. Schau mal hier.« Ich halte voller Stolz ein Nachtsichtgerät empor, das ich von einem Bekannten meines Vaters geliehen habe, der ein Faible für solche technischen Spielereien hat.

»Zeig mal her.« Mia streift sich das Nachtsichtgerät über den Kopf und schaltet es ein. »Ist ja alles grün.«

»Das wirkt nur so, weil es die natürlichen Lichtquellen verstärkt. Jetzt siehst du praktisch wie ein Raubtier auf nächtlicher Jagd.«

»Wow! Das ist ja der Hammer. Verdammt, Berti. Das ist echt geil. Ich kann dort drüben ein paar grüne Punkte im Baum sehen.«

»Wahrscheinlich Vögel.«

»Und dort«, Mia deutet vor uns ins Gras, »keine zehn Meter von uns bewegt sich irgendetwas Kleines.« Sie steht auf und geht die wenigen Schritte darauf zu. Dann kniet sie sich

nieder und freut sich wie ein kleines Kind. »Das ist ein Igel!
Wie süß. Ha, ist ja irre.«

Während Mia sich noch mit der Fauna unserer Wiese be-
fasst, drückt es mir mächtig auf die Blase, und ich gehe um den
Baum herum, um kurz auszutreten. Ich öffne meine Hose und
denke über unser kurzes Gespräch nach. Vielleicht war es doch
noch nicht der richtige Zeitpunkt, um ihr meine Lüge zu gestehen. Aber ich möchte sie eigentlich nicht länger anlügen.
Andererseits bin ich sie wahrscheinlich gleich wieder los, wenn
sie weiß, dass ich mein weniges Geld als schwindelnder Kunstschwitzer verdiene. Ich atme angespannt aus, blicke mich um
und bin selbst von der Umsetzung des heutigen Wunsches
beeindruckt. Nachts in einem Zoo zu campieren ist wirklich
spannend. Vielleicht sehen wir ja sogar ein paar Tiere, die über
Nacht draußen bleiben.

Als ich wieder hinter dem Baum hervortrete, ist Mia noch
immer mit dem Nachtsichtgerät zugange und hat anscheinend
gar nicht bemerkt, dass ich weg war. Allerdings werden mir
schlagartig drei weitere Dinge klar: Erstens scheint auch Mia
meine Idee wirklich zu gefallen, denn sie redet nun fröhlich
ohne Punkt und Komma vor sich hin. Zweitens ist soeben die
Frage geklärt, ob durch meinen Stolperer im Funktionsgebäude
Tiere freigelassen wurden. Und drittens weiß ich nun, welche
Tierart sich in der Regel hinter Sicherungsgatter B4 befindet.

Denn keine zwei Meter von Mia entfernt sitzen drei Affen
im Gras und löffeln den Rest der Ravioli aus der Dose. Ich
tippe auf Schimpansen. Ein vierter setzt sich gerade direkt hinter Mia und beginnt damit, ihr den Kopf zu kraulen. Wohl auf
der Suche nach einer Laus, was aufgrund ihres rasierten Schä-
dels unter dem Kopftuch allerdings ein hoffnungsloses Unter-
fangen sein dürfte.

»Berti, lass das«, amüsiert sich Mia nichts ahnend. »Ich
muss mich konzentrieren. Da drüben läuft gerade ein Fuchs
durchs Gebüsch.«

»Äh, Mia …?« Ich möchte weder sie noch die Affen ver-
schrecken und rede sanft und in leisem Ton. Doch Mia ist noch
immer ganz von dem Nachtsichtgerät eingenommen.

»Ja ja, ich weiß schon, was du sagen willst. Dass ein Fuchs
kein Zootier ist. Aber ist doch egal.«

»Mia.«

Mittlerweile habe ich mich langsamen Schrittes genähert
und stehe nun direkt vor ihr. Ihr Blick gleitet mitsamt dem
Nachtsichtgerät zu mir herauf.

»He, du siehst voll komisch aus, wenn ich dich mit diesem
Teil hier ansehe. Wie ein Alien, so grün mit dunklen Augen,
da kann es einem ja richtig Angst werden.« Der Affe lässt
sich weder durch meine Anwesenheit noch durch Mias Gerede
irritieren und nimmt nun beide Hände zur Laussuche. »Und
nimm doch mal deine Finger da weg. Ich hab dir doch gesagt,
dass ich das Kopftuch anlassen möchte.«

Ich hebe meine beiden Hände so vor das Nachtsichtgerät,
dass Mia sie sehen kann.

»Das will ich dir ja die ganze Zeit sagen. Das bin ich nicht.
Meine Hände sind hier. Das ist jemand anderes. Aber bitte
bleibe jetzt ganz ruhig.«

»Wie meinst du das? Aber du bist doch …«

Ich schüttele den Kopf und suche nach einer Erklärung für
die Hände an ihrem Kopf, die sie nicht umgehend in Panik
versetzt. »Sag mal, kennst du den Film *Planet der Affen*?«

Sie nickt unsicher. »Ja, warum?«

»Vielleicht schaust du lieber selbst … Aber nicht aufregen.
Du musst ganz ruhig bleiben.«

Mia dreht sich langsam herum und blickt dem Affen mit dem
Nachtsichtgerät direkt ins Gesicht. Erstaunlicherweise bleibt
sie tatsächlich ruhig. Wohl eine Art Schockstarre. »Das … das
ist ein Affe, Berti.«

»Ja, das würde ich auch so sehen. Das hast du gut erkannt.«

»Und warum sitzt der hier und ist nicht in seinem Käfig?«

Eine berechtigte Frage, die ich mit einer Gegenfrage beantworte. »Du erinnerst dich vielleicht noch an diese fünf Prozent?«

»Ja.«

»Die Quote ist soeben gewaltig gestiegen.«

Mia schluckt und schaut sich mit dem Nachtsichtgerät noch weiter in der Affengruppe um. »Berti, hier sitzt noch 'ne ganze Menge anderer Affen. Die ganze Familie ist da und isst unsere Ravioli.«

»Das Essen hat sie wohl angelockt.«

»Und was machen wir jetzt mit denen?«

»Keine Ahnung. Was sollen wir mit denen schon machen?«

»Na, wir können sie doch nicht einfach hier sitzen lassen. Wir müssen sie zurückbringen. Du hast sie schließlich auch freigelassen.«

»Was?« Irritiert schaue ich Mia an. »Wie sollten wir das denn bitte schön anstellen?«

Sie steht langsam auf, kommt vorsichtig zu mir und tastet nach meiner Hand. »Nimm die Dose Ravioli und lock sie damit hinter dir her zurück in ihr Zuhause.«

»Warum ich?«

»Weil du der Mann bist.«

»Was ist denn das für 'ne blöde Erklärung?«

»Mensch, nun mach schon, du Weichei.«

Ich erspare mir jeden weiteren Einspruch. Stattdessen krieche ich auf allen vieren zu den Affen und strecke meine Hand in Richtung der Raviolidose. Zwei der Tiere huschen gleich zur Seite, nur der Dritte hat anscheinend seine Vorliebe für Billigpasta vom Discounter entdeckt und sträubt sich beharrlich. »Braves Äffchen. So, und jetzt gebt mir schön die Dose.«

»Du sollst nicht mit dem Affen diskutieren, Berti. Nimm ihm die blöde Dose einfach weg!«

»Das ist nicht so einfach, wie du denkst!«, zische ich zurück.

»Sorry«, flüstert Mia.

In Zeitlupe greife ich nach der Dose. »So, ist fein. Gib sie schön her.«

Endlich habe ich dem Affen die Ravioli aus der Hand genommen, krieche zurück und stehe langsam auf.

»Wo ist die Karte?«, fragt Mia. »Da müsste das Affenhaus doch genau eingezeichnet sein.«

Das ist in der Tat eine gute Idee, und ich breite die Karte vor uns aus. Dann zeige ich mit dem Finger auf einen Punkt. »Hier, hier ist es eingezeichnet. Wir müssen dort vorn den Weg entlang. Auf dem Plan ist das Affenhaus gleich dort drüben, keine hundert Meter von hier.«

»Na, dann los.«

Unser Plan geht erstaunlich gut auf. Alle paar Meter lasse ich wie bei *Hänsel und Gretel* einen Krumen Ravioli fallen, und wir machen mitsamt unserer Affenhorde eine Raviolipolonaise in Richtung Primatengehege. Wir kommen zwar nur langsam, dafür aber stetig voran. Die Schimpansen scheinen an Menschen gewöhnt zu sein, einer ergreift sogar Mias Hand und spaziert in aller Seelenruhe neben ihr her, bis wir schließlich an dem Affengehege ankommen.

»Hier ist es.« Mia deutet auf das Affenhaus und einen geöffneten Schieber, durch den die Bande ins Freigehege gekommen sein muss. Einer der Pfleger hat über Nacht eine Palette an der Mauer des Freigeheges stehen lassen. Und die cleveren Burschen haben sie aufgestellt und sind von dort zu uns ins Freie geklettert. »Du musst sie wieder in ihr Gehege locken«, gibt Mia mir von der Seite zu verstehen.

Ich werfe eine Handvoll Ravioli durch den Schieber ins Innere, und die Affenbande folgt tatsächlich wohlkonditioniert. Als auch der Letzte wieder in seinem Gehege ist, drücke ich den Schieber per Hand herunter. Beruhigt lasse ich mich vor das Gatter sacken. »Mit der Nummer können wir im Zirkus auftreten.«

Mia sinkt ebenfalls neben mir auf den Boden und lacht ungläubig auf. »Ich fasse es nicht. Ich bin gerade Hand in Hand mit einem Schimpansen durch den Zoo gewandert! Und wir haben eine Horde Affen nach Hause gebracht. Wir haben das echt hinbekommen, oder?«

»Ja, das haben wir. Aber du solltest sie mal am Wochenende sehen, wenn sie feiern sind. Dann wollen sie nicht so schnell nach Hause.«

Mia hält sich wieder das Nachtsichtgerät vor die Augen und stellt sich genau vor mich.

»Was machst du da?«, frage ich überrascht.

»Ich wollte nur sichergehen, dass du nicht vielleicht doch einer von ihnen bist. Manchmal bin ich mir da nicht so sicher, du Affe.«

Ich nehme ihr das Gerät von den Augen und deute zu dem Weg, den wir gerade gekommen sind. »Wir müssen zurück. Unser Camp wartet.«

Es ist schwül, und über die Stadt legt sich eine beinahe tropische Nacht. Nach ein paar Metern hakt sich Mia bei mir unter. »Das war aufregend, Berti. Danke.«

»Freut mich, wenn es dir gefallen hat. War doch fast wie in Afrika, oder?«

»Nein.«

»Nein?«

»Nein, das war besser. So langsam verstehe ich dich. Du bist zwar ein bisschen durchgeknallt, aber vielleicht muss man manchmal wirklich ein wenig Kind sein und spinnen.«

Ich bleibe stehen. »Oh, Moment. Das muss ich jetzt kurz sacken lassen. Frau Ich-kann-nur-mit-Kohle-glücklich-sein hat tatsächlich ein Kompliment gemacht?«

»Komplimente klingen anders. Ich habe lediglich gesagt, dass es manchmal vielleicht nicht verkehrt ist. Aber auch noch so viel Phantasie nützt nichts, wenn man auf eine Operation warten muss. Hätte ich genug Geld, wäre ich schon vor drei Monaten operiert worden. Und jetzt ist vielleicht alles zu spät.«

Ein mächtiges Grollen und ein Blitz lassen uns zusammenzucken. »Ich hab's doch gesagt.« Mia schaut in den Himmel, als könnte sie in dem Schwarz irgendetwas erkennen. »Es wird gleich gewittern.«

»Ach was, das zieht vorbei.«

Kaum habe ich die letzte Silbe ausgesprochen, erhellt ein weiterer Blitz die Nacht, und der Himmel öffnet seine Schleusen. Ein heftiger Sommerregen prasselt zu Boden, und binnen Sekunden bilden sich auf den Wegen um uns herum überall kleine Rinnsale.

»Und jetzt?«

»Na ja, zunächst mal zurück ins Camp, würde ich sagen.«

»Ins Camp? Du meinst doch wohl nicht in deine aufgeschnittene Plastiktüte? Du spinnst wohl!« Sie tippt sich mit dem Finger an die Stirn. »Da passen wir nie zu zweit rein.«

Ich ziehe meine Expeditionsweste aus und reiche sie Mia. »Hier, halte sie dir über den Kopf, und folge mir einfach.«

»Wohin?«

»Auf jeden Fall erst mal weg von hier.«

Ich laufe los ohne zu wissen, wohin. Die ersten zwei Pfützen umtanze ich noch elegant, Nummer drei treffe ich am Rand, Nummer vier und fünf mit voller Wucht. Das Wasser spritzt mir die Beine bis zu den Oberschenkeln hinauf.

»Hierher!«, rufe ich und deute auf einen Baum, der etwas Schutz vor dem Regen verspricht.

Hinter mir höre ich Mia, die wohl mit ähnlicher Grazie die Wasserlöcher durchwatet. »Scheiße, scheiße, scheiße.«

Ich erreiche den Baum und winke sie zu mir. Auf dem nassen Untergrund kann Mia jedoch kaum bremsen und rutscht den letzten Schritt vor mir aus. Sie prallt gegen mich, fällt mir in die Arme und zieht sich langsam an mir hoch. Trotz des Platzregens und der regendurchtränkten Kleidung müssen wir schmunzeln. Mia streicht sich einen Regentropfen von der Nase und stupst mit einer Fingerspitze der anderen Hand gegen einen Korken, der von meinem Hut herunterhängt und vor meinem Gesicht baumelt.

»Du siehst echt scheiße damit aus, weißt du das?«

»Danke, vielen Dank. Das musste Grzimek sich auf seinen Expeditionen nie sagen lassen.«

»Du bist ja auch nicht Grzimek. Zum Glück. Der wäre mir nämlich viel zu alt, wenn er noch leben würde.«

»Zu alt wofür?«

Mia drückt sich näher an mich. Unser Lachen verebbt. Stattdessen blicken wir uns tief in die Augen.

»Für das hier …«

Wir nähern uns einander, und unsere Lippen suchen sich. Doch kurz bevor sie sich berühren, kratzt von irgendwoher eine keifende Stimme durch die Nacht. »Hallo, ist da wer?«

Mia schreckt zurück und duckt sich reflexartig. »Scheiße, Berti, da ist irgendjemand.«

»Moment.« Ich greife mir das Nachtsichtgerät und suche die Umgebung ab, als plötzlich das unfassbar grelle Licht einer Taschenlampe in tausendfacher Aufhellung meine Iris explodieren lässt. »Ahhhh!«, rufe ich schmerzerfüllt und reiße mir das Nachtsichtgerät von den Augen weg. »Ich glaube, ich bin blind.«

»Wir müssen hier weg, Berti. Dort drüben kommt jemand. Ein Nachtwächter oder so«, flüstert Mia.

»Ja, das habe ich auch gemerkt.«

»Hast du nicht gewusst, dass die hier nachts eine Aufsicht haben?«

»Woher sollte ich das wissen? In der Serengeti gibt's keine Nachtwächter. Ahhh!« Meine Augen schmerzen, und ich kann noch immer nichts sehen. Doch Mia zieht mich unter dem Baum weg.

»Wir müssen hier fort. Jetzt.«

»Aber unsere Sachen. Das Camp.«

»Du mit deinem blöden Camp. Das sind 'ne Plastiktüte mit

zwei Löchern und ein Bunsenbrenner. Wir lassen das hier. Oder willst du die Ravioli auch noch mit dem Nachtwächter teilen?«

»Nein. Okay, dann lass uns abhauen. Aber du musst mich führen. Ich kann nichts mehr sehen.«

»Auch das noch. Na, du bist ja ein toller Expeditionsleiter.«

Wieder hallt die Stimme des Mannes durch die Regennacht. Sie klingt tief und wenig freundlich. »Hallo, ist da jemand?«

»Weg hier, Mia!«

Wir schleppen uns zurück in Richtung des Funktionsgebäudes. Der Nachtwächter scheint uns bemerkt zu haben, der Lichtkegel seiner Taschenlampe kommt immer näher.

»Halt, stehen bleiben!«

»Schneller, Berti.«

Wir erreichen das Funktionsgebäude, schieben uns durch die Tür und rennen weiter in Richtung des Raums, durch den wir zuvor eingestiegen sind. Schnell wuchten wir uns durch das Fenster und laufen, so schnell wir können, weiter zum Auto. Noch immer sehe ich Lichtblitze vor Augen, weshalb ich mich an Mias Arm festhalte und mich von ihr durch die Nacht führen lasse. Als wir endlich am Auto angekommen sind, strecke ich Mia die Schlüssel entgegen. »Du musst fahren. Ich kann nichts sehen.«

»Ich?«

»Ja, du.«

Mia schüttelt den Kopf. »Ich habe aber keinen Führerschein. Ich kann kein Auto fahren.«

»Na toll! Und jetzt?«

»Ich lotse dich«, sagt Mia und schiebt mich auf den Fahrersitz.

»Oh Gott«, stöhne ich auf und lasse den Motor an. Ich will aus der Parklücke zurücksetzen und frage unsicher: »Ist hinter uns frei?«

»Ja, glaube schon ...«

»Glaube schon?«, fahre ich sie wütend an.

»Ist ja gut. Ja, es ist frei, fahr raus. Schnell, der Nachtwächter kommt. Ich kann seine Taschenlampe sehen. Das darf doch nicht wahr sein. Er ist auch durchs Fenster gekrochen.«

Ich drücke aufs Gas und stoße ohne jegliche Sicht zurück auf die Straße. Zumindest donnere ich dabei gegen nichts. Dann lege ich den ersten Gang ein. Abgesehen von ein paar Umrissen, die ich mittlerweile erkennen kann, bin ich noch immer blind wie ein Maulwurf. »Wohin?«

»Geradeaus.«

Wir brausen los, und ich schalte weiter hoch.

»Da vorne geht's links ab.«

»Scherzkeks. Wo da vorn? Zehn Meter, zwanzig? Du musst mir schon genau sagen, wann, sonst kann ich das doch nicht…«

»Jetzt«, schreit Mia auf, und ich reiße das Lenkrad so scharf herum, dass die Reifen quietschen.

»Könntest du das nächste Mal bitte ein klein wenig früher Bescheid geben? Wäre das möglich?«

»Tut mir leid.«

Wir schießen durch die Straßen. Zum Glück ist kaum Verkehr zu dieser späten Stunde. Nach zwei weiteren Blocks sind wir uns sicher, dass uns der Nachtwächter nicht mehr folgt, und stellen den Wagen in einer Einfahrt ab. Wir verschnaufen beide für einige Sekunden, und ich erlange endlich den Großteil meines Augenlichts zurück.

»Das war irre. Fuck! Ich glaube es nicht.« Mia lacht laut auf und kriegt sich kaum mehr ein. »Haben wir das wirklich getan?«

»Ich glaube schon.«

»Wahnsinn. Ich habe noch nie etwas so Verrücktes gemacht. Scheiße und eins! Mit dir erlebt man ja wirklich was.«

Es freut mich zwar, dass Mia anscheinend einen unterhaltsamen Abend hatte, aber langsam drohen die Tage mit ihr zu einer ungeahnten Herausforderung für Leib und Leben zu werden. »Ich will deine Wünsche ja echt nicht beeinflussen, Mia. Aber vielleicht solltest du dir bei deinem letzten zur Abwechslung mal etwas Entspanntes überlegen.«

»Ja, du hast recht. Ich habe auch schon eine Idee.«

»Und was wäre das?« Die schnelle Eingebung macht mir etwas Angst. Ich frage vorsichtig nach und hoffe, dass sie nicht den Kilimandscharo besteigen oder mit einem Weißen Hai schwimmen will.

»Ich würde gerne ein Klassikkonzert oder eine Opernaufführung besuchen. Meine Eltern haben die Oper geliebt. Ich hab's noch nie probiert.«

»Hört sich machbar an.«

Songvorschlag
»Monkey«
George Michael

KAPITEL 29

Freitag, 24.06.1988

Der Morgen nach der Schimpansenparade begrüßt mich mit der Geste eines weit ausgestreckten Mittelfingers. Mein Darm rebelliert, und ich renne alle paar Minuten auf die Toilette, um dort den rektalen Heldentod zu sterben. Die Ravioli haben zwar den Primaten geschmeckt, waren für menschliche Verdauungsorgane allerdings wohl eine Spur zu al dente. Die Rache der Pasta ist grausam. Doch immerhin hatte ich noch in der Nacht die rettende Idee, wie ich Mias Wunsch nach einem Klassikkonzert erfüllen kann, und habe sie soeben per Telefon für heute Abend um zwanzig Uhr zu mir in die Villa bestellt. Nun heißt es, die Wohnung der Gräfin zu präparieren, denn dort soll das Ganze steigen. Nur kann ich Mia natürlich nicht in femininem Rentnerambiente empfangen. Die Bude muss zu einer echten Machoerfolgswohnung umgestaltet werden. Schließlich mache ich ja in Textilien und habe damit ein Vermögen verdient, welches ich nun auch entsprechend maskulin präsentieren muss.

Ich habe am Kiosk einige Testosteronmagazine besorgt und lege sie auf dem Wohnzimmertisch aus. Eine Ausgabe des *kicker*, ein Segelmagazin, eine Börsenzeitung und natürlich den *Playboy* mit Samantha Fox auf dem Cover. Aber das genügt mir nicht. Beim Trödler habe ich noch eilig zwei ganze Meter dicke Bücher erworben, deren Leder- und Leineneinbände nach altenglischen Klassikern aussehen. Dazu habe ich aus dem Keller meiner Eltern das verstaubte Hirschgeweih meines Urgroßvaters geborgen und an die Wohnzimmerwand genagelt. Als Krönung habe ich zu guter Letzt noch eine Urkunde der Industrie- und Handelskammer Frankfurt gefälscht, die mich als erfolgreichsten Jungunternehmer des Jahres ausweist und die selbstverständlich einen Ehrenplatz auf der Kommode bekommen hat. Kurzum: Die ganze Wohnung ist eingehüllt in das Testosteron eines erfolgreichen Mannes, der in Textilien macht.

Für das leibliche Wohl ist ebenfalls gesorgt. Zur Feier des Tages habe ich einen Schokoladenkuchen gekauft, aus seiner Verpackung befreit und aufgeschnitten auf dem Tisch angerichtet. Doch auch hier gilt: Klotzen statt Kleckern! Damit es aussieht, als hätte ich ihn eigenhändig gebacken, habe ich vorher noch geschmolzene Schokolade auf einigen Küchenutensilien und im Spülbecken verteilt. Ich glaube, damit habe ich mich selbst übertroffen!

* *Songvorschlag*
»Little Lies«
Fleetwood Mac

KAPITEL 30

Am Abend stelle ich voller Erstaunen zwei Dinge fest:

Erstens, dass mein Raviolidünnschiss sich noch immer nicht gelegt hat und ich wohl einen neuen Rekord im Dauerkacken aufstellen werde. Gibt es eigentlich einen Guinnessbucheintrag für die meisten vollständig durchgeführten Toilettengänge an einem Tag?

Zweitens, dass die Wohnung der Gräfin nun dermaßen vor Testosteron strotzt, dass ich für einen Moment selbst glaube, hier seit Jahren zu wohnen.

Frisch geduscht stehe ich mit dem Handtuch um die Hüften im Wohnzimmer und drehe das Radio lauter, aus dem Tiffanys »I Think We're Alone Now« ertönt. Es ist neunzehn Uhr dreißig, mir bleiben somit noch ein paar Minuten für eine Pediküre. Ich singe einige Zeilen des Lieds mit und lasse mich mit einer Nagelschere auf dem Sofa nieder. Während ich mir die Fußnägel trimme, überlege ich, ob ich auch wirklich an alles gedacht habe.

Männermagazine?

Erledigt.

Schnipp.

Ich lege den erstaunlich lang gewachsenen Fußnagel meines großen Zehs auf den Tisch vor mir.

Uropas Hirschgeweih?

Erledigt.

Schnipp.

Ein weiteres Stück Zehenhorn wandert von meinem Fuß auf den Tisch.

Urkunde?

Erledigt.

Schnipp.

Angeberschokokuchen?

Schnipp.

Es folgen noch einige weitere Schnitte, bis meine Füße die zarte Anmutung eines Kleinkinds haben. Weiche Haut, wohlgepflegt und gut riechend. Jetzt noch ein schönes letztes Käckerchen machen, und alles ist gut.

Dingdong.

Die Klingel der Haustür lässt mich aufschrecken, und ich schaue zur Uhr. Es ist doch noch viel zu früh! Ich lege überrascht die Schere beiseite und gehe zur Tür, wo ich am Sprechfunk tatsächlich Mias Stimme höre.

»Hi, ich bin es. Sorry, falls ich etwas zu früh bin, aber ich war mir nicht mehr sicher, ob du halb acht oder acht gesagt hast. Ich hoffe, das macht nichts?«

Ach du Scheiße, denke ich, doch antworte stattdessen mit einem gequälten »Ähhh, nee, überhaupt kein Problem. Komm rauf«.

Kurz darauf rattert der Aufzug nach oben, und Mia steigt aus. Sie sieht umwerfend aus und hat sich für unseren Klassikabend extra in Schale geworfen. Ein dunkles Kleid schmiegt sich um ihre Rundungen und macht aus ihr eine echte Lady in Abendgarderobe. Dazu trägt sie ein Seidentuch um die Schultern und ein zweites, farblich passendes um den kahlen Kopf gebunden. Ich mustere sie von oben bis unten, bis sie mich unsicher ansieht.

»Dir gefällt es nicht, oder? Ich dachte mir, da dies mein letzter Abend unter den Lebenden sein könnte, sollte ich ihn auch gebührend feiern. Ich war extra noch in der Stadt und habe mir das hier für heute Abend gekauft. Wenn schon pleite, dann auch richtig.« Sie dreht sich einmal um ihre eigene Achse, um ihr Kleid zu präsentieren.

»Doch, du siehst hammermäßig aus.« Ich bin völlig perplex. Sie sieht in der Tat wunderschön aus, und ich stehe hier wie Karl Napf im Handtuch vor ihr. »Moment.«

Ich schließe zu Mias Erstaunen die Tür vor ihrer Nase und greife in den Schrank neben mir. Irgendwas muss hier doch drin sein, was ich mir umlegen kann. Die Pelze der Gräfin reihen sich vor meinen Augen nebeneinander auf, und ich werfe mir einen der Zobel um die Schultern. Alles besser als ein um die Hüften geschlungenes Handtuch. Dann öffne ich die Tür wieder und begrüße Mia in meinem neuen Outfit. »Hi.«

»Oh, ich komme wohl doch etwas ungelegen, oder? Soll ich vielleicht noch mal für zwanzig Minuten verschwinden?«

In Zobel und Handtuch sehe ich in der Tat aus, als würde ich gerade einem unerklärbaren Fetisch nachgehen. »Nein, nein. Ich habe nur ein paar Sachen für die Altkleidersammlung rausgelegt und sie kurz noch mal anprobiert. Aber wer trägt heute schon noch Pelz, nicht wahr?«

»Na ja, wer es sich leisten kann.« Mia geht an mir vorbei in die Wohnung und schaut sich um. »So sieht es hier bei dir also aus. Ich habe mich schon gefragt, was du wohl für einen Einrichtungsstil hast.«

Zufrieden drehe ich mich wie ein Brummkreisel in meiner umgestylten Wohnung. Das Ergebnis kann sich sehen lassen. Ich bin auf Mias Meinung gespannt. Sie bleibt unter dem Geweih stehen und sieht zu mir.

»Und?«

»Du hast es wohl gerne mit toten Tieren, was? Pelz, Tierschädel … nun ja, wer es mag. Mein Stil ist es nicht.«

»Sind alles Erbstücke.«

Sie geht weiter zum Regal mit den ledergebundenen Büchern, die ich beim Trödler als Meterware erstanden habe. »Bücher sind schon eher meins. Was liest du?«

»Ach, nichts Besonderes.«

»Lass mal sehen, was haben wir denn da? Schiller, Brecht und sogar Goethe.« Sie dreht sich um und wirft mir einen anerkennenden Blick zu.

»Ja, ich lese meist klassische Literatur. Nicht diesen modernen Mumpitz von heute, weißt du?«

»Und hier, *Hanni und Nanni*.«

»Was?«, zucke ich zurück. Ich habe die Bücherrücken nicht durchgelesen. Sie sahen alle alt und wichtig aus. Welcher Idiot bindet denn bitte ein Kinderbuch in Leder? Schnell flüchte ich in die nächste Ausrede. »Ich lese meinen Patenkindern gerne vor, wenn sie zu Besuch sind.«

»Du hast Patenkinder?«

»Jaaa?« Meine Antwort klingt wie eine Frage, was sie wohl auch ist, schließlich war mir die Existenz dieser Kinder bislang auch nicht bekannt. Um keine weiteren Nachfragen zu provozieren, verfrachte ich meine neu gewonnenen Patenkinder ins Ausland. »Die Kinder meiner Cousine aus Amerika. Sind aber nur selten hier.«

»Und die verstehen Deutsch?«

»Etwas. Ich lese ihnen dann eben mit einem starken amerikanischen Akzent vor.«

Mia schaut irritiert, sagt aber nichts weiter dazu. Was verzapfe ich denn hier für einen Schwachsinn? Ich könnte mich selbst in den Hintern treten. Hintern ist leider auch ein gutes Stichwort, denn in meinem Darm breiten sich die Spätfolgen der Ravioli ein weiteres Mal mit heftigen Wirkungstreffern aus. Ich muss ganz dringend auf Toilette. Allerdings kann man sich nicht einfach aufs Klo verziehen, wenn man eine attraktive Frau in seiner Wohnung hat. Was soll man da sagen? *Nimm doch schon mal Platz, ich geh nur schnell kacken?* Besser: »Ich schlüpf schnell noch in was Bequemeres. Nimm doch schon mal Platz.«

Gerade als sich Mia zum Sofa bewegen will, entdecke ich jedoch die Sammlung Zehennägel auf dem Tisch. Pfeilschnell gleite ich, noch immer in Pelz gewandet, zwischen Mia und das Sofa. Sie zuckt verschreckt zusammen.

»Huch! Alles okay? Wolltest du dich nicht umziehen?«

»Ja, richtig. Aber vielleicht willst du vorher noch etwas zu trinken?«

Mia schiebt sich an mir vorbei, lässt sich auf der Couch nieder und legt ihren Seidenschal neben sich ab. Ich nutze die Chance, greife mir blitzschnell die Zehennägel und werfe sie in einem hohen Bogen hinter mich. Mia blickt zu mir auf, und ich tue so, als striche ich mir durch die Haare.

»Gerne. Ein Kaffee wäre nicht schlecht.«

»Kein Problem.« Ich gehe in die offene Küche rüber und sehe mich nach einer Kaffeemaschine um. »Ich habe sogar einen Kuchen gebacken. Ich hoffe, du hast ein wenig Appetit.«

»Du hast einen Kuchen gebacken? Wow, Berti, du hast dir ja richtig Mühe gemacht.« Sie lächelt mich an. »Bin ich nicht vielleicht doch ein wenig zu schick dafür angezogen?«

»Alles gut. Du siehst toll aus. Perfekt!«

Nachdem ich Mia eine Tasse Kaffee bereitet und vor sie gestellt habe, verabschiede ich mich erneut, um mich umzuziehen und vor allem endlich dem rektalen Druck nachgeben zu können. Dazu drehe ich die Musik im Radio auf und haste in Richtung der Toilette.

Ich spüre, dass die Ravioli in wenigen Augenblicken ein weiteres Mal ihren grausamen und geräuschvollen Tribut fordern werden. Was soll Mia bloß denken, wenn ich eine Sinfonie in die Schüssel knalle, die ihr die Ohren schlackern lässt? Mir schießen verwirrende Fragen durch den Kopf. Hat das Wort Kakofonie vielleicht in einem solchen Moment seinen Ursprung gefunden? Und viel wichtiger: Kann ich mich wirklich auf die Schalldämmung des aufgedrehten Radios verlassen? Hilfe suchend schaue ich mich im Bad um. Ich öffne den Wasserhahn und lasse einen rauschenden Strahl in das Becken laufen, um ein weniger verfängliches Gegengeräusch zu produzieren. Die erste Analwehe setzt ein, und ich lasse mich hastig auf der Toilette nieder. Der befürchtete Lautstärkepegel der ersten Welle ist tatsächlich noch höher als erwartet. Mein Gott, ist das peinlich! Sofort kneife ich meinen Arsch wieder zusammen, doch die nächste braune Welle kündigt sich bereits an. Ich passe sie sekundengenau ab und versuche, sie mit einem Husten zu übertönen. Wasser und Husten, eine kongeniale Bruderschaft des Gegenlärms.

Nach einer Weile beruhigt sich mein Gedärm endlich wieder, und ich drücke die Klospülung. Im Anschluss schlüpfe ich schnell noch in den feinen Anzug, den ich mitgebracht habe, und gehe entspannt zurück zu Mia ins Wohnzimmer. Sie sitzt am Tisch und schaut mich fragend an.

»Alles gut bei dir? Hört sich an, als hättest du einen schlimmen Husten.«

»Nein, ich habe mich nur … verschluckt. Tut mir leid, dass es ein wenig länger gedauert hat.«

»Kein Problem. Ich habe schon was von deinem Kokoskuchen probiert.«

»Kokoskuchen?«, frage ich erstaunt. Das war doch ein stinknormaler Schokokuchen?

»Ja, ist echt lecker. Kompliment. Die Kokosraspeln sind nur etwas trocken.«

»Kokosraspeln?«

Ich trete irritiert näher zum Tisch und sehe zu meinem Entsetzen, wovon Mia spricht. Oben auf dem Schokokuchen sind unglücklicherweise meine hastig entsorgten Fußnagelstückchen gelandet. Und tatsächlich wirken sie dort wie kleine Kokosraspeln, die dem Kuchen zwar noch mehr das Bild eines selbst gebackenen verleihen, jedoch geschmacklich nicht ganz der Südfrucht entsprechen dürften. Von der trockenen Konsistenz mal ganz abgesehen.

Als ich noch nach Worten ringe, kommt bereits der nächste

Schock mit der Grazie eines Achtzehntonners auf mich zu-
gerollt.

»Ich müsste mal kurz austreten. Wo ist denn dein Bad?«
Mia steht auf und blickt mich mit einem fragenden Lächeln
an.

Ach du Kacke, denke ich und merke sogleich, wie treffend
diese Aussage ist. Die Töne beim Stuhlgang zu unterdrücken
ist eine Kunst für sich, der dabei entstehenden olfaktorischen
Ausdünstungen Herr zu werden nahezu unmöglich. Ich kann
Mia jetzt nicht ins Bad lassen, da dort noch immer die Kolla-
teralschäden meines Jahrhundertschisses abgebaut werden.
Freigesetzte biologische Waffen, die gegen die Genfer Men-
schenrechtskonvention verstoßen dürften. Verängstigt schaue
ich Mia an und bringe lediglich ein sinnfreies »Moment, ich
schaue kurz nach« hervor. Dass ich erst mal nachsehe, wo sich
meine Toilette befindet, lässt eine verblüffte Mia im Wohnzimmer zurück. Verständlich, es kommt schließlich selten vor,
dass jemand in seiner eigenen Wohnung den Weg zum Klo
vergisst. Ich betrete indes den Porzellantempel und muss
feststellen, dass die Detonation der Arschbombe die Flora
und Fauna der Nasszelle für Jahrzehnte zerstört haben dürfte.
Ich male mir aus, wie Generationen von Wissenschaftlern in
Schutzanzügen die Sperrzone durchstreifen und kopfschüttelnd feststellen: *Ja, hier ist es einst geschehen. Die Zündung der
A-Bombe.*

Ich reiße das kleine Fenster komplett auf und fächere mit
einer Tageszeitung frische Luft nach innen. Doch der Fallout
bleibt beharrlich als Dunstglocke in dem kleinen Raum stehen.
Verzweifelt beschleunige ich meine Atmung und versuche so,
per eigener Lunge das ein oder andere Literchen Altluft zu fil-
tern. Ein ebenso bescheuerter wie uneffektiver Versuch. Ich
muss einsehen, dass es zu spät ist. Das Einzige, was noch helfen
kann, ist ein Gegenfeuer. Auf der Suche nach irgendeinem
Duft, der den Gestank einigermaßen übertünchen kann, durch-

wühle ich Frau Berentzens Kosmetiksortiment. Und natürlich finde ich das, was die Gräfin stets selbst mit verschwenderischer Großzügigkeit verteilt hat:

Eine Maxiflasche 4711 Echt Kölnisch Wasser.

Der unangefochtene Lieblingsduft der Gräfin.

Was soll's, denke ich, alles ist besser als Kackgeruch, und ich beginne damit, den Raum großzügig einzusprühen. Hängeschränke, die Toilettenschüssel, Handtücher, einfach alles. Es ist zwar nicht unbedingt ein sehr maskuliner Duft, aber wie gesagt, immerhin besser als *Eau de Arsch* von Berti Körner.

Ich eile zurück zu Mia, die noch immer versucht, sich die Reste meines Kokoszehennagelschokokuchens aus den Zähnen zu arbeiten.

»Was zum Teufel hast du so lange gemacht?«, fragt sie sichtlich genervt.

»Ich habe nur … die Papierrolle ausgewechselt.«

»Die Papierrolle? Glaubst du, dass ich jetzt kacken gehe, während du hier draußen sitzt oder was? Was denkst du denn von mir? Ist ja eklig.«

Wie eklig es gleich werden wird, ahnst du ja noch gar nicht, denke ich mir und pflichte ihr stattdessen bei. »Ja, stimmt. Echt eklig.«

Mia verschwindet im Bad, und ich lasse mich auf die Couch sinken. Ich verachte mich, den biologischen Vorgang der Verdauung und meine Zehennägel. In der Überzeugung, dass sich meine Chancen bei Mia nun schneller verflüchtigen werden als der Gestank im Bad, verharre ich mit dem Gesicht in den Händen, bis sie schließlich zurück ins Wohnzimmer kommt. Auch wenn ich mit ernsthaftem Interesse eine abwegige Ausrede suche, finde ich keine.

»Du bist wohl sehr gläubig, was?«

»Warum?« Ich drehe mich zu ihr.

»Na ja, in deinem Bad riecht es wie in der Kirche.«

Aha! Ein Ausweg! Kirche riecht deutlich besser als humanoider Stuhlgang. Also nehme ich diese Theorie dankbar auf und nicke fleißig wie ein Wackeldackel.

»Ja, ja, richtig. Ich lasse zweimal im Jahr meine komplette Wohnung mit Weihwasser von einem Pfarrer weihen. Raum für Raum.«

»Und damit fängst du im Bad an?«

»Ja, ich hab mal irgendwo gelesen, dass das gut sein soll.«

»Du bist echt ein komischer Vogel, Berti. Aber gut, wollen wir dann los?«

Mia nimmt den letzten Schluck Kaffee aus ihrer Tasse, greift sich Tasche und Seidenschal und macht Anstalten aufzubrechen.

»Wohin?«, frage ich.

»Na, ich dachte, wir gehen zu einem Klassikkonzert oder in die Oper, oder so?«

Langsam gehe ich zu Mia und stelle mich unmittelbar vor sie. »Oper? Wir haben doch einen Deal. Schon vergessen? Es wird kein Geld ausgegeben. Das ist die Abmachung.«

»Schon klar. Ich dachte, dass du vielleicht den Ticketver-käufer kennst oder mich in den Orchestergraben schmuggelst, wo wir einen entspannten Abend verleben.«

»Orchestergraben …«, wiederhole ich. »Keine schlechte Idee. Hätte ich selbst draufkommen müssen.«

»Nein, ehrlich, Berti. Nach gestern wäre etwas ganz Ent-spanntes doch vielleicht nicht schlecht, oder?«

»Stopp!« Ich lege ihr meinen Zeigefinger auf den Mund, schaue zur Standuhr hinüber und lege mein Sakko zu ihren Füßen auf den nackten Parkettboden. »Leg dich hin.«

»Bitte? Muss ich jetzt also doch auf diese Art für die letzten Tage zahlen?«

»Nein, verdammt. So war das nicht gemeint. Komm!« Ich setze mich und klopfe mit meiner flachen Hand auf das Par-kett. »Vertrau mir.«

»Auf den Boden?«

»Auf den Boden.«

»Und was soll ich da?«

»Lass dich überraschen. Wirst du gleich merken.«

Mia rafft ihr schwarzes Kleid und legt sich tatsächlich neben mich. In dieser Pose verharren wir wie ein Pharaonenpaar kurz vor der Balsamierung.

»Und jetzt?«

Ich deute zur großen Standuhr neben uns. »Jetzt warten wir darauf, dass es zwanzig Uhr wird. Ach, da fällt mir ein, ich habe noch was für dich.«

Ich rappele mich auf, kehre aber nach einem kurzen Moment mit zwei Joghurtbechern zurück.

»Nachtisch?«

»Nein, die Becher sind schon leer. Ausgewaschen und sauber. Siehst du?«

Ich präsentiere Mia die leeren Joghurtbecher wie ein Magier seinen Zylinder, bevor er ein weißes Kaninchen daraus hervorzaubert.

»Ich bin begeistert, Berti. Du kannst Plastikbecher auswaschen. Und was soll ich damit?«

»Dir ans Ohr halten. Kennst du doch sicherlich noch aus dem Kindergarten, oder?«

»Ans Ohr halten?«, wiederholt Mia fragend. »Wie ein Dosentelefon, oder was?«

»Wart's ab. Also, was darf es sein? Erdbeere oder Heidelbeere?«

Sie erspart sich weiteren Protest und tippt auf meine linke Hand.

»Erdbeere.«

Ich reiche ihr den Becher, lege mich wieder neben sie und warte auf den Beginn meines Programms. Es entsteht ein kurzer Moment der Stille, in dem ich mich ihr sehr nah fühle. Ich stelle mir vor, wie sich ihre Lippen wohl anfühlten, wenn ich sie jetzt küssen würde.

Dann springt der Zeiger der Standuhr auf Punkt acht Uhr,

und Mias Wunsch nimmt eine Etage unter uns Gestalt an. Herr Barnikov stimmt zuverlässig und pünktlich wie immer die ersten zarten Töne auf seinem Klavier an, und Mias Augen weiten sich.

»Was ist das?«

»Das ist Herr Barnikov.«

»Nein, ich meine, welcher Komponist das ist.«

Welcher Komponist? Keine Ahnung, ich kenne keinen. Das heißt ... Moment, das stimmt nicht ganz. Einen kenne ich.

»Ach so, das ist, glaube ich, Offenbach.«

»Ah, Jacques Offenbach. Super.«

»Du kennst ihn? Ich bin begeistert, Mia.«

»Na klar, wer kennt ihn nicht?«

Peinlich berührt denke ich daran, dass ich ihn noch vor einigen Tagen für eine Stadt hielt, behalte das aber lieber für mich. »Stimmt. Offenbach kennt man halt. Ich dachte mir, wenn du die Stadt und den dortigen Strand schon nicht mochtest, wäre der Komponist vielleicht eine Alternative.«

Mia hält sich den Joghurtbecher als Lautsprecher an ihr Ohr und lauscht den ersten Klängen. Dazu schließt sie die Augen. Ich beobachte sie heimlich. Die Minuten verstreichen. Herr Barnikov scheint einen Glanztag erwischt zu haben und spielt sich die Seele aus dem Leib. Mia und ich liegen eng nebeneinander auf dem Fußboden, und als ich die Augen schließe, denke ich, dass es tatsächlich genau so in einem Klassikkonzert sein muss. Na ja, vielleicht mit etwas bequemeren Stühlen und mit weniger Joghurtbechern an den Ohren. Ich blinzle kurz zu Mia hinüber und sehe, wie sich eine Träne in ihrem Augenwinkel bildet und ihr über die Wange läuft. Ups, so war das jetzt aber nicht geplant.

»Alles okay, Mia? Gefällt es dir nicht?«

»Doch«, schluchzt sie und wischt sich die Träne fort, doch schon rollen die nächsten über ihre Wange. »Das ist wunderschön. Danke.«

Mia legt ihren Kopf auf meine Schulter und kuschelt sich ganz nah an mich. Ich streiche mit einer Hand über ihren Kopf und lege dann meinen Arm um sie. Wir lauschen den Stücken mit geschlossenen Augen weiter. Ich bin glücklich und vergesse für einen Moment all die Schwindeleien und sogar meinen morgigen Fernsehauftritt bei RTL plus. Ich könnte ewig hier liegen.

»Weißt du was, Berti?«

»Was?«

»Du verdammter Spinner hast es tatsächlich geschafft. Ich habe in den letzten Tagen mehr Freude an meinem Leben gehabt als in all den Jahren zuvor. Vielleicht ist dieser Tumor in meinem Kopf ja doch für etwas gut. Er hat mich wachgerüttelt. Nein, du hast mich wachgerüttelt! Noch nie hat irgendjemand so etwas für mich getan. Eigentlich hat sowieso noch nie jemand etwas für mich getan.«

»Um ehrlich zu sein, muss ich dir noch was sagen …« Ich blicke sie ernst an und atme tief ein und aus. Ich kann Mia nicht länger belügen.

»Nicht jetzt, Berti. Nicht heute. Das ist vielleicht meine letzte Nacht. Ich habe zwar immer noch wahnsinnige Angst vorm Sterben, aber ich würde jetzt wenigstens mit einem Lächeln auf den Lippen gehen. Das will ich nicht zerstören.«

Der Gedanke, dass Mia aus meinem Leben gehen könnte, schneidet schmerzvoll in meine Brust. »Sag das nicht. Du wirst nicht sterben. Es wird alles gut. Du wirst sehen.«

»Meinst du wirklich?«

»Natürlich. Ich glaube, von dem Offenbach-Konzert gibt's nächste Woche 'ne Fortsetzung. Und ich habe gehört, dass das sogar im Erdbeer-Kirsch-Stereosound übertragen wird. Das können wir uns doch nicht entgehen lassen.«

Sie knufft mich in die Seite und lacht auf. Dann wird sie wieder ernst und schaut mir tief in die Augen. »Danke, Berti.«

»Wofür?«

»Du hast bisher alle meine Wünsche erfüllt. Und ganz ehrlich? Es war vielleicht sogar noch schöner, als wenn ich wirklich an all den Orten gewesen wäre und all die Dinge so erlebt hätte, wie sie ursprünglich gedacht waren. Und weißt du auch, warum?«

Ich schüttele den Kopf. »Keine Ahnung.«

»Weil du dabei warst. Und deine Kohle interessiert mich übrigens kein bisschen.«

Meine Augenbrauen schieben sich zu zwei spitzen Pfeilen zusammen. Genau das ist es, worüber ich mit ihr unbedingt sprechen muss.

»Du würdest mich also auch mögen, wenn ich arm wäre?«

»Das würde ich, ja. Ich mag dich nämlich nicht wegen deines Geldes, sondern trotzdem. Und ich mag dich sehr, Berti. Vielleicht sogar schon etwas zu sehr …«

Sie zieht mich zu sich, und unsere Lippen berühren sich, bevor ich etwas antworten kann. Die Zeit stoppt für einen Moment, doch dann schießt mir ein ganz anderer Gedanke in den Kopf, den ich aussprechen muss. »Aber was ist mit deinem Freund?«

»Pssst.« Mia legt mir einen Finger auf die Lippen und küsst mich sanft. »Das erkläre ich dir morgen beim Frühstück, okay?«

»Beim Frühstück. Heißt das, dass du …?«

»Ja. Genau das heißt es. Ich will diese Nacht mit dir verbringen. Das ist mein siebter und letzter Wunsch. Wenn du die Wette gewinnen willst, musst du ihn mir auf jeden Fall erfüllen.« Mia lächelt und küsst mich erneut. »Und jetzt halt einfach mal die Klappe. Dein Gequatsche nervt manchmal echt.«

Unsere Küsse wandeln sich von zärtlich und vorsichtig zu fordernd und leidenschaftlich. Ich streiche ihr das Kopftuch ab und beginne sanft ihre Stirn zu küssen. Ich hätte mir keinen besseren siebten Wunsch vorstellen können, als morgen früh neben Mia aufzuwachen. Aber spätestens dann werde ich ihr die Wahrheit gestehen.

Selbst der Gedanke an die Ungewissheit der Operation des morgigen Tages verliert sich unter den Berührungen, und wir lassen unsere Bedenken zurück. Ich falle immer tiefer in ihren Küssen, während der alte Jacques sein bestes Konzert aller Zeiten gibt.

So langsam beginne ich Offenbach doch noch zu mögen.

* Songvorschlag
»I Think We're Alone Now«
Tiffany

KAPITEL 31
Samstag, 25.06.1988

08:32 Uhr
An der Haustür der Villa

»Wollen Sie hinein?«

»Ja, danke, das ist nett von Ihnen. Ich habe die Hände voll mit den Brötchentüten und komme nicht an die Klingel.«

»Kein Problem. Warten Sie, ich schließe Ihnen auf. Zu wem wollen Sie denn?«

»Nach oben. Zu Herrn Körner.«

»Körner? Da müssen Sie sich täuschen, hier wohnt niemand, der Körner heißt. Und ich weiß das, ich wohne mit meinem Mann hier im Parterre.«

»Doch, doch, da bin ich mir sicher. Er wohnt ganz oben.«

»Ach, Sie meinen diesen jungen Mann, der die Gräfin immer besucht hat. Diesen Berti.«

»Gräfin?«

»Ja, die Gräfin, eine alleinstehende Dame. Ihr gehört das ganze Haus. Sie wohnt dort oben in der Wohnung.«

»Eine alleinstehende Dame wohnt dort? Und Berti besucht sie regelmäßig?«

»Ja, ich finde das auch ziemlich seltsam. Ein komischer Typ, wenn Sie mich fragen. Ich will gar nicht wissen, was da genau vor sich geht. Angeblich passt er jetzt auf die Wohnung und den Hund der Gräfin auf, so lange, bis alles geklärt ist. Ich glaube ja ehrlich gesagt, dass es dieser Kerl nur auf das Geld der alten Frau abgesehen hat.«

»Ach, es ist also auch noch eine ältere Frau?«

»Ja, sie ist viel älter als er ... war viel älter. Sie ist vor einigen Tagen gestorben. Bitte entschuldigen Sie, ich kann mich noch gar nicht an den Gedanken gewöhnen und rede immer noch von ihr, als würde sie noch leben.«

»Gestorben?«

»Ja, komische Geschichte, nicht wahr? Vielleicht ist dieser Berti so einer, der sich immer Frauen anlacht, die er dann umbringt, um das Erbe zu kassieren. Wie bei Agatha Christie. Na ja, vielleicht übertreibe ich auch ein wenig. Ich lese wahrscheinlich zu viele Krimis.«

»Und diese Wohnung gehört also gar nicht ihm?«

»Dem Körner? Ha, nein! Das ist wohl eher ein armer Schlucker. Der hat wahrscheinlich nicht einmal genug Geld, um sich eine eigene Wohnung zu leisten. Er ist offiziell lediglich der Hundesitter der Gräfin und beaufsichtigt die Wohnung, bis alle Zuständigkeiten und Besitztümer geklärt sind.«

»Hundesitter? Was meinen Sie nun wieder damit?«

»Er führt ihren Hund Gassi. Ist übrigens ein ganz besonderer Hund. Ein chinesischer Käfighund. Vielleicht schaffen mein Mann und ich uns sogar auch so einen an.«

»Verstehe.«

»Na ja, nun kommen Sie erst mal herein.«

»Ähem ... nein danke. Ich habe es mir anders überlegt. Hier, die Brötchen können Sie haben.«

»Aber warten Sie doch. Sie wollten doch ...?«

»Nein danke. Das hat sich erledigt.«

Songvorschlag
»Here I Go Again«
Whitesnake

KAPITEL 32
Zur selben Zeit

Welch eine unfassbar tolle Nacht!

Vielleicht war es sogar die beste Nacht meines Lebens. Ich schlage die Augen auf, taste verschlafen neben mir nach Mia, doch meine Hand gleitet ins Leere, und ich wende mich erstaunt um. Keine Spur von ihr.

»Mia?«, rufe ich und warte auf eine Antwort. Doch weder aus dem Bad noch sonst irgendwoher höre ich ihre Stimme. Verdammt, wo ist sie hin? Etwa schon in die Klinik? Nein, dann hätte sie sich doch sicher vorher von mir verabschiedet. Oder war das für sie etwa doch nur so eine Art Dankeschön für meine Bemühungen der letzten Tage? Ich gehe zum Fenster, schaue hinunter und bleibe wie angewurzelt stehen. Ich sehe gerade noch, wie Mia von der Villa wegläuft. Nein, sie läuft nicht, sie flüchtet geradezu hinüber in Richtung der Klinik. Das darf doch nicht wahr sein. Was soll das denn? Nach dieser Nacht? In diesem Moment klingelt es an der Tür, ich gehe hinüber und nehme den Hörer der Gegensprechanlage ab.

»Ja, hallo?«

»Hi Berti, ich bin es, Freddie. Sag mal, was ist denn mit Mia los? Ich hab sie gerade von hier wegrennen sehen. Sie hat nicht mal zurückgegrüßt.«

»Ich habe keine Ahnung. Willst du hochkommen?«

»Nein. Wir haben keine Zeit mehr. Komm runter.«

»Runter? Wozu denn?«

»Wozu? Na ja, lass mal überlegen. Vielleicht weil ich deine

Stimme so vermisst habe? Oder vielleicht doch eher, weil du in einer halben Stunde im Fernsehstudio sein musst?«

»Studio?«

»Sag mir nicht, dass du das vergessen hast: Die Livesendung!? Dein Gastauftritt!? Sie drehen extra hier in Frankfurt in einem Studio. Dieser Macker vom Sender hat schon angerufen. Du musst vorher in die Maske, einen Soundcheck machen und das ganze Zeug. Heute könnte sich deine Karriere entscheiden, Berti! Unser weiteres Leben! Du weißt schon, der Rolli für Tobi, unsere neue Wohnung, der ganze Scheiß.«

Ich fasse mir an die Stirn. Aber ja doch! Natürlich! Die Sendung.

»Fuck, hatte ich echt fast verschwitzt.«

»Verschwitzt – schönes Wortspiel, Berti. Na los, komm in die Hufe. Ich habe dir alles, was du brauchst, von zu Hause mitgebracht: die Chilis, deine Schwablone, ein T-Shirt zum Wechseln. Du kannst wirklich froh sein, dass dein Bruder und ich immer für dich mitdenken.«

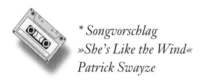

Songvorschlag
»She's Like the Wind«
Patrick Swayze

KAPITEL 33

Ich schlüpfe schnell in meine Klamotten vom Vortag, eile durchs Treppenhaus hinunter und versuche dabei, jegliche Gedanken an Mia und die letzten Tage zu verbannen. Aber wie soll das gehen? In der vergangenen Nacht habe ich mich so gut gefühlt wie ewig nicht mehr. Kurz vor der Haustür laufe ich beinahe in eine Frau, die dort steht und mich sogleich anspricht.

»Ach, da ist er ja, der Herr Körner. Sie haben es aber eilig. Was macht denn der Käfighund?«

»Frau Schenkel!« Die Mieterin aus dem Parterre steht mit ein paar Brötchentüten vor ihrer Haustür. »Tut mir leid, ich habe leider echt keine Zeit. Vielleicht ein anderes Mal.« Ich hetze an ihr vorbei.

»Schon gut. Aber sagen Sie der jungen Dame noch mal herzlichen Dank für die Brötchen und die Croissants.«

Ich stoppe und wende mich zu ihr um. »Der jungen Dame? Welche Dame?«

»Die, die eben zu Ihnen rauf wollte und es sich dann doch anders überlegt hat.«

Mein Herz schlägt plötzlich wie wild, und ich laufe die wenigen Schritte zu ihr zurück.

»Sie haben mit ihr gesprochen? Was hat sie gesagt? Warum ist sie nicht raufgekommen?«

Frau Schenkel zuckt die Schultern. »Was weiß ich. Sie schien ein wenig verwirrt. Sie dachte, dass Ihnen die Wohnung der Gräfin gehört. Aber ich habe ihr erklärt, dass Sie nur den Käfighund ausführen.«

»Oh scheiße«, fluche ich und fahre mir durch die Haare. Das erklärt vieles. Meine Lüge ist mir mit einem einzigen Knall um die Ohren geflogen. So wollte ich die Sache nicht auffliegen lassen.

»Hätte ich das etwa nicht sagen dürfen?«

»Schon in Ordnung, Frau Schenkel. Es war mein Fehler. Entschuldigen Sie, ich muss weiter.«

Ja, es war wirklich meine Schuld. Ich hätte Mia längst die Wahrheit sagen müssen. Dass ich weder ein Millionär noch in der Textilbranche tätig bin. Sondern dass ich stattdessen ein Nullachtfünfzehnschwindler bin, der den toten Hund einer mittlerweile ebenfalls toten Dame ausführt, weil er zu wenig Geld damit verdient, auf Kindergeburtstagen blöde Glückwünsche in T-Shirts zu schwitzen.

Vielleicht ist aber noch nicht alles verloren. Ich renne zu Freddies Wagen und keuche ihm außer Atem entgegen: »Wir müssen noch was erledigen. Nur 'ne Minute. Es ist wirklich wichtig!«

»Was? Mensch, Berti, du hast einen Fernsehtermin und bist eh schon spät dran.«

»Dauert nicht lange. Nun fahr schon los.«

Freddie startet den Motor und gibt Gas.

»Wohin soll ich denn überhaupt fahren?«

»Zur Klinik. Schnell.«

»Bist du bescheuert? Die ist doch direkt gegenüber.«

»Rede nicht so viel, sondern fahr lieber!«

Einige Sekunden später stehen wir auf dem Parkplatz des Krankenhauses und steigen aus. Ohne einen Moment zu zögern, laufe ich los. Ich muss Mia vor ihrer Operation wenigstens noch alles beichten und ihr sagen, dass diese ganze Schwindelei nichts mit meinen Gefühlen für sie zu tun hat. Dass alles andere, was ich gesagt habe, wahr ist und meine Gefühle zu ihr echt sind. Hinter mir höre ich Freddie etwas rufen, doch ich nehme es nur wie durch einen Schleier wahr und haste weiter in Richtung Hauptgebäude. Und tatsächlich kann ich Mia vor dem Eingang ausmachen. Es sind höchstens noch dreißig Meter bis zu ihr.

»Mia, warte!«, rufe ich ihr zu. Sie will sich gerade zu mir umdrehen, als plötzlich ein Mann neben ihr auftaucht und ihr von hinten die Hände über die Augen legt. Dann dreht er sie zu sich und gibt ihr einen Kuss.

Ein dunkelhaariger Latin Lover.

Ich ahne, wer er ist.

Meine Füße stoppen abrupt, und Freddie schließt zu mir auf.

»Mensch, mach doch mal langsam, ich dachte schon …«

Auch Freddie stockt, als er Mia neben dem Modeltypen sieht. Das muss dann wohl Raul sein. Nun wird mir einiges klar. Sie ist nicht wegen Frau Schenkels Äußerungen gegangen, sondern wegen ihres Freunds, mit dem sie verabredet war. Sie hatte also nie vor, ihn zu verlassen, und hat mich lediglich als kleines Abenteuer vor ihrer Operation gesehen. Wollte ihre womöglich letzten Tage nicht allein verbringen. Und jetzt? Jetzt stehe ich hier wie der letzte Trottel. Wie albern, dass ich dachte, ein Mann wie ich könnte solch eine Frau wie sie für sich gewinnen.

In diesem Moment dreht Mia sich kurz um und sieht mich wie angewurzelt auf dem Gehweg stehen. Dann senkt sie ihren Blick und geht mit dem Kerl durch die Tür ins Innere der Klinik.

»Mensch, Alter. Das tut mir echt leid.« Freddie legt mir tröstend einen Arm um die Schulter. »Wirklich. Ich hätte es dir gegönnt.«

»Ja, ich mir auch«, antworte ich und blicke den beiden noch hinterher, obwohl sie längst in der Klinik verschwunden sind. Freddie streicht sich über seinen Schnäuzer. Dann zieht er mich weg und führt mich zurück zum Auto.

»Komm, wir müssen los.«

* *Songvorschlag*
»Who's Leaving Who?«
Hazell Dean

KAPITEL 34

Konzentriere dich!

Immer wieder versuche ich, mich zusammenzureißen und mich auf meinen bevorstehenden Auftritt zu konzentrieren. Meine Gedanken schwirren stetig irgendwo zwischen Mia und der Chance meines Lebens hin und her. Wenn ich hier und heute überzeuge, habe ich ausgesorgt. Und nicht nur das. Auch Freddie und Tobi bräuchten sich keine Gedanken mehr über niedrige Deckenhöhen oder veraltete Rollstühle zu machen. Zur Sicherheit schiebe ich mir noch zwei weitere Chilis in den Mund und mahle sie wie eine wiederkäuende Kuh kräftig durch. In Gedanken gehe ich noch einmal meinen Auftritt durch. Als Höhepunkt soll ich den Namen einer Zuschauerin auf meinem Rücken schwitzen, die angeblich nichts davon ahnt und wahllos ausgesucht wurde. Natürlich ist alles abgesprochen, obwohl die Frau genau dies dreimal abstreiten wird. Alles ein mieser Trick, aber das sei so beim Fernsehen, wurde mir versichert. Dass ich ausgerechnet mit einem Hellseher-Zaubertrick eingeführt werde, ist mir zwar nicht so recht, doch der Senderchef hat mehrfach bekräftigt, dass dies für einen noch größeren Effekt sorgen wird und Hellseher momentan total angesagt seien. Meinetwegen. Ist mir gerade echt scheißegal. Ich kaue weiter und schlucke die nächste Chilischote herunter. Doch egal, was ich tue, meine Gedanken schweifen immer wieder ab und landen bei Mia. Ich schaue auf die Uhr. Noch genau zwei Minuten, das müsste exakt passen.

Die Zeit scheint jedoch seit heute Morgen stehengeblieben

zu sein, und ich muss mir eingestehen, dass ich Mia schon jetzt
mehr vermisse als alles andere in meinem Leben zuvor. Ich
nehme den Hörer des Telefons ab, das in meiner Garderobe
auf einem Beistelltisch steht, und überlege, ob ich nicht doch
im Krankenhaus anrufen soll. Aber wozu? Sie hat sich offensichtlich gegen mich und für ihren Raul entschieden. Vielleicht
sollte ich ihr einfach ihr Glück gönnen und sie und ihren Sambatänzer in Ruhe lassen. Schnell lege ich den Hörer wieder auf.
Dann greife ich ihn erneut und wähle die Nummer der WG.
Mein Bruder nimmt ab.

»Ja?«

»Ich bin es.«

»Berti?« Tobi ist hörbar überrascht. »Was ist los? Solltest
du nicht schon lange im Fernsehstudio sein?«

»Bin ich ja auch.«

»Falls du dich bei mir entschuldigen willst, kannst du das
vergessen. Ich lag nach dieser Nashornspritze des Tierarztes
bis heute früh wie im Koma im Bett. Berti, sag mal, bist du nun
völlig verrückt geworden!?«

»Ja, bin ich. Es tut mir leid. Das mit der Spritze tut mir
leid, und es tut mir leid, dass du dein ganzes Leben lang immer wieder für mich die Kastanien aus dem Feuer holen
musstest.«

Mein Bruder zögert mit seiner Antwort. »Was ist los? Irgendwas stimmt nicht mit dir. Hast du Drogen genommen?«

»Nein.«

»Ist es wegen der Show?«

»Ja … auch. Ich weiß nicht, ob ich das wirklich tun soll. Ich
meine, diese ganze Sache besteht aus Lügen. Ich muss doch
mal Verantwortung übernehmen, oder?«

»Und das fällt dir jetzt gerade ein? So kurz vor der Sendung?«

»Ich weiß, dass es bescheuert klingt, aber ich habe die letzte
Nacht mit Mia …«

»Verstehe.« Mein Bruder unterbricht meinen Erklärungs-versuch. »Es ist nicht wegen der Show, es ist wegen Mia, rich-tig?«

Ich atme hörbar tief ein und aus.

»Vielleicht. Ich weiß es nicht. Ich weiß gar nichts mehr. Scheiße, Tobi. Sag mir bitte, was ich machen soll.«

»Was ist denn passiert?«

»Wir haben die Nacht zusammen verbracht. Es war groß-artig. Aber dann hat sie sich heute Morgen mit ihrem brasili-nischen Freund getroffen. Ich habe sie zusammen gesehen.«

»Shit. Das tut mir leid. Habt ihr darüber gesprochen? Viel-leicht war es ja gar nicht ihr Freund.«

»Nein, ich hatte keine Zeit mehr. Ich musste ins Studio. Aber da gibt's auch nichts zu besprechen. Ich habe gesehen, wie sie sich geküsst haben.«

»Oh Mann, Berti, dich hat's ja echt heftig erwischt. Aber ich kann dir nicht sagen, was du tun sollst. Das musst du ganz al-leine entscheiden. Wir haben hier zwar eine riesige Chance, aus unserem jetzigen Leben herauszukommen. Aber was bringt es, wenn du unglücklich bist? Hör auf dein Gewissen und dein Herz, na ja, und vielleicht ein klein wenig auf den Geldbeutel. Du machst schon das Richtige.«

»Da bin ich mir nicht so sicher. Ich bin völlig durch den Wind, Tobi.«

»Das habe ich in den letzten Tagen auch schon bemerkt. Aber ehrlich gesagt habe ich mich tierisch darüber gefreut. Endlich hat sich mein Bruder mal richtig verknallt.«

»Ja, nur ist dies leider recht einseitig.«

»Ich weiß nicht, Berti … Ich habe euch zusammen gesehen. Das sah mir nicht nach Brasilien aus. Irgendwas stimmt da nicht.«

»Ich muss jetzt raus ins Studio. Danke, dass du immer für mich da bist. Bis dann.«

Ich lege auf. Fast zeitgleich klopft es an meiner Tür, und die

Stimme einer Assistentin ertönt. »Herr von Körner, noch zwei Minuten.«

»Komme gleich.« Ich schaue mich ein letztes Mal im Spiegel an. Ich trage einen teuren Anzug, habe in einigen Tagen einen gut bezahlten Werbedreh, werde bald eine eigene Sendung bei RTL plus haben und das erste Mal in meinem Leben richtig dick Geld verdienen. Außerdem wartet der US-Präsident darauf, dass ich ihm die Nationalflagge schwitze. Eigentlich ziemlich gute Aussichten. Doch seltsamerweise verspüre ich keinerlei Glück oder Zufriedenheit. Alles ist taub. Denn es ist alles auf einer Lüge aufgebaut. Ich muss unweigerlich an Mias Worte denken und daran, wie ihre Lüge ihre Familie ins Verderben geführt hat. Ich schüttele den Gedanken ab und sage mir, dass das nichts miteinander zu tun hat.

Dann verlasse ich die Garderobe und gehe hinter die Studiobühne. Dort heizt der Moderator das Publikum bereits an, die Sendung scheint ein Knaller zu werden, und kurz vor ihrem Ende soll ich dem Publikum im Studio und an den Fernsehschirmen nun erstmalig und live mit meiner mystischen Hyperhidrose den Rest geben. Ich schaue durch einen Schlitz im Vorhang und sehe die dicht besetzten Reihen und die Kameras, die überall lauern wie bedrohliche Alligatoren in ihren Verstecken.

»Naa, bittschön, Herr von Körner«, ertönt es mit österreichischem Akzent hinter mir, und eine Hand legt sich auf meine Schulter. »Net an dem Tucherl ziehn, dös sieht ma dann im TV. Außerdem san Sie gleich dran.«

Der Scheinriese. Und kaum dass der Big Boss des Senders seine Worte gesprochen hat, kommt der Aufnahmeleiter auch schon um die Ecke gebogen und winkt mich hektisch zu sich.

»Sie sind gleich dran, Herr von Körner. Ich zähle rückwärts, und dann machen Sie alles wie besprochen, okay?«

»Okay.«

Er legt eine Hand an seinen Kopfhörer und zählt mit den

Fingern der anderen herunter. »Fünf, vier, drei, zwei, eins, und bitte!«

Die wenigen Meter ins Studio fühlen sich für mich wie der Gang zum Schafott an. Die Stimme des Moderators überschlägt sich beinahe, und ich kann nur Bruchstücke verstehen: CNN ... Hyperhidrose ... Kloster ... Mexiko ... Präsident Reagan ... Weltwunder ... blablabla. Und auch das Publikum scheint gespannt auf meinen Auftritt zu warten und strahlt mich mit einem Meer großer Augen an. Ich lächle schüchtern, stelle mich auf die markierte Stelle der Bühne und beginne meine Show. Den vorgefertigten Text lese ich, ohne nachzudenken, vom Teleprompter ab. Alles läuft nach Plan. Mit mystischen Handbewegungen leite ich den Trick ein und versichere dem Moderator auf dessen Frage, dass ich die ausgewählte Frau im Publikum noch nie zuvor gesehen habe. Das Licht fährt langsam herunter, und dumpfe Musik setzt ein.

»Herr von Körner«, ertönt die Stimme des Moderators. »Wie lautet der Name dieser Dame auf Sitz vierunddreißig in der zweiten Reihe?«

Ich spüre, wie meine Poren sich langsam zu öffnen beginnen und alles seinen Lauf nimmt. Ohrenpfeifen. Schweiß. Es ist der Moment, der mein Leben verändern wird. Mein Moment. Alles funktioniert prächtig, die Schwablone um den ausgeschnittenen Namen füllt sich mit meinem Schweiß. Doch dann schießen mir erneut Erinnerungen an die letzten sieben Tage durch den Kopf. Die Momente mit der Gräfin, das Interview mit Herrn Wortmann von der BILD-Zeitung, Bessy, der Testamentsvollstrecker, alles.

Und Mia.

Immer wieder Mia.

Dann fälle ich meine Entscheidung.

Denn dies ist tatsächlich mein Moment. Der Moment, in dem ich mein Leben wirklich ändern werde. Und zwar nicht durch eine Lüge, sondern das erste Mal in meinem Leben durch die Wahrheit. Und ich werde genau jetzt damit beginnen. Mit der Wahrheit über mich und der Wahrheit, dass ich Mia liebe. Auch wenn es ihr nichts bedeutet und sie es vielleicht niemals erfahren wird. Selbst wenn sie lieber diesen Sambatänzer will und die vergangene Nacht für sie nur ein Abenteuer war. Aber dann habe ich es zumindest laut ausgesprochen. Ich schaue in die Kamera, über der ein rotes Licht leuchtet, und gehe einen Schritt auf sie zu.

»Ich kann es nicht. Tut mir leid.«

»Ja, das ist wirklich eine schwere Aufgabe, Herr von Körner. Konzentrieren Sie sich.« Der Moderator blättert nervös in seinen Moderationskärtchen. Nein, da wirst du den richtigen Text nicht finden. Dennoch versucht er zu retten, was nicht mehr zu retten ist. »Sie meinen sicherlich, dass Sie die Schwingungen von der Dame gerade nur schwer empfangen können, oder?« Er dreht sich wieder zu der Dame im Publikum, die ihre Rolle unbeeindruckt und äußerst überzeugend weiterspielt. »Denken Sie bitte noch intensiver an ihren Namen, damit unser Hyperhidrosemagier …«

»Nein«, unterbreche ich den Moderator. »Ich kann es wirklich nicht. Und ich konnte es auch noch nie. Es ist alles erstunken und erlogen.«

Ein Raunen geht durch das Studiopublikum.

Nun gibt es kein Zurück mehr.

Neben der Bühne macht der Senderchef mit der Hand eine schneidende Handbewegung vor dem Hals. Eine Anweisung, die Sendung zu unterbrechen, aber es ist alles live, und er kann die Lawine nicht mehr aufhalten, die ich soeben losgetreten habe.

»Ich möchte mich bei allen da draußen entschuldigen, die ich hinters Licht geführt habe. Ich wollte reich und berühmt werden, wie so viele von uns. Daher habe ich mir etwas ausgedacht, und siehe da, es war so verrückt, dass es alle gerne geglaubt haben. In Wirklichkeit war ich aber weder jemals in einem ägyptischen Kloster, noch kann ich meinen Körper so steuern, dass ich den Namen dieser Frau in mein T-Shirt schwitzen kann. Stattdessen kaue ich vor jedem Auftritt wie ein Verrückter auf Chilis herum, bis es mir in den Ohren pfeift. Dann schwitze ich mithilfe einer Schablone ein vorgefertigtes Bild oder einen Text in mein Shirt.«

Zum Beweis lege ich mein Sakko ab und beginne mein Hemd aufzuknöpfen, bis ich schließlich oberkörperfrei vor den Leuten stehe und ihnen meine aufgeklebte Schwablone mit dem Namen der Dame am Rücken zeige, den ich angeblich nicht kenne.

»Das ist keine Kunst, das kann jeder von Ihnen, der Poren in seiner Haut hat. Jeder hier im Studio und jeder zu Hause vor dem Bildschirm. Aber wissen Sie, was nicht jeder kann? Glücklich sein mit dem, wer oder was man ist. Eine kluge Frau, vielleicht die klügste Frau, die ich je getroffen habe, sagte mal, wenn man nicht ehrlich zu sich selbst sein kann, wird man auch niemals Menschen um sich haben, die es ehrlich mit einem meinen. Kein ehrlicher Job, keine ehrlichen Freunde und auch keine ehrliche Beziehung. Ich habe vielen Menschen etwas vorgemacht. Ich habe so getan, als hätte ich eine Gabe. Ich habe die Presse belogen und sogar versucht, einen Hund, der seit Jahren tot ist, wiederzubeleben, nur um mir damit einen Vorteil zu verschaffen. Aber gerade ist mir klar geworden, dass ich bereits alles besitze, was ich brauche, um glücklich zu sein.« Ich mache einen weiteren Schritt auf die Kamera zu. »Ich habe tolle Freunde, einen unglaublichen Bruder, und ich hatte die beste Frau an meiner Seite, die man sich nur wünschen kann. Tja, und jetzt habe ich nicht nur Sie alle enttäuscht, sondern auch genau diese Frau verloren. Weil ich sie angelogen habe und einfach nicht den Mut hatte, ihr die Wahrheit über mich zu erzählen. So wie ich auch Ihnen allen hier nicht die Wahrheit gesagt habe. Ich entschuldige mich dafür. Bei dir, Mia, der Presse, bei den Sponsoren, beim Sender RTL plus, bei Ihnen, verehrtes Publikum, und falls Ronald Reagan zuschaut, auch bei Ihnen, Mr. President. Es tut mir aufrichtig leid.«

Es herrscht absolute Stille im Studio, und ich verlasse die Bühne. Sofort kommt der Senderchef mit hochrotem Kopf auf mich zu, sein Puls marschiert bedenklich nah am Maximalanschlag, und sein Gesicht ist sichtlich in Bewegung. Er ringt nach den passenden Worten, um seinem Ärger Luft zu verschaffen.

»Sie ... Sie ... San Sie deppert? Sie können doch net ...«

Noch bevor er sein Donnerwetter loslassen kann, drücke ich ihm meine schweißtriefende Schwablone in die Hand.

»Doch, ich kann. Tut mir leid für Ihre Sendung. Machen Sie lieber die Sache mit den Tutti-Frutti-Titten oder den singenden Kindern. Das wird beides funktionieren, Sie werden sehen.«

»Ihr Verhoiten g'foid mir ganz und gar net, junger Mann. Sie werden noch von mir hören. Sie ham sich grod Ihre eigne Zukunft zerhaun.«

Ich wende mich noch einmal zu ihm um, bevor ich aus dem Studio stürme. »Nein. Meine Zukunft beginnt genau jetzt. Und ich werde für sie kämpfen.«

* *Songvorschlag*
»Love Changes Everything«
Climie Fisher

KAPITEL 35

Wie ein Verrückter rase ich durch die Stadt und parke Freddies Wagen schließlich mit quietschenden Reifen vor der Klinik. Ich laufe, renne, stürze durch den Eingangsbereich. Erst vor den Fahrstuhltüren drossele ich meinen Schritt und drücke immer wieder nervös auf den Knopf. Doch auch nach zehnfachem Drücken kann ich den Aufzug nicht davon überzeugen, heute ausnahmsweise schneller zu fahren. Nach schier endloser Zeit signalisiert mir das Licht über den Türen endlich, dass sie sich jeden Moment öffnen werden, und ich mache mich sprungbereit. Doch als sich die Türen auseinanderschieben, bleibe ich wie angewurzelt stehen. Ein bekanntes Gesicht blickt mir entgegen: Raul. Will er sich etwa aus dem Staub machen. Jetzt? Kurz vor Mias OP? Mir knallen die Sicherungen durch, ich packe ihn am Kragen, und obwohl er größer und muskulöser ist, drücke ich ihn gegen die Rückwand des Aufzugs.

»Wo willst du hin? Verpisst du dich jetzt wieder, wenn es ernst wird, oder was?«

»Was? Was ist los?« Raul blickt mich erstaunt an. Dann beginnt er zu stottern. Leider nicht einmal mit diesem exotischen Akzent, den ich erwartet hatte und der meine Eifersucht noch gesteigert hätte. Aber nein, er spricht perfekt Deutsch. Und sieht dabei auch noch so unfassbar gut aus. »Jetzt komm mal runter. Wer bist du eigentlich?«

»Ich, ich bin … ich bin ein Freund von Mia.«

Die Fahrstuhltüren schließen sich hinter uns.

Raul rollt mit den Augen, und seine Muskeln entspannen sich spürbar. »Ah, jetzt verstehe ich. Du bist dieser Berti, oder?«

Ich trete einen Schritt von ihm zurück und löse meinen Griff etwas. »Woher kennst du meinen Namen?«

»Na, von Mia. Sie hat mir von dir erzählt. Aber ich habe mir dich irgendwie größer vorgestellt.«

»Ach ja? Und ich mir dich attraktiver.«

Der Modelbrasilianer grinst sein feinstes Copacabanalächeln. »Also, was willst du von mir, Berti?«

»Du hast Mia so kurz vor ihrer Operation doch hoffentlich nicht noch schnell in den Wind geschossen, oder? Das hat sie echt nicht verdient.«

Raul lehnt sich mit dem Rücken an die Wand und streicht sich durch seine schulterlangen schwarzen Haare. Dann sieht er mich an. »Ja, stimmt schon, es ist vorbei. Aber nicht so, wie du denkst.«

»Wie meinst du das?«

Anstatt einer Antwort zieht er ein kleines Schächtelchen aus der Innentasche seiner Lederjacke und hält es mir wortlos hin. Ich nehme es und öffne den Deckel. Ein Diamantring funkelt mir auf einem dunklen Samtkissen entgegen.

In diesem Moment schieben sich die Aufzugstüren wieder auseinander, und ein älterer Herr schaut zunächst Raul und mich, dann den Ring in meiner Hand an.

»Oh, Entschuldigung.« Die Türen schließen sich wieder, und der Mann ruft noch ein »Alles Gute für Sie beide« hinterher. Dass es offenbar so aussieht, als würde ich diesem Raul gerade einen Antrag machen, stört mich nicht im Geringsten. Ich wende mich ihm wieder zu und deute auf den Ring.

»Scheiße, das ist ein Ring. Aber … ich verstehe nicht.«

Raul lächelt, doch seine Mimik wirkt mit einem Mal alles andere als vergnügt. »Was gibt's da schon falsch zu verstehen? Ich habe ihr einen Antrag gemacht, und sie hat abgelehnt.«

»Sie hat abgelehnt?«, frage ich erstaunt nach.

»Nicht nur das. *Sie* hat *mir* den Laufpass gegeben. Das hat noch nie eine mit mir gemacht.«

»Sie hat was? Aber warum denn?«

Er zuckt die Schultern, als verstünde er die Welt selbst nicht mehr. Klar, wird nicht oft vorkommen, dass Mister Muskelprotz einen Korb bekommt.

»Sie meinte lediglich, dass das nicht ehrlich wäre. Dass sie mich geliebt hat, aber dass das nun nicht mehr der Fall sei und sie das vor der Operation gerne geklärt hätte. Sie möchte nicht mit einer Lüge von dieser Welt gehen. Wegen mir ... und wegen dir.«

»Wegen mir?« Ich schaue ihn fassungslos an. Das geht mir gerade alles etwas zu schnell. »Was hat das denn mit mir zu tun?«

»Du verstehst es immer noch nicht, oder?«

»Nein, verdammt. Anscheinend nicht.«

Raul sucht nach den passenden Worten und steckt den Ring zurück in seine Jacke. »Sie wollte dich, Mann. Sie hat sich in dich verliebt. Und deswegen kann sie nicht mehr mit mir zusammenleben, oder in ihrem Fall ... mit mir sterben.«

Die Erklärung trifft mich wie ein Vorschlaghammer.

»Sie hat sich in mich verliebt? Aber du warst doch heute Morgen hier bei ihr und hast sie geküsst.«

»Mia wusste nichts davon, dass ich komme. Ich wollte sie überraschen. Aber das ist mächtig in die Hose gegangen.«

Ich verdammter Idiot. Ich schaue Raul zögerlich an. »Ist sie denn schon ...? Also, ich meine ...«

»Ja«, nickt er. »Sie haben sie vor zwanzig Minuten in den OP-Saal geschoben.«

Mir zieht es die Beine weg. Ich bin zu spät. Ich schlucke und rutsche mit dem Rücken die Aufzugwand herunter. Nun weiß ich zwar, was ich will, aber ich konnte es Mia nicht mehr sagen. Und ihr ging es wohl genauso.

»Verdammt.«

Raul lässt sich neben mich sinken. Nun sitzen wir beide wie Ölgötzen im Fahrstuhl. Beide verliebt in die gleiche Frau, und beide haben wir es vermasselt.

»Mist. Tut mir leid.« Er wirft mir einen bedauernden Blick zu. »Obwohl ich dich nicht einmal leiden kann, tut es mir leid. Für dich, für mich, für Mia. Wir sind irgendwie alle am Arsch. Ich weiß nicht, was du getan hast, aber du hast sie anscheinend echt glücklich gemacht. Wie lange kennt ihr euch eigentlich schon?«

»Wie lange?« Ich schaue zu ihm rüber. »Sieben Tage.«

Songvorschlag
»Blueprint«
Rainbirds

KAPITEL 36

Als ich die Tür von Mias Zimmer aufdrücke, überläuft mich ein kalter Schauer. Im Zimmer steht nur noch ein Bett, in dem ihre Zimmergenossin Jenny liegt und mich mit einem Blick ansieht, den ich nicht einzuordnen weiß. Trauer, Verständnis, Sorge, Verachtung, Machtlosigkeit – alles spiegelt sich in ihren Augen wider.

»Hi, Berti.«

»Hallo, Jenny.«

»Sie ist schon weg.«

»Ja, ich weiß. Raul hat es mir erzählt.«

»Oh, du hast Raul getroffen?«

Ich nicke. »Attraktiver Typ. Und scheint ein netter Kerl zu sein.«

»Ja, das ist er wohl«, bestätigt Jenny. »Aber nicht nett genug. Zumindest nicht für Mia.«

»Ich weiß. Sie hat ihm den Laufpass gegeben. Das hat er mir auch erzählt.«

Jenny lächelt. »Magst du dich kurz setzen?«

»Nein danke. Ich wollte dich nicht stören, es wird das Beste sein, wenn ich gleich wieder …«

»Nein, bleib doch kurz. Das ist okay.

Ich ziehe es vor, stehen zu bleiben, und gehe zum Fenster. Von dort kann ich hinüber zur Villa blicken. Zum Balkon, von dem aus ich sie das erste Mal gesehen habe. Ich fühle mich, als würde mir jemand mit der Faust mein Herz zusammenpressen.

»Hab dich im Fernsehen gesehen«, sagt Jenny. »Starker Auftritt.«

»Du hast es gesehen?«

»Nicht nur ich. Wir haben es beide gesehen.« Jenny macht eine Handbewegung zu dem leeren Platz, an dem zuvor Mias Bett stand. »Mia und ich haben es uns gemeinsam im Aufenthaltsraum angesehen, nachdem dein Bruder angerufen hatte.«

»Mein Bruder?«

»Er hat kurz vor der Sendung angerufen und meinte, dass er nicht wüsste, was genau zwischen dir und Mia vorgefallen sei, aber dass wir unbedingt den Fernseher einschalten sollten. Höchstwahrscheinlich würde es interessant werden. Und da er wie immer alles für dich geraderücken musste, wollte er uns Bescheid geben. Na ja, und dann haben wir es uns gemeinsam angesehen. Mia und ich.«

Tobi. Er hat nach unserem Gespräch wohl geahnt, wie ich mich entscheiden würde. Er ist eben mein großer Bruder. »Sie hat es also alles mitbekommen, was ich gesagt habe?«

»Jedes Wort.«

Ich hebe fragend die Augenbrauen. »Und was hat sie dazu gesagt? Wie hat sie reagiert?«

Anstelle einer Antwort streckt sich Jenny zu einem Kuvert, das auf dem Nachttisch neben ihr liegt. »Hier, das hat Mia für dich geschrieben. Ich sollte es dir schicken, falls sie …« Sie führt den Satz nicht zu Ende. Stattdessen reicht sie mir den Brief. »Aber jetzt bist du ja hier.«

»Danke.« Ich nehme den Umschlag entgegen und gehe wortlos zur Tür. Der Gedanke an Mia zerreißt mich bei jedem einzelnen Schritt. Doch am schlimmsten wütet die Angst in mir, dass ich sie vielleicht nie wiedersehen werde.

»Sie hat übrigens jeden Abend von dir gesprochen.«,

»Wie bitte?« Ich drehe mich fragend zu Jenny.

»Sie hat mir jedes Mal von dir erzählt, wenn sie von einem eurer gemeinsamen Ausflüge zurückkam. Manchmal hat sie sogar noch im Schlaf geredet und gelacht. Du hast sie wirklich sehr glücklich gemacht in den letzten Tagen. Das war wahnsinnig nett von dir, Berti. Ich wünschte, ich würde auch einmal einen Mann wie dich kennenlernen.«

Ich schaffe es nicht, darauf zu antworten, und verlasse das Zimmer. Ich gehe einige Schritte in dem langen Krankenhausgang, bis ich stehen bleibe und mit dem Rücken Halt an der Wand suche. Der Brief in meinen Händen fühlt sich zentnerschwer an. Beinahe wie ein Testament. Ich starre ihn an, dann gebe ich mir einen Ruck, öffne ihn und beginne die Zeilen zu lesen.

Lieber Berti,
wenn Du diese Zeilen liest, bin ich entweder im Operationssaal oder sogar schon einen Schritt weiter. Doch wie auch immer diese Operation verlaufen wird, ich möchte mich aus tiefstem Herzen bei Dir bedanken: Du hast mir die sieben besten Tage meines Lebens geschenkt. Sieben Tage, die mir so viel Kraft gegeben haben, dass ich nun mit einem Lächeln gehen kann. Wie ich Dir schon sagte, es ist nicht so, dass ich nun keine Angst mehr hätte. Scheiße, und wie ich Angst habe. Aber ich habe mit Dir nicht nur all meine unerfüllten Träume wahr werden lassen, sondern ich habe vor allem wieder gelernt, Spaß an meinem Leben zu finden. Du hattest ganz recht, als du sagtest, dass ich Angst vorm Leben habe. Ich war so sehr auf der Suche nach meinem Glück, dass ich ganz vergessen hatte, was mich eigentlich glücklich macht. Jetzt weiß ich es, es ist nämlich das Leben selbst. Du hast mir gezeigt, wie schön es sein kann. Du ... und Steffi Graf (kleiner Scherz).
Jenny und ich haben gerade Deinen TV-Auftritt gesehen. Du schwitzt ernsthaft Namen und Grüße in T-Shirts? Oh Mann, ich weiß wirklich nicht, wer von uns beiden die größeren Probleme im Kopf hat. Jedenfalls vielen Dank für das, was Du in der Sendung gesagt hast. Das war sehr lieb von Dir. Es tut mir leid, dass Du mich und Raul vor der Klinik gesehen hast. Ich wusste nicht, dass er

kommen würde. Aber ich war auch froh, weil ich noch dringend etwas mit ihm klären musste. Und es tut mir auch leid, dass ich heute Morgen einfach fortgelaufen bin. Aber im Fortlaufen bin ich schon immer gut gewesen. Ich dachte, dass alles nur eine weitere Lüge war. Und diese Enttäuschung hätte ich nicht ertragen, weil ich mich in Dich verliebt habe. Ich möchte, dass Du weißt, dass ich sehr gerne noch einen achten, neunten und zehnten Tag mit dir verbracht hätte.

*Danke für alles.
Deine Mia*

Ich lasse den Brief sinken und vergrabe den Kopf in meinen Händen. Aus irgendeinem Zimmer dringt traurige Musik in den Flur, doch ich nehme das Lied kaum wahr. Meine Beine strecken sich über den frisch gewienerten Linoleumboden, und ich beginne wie ein kleines Kind zu weinen.

** Songvorschlag
»Only You«
Flying Pickets*

KAPITEL 37
Sonntag, 26.06.1988

Alles fühlt sich taub an.
Mein Körper. Taub.
Meine Seele. Taub.
Der ganze Berti. Taub.
Ich sitze stumm auf einem Stuhl im Wartebereich und fühle mich unendlich hilflos und machtlos. Als habe man mir mitten in meinem Lieblingslied den Kopfhörer des Walkmans vom Kopf gerissen und die Kassette für immer zerstört. Es ist mittlerweile einige Stunden her, dass Mia operiert wurde, aber niemand konnte oder wollte mir bislang irgendetwas sagen. Nie ein gutes Zeichen. Sonst könnte man doch einfach sagen: »He, alles super verlaufen, machen Sie sich keine Sorgen.« Doch niemand sagt etwas in dieser Richtung. Dennoch habe ich beschlossen, hier zu warten, bis ich irgendwann Klarheit habe.

»Ist hier noch Platz?«, vernehme ich eine bekannte Stimme. Schlaftrunken schaue ich auf und sehe Freddie und Tobi vor mir. Ich richte mich langsam auf und reibe mir die Augen.

»He, was macht ihr denn hier?«

Freddie setzt sich neben mich und schlägt seine Beine übereinander. »Nachdem du mein Auto vor dem Studio geklaut hast, haben wir dich überall gesucht. Na ja, eigentlich war es ja klar, wo wir dich finden würden.«

»Sorry wegen dem Auto, aber ich musste schnell hierher.«

»Kein Problem. Wie geht es ihr denn? Weiß man schon was?«

Ich strecke mich kurz und zucke dann die Schultern. »Nein, nichts. Niemand sagt mir etwas.«

Tobi rollt neben mich und legt mir eine Hand auf die Schulter. »Sie schafft das schon. Mia ist eine starke Frau.«

»Ja, ist sie. Und danke, Tobi. Es war nett von dir, sie anzurufen. Ihre Bettnachbarin hat mir alles erzählt. Du hattest recht, es war nicht so, wie ich dachte. Sie ist zwar weggelaufen, weil sie von mir und meiner Lüge enttäuscht war. Aber nicht, weil sie einen Freund hat oder mich nicht will. Im Gegenteil. Hier, lies selbst.« Ich reiche ihm den Brief. »Sie hat zumindest erfahren, was ich wirklich fühle. Aber woher wusstest du, wie ich mich entscheiden würde?«

»Ich bin dein Bruder, verdammt.«

»Ja, das bist du. Und darauf bin ich echt stolz. Du bist der beste Bruder, den man sich wünschen kann.« Ich wende mich zu Freddie. »Und du, du bist mein bester Kumpel. Auch wenn du mit deinem Schnäuzer immer noch wie der letzte Vollpfosten aussiehst.«

Er lächelt kurz und nickt dann. »Das war übrigens eine echt große Nummer im Fernsehen. Wird sicher in die TV-Geschichte eingehen.«

»Tut mir leid. Ich weiß, du wolltest mit mir die große Karriere aufziehen.«

»Wir haben immerhin genug Kohle von dem Vorschuss der Deodorantfirma, um Tobi einen neuen Rolli kaufen und aus unserem Loch ausziehen zu können. Den Vorschuss habe ich nämlich schon vom Konto abgehoben, bevor sie es zurückbuchen konnten. Na ja, und RTL plus wäre sowieso nicht unser Ding gewesen. Nicht unser Niveau. Die werden ihren Laden wahrscheinlich eh bald wieder dichtmachen.«

Trotz der angespannten Situation müssen wir schmunzeln, dann steht plötzlich ein Mann im weißen Kittel vor uns. Doktor Udo Brinkmann aus der Schwarzwaldklinik, denke ich für einen Moment, da der Mann einen hervorragenden Doppelgänger von Sascha Hehn abgeben würde. Er nickt Freddie zu, den er wohl von seinem Nachtwächterjob kennt, und fragt in seine Richtung.

»Wer ist denn der Herr Körner?«, will er wissen, und Freddie deutet auf uns beide.

»Die heißen beide Körner, aber ich denke, Sie meinen Berti.«

Sofort stehe ich auf. »Geht es um Mia? Gibt es Neuigkeiten? Wie steht es um sie?«

»Frau Bach ist eine starke Person, Herr Körner. Es sieht gut aus. Die Operation war erfolgreich. Und die Biopsie des entnommenen Gewebes ist auch schon abgeschlossen.«

»Und? Nun sagen Sie schon. Was ist es?«

Der Arzt schaut in unsere Runde und blickt dann wieder mich an. » Sie sind zwar kein unmittelbarer Angehöriger, aber ich kann Sie zumindest beruhigen. Der Tumor ist nicht so schlimm wie befürchtet. Er ist nicht bösartig. Sie hat sehr gute Chancen, wieder ganz gesund zu werden.«

»Wirklich?«

Seine Gesichtszüge entspannen sich ebenso wie die unseren. »Ja, der Eingriff ist bestens verlaufen. Sie ist zwar noch sehr schwach, aber mit der richtigen Behandlung wird Frau Bach wieder vollständig genesen.«

Unendliche Erleichterung macht sich breit. Wir fallen uns in die Arme, und selbst der Arzt wird in unsere Freude einbezogen und umarmt.

»Das ist großartig!«, jubele ich.

Der Arzt löst sich aus meiner Umklammerung und schiebt mich wieder etwas auf Distanz. »Es gibt jedoch ein ganz anderes Problem.«

Sofort erstarre ich. »Ach ja? Welches?«

»Wie wir festgestellt haben, besitzt Frau Bach leider keine gültige Krankenversicherung. Es muss jedoch unbedingt zeitnah mit der Nachbehandlung begonnen werden, um eine Rückkehr des Tumors auszuschließen.«

»Aber Sie sagten doch gerade, dass alles wieder gut wird.«

»So ist es auch. Wenn sie die richtige Behandlung bekommt. Und zwar umgehend und ohne Verzögerung. Aber die Patientin kann sich diese Behandlung schlichtweg nicht leisten.«

»Von welchen Kosten reden wir denn? Was kostet diese Behandlung?«

»Das kann man nicht genau sagen. Aber man muss schon mit einigen Tausend Mark rechnen.«

»Einige Tausend Mark? Würden fünftausend genügen?«, frage ich. Das ist genau der Betrag, den 8 x 4 als Vorschuss ausgezahlt hat.

Der Arzt nickt zustimmend.

»Das dürfte vermutlich genügen. Warum?«

Ich blicke fragend zu Freddie und Tobi. Schließlich lächelt mich mein Bruder an. »Also, eigentlich finde ich meinen Rolli noch ziemlich in Ordnung. Den neuen Schlitten brauche ich nicht wirklich. Das hat noch Zeit.«

»Aber ich habe ihn dir versprochen«, erinnere ich ihn.

»Was ich auch sehr zu schätzen weiß. Aber mal ehrlich.« Tobi schiebt die Räder des Rollstuhls ein Stück vor und wieder zurück. »Das Teil hier rollt. Und das ist es, was ein Rollstuhl hauptsächlich machen soll. Nicht mehr und nicht weniger.«

Ich schaue zu Freddie. Auch dieser nickt schließlich zustimmend. »Ach, scheiß drauf. Was soll's? Nachts habe ich eh die Augen zu. Was interessiert mich da die Deckenhöhe!? Ist ja auch irgendwie gemütlich. Und falls ich doch mal eine Freundin will, muss ich mich halt nach einer Kleinwüchsigen oder 'ner schicken Blondine im Rolli umschauen. Also, gib Mia das Geld.«

»Meint ihr das wirklich ernst?«

»Auf jeden Fall«, bestärkt mich Tobi. »Ich könnte nicht in Seelenruhe mit meinem neuen Rolli umherfahren, wenn ich wüsste, dass Mia deswegen nicht gesund wird. Sie verdient das Geld mehr als jeder von uns. Das ist die richtige Entscheidung.«

Ich wende mich wieder Udo Brinkmann zu. »Dann ist das wohl auch geklärt, wir übernehmen die Kosten.«

Der Arzt ist zufrieden und wählt seine Worte mit Bedacht. »Wirklich? Das ist sehr großzügig von Ihnen. Wir bräuchten in unserer Gesellschaft mehr Menschen wie Sie.«

»Oh, sagen Sie das besser nicht. Wenn Sie wüssten ... Wird ihr denn eine große Narbe bleiben? Sie ist ein wenig eitel, wissen Sie?«

»Sobald die Haare nachgewachsen sind, wird man nichts mehr davon sehen.«

»Ich weiß gar nicht, wie ich Ihnen danken soll, Herr Doktor.«

Seine Augen leuchten auf, und er lächelt. »Ehrlich gesagt hätte ich da schon eine Idee.«

»Tatsächlich?«, wundere ich mich. »Und welche?«

»Ich bin ein großer James-Dean-Fan. Könnten Sie an Ihrem nächsten Kinoabend vielleicht etwas von ihm mit unserem neuen Beamer auf die Hauswand gegenüber werfen?«

Der Arzt schaut mir fest in die Augen. Anscheinend weiß er, wer für das Loch in der Decke des Konferenzraumes verantwortlich ist.

»Sie wissen, dass ich ...?«

»Wir sind Ärzte, Herr Körner. Keine Idioten. Aber wenn Sie das nächste Mal so was vorhaben, sagen Sie mir bitte vorher Bescheid. Man kann diesen Beamer auch einfach abschrauben, ohne die halbe Decke zu zerstören. Und unserem Herrn Krüger ersparen Sie so auch einigen Ärger.« Der Arzt zwinkert in die Runde und geht den Gang hinunter, bis er in einer Seitentür verschwindet.

Ich lasse mich auf den Stuhl sinken. »Mia wird wieder gesund, Jungs.«

»Das sind echt gute Neuigkeiten.«

»Ja, das ist alles, was zählt.«

Ich fühle mich müde und überglücklich zugleich. Aber wie

kann ich Mia beweisen, dass ich das alles ernst meinte, was ich gesagt habe? Dass ich all ihre Wünsche aus vollstem Herzen erfüllt habe. Jeden einzelnen. Dann fällt mir ein, dass eigentlich noch ein Wunsch aussteht. Schließlich wurde uns das gemeinsame Frühstück ja verwehrt. Ich drehe mich zu meinem Bruder und Freddie.

»Jungs, ich brauche noch ein letztes Mal eure Hilfe.«

* Songvorschlag
»Oh L'amour«
Erasure

KAPITEL 38
Eine Woche später

Als mich Freddie festschnallt, schaut er mich vielsagend an. »Übrigens hat dieser Herr Wiskowsky heute Morgen angerufen.«

Mist, die Sache hatte ich beinahe verdrängt. Aber da musste ja noch was nachkommen. »Herr Wiskowsky? Der Testamentsvollstrecker?«, frage ich vorsichtig.

»Genau der.«

»Und, war er sehr sauer wegen der Aktion mit Bessy?«

»Es ging. Er war ziemlich überrascht und hat gefragt, welcher Hund denn dann auf dem Kissen lag, als er bei uns war. Aber ich glaube, er macht uns keinen großen Ärger. Er fragte vielmehr, ob du dich die Tage mit ihm auf einen Kaffee treffen möchtest.« Freddie grinst spöttisch.

Stimmt, er denkt immer noch, dass ich ihn angemacht hätte. »Ich glaube, da muss ich noch etwas richtigstellen. Aber Hauptsache, er zeigt uns nicht an.«

»Nein, sicher nicht. Allerdings ist mit Bessys offiziellem Ableben die zweite Nachlassverfügung der Gräfin in Kraft getreten.«

»Solange wir keine Anzeige bekommen, können wir zufrieden sein.«

»Ja, wir haben Glück gehabt, Berti.«

Freddie setzt seinen Helm auf und reicht mir einen der Kartons, die gleich zum Einsatz kommen sollen. Ich stelle ihn neben mir ab. Als er mir den zweiten in die Hand drückt, schaut er mich kurz von der Seite an und bemerkt beiläufig: »Ach ja, bevor ich es vergesse – laut des zweiten Testaments bekommst du jetzt das ganze Erbe.«

»Ah«, antworte ich, ohne genau hingehört zu haben. Ich setze meinen Helm auf und ziehe den Kinnriemen straff. Erst dann sacken die Worte langsam in mein Bewusstsein, und ich stocke. »Wie meinst du das? Ich bekomme das ganze Erbe? Aber ich habe Bessy doch gar nicht mehr.«

Jetzt bricht es aus ihm heraus. Freddie grinst und klatscht vor Freude in die Hände. »Aber die Gräfin hat dich in ihrem zweiten Testament namentlich als Alleinerben eingesetzt! Sie ging davon aus, dass du Bessy pflegen würdest, wenn ihr etwas passiert. Und sie wollte daher, dass du alles bekommst, wenn Bessy irgendwann nicht mehr ist.«

»Das ist nicht dein Ernst!«

Freddie beginnt vor Freude zu hüpfen, als wäre eine Armee südamerikanischer Waldameisen in seiner Hose beheimatet.

»Doch, das ist es. Frau Gräfin wollte dich wohl damit überraschen. Herr Wiskowsky konnte es auch nicht fassen. Daher wäre eine Anzeige auch völlig unsinnig gewesen. Kannst du dir das vorstellen? Wir hätten uns das ganze Theater sparen können, Mann.«

»Und alles ist ganz legal?«

»Ja. Alles sauber. Mia hatte recht. Ehrlichkeit wird dich irgendwann zu deinem Ziel bringen. Und jetzt ist es so weit. Jackpot, mein Freund!«

»Aber das gibt es doch gar nicht. Das ist doch völlig verrückt, oder?«

Freddie trommelt mit seinen Händen auf meinem Helm und hebt anschließend den Daumen. Wir sind fertig für den Start.

»Ja, verrückt. Ungefähr genauso verrückt wie das, was wir hier vorhaben. Und jetzt hol dir deine Meerjungfrau.«

* *Songvorschlag*
»Crash«
The Primitives

KAPITEL 39

Bis heute wusste ich nicht, dass ich an Flugangst leide.

Als der Motorsegler ruckartig vom Boden abhebt, bin ich um diese gesicherte Erkenntnis reicher und mache mir fast vor Angst in die Hose. Nur der Gedanke, dass das meine letzte Chance bei Mia sein könnte, hindert mich daran, komplett durchzudrehen. Vorsichtig schaue ich nach unten. Von hier oben sehen die Häuser wie Miniaturgebäude auf einem Monopolybrett aus. Doch anstatt ins Gefängnis begeben wir uns direkt über Los zur Klinik. Es ist eine Woche her, dass ich Mia das letzte Mal gesehen habe. Seither hatten wir keinen Kontakt mehr, doch ich weiß von ihrem Arzt, dass sie heute entlassen wird. Und das ist meine Chance.

Denn heute wird Mia ihre Reha antreten. Die beste Reha, die wir finanzieren konnten. Mia ahnt nicht, dass das Geld von uns stammt, und denkt, es sei ein Entgegenkommen des Krankenhauses.

Freddie fliegt mit dem Motorsegler noch eine Schleife, deren es meiner Meinung nach nicht unbedingt bedurft hätte. Dann erkenne ich endlich das sehnlichst erwartete Gebäude am Horizont. Die Klinik. Ein Blick auf meine Armbanduhr versichert mir, dass wir zeitlich genau richtigliegen. Nervös halte ich am Boden nach meinem Ziel Ausschau. Und tatsächlich: Ich sehe, wie sich eine kleine Menschentraube vor dem Haupteingang des Krankenhauses bildet. Alle sind dabei, Jenny und die Ärzte, die Mia behandelt haben. Wie abgesprochen.

Ich tippe Freddie von hinten auf die Schulter.

»Da unten sind sie, siehst du sie?« Als Antwort streckt Freddie einen Daumen nach oben und kippt den Vogel in einem Neigungswinkel jenseits meiner Toleranzgrenze nach unten. Ich tippe ihn noch einmal an. »Geht das vielleicht auch so, dass ich unten ankomme, ohne mich übergeben zu haben? Kotzflecken machen sich nicht so gut, wenn ich vor Mia stehe.«

»Sorry.«

»Und mach jetzt bloß keinen Scheiß, okay? Alles genau nach Plan.«

»Verlass dich drauf«, ruft er mir nach hinten zu. »Wir müssen uns nur beeilen, so tief dürfen wir nämlich eigentlich nicht über die Häuser fliegen. Ich schätze mal, wir haben fünf Minuten, bis uns die Flugsicherung runterholt und wir am Boden von Polizei und Feuerwehr begrüßt werden. Also beeil dich.«

»Na dann mal los.«

Ich löse die Plane aus der Vertäuung, und hinter uns rollt sich ein riesiges Banner aus. Zunächst flattert es noch lose im Wind, dann spannt es sich, und die Botschaft darauf wird für alle am Boden sichtbar. Es ist die Schlagzeile, die sich Mia gewünscht hatte, als ich sie das erste Mal nach ihren Wünschen und Träumen fragte.

SUPERSTAR MIA BACH WIEDER GESUND!

Dann werfe ich aus den Kartons zweitausend Flugblätter mit der gleichen Aufschrift ab und leere fünf Kisten voll goldenem Glitterkonfetti. Goldregen, wie gewünscht. Als die ersten Goldflocken am Boden ankommen, schaut die versammelte Gruppe vor dem Krankenhaus hinauf zu uns, und ich bekomme Herzflattern.

Wenige Minuten später setzen wir butterweich direkt vor der Einfahrt der Klinik auf, und ich laufe zu der Menschentraube, die sich um Mia gebildet hat. Sie trägt noch immer ein Kopftuch und sieht viel besser aus, als man es nach solch einer Operation vermuten würde. Ich drossele meinen Schritt und versuche ihren Gesichtsausdruck zu lesen. Doch außer Erstaunen ist dort wenig zu entziffern. Ich trete vor sie, und um uns herum treten alle einen kleinen Schritt zur Seite.

»Hi, Mia.«

»Hi, Berti«, antwortet sie kurz angebunden.

»Sag jetzt nichts, Mia. Ich weiß, dass du sauer auf mich bist, weil ich dir nicht die Wahrheit gesagt habe. Zu Recht. Ich hatte nicht damit gerechnet, dass sich alles so entwickeln würde, wie es sich entwickelt hat. Und vor allen Dingen habe ich nicht damit gerechnet, dass mich die Zeit mit dir so verändern würde.«

»Ach, hat sie das, ja?«, fragt sie knapp.

»Ja«, antworte ich. »Und ich würde gerne mit dir nicht nur sieben Tage, sieben Wochen oder sieben Jahre verbringen, sondern den Rest meines Lebens.«

Sie nickt und schaut ganz ernst. Verdammt, so hatte ich mir das nicht gedacht. Warum zögert sie? Ist dieser Raul doch noch irgendwo in ihrem Herzen?

»Ich weiß nicht, ob ich mit einem Schwindler wie dir zusammenleben möchte«, sagt sie schließlich zögerlich.

»Aber ich …«

»Klappe, Berti.« Mia kommt einen Schritt auf mich zu und sieht mir tief in die Augen. »Die ganze Sache mit der Villa, dein Job in der Textilbranche. Das war alles gelogen, richtig?«

»Das mit der Textilbranche stimmt doch irgendwie, oder? Und das mit der Villa hat sich einfach ergeben. Das war nicht so geplant, als wir uns kennenlernten. Aber du hast mich so schnell in diese Schublade gesteckt, dass ich da gar nicht mehr rauskonnte.«

»Sag jetzt nicht, dass ich daran schuld war.«

»Nein. Aber ich wusste nicht, wie ich dich sonst …«

»… wie du mich sonst beeindrucken solltest?«

Ich nicke.

»Und du bist nicht reich?«

»Nein, ganz und gar nicht.« Freddie hüstelt laut auf, und ich erinnere mich an seine jüngste Information bezüglich der Erbschaft. »Ach so, na ja, wie sich gerade herausgestellt hat, vielleicht doch ein klein wenig.«

»Du hast diesen ganzen Zirkus also nur veranstaltet, um mich zu beeindrucken?«

»Ja, das habe ich.«

»Warum?«

»Das fragst du wirklich?«

»Ja.«

»Na, weil ich mich in dich verliebt habe.«

Mia zögert, tritt dann aber noch einen Schritt näher auf mich zu.

»Ich habe ein paar Bedingungen.«

»Bedingungen?«

»Ja. Und wenn dir nur eine davon zu viel ist, kannst du dich gleich wieder zu Freddie in den Flieger setzen, und wir sparen uns das Ganze.«

»Okay. Welche Bedingungen?«

»Keine Lügen mehr.«

»Versprochen.«

»Und es werden auch keine toten Hunde mehr ausgeführt.«

Ich glaube, ein erstes Lächeln in ihrem Gesicht auszumachen. Ich nicke zustimmend. »Auf gar keinen Fall. Ich werde mich auf lebendige spezialisieren.«

»Wir gehen außerdem nur noch tagsüber in den Zoo.« Ihr Lächeln wird deutlicher.

»Sehr gerne.«

»Dann kann das mit dem achten Tag vielleicht wirklich was werden. Ich habe mich nämlich auch in dich verliebt.«

Sie macht Anstalten, mich zu küssen, doch ganz so leicht will ich es ihr jetzt auch nicht machen.

»Ich habe aber auch noch ein paar Bedingungen.«

»Du?«

Mia fährt erschrocken zurück.

»Ja, ich. Gleiches Recht für alle.«

»Ich höre.« Sie zieht erwartungsvoll die Augenbrauen nach oben.

»Keine muskelbepackten Brasilianer mehr, die plötzlich irgendwo auftauchen.«

Nun nickt sie zustimmend. »Sollte machbar sein.«

»Und versprich mir, dass du nie wieder vor dem Frühstück wegläufst.«

»Kein Problem. Allerdings solltest du das Backen in Zukunft wohl mir überlassen. Dein Kokosschokokuchen lag mir echt schwer im Magen. Die Jungs vom Krankenhaus hätten beinahe gar keine Narkose mehr vor der Operation gebraucht.«

Mit Schrecken denke ich an die Fußnagelspezialmischung und nicke eifrig. »Geht klar. Wäre das dann alles?«

»Ja. Ich denke schon. Im Wunscherfüllen bist du ja eigentlich sehr verlässlich.«

Ich greife mir ihre Hände. Es tut gut, sie wieder zu spüren. »Mia, ich erfülle dir alle Wünsche, wenn du mir noch eine Chance gibst.«

Sie nimmt mich in ihre Arme, und mein Herz beginnt zu rasen, als sie mich aus ihren grün-braunen-mit-ein-paar-blauen-Splittern-drin Augen anstrahlt.

»Das brauche ich gar nicht. Du hast sie doch schon längst genutzt. Das hier ist mein neues Leben. Ohne dich hätte ich das nie verstanden, und ohne dich will ich es nicht leben.«

Wir küssen uns unter dem Applaus der Umstehenden, während noch immer der Goldglitter über uns niedergeht. »Apropos Wünsche erfüllen.« Ich lasse Mia aus meinen Armen und hole den letzten ungeöffneten Karton aus dem Motorsegler. »Einer steht ja noch aus. Ich habe noch etwas für dich.«

»Oh, was denn noch?«

»Hier, schau selbst.«

Mia zieht die rote Schleife auf, die um den Karton gewickelt ist, nimmt das Geschenkpapier ab und öffnet ihn. Alle schauen neugierig zu, und ich lächele Mias Arzt zu, weil er der Einzige ist, der weiß, was sich darin befindet. Schließlich hat er es besorgt. Dann greift Mia in den Karton und holt lachend zwei riesige Silikonkissen hervor und hält sie in die Luft.

»Brüste! Es sind neue Brüste.«

»Na ja, wenn schon, denn schon. Was ich verspreche, halte ich auch. Ist der neueste Schrei aus den USA. Du hast gesagt, dass du gerne größere Brüste hättest. Das war sogar dein allererster Wunsch. Noch vor der Zeitungsschlagzeile und dem Goldregen. Erinnerst du dich?«

Sie nickt. »Ja, ich erinnere mich. Vielen Dank auch. Ich denke, ich behalte meine dennoch fürs Erste. Aber ich lege mir diese vorsichtshalber mal ins Nachtschränkchen.«

In diesem Moment bricht ein ohrenbetäubender Lärm neben uns los. Wir zucken alle erschrocken zusammen, als zwei Feuerwehrzüge mit Sirenengeheul vor uns halten und ein bekanntes Gesicht aussteigt. Als mich der Feuerwehrmann sieht, gibt er seinen Kollegen allerdings zu verstehen, dass sie erst gar nicht folgen sollen. Stattdessen ruft er mir von Weitem zu: »Heute mal mit dem Flieger hier, Herr Körner? Na ja, Ihre Adresse haben wir ja noch vom letzten Mal. Sie sollten sich überlegen, ob wir Ihre Bußgelder nicht per Dauerauftrag einziehen sollen. Ist mit der Zeit günstiger.«

»Machen Sie das.«

Dass ich bei der Feuerwehr ein Dauerabonnement auf Arschkarten habe, ist mir gerade völlig egal. Ich halte den Joker meines Lebens in den Armen und werde ihn nie wieder loslassen.

* *Songvorschlag*
»Prove Your Love«
Taylor Dayne

EPILOG
Sonntag, 08. Juli 1990

*Finale der Fußballweltmeisterschaft in Italien
Deutschland vs. Argentinien*

Scheiße, was ist das heute für ein geiler Tag!

Seit dem frühen Morgen scheint die Sonne, und Mia meckert seit dem Frühstück, dass ich dringend den Rasen wässern müsse, da er bei den Temperaturen sonst verbrennen würde. Das sind mal Sorgen, oder? Die Sorgen einer Hausbesitzerin. Nachdem ich vor zwei Jahren die Bude der Gräfin geerbt hatte, sind wir alle in die Villa gezogen. Natürlich erst, nachdem die Untermieter ausgezogen waren. Herr Barnikov hat neuen Lebensmut entwickelt, nachdem er in ein Wohnstift gezogen ist und dort nun mittwochs und sonntags seine Mitbewohner zum Nachmittagstee mit seinem Tastenzauber beglückt. Die Yuppie-Schenkels haben sich gleich mal einen neuen Porsche und ein Einfamilienhaus gekauft, um noch mehr Buchsbäume anpflanzen zu können. Die Schenkelin schreibt nun selbst Krimis und ist zudem noch immer auf der Suche nach einem Züchter von Cage Dogs.

Mia und ich wohnen jetzt in der unteren Etage – mit Gartenanteil! Die Buchsbaumallee der Schenkels wurde gerodet, stattdessen steht dort jetzt eine Torwand, an der ich und Freddie uns duellieren. Er wohnt ganz oben in der Wohnung mit extrahohen Decken, während mein Bruder mit seiner Freundin Anne in den ersten Stock gezogen ist. Ich hatte ihm die ebenerdige Wohnung angeboten, weil das rollstuhltechnisch doch klare Vorteile hätte, aber das lehnte er ab. Er wollte unbedingt in den ersten Stock ziehen, weil er schon immer einen Treppenlift haben wollte. Ja, und den hat er nun, obwohl es auch einen funktionstüchtigen Aufzug im Haus gibt. Und einen neuen Rollstuhl hat er natürlich auch bekommen. Das neueste Modell auf dem Rollstuhlmarkt. Außerdem brauchen Mia und ich nun bald sowieso ein wenig mehr Platz. Nicht nur wegen der beiden Pudel, die wir uns aus dem Tierheim geholt und Bessy und Sophia genannt haben, sondern weil wir schwanger sind. Also, nicht ich, sondern Mia, aber so sagt man das nun mal. Jedenfalls geht es Mia mit der Schwangerschaft prächtig. Allerdings darf sie deswegen heute auch keinen Schluck Bier trinken. Das übernehme ich für sie. Da bin ich nämlich ein ganz fürsorglicher Vater in spe und Gentleman.

Das Leben ist gut, wenn man es nur lässt. Manchmal muss man anscheinend einfach etwas Geduld aufbringen, auf seine Chance warten und an sich glauben, auch wenn es schwerfällt. Es ist ein bisschen so wie mit unserer Nationalmannschaft. Vor zwei Jahren haben sie noch im Halbfinale der Europameisterschaft im eigenen Land gegen Holland eine herbe Niederlage einstecken müssen. Nun haben sie nicht nur genau diese Holländer im Turnierverlauf geschlagen, sondern stehen heute sogar in Rom gegen Argentinien im Finale um die Fußballweltmeisterschaft. Und irgendwie habe ich das Gefühl, dass sie das ohne die Niederlage vor zwei Jahren nicht geschafft hätten.

Ja, ich habe ein extrem gutes Gefühl. Für unsere Fußballer, für meinen Bruder, für Freddie, für Mia und unser Kind. Und für mich, Berti Körner, den Exhyperhidrosekünstler. Was ich nun mache? Mia und ich haben ein kleines Restaurant eröffnet. Es heißt *Chilis*, und wir machen das beste und schärfste Chili con Carne der ganzen Stadt. Ich habe da ein extrem gutes Händchen für die richtige Schärfe. Und wenn ich besonders gut drauf bin, führe ich den Gästen manchmal sogar noch ein kleines Kunststück vor und schwitze ihnen ein *Happy Birthday* oder *Willkommen im Chilis* ins T-Shirt. Gerade erst vor ein paar Tagen feierte ein Mädchen mit ihren Freundinnen ihren zwölften Geburtstag bei uns. Sie hieß Marscha, und irgendwie kam sie mir bekannt vor.

* Songvorschlag
»The Look of Love«
ABC